岳麓書社

读名著　选岳麓

古典名著普及文库

古文辞类纂

郭青林 高会 导读 注译

岳麓書社·长沙

图书在版编目(CIP)数据

古文辞类纂/郭青林,高会导读注译.—长沙:岳麓书社,2021.12
(古典名著普及文库)
ISBN 978-7-5538-1198-7

Ⅰ.①古… Ⅱ.①郭…②高… Ⅲ.①古典散文—散文集—中国—战国时代—清代 Ⅳ.①I262

中国版本图书馆 CIP 数据核字(2019)第 274473 号

GUWENCILEIZUAN
古文辞类纂
导读注译:郭青林 高 会
责任编辑:曾 倩
责任校对:舒 舍
封面设计:罗志义

岳麓书社出版发行
地址:湖南省长沙市爱民路 47 号
直销电话:0731-88804152 0731-88885616
邮编:410006

版次:2021 年 12 月第 1 版
印次:2021 年 12 月第 1 次印刷
开本:890mm×1240mm 1/32
印张:11.375
字数:300 千字
ISBN 978-7-5538-1198-7
定价:35.00 元

承印:长沙鸿发印务实业有限公司

如有印装质量问题,请与本社印务部联系
电话:0731-88884129

出版说明

中国古典名著是中华优秀传统文化的重要载体，今天人们要学习传统文化，如果说有所谓捷径可寻，那恐怕就是直接阅读古典名著了。长期以来，为大众读者出版古典名著的普及读物一直是本社的重要使命。约三十年前，我们便出版了“古典名著普及文库”，收书五十余种，七十余册，蔚为大观。这套书命名为“普及”，首先是因为采用了简体字横排的排版方式。当时的古典名著图书，以未经整理的影印本和繁体竖排本居多，大众读者阅读有障碍，故本文库的推出，确有普及之效。其次，我们提出要让读者“以最少的钱买最好的书”，定价远低于当时同类型品种。基于此，这套“普及文库”迅速流向读者的书架，销量极大，功在普及不浅。

当年这套书，所收各书都是文言文全本，无注释，不翻译，对于今天的大众读者来说，已经很难起到普及作用了。而且，读者如果仅仅出于品鉴、入门的需要，也无须通读大部头的全本古籍。因而，我们推出这套全新的“古典名著普及文库”，在选目上广泛听取国内名校学者们的建议，收录经、史、子、集四部之中第一流的名著一百余种，邀请学有专攻的学者精心注释、翻译，并加以导读。篇幅大的经典，精选菁华，篇幅适中的出版全本，个别篇幅小的，则将主题相近的品种合刊为一册。

我们希望有更多的人能够买得起、读得懂中国的古典名著，接受中华优秀传统文化的滋养。这一套轻松好读又严谨可靠的普及文库，便是我们努力实践这一理念的结果。

前言

姚鼐（1732—1815），字姬传，一字梦穀，室名惜抱轩，世称惜抱先生、姚惜抱，安徽桐城人。乾隆进士，历任山东、湖南乡试副考官，刑部郎中，四库馆纂修官。曾主讲扬州梅花、安庆敬敷、歙县紫阳、南京钟山等书院。“桐城三祖”之一，是桐城派文学理论的主要建设者。自幼嗜学，伯父姚范授以经文，又从刘大櫆学习古文，天资卓异。主要著述有《惜抱轩诗文集》《九经说》《老子章义》等，另纂有《五七言今体诗钞》《唐人绝句诗钞》。《古文辞类纂》是姚鼐倾力之作，在桐城派的形成和发展过程中产生了重要作用，是中国古代文学史上一部有着深远影响的作品选集。

重视文学典范价值，是中国传统文论的重要特征，主要体现在文学选本的大量存在。中国古代文论家宣示自己的文学主张、争取批评话语权、表现自己存在的重要途径之一就是选本。孔子删《诗》，以“无邪”为标准，开选本之先河。萧统纂《文选》以体现其“事出于沉思，义归乎翰藻”之编选旨趣。至唐，编纂选本蔚然成风，著名的如殷璠的《河岳英灵集》，高仲武的《中兴间气集》等。宋以后选本更受人们重视，至清代更是卷帙浩繁。一般而言，选本是由选者遵从自己的文学观念和审美理想对既已存在的作家作品进行挑选并按一定的体例编纂的。这些挑选出来的作家作品是选者文学观念、审美理想的载体，并通过历代读者的阅读、模仿发挥影响力。桐城派非常重视选本的这种作用，编选了大量的文章选本。如方苞《古文约选》、刘大櫆《精选八家文钞》、姚鼐《古文辞类纂》等。选本的价值是典范意义和批评意义的统一，指导诗文创作是其主要目的。姚鼐编纂《古文辞类纂》其用意也不外于此。具体来说，主要体现为以下两点：

一、确立桐城派文学典范，传承桐城家法，指导文章写作。姚鼐编纂《古文辞类纂》最初是为了便于教授生徒，用以指导弟子读书作文，同其编选的《今体诗钞》一样，为桐城派家塾教本。既然是选本，所选文章当然要体现桐城派的文章理念。桐城派自方苞高举“义法”，中经刘大櫆以“神气、音节、字句”说加以扩展，终归姚鼐“义理、考证、文章”统一之论，形成一套体系较为完备且具有可操作性的文章理论，为桐城派文人所遵循，形成所谓的“桐城家法”。《古文辞类纂》所选诸篇，是印证、诠释桐城家法的文章典范，研读、模拟这些作品并推陈出新是桐城后学学习古文辞、成一家之言的主要途径。桐城派是非常重视学习古人的，以为“文章之道必师古人而不可袭乎古人，必识古人之所以难，然后可以成吾之是”（方东树《答叶溥求论古文书》）。“师古”就得有师法的对象，而能够成为桐城派文人学习的对象，必须符合桐城派的审美理想。身为宗派创始者，姚鼐当然要为桐城派“立法”，《古文辞类纂》成书后几经删汰，就是姚鼐这一意图的深刻体现。姚鼐不仅在书中对各类文体加以解说，总结作文方法，还对其中诸篇加以评点，以导示后学，使其不致偏离方向。

二、构建桐城派古文传统，确证桐城派合法性、正当性。清代学术上一突出现象就是汉学和宋学的对立。在如何对待儒学经典的问题上，宋学派奉程朱为圭臬，坚持理学立场，以发明义理为要务；汉学派以汉儒为榜样，崇尚许慎、郑玄之学，以考据疏注为己任。两派针锋相对，有水火不容之势。发明义理需重视辞章之学，讲究行文技巧，以求“辞达”，汉学家因抨击宋学空疏进而攻击辞章之学。姚鼐幼承家学，稍长又蒙受师训，既尊奉宋学，又热爱辞章，自然为汉学派所不容。在担任四库馆臣期间，与戴震一类汉学家反复论辩，终因势单力薄，愤然告退。辞官后的姚鼐在反思中开始致力于辞章之学，有意创立桐城文派来对抗以戴震为代表的汉学。汉学注重师承，有其谱系。姚鼐也力图构建桐城古文谱系，形成桐城文统，即上溯先秦、两汉，中取唐宋八家，下至明代归有光，并以桐城籍方苞、刘大櫆相接续，形成一个绵延两千多年的古文传统，企图以此证实程晋芳、周永年所说的“昔有方侍郎，今有刘先生，天下文章，其出于桐城乎？”（姚鼐《刘海峰先生八十寿序》）《古文辞类纂》就是以具体的文学史实来支撑其所建构的桐城文统的，为这一文统的正当性、合法性提供证据。是书共 75 卷，700 余篇，所选作品以唐宋八大家为主，向上择取先秦两汉部分作品，间取两晋张华、刘伶、陶渊明、鲍照、潘岳诸家赋作以及元结、李翱、张载、晁补之少许作品，向下则选取明代归有光及“二祖”方苞、刘大櫆的作品。正如其弟子方东树所说的“夫有孟韩庄骚而复有迁固向雄，有迁固向雄而复有韩柳，有韩柳而复有欧苏曾王”（方东树《答叶溥求论古文书》），书中所体现的文章传承脉络是极其分明的，体现了姚鼐构建桐城文统的良苦用心。

在体例上，《古文辞类纂》采用以体为经、以时为纬的编纂模式，即先确定文体类别，再依时代为序来选择作家作品。先阐明各类文体的特征，再选择典范作品以印证，理论与创作实践相结合，体现了编者的卓识和严谨的治学态度。该书涵盖论辨、序跋、奏议、书说、赠序、诏令、传状、碑志、杂记、箴铭、颂赞、辞赋、哀祭 13 类文体，并在卷首《序目》中，对各类文体的特点和源流均作了阐释，因此，此书较为完整地展示了古文体制的流变过程，对增进人们对中国古代文章发展历史的了解具有重要意义。

《古文辞类纂》成书于乾隆四十四年 (1779)，初以抄本形式流传，至嘉庆末年，姚鼐弟子康绍庸刊刻初稿本，附有姚氏评语及圈点，世称“康本”。道光五年（1825），门人吴启昌取录于姚氏晚年主讲钟山书院时的订本刊刻，世称“吴本”。此本原无方苞、刘大櫆之作，后按姚氏意见刻入，并删去原有圈点。光绪年间，李承渊取姚氏晚年定本，并参勘康、吴二本，刊刻时仍保留原有的批注。此本取李承渊寓所命名，世称“求要堂本”。本书以“求要堂本”为底本，参以胡士明、李祚唐标校的《古文辞类纂》以及吴孟复、蒋立甫主编的《古文辞类纂评注》诸本。编纂者才学有限，不足之处，务求方家指正。

凡例

一、以“求要堂本”为底本，参以胡士明、李祚唐标校的《古文辞类纂》以及吴孟复、蒋立甫主编的《古文辞类纂评注》诸本。文中的分段及个别断句是根据文本的理解而展开的，与底本的分段并不相同。

二、原则上选取最能体现桐城文章旨趣者，首选具有现实鉴戒意义及对创作有所裨益的名篇。

三、对各体文章的分类，原则上仍按底本分为：论辨类、序跋类、奏议类、书说类、赠序类、诏令类、传状类、碑志类、杂记类、箴铭类、颂赞类、辞赋类、哀祭类十三类。

四、每篇文章的导读，原则上说明其写作时间、创作背景，并对该文作简短的评价。

五、各篇的翻译，以直译为主，尽量保持原作的既有体貌。为了合乎现代汉语的行文习惯，用“( )”表示翻译中补足的文字，使文意通顺。

六、本书面对的是大、中学生及古典文学爱好者，故注释不采用烦琐的考订方法，力求简明扼要，仅部分涉及历史史实及典章制度的，较为详细。

目录

一　论辨类

二　序跋类

三　奏议类

四　书说类

五　赠序类

六　诏令类

七　传状类

八　碑志类

九　杂记类

十　箴铭类

十一　颂赞类

十二　辞赋类

十三　哀祭类

一 论辨类

过秦论上

贾 谊

导读

贾谊（前 200—前 168），洛阳（今河南洛阳）人，西汉初著名政论家、文学家。贾谊少有才名，汉文帝初召为博士，迁太中大夫。因受权贵中伤被贬，先后谪为长沙王太傅、梁怀王太傅。《过秦论》是贾谊政论散文的代表作，分上中下三篇。本篇详细地叙述了秦国自孝公到始皇逐渐强大起来的主客观原因，却最终被力量弱小的陈涉所覆灭。为什么呢？就因为秦国不施行仁义，而使攻守的形势发生了改变。作者以史实为依据，化议为叙，精辟而深刻，文章开阖圆润，气势恢宏。

原文

秦孝公据崤函之固，拥雍州之地，君臣固守，以窥周室，有席卷天下、包举宇内、囊括四海之意，并吞八荒之心[1]。当是时也，商君佐之[2]，内立法度，务[3]耕织，修守战之具[4]；外连衡而斗诸侯[5]。于是秦人拱手而取西河之外[6]。

译文

秦孝公凭借崤山和函谷关险要的地势，占据着雍州的土地，以此，他们君臣固守疆土，伺机图谋周王室，（秦孝公）有着一统天下的雄心壮志。正在这时，商鞅辅佐秦孝公，对内建立健全的法规制度，鼓励农民种田和织布，改善攻城作战的武器装备；对外实施连横策略，挑起诸侯之间的矛盾，使他们（不停地）相互争斗。于是，秦人毫不费力地夺取了黄河以西的（大片）土地。

注释

1 **秦孝公:**姓嬴,名渠梁,战国时代秦国国君。 **据:**凭借。 **崤(Xiáo)函:**崤山与函谷关。 **拥:**占据。 **雍州:**古代九州之一,相当于今陕西关中以及甘肃、青海的部分地区,此泛指秦国本土。 **窥:**伺机图谋。 **"席卷"二句:**同义铺排,都是形容兼并天下之意。 2 **商君:**商鞅。 **佐之:**辅佐秦孝公。 3 **务:**致力。 4 **修:**修理制造。 **守战之具:**防守、进攻的器械。 5 **衡:**通"横"。 **斗诸侯:**使诸侯互相争斗。 6 **拱手:**形容得到土地毫不费力。 **西河:**黄河西岸,魏国属地。

原文

孝公既没[1],惠文、武、昭襄蒙故业[2],因[3]遗策,南取汉中,西举巴蜀[4],东割膏腴[5]之地,北收要害之郡[6]。诸侯恐惧,会盟而谋弱秦,不爱[7]珍器、重宝、肥饶之地,以致[8]天下之士,合从[9]缔交,相与为一。

译文

秦孝公死后,惠文王、武王、昭襄王继承祖上的基业,遵循先人既定的政策,向南兼并了汉中,向西攻占了巴蜀,向东割据了肥沃的土地,向北夺取了极其重要的州郡。诸侯们非常害怕,集会结盟,谋划削弱秦国,毫不吝啬地拿出珍奇的器具、贵重的宝物,(甚至)肥沃富饶的土地,用来招纳天下的优秀人才,采用合纵的策略,缔结盟约,组成同盟,成为一体。

注释

1 **没:**通"殁",死。 2 **惠文、武、昭襄:**即惠文王、武王、昭襄王。惠文王,孝公之子。武王,惠文王之子。昭襄王,武王之弟。 **蒙:**继承。 3 **因:**因袭,遵循。 4 **举:**攻占。 **巴蜀:**今四川南部、东部及西部。 5 **膏腴**(yú):肥沃。 6 **要害之郡:**政治军事上举足轻重的城邑。 7 **不爱:**不吝啬。 8 **致:**招纳。 9 **从:**通"纵"。

原文

当此之时，齐有孟尝，赵有平原，楚有春申，魏有信陵。此四君[1]者，皆明智而忠信，宽厚而爱人，尊贤而重士，约从离[2]横，兼[3]韩、魏、燕、楚、齐、赵、宋、卫、中山之众。

于是六国之士，有宁越、徐尚、苏秦、杜赫之属为之谋[4]，齐明、周最、陈轸、昭滑、楼缓、翟景、苏厉、乐毅之徒通其意[5]，吴起、孙膑、带佗、兒良、王廖、田忌、廉颇、赵奢之伦制其兵[6]。

译文

在这个时候，齐国有孟尝君，赵国有平原君，楚国有春申君，魏国有信陵君。这四位君子，都聪明睿智，忠诚讲信义，待人宽厚而友爱，尊敬并重用贤士，（他们试图）以“合纵”之约来瓦解秦国的“连横”策略，（故此）他们联合了韩国、魏国、燕国、楚国、齐国、赵国、宋国、卫国、中山国的兵力。

于是，六国的士人，有宁越、徐尚、苏秦、杜赫这帮人给他们出谋献策，有齐明、周最、陈轸、昭滑、楼缓、翟景、苏厉、乐毅这帮人替他们互通消息，有吴起、孙膑、带佗、兒良、王廖、田忌、廉颇、赵奢这帮人替他们统率军队。

注释

1 **四君**：指上文四人，孟尝君田文、平原君赵胜、春申君黄歇、信陵君魏无忌，皆为战国时著名公子，以招纳礼贤宾客著称。 2 **离**：离散，瓦解。 3 **兼**：聚合，合在一起。 4 **宁越**：赵人。 **徐尚**：宋人。 **苏秦**：东周洛阳人，当时的“合纵长”。 **杜赫**：周人。 **之属**：之辈。 5 **齐明**：东周之臣。 **周最**：东周君之子。 **陈轸**(zhěn)：楚人。 **昭滑**：楚臣。 **楼缓**：魏相。 **翟景**：魏人。 **苏厉**：苏秦之弟。 **乐**(Yuè)**毅**：燕将。 **通**：传递。 6 **吴起**：卫人。 **孙膑**(bìn)：齐人，著名军事家。 **带佗**(tuó)：楚将。 **兒**(Ní)**良**：赵将。 **王廖**(liào)：齐将。 **田忌**：齐将。 **廉颇、赵奢**：赵将。 **之伦**：之辈。 **制**：统率。

原文

尝以十倍之地，百万之众，叩关[1]而攻秦。秦人开关延敌[2]，九国之师逡巡[3]遁逃而不敢进。秦无亡矢遗镞之费[4]，而天下诸侯已困矣。于是从散约解，争割地而奉秦。秦有余力而制其敝，追亡逐北[5]，伏尸百万，流血漂卤[6]。因利乘便，宰割天下，分裂河山。强国请服，弱国入朝。延及孝文王、庄襄王[7]，享国[8]日浅，国家无事。

译文

他们常常依靠十倍于秦的土地(作后方)，率领百万的大军，逼近函谷关攻打秦国。秦人大开关门，诱敌深入，九国的军队(反而)徘徊不前，(最后)逃之夭夭而不敢前进。秦国没有花费一丝一毫的兵力，而各诸侯国却陷入了窘境。于是盟约解散，各国争着割地去讨好秦国。秦国轻松地抓住各诸侯国的弱点，反击溃败的各国军队，杀了几百万人，流淌的鲜血几乎能让盾牌漂起来。秦国凭着这有利的时机，割取天下的土地，分裂各国的河山。强国请求投降，弱国入秦朝拜。一直到孝文王、庄襄王，他们在位时间虽短，(依然享受到)国家没有战事(的好处)。

注释

1 **叩关**：指攻打函谷关。 2 **延敌**：迎战之意。 3 **逡**(qūn)**巡**：徘徊不前。 4 **亡、遗**：丢失、耗费意。 **矢、镞**(zú)：箭、箭头。 5 **亡、北**：打败、逃走意。 6 **卤**(lǔ)：盾牌。 7 **延**：延续。**孝文王**：昭襄王之子。**庄襄王**：孝文王之子。 8 **享国**：国君在位的年数。

原文

及至秦王[1]，奋六世之余烈[2]，振长策[3]而御宇内，吞二周[4]而亡诸侯，履至尊[5]而制六合，执敲扑以鞭笞天下[6]，威振四海。

译文

到了秦始皇，他发扬了六代先祖积累的功业，挥动长鞭，驰骋四方，吞并了东周西周，再灭掉各个诸侯国，(最终)荣登皇帝宝座，一统天下，他用严酷的刑罚来奴役天下的臣民，威名震慑四海。(随后)秦

原文	译文
南取百越[7]之地，以为桂林、象郡[8]。百越之君，俯首系颈[9]，委命下吏。乃使蒙恬[10]北筑长城，而守藩篱，却匈奴七百余里。胡人不敢南下而牧马，士不敢弯弓而报怨。[11]	始皇向南攻占了百越的土地，把那里设为桂林郡和象郡。百越的君主，低着头，脖子上拴着绳子，把自家性命交给秦国的下级官吏。他又派遣蒙恬在北方修筑长城，驻守边境，把匈奴击退七百多里。匈奴人不敢再南下侵犯边疆，勇士也不敢使用武力来报仇。

注释

1 **秦王:**秦始皇，庄襄王之子。 2 **奋:**发扬。 **六世:**秦国六代。 3 **策:**马鞭。 4 **二周:**战国末年的东周(建都巩)与西周(建都洛阳)。 5 **履至尊:**登上皇帝宝座。 6 **敲扑:**打犯人的刑具。 **鞭笞**(chī)**:**鞭打，奴役。 7 **百越:**也称"百粤"，古代对南方少数民族的总称。 8 **象郡:**秦时的郡名，今广西一带。 9 **系颈:**以绳系颈，喻投降。 10 **蒙恬**(tián)**:**秦国大将。 11 **牧马:**指匈奴南下侵犯边疆。 **士:**此指原诸侯国的勇士。

原文	译文
于是废先王之道，焚百家之言，以愚黔首。[1]堕名城，杀豪俊，收天下之兵，聚之咸阳，销锋镝，铸以为金人十二，[2]以弱天下之民。然后践华为城，因河为池，据亿丈之城，临不测之渊，以为固。[3]良将劲弩，守要害之处。信臣精卒，陈利兵而谁	于是，秦始皇废除先祖奉行的治世之道，烧光诸子百家的著作，从而使百姓愚昧无知。摧毁诸侯国的名城，杀害诸侯国的豪杰，收缴天下的兵器，集中到咸阳，销毁刀刃和箭头，熔化重铸成十二个铜人，以便削弱百姓(反抗之力)。然后，将华山当作城墙，将黄河当作护城河，凭借这亿丈高的城墙，依据这深不可测的护城河，(秦始皇)以为固若金汤了。(同时)优秀的将领手持强弓，驻守要害之地。可靠的大臣率领精

何[4]。天下已定，秦王之心，自以为关中之固，金城千里，[5]子孙帝王万世之业也。秦王既没，余威振于殊俗[6]。

锐的士卒，戒备森严，盘问过往行人。天下已经安定，秦始皇的心里，自以为关中防守坚固，就像铜墙铁壁一样绵延千里，这正是子子孙孙称王称帝以至万代的基业。秦始皇死后，他的余威（依然）震慑到边远地区。

注释

1 **道：**政令。 **言：**书籍。 **黔首：**百姓。 2 **堕：**同"隳"，毁坏。 **咸阳：**秦国都城。 **锋：**刀刃。 **镝**（dí）：箭头。 **金人：**铜人。 3 **践：**凭借。 **华：**华山。 **因：**凭借。 **河：**黄河。 **不测：**难以测量。 4 **陈利兵：**摆列锋利的武器，指戒备森严。 5 **关中：**函谷关以西、秦岭以北的地区。 **金城：**指城墙坚固。 6 **殊俗：**风俗不同，指边远地区。

原文

陈涉，瓮牖绳枢之子，氓隶之人，[1]而迁徙之徒也。才能不及中人，非有仲尼、墨翟之贤，陶朱、猗顿之富[2]，蹑足[3]行伍之间，而倔起阡陌之中，率罢散[4]之卒，将数百之众，转而攻秦，斩木为兵，揭竿为旗，天下云集响应，赢粮而景从[5]。山东[6]豪俊，遂并起而亡秦族矣。

译文

陈涉，是贫苦人家的子弟，是卑贱的农夫，是征发去戍守边疆的卒子。他的才能比不过普通人，既没有孔子、墨子那样的贤德，也不像陶朱、猗顿那样的富有。他跻身于戍边的队伍里，在行军途中崭露头角，率领疲困涣散的士兵，指挥着数百人的队伍，转过头来攻打秦国，他们砍断树木做兵器，撑着竹竿当旗帜。天下人像云一样聚拢（到他的身后），像回声一样呼应他，背着粮食像影子一样跟着他。崤山以东的英雄豪杰，随后也纷纷起事，（不久）推翻了秦王朝。

注释

1 **陈涉：**即陈胜。 **瓮牖**（yǒu）**绳枢：**用破瓦罐做窗户，用绳子拴门轴，指家境极其贫困。**氓**(méng):农夫。**隶:**隶卒。 2 **陶朱:**即范蠡,春秋时越王勾践的大夫,弃官后经商致富,最终定居于陶,号称“陶朱公”。**猗**(Yī)**顿:**春秋鲁国巨富。 3 **蹑足:**身处。 4 **罢散:**疲困涣散。罢,通“疲”。 5 **赢:**背负。**景:**通“影”。 6 **山东:**崤山以东,指原六国地区。

原文

且夫天下非小弱也。雍州之地,崤函之固,自若[1]也。陈涉之位,非尊于齐、楚、燕、赵、韩、魏、宋、卫、中山之君。锄櫌棘矜[2],非铦于钩戟长铩也[3]。谪戍[4]之众,非抗于九国之师也。深谋远虑,行军用兵之道,非及曩时[5]之士也。然而成败异变,功业相反也。

译文

秦国的国力并没有减小与削弱。雍州的土地,崤山和函谷关的险要,(现在与过去没有什么不同,)依然老样子。陈涉的地位,不比齐国、楚国、燕国、赵国、韩国、魏国、宋国、卫国、中山国的君主尊贵。陈涉队伍中的锄头与木棍,也不比钩矛剑戟锋利。那些征发去戍边的士卒,并不能抗衡先前九国的军队。他们的深谋远虑,行军用兵的方略,也比不上过去六国诸侯的谋士。然而,他们没有失败,反而最终取得胜利,建功立业。

注释

1 **自若:**老样子。 2 **锄櫌**(yōu):锄柄。**棘:**通“戟”。**矜**(qín):矛柄。 3 **铦**(xiān):锋利。**长铩:**长矛。 4 **谪戍:**获罪而被发配边疆。5 **曩**(nǎng)**时:**过去,从前。

原文

试使山东之国,与陈涉度长絜大[1],比权量力,则不可同年而语矣。然秦以区区[2]之地,致万

译文

试着比较崤山以东的诸侯国与陈涉的强弱,比较他们的权势与实力,不可同日而语。然而,先前秦国凭借小小的国土,发展到拥有万辆兵车的国力,招降八州诸侯,使

乘之权，招八州[3]而朝同列，百有余年矣。然后以六合为家，崤函为宫。一夫作难而七庙[4]堕，身死人手[5]，为天下笑者，何也？仁义不施，而攻守之势异也。

原先位处同列的诸侯入秦朝拜，达一百多年。然后把天下当作自己的家，把崤山、函谷关当作宫墙。（谁料）一个人发难起义，秦王朝就覆灭了，国君还死在别人手里，被天下人耻笑，为什么呢？就因为不施行仁义，而使攻守的形势发生了改变。

注释

1 **度长絜(xié)大：**测量长短，衡量大小。 2 **区区：**微不足道。 3 **八州：**古时天下分为九州，秦国据雍州，余下八州。 4 **七庙：**天子的宗庙。此处代指秦王朝。 5 **身死人手：**指秦二世被赵高胁迫自杀，秦王子婴被项羽所杀。

原 毁

韩 愈

导读

韩愈(768—824)，字退之，河阳（今河南焦作）人，祖籍河北昌黎，世称韩昌黎。谥号“文”，故又称韩文公。唐宋八大家之一，作品收入《昌黎先生集》。本文约写于贞元十七年(801)，论述和探究了毁谤产生的根源，斥责了世道人情的淡薄恶毒；提出选拔人才、爱护人才这一具有现实意义的重大社会问题；慨叹读书人处在这个世上，期望声名昭著、美德畅行之难；呼吁统治者能秉公选人用人。文章论点鲜明，逻辑严密，直抒胸臆，语言多用对比，精练传神。

原文

古之君子，其责[1]己也重以周，其待人也轻以约。重以周，故不怠；轻以约，故人乐为善。

闻古之人有舜者，其为人也，仁义人也。求其所以为舜者，责于己曰："彼，人也；予[2]，人也。彼能是，而我乃不能是！"早夜以思，去其不如舜者，就其如舜者。

闻古之人有周公者，其为人也，多才与艺人也。求其所以为周公者，责于己曰："彼，人也；予，人也。彼能是，而我乃不能是！"早夜以思，去其不如周公者，就其如周公者。

译文

古代的君子，他要求自己严格而全面，要求别人宽容而简单。严格而全面，所以（事事都）不会懈怠；宽容而简单，所以人们都乐于做好事。

听说古人中有个贤人叫舜的，他的为人，是做个仁义的人。探求舜所以成为舜的原因，君子自我反省："他是人，我也是人。他能做到这样，而我却不能做到这样！"（于是）他从早到晚（不停地）思索，去掉那些不如舜的地方，择取那些与舜相同的地方。

听说古人中有个贤人叫周公的，他的为人，是做个多才多艺的人。探求周公所以成为周公的原因，君子自我反省："他是人，我也是人。他能做到这样，而我却不能做到这样！"（于是）他从早到晚（不停地）思索，去掉那些不如周公的地方，择取那些跟周公相同的地方。

注释

1 **责**：责令，要求。 2 **予**：我。

原文

舜，大圣人也，后世无及焉；周公，大圣人也，

译文

舜，是一个大圣人，后世没有人能赶上他；周公，是一个大圣人，后世也没有人

后世无及焉。是人[1]也，乃曰：“不如舜，不如周公，吾之病也。”是不亦责于身者重以周乎！其于人也，曰：“彼人也，能有是，是足为良人矣；能善是，是足为艺人矣。”

取其一，不责其二；即其新，不究其旧。恐恐然[2]惟惧其人之不得为善之利。一善易修也，一艺易能也。其于人也，乃曰：“能有是，是亦足矣。”曰：“能善是，是亦足矣。”不亦待于人者轻以约乎？

能赶上他。古代的君子，(因此)就说：“不如舜，不如周公，这是我的缺点啊。”这不正是他对自己要求严格而全面吗？他对别人(却是)这样评价：“那个人，能有这些优点，这就足够称得上是一个善良的人了；能擅长这些事，这就足够称得上是一个多才多艺的人了。”

肯定别人的这一个方面，而不再苛求他别的方面；只注重他现在的长处，而不追究他过去的缺失。提心吊胆地只怕别人得不到做了善事应享受到的好处。一件好事很容易做到，一种技艺能轻易学会。他对别人(却)这样说：“能掌握这些，这就足够了。”(又)说：“能擅长这些，这就足够了。”(这)不正是他对别人(反而)宽容而简单吗？

注释

1 **是人：**指古之君子。　2 **恐恐然：**惶恐小心、提心吊胆的样子。

原文

今之君子则不然。其责人也详，其待己也廉。[1]详，故人难于为善；廉，故自取也少。己未有善，曰：“我善是，是亦足矣。”己未有能，曰：“我能是，是亦足

译文

当今的君子却不是这样。他要求别人严格，要求自己却(限制)很少。(对他人要求)严格，所以别人很难做到他认为的好；(对自己限制)少，所以自己应得的收获也就少。自己没有什么优点，(却)说：“我具备这点优点，这也就足够了。”自己

矣。”外以欺于人，内以欺于心，未少有得而止矣，不亦待其身者已[2]廉乎？其于人也，曰：“彼虽能是，其人不足称也；彼虽善是，其用[3]不足称也。”

举其一，不计其十；究其旧，不图其新。恐恐然惟惧其人之有闻[4]也。是不亦责于人者已详乎？夫是之谓不以众人待其身，而以圣人望[5]于人，吾未见其尊己也。

没有什么才能，（却）说：“我有这点技能，这也就足够了。”对外（就这样）欺骗别人，对内（就这样）蒙蔽自己的良心，还没有一点的收获就停止了，不正是约束自己过于宽松了吗？他对别人，（就）说：“他虽然才能这样，但他的为人不值得称赞；他虽然擅长这些，但他的本领不值得称赞。”

盯着他人一处（欠缺），而不考虑他其余的优点；抓住他人过去（的缺失不放），而不考虑他现在的长处。提心吊胆地只怕他人有了（比自己更大的）声望。这不正是要求别人过于苛刻了吗？这就叫作不用一般人的标准约束自己，却用圣人那么高的准则要求别人，我看不出他这是在尊重自己。

注释

1 **详**：详尽，详细。 **廉**：少。 2 **已**：太，过于。 3 **用**：才能。 4 **闻**：名声，名誉。 5 **望**：期望。此指过高的要求。

原文

虽然，为是者，有本有原，怠与忌之谓也[1]。怠者不能修[2]，而忌者畏人修。吾尝试之矣。尝试语于众曰：“某良士，某良士。”其应者，必其人之与也；[3]不然，则其

译文

纵然如此，这样做的人，（必定）有他的根源，那就是懒惰和嫉妒。懒惰的人不愿自己修行，而嫉妒别人的人害怕别人进步。我曾做过试验。我曾对众人试探着说：“某某是个好人，某某是个好人。”那些应和的人，一定是那个人的朋友；不如此，就是和他不太亲密的人，同他没有多少利害关系

所疏远，不与同其利者也；不然，则其畏[4]也。不若是，强者必怒于言，懦者必怒于色矣。又尝语于众曰："某非良士，某非良士。"其不应者，必其人之与也；不然，则其所疏远，不与同其利者也；不然，则其畏也。不若是，强者必说[5]于言，懦者必说于色矣。

是故，事修[6]而谤兴，德高而毁来。呜呼！士之处此世，而望名誉之光[7]，道德之行，难已！将有作于上者，得吾说而存之，其国家可几[8]而理欤！

的人；或者，就是害怕他的人。假使不是这样，强硬的人一定会毫不客气地大声驳斥，懦弱的人一定会露出反对的表情。又曾对众人说："某某不是好人，某某不是好人。"那些不应和的人，一定是那人的朋友；要不，就是同他不怎么交往的人，和他没有多少利害关系的人；甚至，就是害怕他的人。如果不是这样，强硬的人一定会兴高采烈大声赞同，懦弱的人一定会表露出兴奋的神态。

所以，事情（一旦）做好了，诽谤也就随之兴起，声望（一旦）提高了，诬蔑也就接踵而来。唉！读书人处在这个世上，期望声名昭著，美德畅行，难啊！（如果）那些身居高位并打算有所作为的人，领悟了我所说的这些道理，并且牢记在心，大概他的国家差不多就可以治理好了吧！

注释

1 **怠：**懒惰。**忌：**嫉妒。 2 **修：**修养，修行。 3 **应**(yìng)**：**应和。**与：**朋友，同类的人。 4 **畏：**害怕，恐惧。 5 **说：**通"悦"，高兴。 6 **修：**善，美好。 7 **光：**荣耀。 8 **几**(jī)**：**大概，差不多。

师说

韩愈

导读

本文写于唐贞元十八年(802),当时韩愈在长安任四门博士。文中明确了老师应承担的重要职责,并提出了择师的标准,抨击了当时耻于从师学习的恶风陋习,倡导不论地位贵贱或年龄差别,从师而学的良好风气。文章立意深刻,发前人所未发,语言准确,情感浓厚。

原文

古之学者必有师。师者,所以传道受业解惑也[1]。人非生而知之者,孰能无惑?惑而不从师,其为惑也,终不解矣。

生乎吾前,其闻[2]道也,固先乎吾,吾从而师之;生乎吾后,其闻道也,亦先乎吾,吾从而师之。吾师道也,夫庸知[3]其年之先后生于吾乎?是故无贵无贱,无长无少,道

译文

古代求学的人必定有老师。老师,是用来传授道理,讲授学业,解答疑惑的。人不是一生下来就懂得道理的,谁能没有疑惑?有疑惑却不求老师指教,那么成为疑惑的问题,就永远不能解决了。

在我之前出生的人,他懂得知识和道理本来就比我早,我跟从他并以他为师;在我之后出生的人,(如果)他懂得知识和道理也比我早,我也(愿意)跟从他学习并以他为师。我是学习道理的,哪管老师的年龄比我大还是比我小呢?因此,无论地位显贵或是低下,无论年长或是年少,道理存

之所存，师之所存也。

在的地方，就是老师存在的地方。

注释

1 **道**:指儒家政治哲学。 **受**:通“授”，传授。 **业**:指六艺（礼、乐、射、御、书、数）及古文。 2 **闻**:懂得。 3 **庸知**:哪管。

原文

嗟乎！师道[1]之不传也久矣！欲人之无惑也难矣！古之圣人，其出人[2]也远矣，犹且从师而问焉；今之众人，其下圣人也亦远矣，而耻学于师。是故圣益圣，愚益愚。圣人之所以为圣，愚人之所以为愚，其皆出于此乎！

爱其子，择师而教之，于其身也，则耻师焉，惑[3]矣！彼童子之师，授之书而习其句读[4]者，非吾所谓传其道解其惑者也。句读之不知，惑之不解，或师焉，或不[5]焉。小学而大遗[6]，吾未见其明[7]也。

译文

唉！从师求学的良好风尚已经丢掉很久了！想要人们没有疑惑很难啊！古代的圣人，他们（的见识与能力）超出一般人很远很远，尚且跟从老师向老师请教学问道理；现在的普通人，他们跟圣人相比差得太远了，却以向老师学习为羞耻。正是如此，圣人更加圣明，愚人更加愚昧。圣人之所以能成为圣人，愚人之所以能成为愚人，大概就是由于这个缘故吧！

爱自己的孩子，选择老师来教导他。（可）对于他自己，却以跟从老师学习为可耻，真是糊涂啊！那些教授儿童的老师，（仅仅是）教他们读书、学习书中文句的人，并不是我所说的传授道理、解答疑惑的老师。不知道断句，知道去问老师；有疑惑不能解决，却不愿询问老师。小的知识学习了，反将大的疑难丢弃，我没见到他的聪明到底在哪。

注释

1 **师道:**从师求学的良好风尚。　2 **出人:**超出常人。　3 **惑:**糊涂,迷惑无知。　4 **句读**(dòu):文辞意尽处为句,语意未尽而须停顿处为读。　5 **不**(fǒu):同“否”。　6 **小学而大遗:**小的知识学了,大的疑难却放弃。　7 **明:**明智,得失。

原文

巫医、乐师、百工之人[1],不耻相师[2]。士大夫之族,曰师,曰弟子云者,则群聚而笑之。问之,则曰:“彼与彼年相若[3]也,道相似也。位卑则足羞,官盛则近谀[4]。”呜呼!师道之不复,可知矣!巫医、乐师、百工之人,君子不齿[5],今其智乃反不能及,其可怪也欤!

译文

巫医、乐师及各种工匠,不会因为互相学习而感到羞耻。士大夫这类人,(只要听谁)谈到老师、弟子,他们就聚集在一起嘲笑他。问他们(嘲笑的原因),就说:“那个人与某人年龄相近,修养和学业也差不多。(如果)以地位低的人为师,足以感到羞愧;(假如)以官位高的人为师,又近于谄媚了。”唉!从师学习的良好风尚不能恢复,由此就可以知道了。巫医、乐师及各种工匠,是士大夫们所看不起的,可现在士大夫们的见识反而比不上这些人。这也真是奇怪啊!

注释

1 **巫:**古代以祝祷、占卜等迷信活动为职业的人。　**百工:**泛指手工业者。　2 **相师:**互相学习。　3 **相若:**相近,差不多。　4 **官盛:**官大,地位高。　**谀**(yú):阿谀奉承。　5 **齿:**并列,并排。

原文

圣人无常师。孔子师郯子、苌弘、师襄、老聃[1]。

译文

圣人没有固有的老师。孔子就曾以郯子、苌弘、师襄、老聃为师。郯子这一

郯子之徒，其贤不及孔子。孔子曰："三人行，则必有我师。"是故弟子不必不如师，师不必贤于弟子。闻道有先后，术业有专攻，如是而已。

类人，他们的道德才能不如孔子。孔子说："多人同行，其中就必定有我的老师。"因此，学生不一定不如老师，老师也不一定比弟子有贤能。懂得道理有先有后，学问和技艺上也各有各的专长，只是像这样罢了。

李氏子蟠[2]，年十七，好古文，六艺经传[3]，皆通习之。不拘于时，学于余。余嘉其能行古道[4]，作《师说》以贻[5]之。

李家的儿子李蟠，年纪十七岁，爱好古文，六艺的经文和传文都已经通读了一遍。他不受世俗的约束，来向我学习。我赞许他能履行古人从师学习的良好行为，写了这篇《师说》来赠送给他。

注释

1 **郯(Tán)子**：春秋时郯国国君。 **苌(Cháng)弘**：春秋时周朝的天文学家。 **师襄**：也称师襄子，春秋时鲁国的乐官。 **老聃(dān)**：即老子，春秋时楚国人，道家学派创始人。 2 **李氏子蟠**：即李蟠，贞元十九年(803)进士。 3 **六艺**：指六经，即《诗》《书》《礼》《乐》《易》《春秋》六部儒家经典。 **经**：六艺的正文。 **传**：解释经文的著作。 4 **嘉**：赞许。 **古道**：古人从师求学的正道。 5 **贻(yí)**：赠。

杂说之四

韩 愈

导读

本文写作年代不详。文中叙述了千里马欲求伯乐而不得的悲惨遭遇，事实上是以马喻人，借此抨击权贵们不识人才、摧残人才的丑恶嘴脸，抒发了作者的强烈不满与愤慨。篇幅虽短，却竭尽语言之能事。

原文

世有伯乐[1]，然后有千里马。千里马常有，而伯乐不常有。故虽有名马，只辱于奴隶人之手，骈死于槽枥之间，[2]不以千里称也。

马之千里者，一食或尽粟一石[3]。食[4]马者，不知其能千里而食也。是马也，虽有千里之能，食不饱，力不足，才美不外见[5]，且欲与常马等不可得，安求其能千里也？

译文

世上(先)有伯乐，然后才有千里马。千里马经常有，但是伯乐不常有。因此即便有名贵的马，也只是埋没在马夫的手中，(跟普通的马一样)老死在马厩里，不能用千里马这个称号来扬名于世了。

一天能跑千里的马，一顿有时能吃完一石粮食。喂马的人不知道它能日行千里而用饲养普通马的方式来喂养它。这样的马，即使具备日行千里的能力，可总是吃不饱，力气也不足，才能和优点都不能表现出来，想要和普通的马一样尚且都不能做到，怎么能要求它日行千里呢？

不按照驱使千里马的方法来驾驭它，

策[6]之不以其道，食之不能尽其材[7]，鸣之而不能通其意，执策而临之，曰："天下无马！"呜呼！其真无马邪？其真不知马也！

喂养它也不能竭尽它的才能，听它嘶叫，却不能与它相互沟通，拿着鞭子对着它，却说："天下没有千里马！"唉，难道真的没有千里马吗？大概是真的不认识千里马吧！

注释

1 **伯乐**：姓孙，名阳，春秋时人，擅长相马。 2 **辱**：辱没，埋没。 **奴隶人**：此指马夫。 **骈**(pián)：两马并驾一车。 **槽枥**：原指盛饲料喂牲畜的器具，此处指马厩。 3 **一食**：一餐。 **粟**：泛指粮食。 **石**：十斗为一石。 4 **食**：通"饲"，喂养。 5 **见**：同"现"，显现。 6 **策**：原指赶马的鞭子，此处作动词用，驾驭。 7 **材**：同"才"，指千里马的才能。

复性书下

李 翱

导读

李翱(772—836)，字习之，陇西成纪(今甘肃静宁西南)人，唐代哲学家。贞元进士，曾从韩愈学古文。《复性书》是李翱关于人性学说的论文，分为上、中、下三篇，是他的哲学思想的主要代表作，收入《李文公集》。此篇着重论述了道德修养的必要性。

原文

昼而作[1]，

译文

白天劳动，晚上休息，这是一般人的生活。劳动

夕而休[2]者，凡[3]人也。作乎作者，与万物[4]皆作；休乎休者，与万物皆休。

吾则不类[5]于凡人。昼无所作，夕无所休。作非吾作也，作有物；休非吾休也，休有物。

作耶休耶？二者皆离而不存。予之所存者，终不亡且离也。

时，就一心扑在正做的事上，仿佛整个天地都一同在运作。劳动结束时，不仅所做的事停下来了，仿佛整个世间也都一同静止了。

但我跟一般人却不一样。白天尽管也有所动作，可是并没有刻意地执着在事物上；到了晚上尽管可以休息了，可是也不是说真的就一切都静止了。一切动作行为不是我想要怎么动，而是这过程当中有某种真实的规律在起着作用；若停止下来了，也不是我自己刻意要停止下来，而是也有一种规律在起着作用。

到底是运动呢，还是静止呢？它们都不是孤立无援的，如果它们相互离开，那么它们本身也就不存在了。它们反而是我所真实拥有的，到最后既不会消失也不会离开。

注释

1 **作**：起来，劳动。 2 **休**：休息，结束。 3 **凡**：平常，人世间。 4 **万物**：宇宙内外一切的物质。万，形容最多。 5 **类**：类似，像。

原文

人之不力于道者，昏不思也。天地之间，万物生焉。人之于万物，一物也。其所以异于禽兽虫鱼者，岂非道德之性全乎哉？

受一气[1]而成其形，

译文

一般人不着力于进修崇高道德的原因，是愚钝而不（积极）思考。在天地之间，存在着无数的物种，人仅是其中的一种罢了。而我们人类之所以与其他禽、兽、虫、鱼等动物不同，难道不是因为人具备了崇高的道德吗？

同样禀受了天地之间的混沌之气，最

一为物而一为人，得之甚难也。生乎世，又非深长之年也。以非深长之年，行甚难得之身，而不专专[2]于大道，肆[3]其心之所为，则其所以自异于禽兽虫鱼者亡[4]几矣。昏而不思，其昏也，终不明矣。

终化育成形，可是一种成为物，另一种却成为人，能够成为人真的很不容易。人生在世，寿命也不是说就可以活到永久。而用不是很长久的寿命，来运用这难得的身体，却还不去专心一志地追求那崇高的美德，只是放纵自己，想做什么就做什么，这样的话，跟禽、兽、虫、鱼的差别真的几乎就没有了。愚钝却又不(积极)思考，那么愚钝的状态，最终也不会彻底弄明白！

注释

1 **一气**：天地之间的混沌之气。 2 **专专**：专一。 3 **肆**：放任，放纵。 4 **亡**：无。

原文

吾之生二十有九年矣。思十九年时，如朝日[1]也；思九年时，亦如朝日也。人之受命，其长者不过七十、八十、九十年，百年者则稀矣。当百年之时，而视乎九年时也，与吾此日之思于前也，远近其能大相悬[2]耶？其又能远于朝日之时耶？然则人之生也，虽享百年，若雷

译文

我已经二十九岁了。想起我十九岁时，就好像初升的太阳一样；想起我九岁的时候，也好像初升的太阳一样。人能够享受的寿命，最长也不过七十、八十、九十岁，能活到百岁的人就更少了。当活到一百岁时，再回过头来看他九岁时的感受，与我此时此刻看自己九岁、十九岁时所产生的感受，无论是长或短，彼此会相差很大吗？还有什么能比早晨的太阳消逝得更快的吗？既然这样，我们应该明白，人生在世，即便能够享得百年光阴，但这就好似雷鸣电闪轰隆激荡，也好似旋风的起舞盘旋一般罢了。

电之惊相激也，若风之飘而旋也，可知耳矣。况千百人而无一及百年者哉！故吾之终日志于道德，犹惧未及也。彼肆其心之所为者，独何人耶？

更何况千百人之中，还不一定有人能够活到百岁呢！所以我一直立志要极力追求崇高道德的修养，(即使这样)我仍然害怕达不到我的目标。而那些放纵自己任意妄为的人，都是些什么样的人呢？

注释

1 **朝日:**早晨的太阳。 2 **悬:**距离远。

朋党论

欧阳修

导读

欧阳修(1007—1072)，字永叔，号醉翁，又号六一居士，庐陵(今江西吉安)人。卒谥文忠。唐宋八大家之一，作品收入《欧阳文忠公集》。本文写于庆历三年(1043)，是作者向宋仁宗上的一封奏章，目的是回击保守派的诬蔑，为君子的朋党作辩护。文章论理深刻，气势雄浑。

原文

臣闻朋党[1]之说，自古有之，惟幸[2]人君辨其君子小人而已。大凡[3]君子与君子，以同道[4]为朋；

译文

我听说关于朋党的言论，是自古就有的，只是希望君主能分清他们是君子还是小人就好了。大概而言，君子与君子通常因志趣一致而结为朋党，小人与小人通

小人与小人,以同利为朋;此自然之理也。

然臣谓小人无朋,惟君子则有之。其故何哉?小人所好者禄利也,所贪者财货也。当其同利之时,暂相党引[5]以为朋者,伪也。及其见利而争先,或利尽而交疏,则反相贼害[6],虽其兄弟亲戚,不能相保。故臣谓小人无朋,其暂为朋者,伪也。君子则不然。所守[7]者道义,所行者忠信[8],所惜者名节。以之修身[9],则同道而相益;以之事国,则同心而共济[10]。终始如一,此君子之朋也。

故为人君者,但当退小人之伪朋,用君子之真朋,则天下治矣。

常因利益相同而结为朋党。这是很自然的常识。

但我的看法是,小人并无朋党,只有君子才有。这是什么原因呢?小人所喜爱所贪图的是爵禄、钱财。当他们利益相同的时候,便暂时互相勾结成为朋党,这是虚假的。等到他们见到利益而争先恐后,或者利益已尽而交情淡漠之时,就会反过来互相祸害,即使是兄弟亲戚,也不能互相保全。所以我说小人没有朋党,他们暂时结为朋党,也是虚假的。君子就不是这样。他们遵奉的是道义,践行的是忠信,爱惜的是名节。用这些来提高自身修养,那么志趣一致就能相互补益;用这些来治理国事,那么观点相同就能共同进步。始终贯彻一致,这就是君子的朋党。

所以做君主的,只要摒弃小人的假朋党,善用君子的真朋党,那么天下就可以安定了。

注释

1 **朋党:**原指一些人为自私的目的而互相勾结,后来泛指士大夫结党,即结成利益集团。 2 **幸:**希望。 3 **大凡:**大概。 4 **道:**学说,主张。 5 **党引:**结党互相勾结。 6 **贼害:**残害,祸害。 7 **守:**遵守,奉行。 8 **忠信:**八德(孝、悌、忠、信、礼、义、廉、耻)之二,忠指心志坚定,信指诚实而知耻。 9 **修身:**指修养身心。 10 **济:**成功,成就。

原文

尧之时，小人共工、驩兜等四人[1]为一朋，君子八元、八凯[2]十六人为一朋。舜佐尧，退四凶小人之朋，而进元、凯君子之朋，尧之天下大治。及舜自为天子，而皋、夔、稷、契[3]等二十二人并列于朝，更相[4]称美，更相推让，凡二十二人为一朋，而舜皆用之，天下亦大治。

《书》[5]曰："纣有臣亿万，惟亿万心；周[6]有臣三千，惟一心。"纣之时，亿万人各异心，可谓不为朋矣，然纣以亡国。周武王之臣，三千人为一大朋，而周用以兴。后汉献帝[7]时，尽取天下名士囚禁之，目[8]为党人。及黄巾贼[9]起，汉室大乱，后方悔悟，尽解[10]党人而释之，然已无救矣。唐之晚年，渐起朋党之论。及昭宗[11]时，尽杀朝之名士，或投之黄河，曰："此辈清流，可投浊流。"[12]而唐遂亡矣。

译文

在唐尧的时候，小人共工、驩兜等四个人结为一个朋党，君子八元、八恺等十六个人结为一个朋党。舜辅佐尧，斥退"四凶"的小人朋党，而起用元、恺的君子朋党，唐尧的天下因此政治清明，局势安定。等到虞舜自己做了天子，皋陶、夔、稷、契等二十二人同时班列朝廷，他们互相推举，互相谦让，一共二十二人结为一个朋党，虞舜全都起用他们，天下也因此得到太平。

《尚书》上说："商纣王有亿万臣子，却是亿万颗心；周武王有三千臣子，仅一颗心。"商纣王的时候，亿万人各有各的异心，可以说不成朋党了，但纣王却因此而亡国。周武王的臣子，三千人结成一个巨大的朋党，可周朝却因此而兴盛。这之后，汉献帝的时候，把天下名士全都关押起来，把他们当作"党人"看待。等到黄巾军兴起，汉王朝大乱，此后才幡然悔悟，解除了禁令并释放了他们，可是已不能挽救危局了。唐朝的末期，逐渐兴起反对朋党的建议。到了昭宗时，把朝廷中的名士都杀害了，有的竟被投入黄河，说什么"这些人自命为清流，应当把他们投到浊流中去"。唐朝也就随之灭亡了。

注释

1 **共(gōng)工、驩兜(Huāndōu)等四人:**指共工、驩兜、鲧(Gǔn)、三苗,即后文被舜放逐的“四凶”。 2 **八元、八凯:**传说中的才德之士。八凯即八恺。 3 **皋(Gāo)、夔(Kuí)、稷(Jì)、契(Xiè):**传说中是舜时的贤臣。 4 **更相:**互相。 5**《书》:**即《书经》,《尚书》的古书名。 6 **周:**周武王,姬姓,名发,西周王朝开国君主。 7 **汉献帝:**东汉最后一任皇帝刘协。 8 **目:**看待。 9 **黄巾贼:**此指张角领导的黄巾军,“贼”是对参与黄巾之乱的黄巾军官兵的蔑称。 10 **解:**解除,消除。 11 **昭宗:**唐昭宗李晔。 12 **“此辈清流”两句:**唐天祐二年(905),权臣朱温在亲信李振的鼓动下,在滑州白马驿(今河南滑县境内)一夜间尽杀大臣裴枢等“衣冠清流”三十余人,并投尸于河,史称“白马之祸”。李振对朱温说:“这些官僚自命清高,说自己是清流,把他们投入黄河,就永远是浊流了。”

原文

夫前世之主,能使人人异心不为朋,莫如纣;能禁绝善人为朋,莫如汉献帝;能诛戮清流之朋,莫如唐昭宗之世。然皆乱亡其国。更相称美,推让而不自疑,莫如舜之二十二臣,舜亦不疑而皆用之。然而后世不诮[1]舜为二十二人朋党所欺,而称舜为聪明之圣者,以能辨君子与小人也。周武之世,举其国之臣三千人共为一朋,自古为朋之多

译文

前代的君主,能使人人异心不结为朋党的,谁也比不过商纣王;能禁绝君子结为朋党的,谁也比不过汉献帝;能杀害“清流”的朋党的,谁也比不过唐昭宗之时。但都因此而使他们的国家陷入混乱,以致灭亡。互相推举、谦让而不疑忌的,谁也比不过虞舜的二十二位大臣,虞舜也毫不猜疑地任用他们。但是后世并不责备虞舜被二十二人的朋党所蒙蔽,却称赞虞舜是聪明的圣主,原因就在于他能分辨君子和小人啊。周武王时,全国所有的臣子三千人结成一个朋党,自古以来结成的朋党人数最多、规模最大的,谁也比不过周朝。可周朝正因此而兴盛,原因就在于善

且大，莫如周。然周用此以兴者，善人虽多而不厌[2]也。

良之士虽多，但是他们并不（以已经取得的成就而）满足（，而是有着更高的人生及治国的理想）。

夫兴亡治乱之迹，为人君者，可以鉴矣。

对于前代治乱兴亡的历史，作为（一个合格的）君主，应该时刻鉴戒。

注释

1 诮(qiào)：责备。　2 厌：通“餍”，满足。

权书·六国

苏洵

导读

苏洵(1009—1066)，字明允，号老泉，眉州眉山(今四川眉山)人。唐宋八大家之一。作品收入《嘉祐集》。在苏洵所处的北宋时期，上层的统治者因国力的积贫积弱，屈从于暴力和强权的辽和西夏，实行妥协政策，甚而不惜割地纳贡，以求苟安。正是因此，作者悲愤而发，借古讽今，告诫北宋的统治者要吸取六国灭亡的教训，以免重蹈覆辙，悔之晚矣。此文语带锋芒，气势雄壮。

原文

六国[1]破灭，非兵不利，战不善，弊在赂秦[2]。赂秦而力亏，破灭之道也。或

译文

六国的灭亡，不是武器不锋利，仗打得不好，弊端在于用土地贿赂秦国（来换取所谓的太平）。用土地贿赂秦国亏损了国家的力量，这就是灭亡的根源。有人问：“六国一个接一个灭亡，

曰:“六国互丧[3],率[4]赂秦耶?”曰:“不赂者以赂者丧。盖失强援,不能独完[5]。故曰:弊在赂秦也。”

难道都是因为贿赂秦国吗?”我以为:“不贿赂秦国的国家,因为有贿赂秦国的国家而随后灭亡。原因是不贿赂秦国的国家失掉了强有力的外援,它(最终也)不能独自保全。所以说弊端在于贿赂秦国。”

秦以攻取之外,小则获邑,大则得城。较秦之所得,与战胜而得者,其实百倍;诸侯之所亡,与战败而亡者,其实亦百倍。则秦之所大欲,诸侯之所大患,固不在战矣。

秦国除了用战争夺取土地以外(,还接受诸侯的贿赂),小的能获得县邑,大的能获得城池。比较秦国受贿赂所得到的土地,与战胜别国所夺取来的土地,(贿赂得来的)事实上是百倍。六国诸侯(贿赂秦国)所丧失的土地,与战败所丧失的土地相比,事实上也是百倍。那么秦国最想得到的,与六国诸侯最担忧的,本就不在于战争啊。

注释

1 **六国:**指秦国以外的齐、楚、燕、赵、韩、魏。 2 **赂秦:**贿赂秦国。这里指向秦割地求和。 3 **互丧:**相继灭亡。 4 **率:**一概,都。 5 **完:**保全。

原文

思厥先祖父[1],暴霜露,斩荆棘,以有尺寸之地。子孙视之不甚惜,举以予人,如弃草芥。今日割五城,明日割十城,然后得一夕安寝。起视四境,而秦兵又至矣。然则诸侯

译文

想想他们的祖辈和父辈,冒着寒霜雨露,披荆斩棘,才积攒了很少的一点土地。(不想)后辈子孙对那片土地不是全心爱护,(反而)全部拿着送给别人,就像扔掉小草一样。今天割掉五座城,明天再割掉十座城,这样才换来一夜的安稳觉。(未料)第二天起床一看周边四境,秦国军队又来了。既然这样,那么诸侯的土地有限,暴秦的欲望永

之地有限，暴秦之欲无厌[2]，奉之弥繁，侵之愈急，故不战而强弱胜负已判[3]矣。至于颠覆，理固宜然。古人云："以地事[4]秦，犹抱薪救火，薪不尽，火不灭。"此言得之。

远也不会满足，诸侯送给秦国的越多，秦国侵犯得就越频繁，所以用不着战争，谁强谁弱，谁胜谁负，就已经清清楚楚了。事物的兴衰，一定有它固有的规律。古人说："拿土地来讨好秦国，就像抱着干柴去救火，柴不烧完，火就不会灭。"这话说得很正确。

注释

1 **厥**：他们的。 **先祖父**：泛指他们的先人祖辈。 2 **厌**：同"餍"，满足。 3 **判**：分明，清清楚楚。 4 **事**：侍奉。

原文

齐人未尝赂秦，终继五国迁灭[1]，何哉？与嬴[2]而不助五国也。五国既丧，齐亦不免矣。燕、赵之君，始有远略，能守其土，义不赂秦。是故燕虽小国而后亡，斯用兵之效也。至丹以荆卿为计[3]，始速祸焉。赵尝五战[4]于秦，二败而三胜。后秦击赵者再，李牧连却之。[5]洎[6]牧以谗诛，邯郸为郡[7]，惜其用武而不终也。且燕、赵处

译文

齐国没有贿赂秦国，最终也随着五国灭亡了，为什么呢？（是因为齐国）跟秦国交好而不去援助其他五国啊。五国已经灭亡了，齐国也就没法幸免了。燕国、赵国的国君，起初还有着长远的谋略，能够守住他们的国土，坚持正义，不贿赂秦国。因此燕虽然是个小国，却后来才灭亡，这就是用兵抗秦的缘故。直到燕太子丹用派遣荆轲刺杀秦王来作为对付秦国的计策，这才招致灭亡的祸患。赵国曾经与秦国交战五次，打了两次败仗，三次胜仗。后来秦国两次攻打赵国，赵国大将李牧接连打退秦国的进攻。等到李牧因受诬陷而被杀死，曾经的赵国变成了秦国的邯郸郡，赵国武力抗秦，而没能坚持到底，真让人惋惜。况且燕、赵两国正处在秦国把其他

秦革灭殆尽之际[8],可谓智力孤危,战败而亡,诚不得已。向使三国[9]各爱其地,齐人勿附于秦,刺客不行,良将犹在,则胜负之数,存亡之理,当[10]与秦相较,或未易量。

国家快要全部灭亡的时候,可以说他们的智谋和力量,都已经到了最无助最危急的时刻,战败而亡国,确实是不得已的事。假使韩、魏、楚三国都爱惜他们的国土,齐国也不去攀附秦国,燕国的刺客不去刺杀秦王,赵国的良将李牧还活着,那么胜败的命运,存亡的定则,如果与秦国相比较,或许还不容易衡量出谁高谁低呢。

注释

1 **迁灭:**灭亡。 2 **与嬴:**交好秦国。与,交好,结交。嬴,秦王族的姓,代指秦国。 3 **丹:**燕太子丹。 **荆卿:**荆轲。 4 **五战:**非确指,大概之数。 5 **再:**两次。 **李牧:**战国时期的赵国大将,他屡次重创敌军而未尝败,显示了高超的军事指挥艺术。 6 **洎**(jì):及,等到。 7 **邯郸:**赵国的都城。秦灭赵之后,把赵国改为秦国的邯郸郡。 8 **革灭:**消灭。 **殆尽:**几乎将尽。 9 **三国:**指韩、魏、楚三个与秦国相邻的国家。 10 **当:**同"倘",如果。

原文

呜呼!以赂秦之地,封天下之谋臣,以事秦之心,礼天下之奇才,并力西向,则吾恐秦人食之不得下咽也[1]。悲夫!有如此之势,而为秦人积威之所劫[2],日削月割,以趋于亡。为国者[3],无使为积威之所劫哉!

译文

唉!(如果六国的诸侯)用贿赂秦国的土地,来分封给天下的谋臣,用侍奉秦国的心,来礼遇天下的奇才,齐心合力地一同向西对抗秦国,那么,我怀疑秦国人连饭也不能咽下去了。真可悲啊!有这样的有利形势,却被秦国积久的威势所胁迫,天天割地,月月割地,以至于最终走向灭亡之路。那些治理国家的人,不要被积久的威势所胁迫啊!

夫六国与秦皆诸侯，其势弱于秦，而犹有可以不赂而胜之之势。苟以天下之大[4]，下而从六国破亡之故事[5]，是又在六国下矣。

六国和秦国本来都是诸侯之国，他们的势力比秦国弱小，却还是具备可以不贿赂秦国而战胜它的优势。如果拥有广阔的疆域，在六国之后却追随六国灭亡的先例，这是连六国也比不上了。

注释

1 **食之不得下咽也**：形容秦王内心惶恐，吃不下饭。 2 **积威**：积久而成的威势。 **劫**：胁迫，威逼。 3 **为国者**：统治者。 4 **苟**：假如，如果。 **天下**：此指当时北宋统治的疆域。 5 **从**：跟随。 **故事**：旧事，先例。

贾谊论

苏 轼

导读

苏轼(1037—1101)，字子瞻，号东坡居士，世称"苏东坡"，眉州眉山(今四川眉山)人。唐宋八大家之一，作品收入《东坡七集》《东坡易传》《东坡乐府》等。本文写于嘉祐五年(1060)，为二十五篇进论之一，是针对西汉初年文帝时期的政治家贾谊的人物评论文。作者不拘泥于历来对贾谊的评价，反而指出贾谊是志向远大，而气量狭小，才力有余，而见识不足。告诫君子要想实现宏远的目标，就一定要等待时机；要想成就伟大的功绩，就一定要学会容忍。文章笔力雄健，寓意深刻。

原文

非才之难，所以自用者实难。惜乎贾生[1]王者之佐，而不能自用其才也。

夫君子之所取者远，则必有所待；所就者大，则必有所忍。古之贤人，皆有可致之才，而卒[2]不能行其万一者，未必皆其时君之罪，或者其自取也。

译文

人要有才能并不难，把自己的才能（充分）发挥出来才是困难的。可惜啊贾谊！即便有辅佐帝王的才能，却一生都没能施展出来。

君子要想实现宏远的目标，就一定要等待时机；要想成就伟大的功绩，就一定要学会容忍。古代的贤能之士，都有建功立业的才能，但那些最终未能施展出才能的万分之一的原因，不一定都是当时君王的过错，也可能是他们自身的缘故。

注释

1 **贾生：**即贾谊。生，对汉代儒者的尊称。贾谊，洛阳（今河南洛阳东）人，西汉初期政论家、文学家。仕途一直不得志，无法施展才华，故此常处于闷闷不乐中。在担任梁怀王太傅时，因梁怀王不慎堕马而死，他自惭痛哭，不久即忧愤而死。 2 **卒：**最终。

原文

愚观贾生之论，如其所言，虽三代何以远过？得君如汉文[1]，犹且以不用死。然则是天下无尧、舜，终不可以有所为耶？仲尼圣人，历试于天下，苟非大无道之国，皆欲勉强扶持，庶几一日得行其道。将之荆，先之以子夏，

译文

我看过贾谊的论策文章，按他所说的（去做），即使夏、商、周三代的成就又怎能胜过他呢？（然而）遇到像汉文帝这样的明君，尚且因为不能施展他的才能，就抑郁死去。照此看来，难道天下没有了尧、舜那样的圣君，（一个人）就终身不能有所作为了吗？圣人孔子，曾周游天下，只要不是极其无道的国家，他都勉力去扶持一把，期望终有一天能实践他的理想。他准备到楚国

申之以冉有。君子之欲得其君,如此其勤也。孟子去齐,三宿而后出昼[2],犹曰:“王其庶几召我。”君子之不忍弃其君,如此其厚也。公孙丑问曰:“夫子何为不豫?”孟子曰:“方今天下,舍我其谁哉?而吾何为不豫?”[3]君子之爱其身,如此其至也。夫如此而不用,然后知天下之果不足与有为,而可以无憾矣。若贾生者,非汉文之不用生,生之不能用汉文也。

时,先派子夏去联系,再派冉有去落实。君子要想得到国君的重用,态度就是这样的殷勤。孟子准备离开齐国时,在昼地住了三晚方才出走,还说:“齐宣王大概会召见我的。”君子不忍心别离他的国君,感情就是这样的深厚。(有一次)公孙丑询问孟子:“先生为什么不高兴啊?”孟子回答:“当今世界上(修身、齐家、治国、平天下的全才),除了我还有谁?我为什么不高兴呢?”君子爱惜自己的声誉,就是这样的无微不至。如果做到了这样,还是得不到施展的机会,那么就应当明白,这世上果真没有一个可以共图大业的君主了,也就没有什么遗憾了。像贾谊这样的人,不是汉文帝不想重用他,而是贾谊没能凭借汉文帝任用他的机会,(充分)施展出自己的才华啊!

注释

1 **汉文:**汉文帝刘恒,西汉前期最有作为的君主之一。 2 **昼:**地名,在今山东临淄。 3 **豫:**高兴。这一典故,本来是孟子跟弟子充虞之间的对话,苏轼在这里误记成公孙丑了。

原文

夫绛侯[1]亲握天子玺,而授之文帝。灌婴[2]连兵数十万,以决刘、吕之雄雌。又皆高帝之旧将,此其君臣

译文

周勃曾亲手端着皇帝的印玺,献给汉文帝。灌婴曾联合数十万兵力,奠定了吕、刘两家胜败的命运。他们又都是汉高祖的旧部,他们这种君臣相合的深

相得之分，岂特父子骨肉手足哉？贾生，洛阳之少年，欲使其一朝之间，尽弃其旧而谋其新，亦已难矣。为贾生者，上得其君，下得其大臣，如绛、灌之属，优游浸渍而深交之[3]，使天子不疑，大臣不忌，然后举天下而唯吾之所欲为，不过十年，可以得志。安有立谈之间，而遽[4]为人痛哭哉？观其过湘，为赋以吊屈原，纡郁愤闷[5]，趯然有远举之志[6]。其后卒以自伤哭泣，至于夭绝。是亦不善处穷者也。夫谋之一不见用，安知终不复用也？不知默默以待其变，而自残至此。呜呼！贾生志大而量小，才有余而识不足也。

厚情分，哪里只是父子骨肉之间的感情所能比拟的呢？贾谊，不过是洛阳的一个青年，要想让汉文帝在一朝一夕之间，就完全抛弃旧有的规章法度，而采用他的新主张，这也太困难了。作为贾谊这样的人，对上应该先取得皇帝的信任，对下需获得大臣的支持，对于周勃、灌婴之类的大臣，要从容地、一步步地和他们加深交往，使得天子不疑虑，大臣不猜忌，这样以后，整个国家就会按自己的主张去治理了，不出十年，就可以实现自己的理想。怎么能在顷刻之间，就突然对人痛哭起来呢？看他路过湘江时，作的祭奠屈原的诗赋，郁结愤懑，心绪不宁，表露了出世归隐的思想。在这之后，他终因经常感伤哭泣，以至于早死了。他也真是个不善于身处困境的人。谋划只一次没有被采用，怎么就能判定出，永远也不会再被采用了呢？不知道默默地等待局势的变化，而自我摧残到如此地步。唉！贾谊这是志向远大，而气量狭小，才力有余，而见识不足啊。

注释

1 **绛侯：**即周勃，沛郡丰邑（今江苏丰县）人，西汉开国将领。 2 **灌婴：**西汉初睢阳（今河南商丘）人，西汉开国功臣。 3 **优游：**从容不迫的样子。 **浸渍**(zì)**：**渐渐渗透的样子。 4 **遽**(jù)**：**急速，迅速。 5 **纡郁愤闷：**苦闷盘结在胸中。 6 **趯**(tì)**然：**超然的样子。 **远举：**避走远方，这里比喻退隐。

原文

古之人，有高世之才，必有遗俗之累[1]。是故非聪明睿哲不惑之主，则不能全其用。古今称苻坚得王猛于草茅之中[2]，一朝尽斥去其旧臣，而与之谋。彼其匹夫，略有天下之半，[3]其以此哉！

愚深悲贾生之志，故备论之。亦使人君得如贾生之臣，则知其有狷介[4]之操，一不见用，则忧伤病沮[5]，不能复振。而为贾生者，亦慎其所发[6]哉！

译文

古代凡是有出类拔萃才能的人，必然会因为他的不合时宜，而招致世俗的偏见。因此，不是聪慧圣明睿智、不受蒙蔽的君主，就不能充分发挥他们的作用。自古以来，人们都称赞苻坚能从草野百姓之中起用了王猛，又在很短的时间内，把反对他的旧臣全部排斥出去，仅与王猛商讨军国大事。像苻坚那样一个平常之辈，最后竟然占据了半个中国，这道理就在于此吧！

我十分惋惜贾谊的抱负没能施展（就死去），所以就此加以详尽的论述。也想让君主明白，如果得到了像贾谊这样的臣子，就应当了解这类人有孤傲不群的性格，一旦不被重用，就会忧伤颓废，不能重新振作起来。而像贾谊这样的人，也要慎重对待自己的立身处世啊！

注释

1 **累：**连累，拖累。 2 **苻坚：**前秦的国君。 **王猛：**字景略，曾辅佐苻坚扫平群雄，统一北方。 3 **匹夫：**指苻坚。 **略：**掠夺。当时前秦占据整个北方中国，与东晋对抗，因此说他占了半个天下。 4 **狷**(juàn)**介：**孤傲，洁身自好，不同流合污。 5 **沮**(jǔ)**：**颓废，丧气。 6 **发：**指立身处世。

原　过

王安石

导读

王安石(1021—1086),字介甫,号半山,临川(今江西抚州)人,谥号"文",故世称王文公。唐宋八大家之一,作品收入《临川先生文集》。本文认为,世人都是会犯错的,当有了过错之后,要勇于改正,那么仍旧不会影响自身的贤明。

原文

天有过乎?有之,陵历斗蚀[1]是也。地有过乎?有之,崩弛竭塞[2]是也。天地举有过,卒不累覆且载者何?善复常也。人介乎天地之间,则固不能无过,卒不害圣且贤者何?亦善复常也。故太甲思庸[3],孔子曰:"勿惮改过。"杨雄贵迁善[4],皆是术也。

予之朋有过而能

译文

天有过错吗?有的话,那么日食、月食便是它的过错。地有过错吗?有的话,那么山陵崩塌、河流枯竭就是它的过错。天地全都有过错,可为什么丝毫不会影响到它们的包容并蓄呢?(是因为)他们善于恢复到原本正常的形态啊。人(既然)处在天地之间,那就不可能不犯错,可为什么最终不会影响到那些圣人们的贤明?(是因为)他们也善于恢复到原本正常的状态啊。所以太甲改过从善,重掌王权,孔子说:"不要怕改正过错。"扬雄最可贵的也在改过向善,这些都只是手段啊。

悔，悔而能改。人则曰："是向之从事[5]云尔，今从事与向之从事弗类，非其性也，饰表以疑世也。"夫岂知言哉？

我的一个朋友有了过错能悔悟，悔悟了又能改正。（对此）人们却说："这人以前行事如此，现在行事与以前不同，这并不是他的本性，而是粉饰外表以迷惑世人啊。"这难道是有见识的话吗？

注释

1 **陵历斗蚀**：日食、月食等天体现象。 2 **崩弛竭塞**：山陵崩塌，河流干涸、淤塞等自然现象。 3 **太甲**：商王名。 **庸**：平常，此指正常的为君之道。太甲即位后，纵欲败度，被伊尹放逐到桐宫。三年后，悔过自新，重新继位于亳都。 4 **杨雄**：即扬雄。 **迁善**：去恶为善，改过向善。 5 **从事**：行事，办事。

原文

天播五行于万灵[1]，人固备而有之。有而不思则失，思而不行则废。一日咎[2]前之非，沛然思而行之，是失而复得，废而复举也。

顾曰"非其性"，是率天下而戕性也[3]。且如人有财，见篡[4]于盗，已而得之，曰："非夫人之财，向篡于盗矣。"可欤？不可也。财之在己，固不若性之为己有也。财失复得，曰非其财，且

译文

上天馈赠五行品德于众生，每个人先天都具备这样的品质。有了这些却不去思考，最终就会丧失它；有了思考却不去实现，最终就会荒废它。一旦要去追究以前的过错，就马上去思考这些品质并去实行，那么失去的就会重新得到，荒废的就会重新复活。

回头看"不是他的本性"这句话，真是误导众人泯灭良知啊。打个比方说，有个人的财物被强盗抢夺，后又自己拿回来，人们却说："这不是你的钱财，是刚从强盗那儿抢来的。"可以这么说吗？不能。钱财在自己手上，并不像品性是自己本身固有的。把失而复得的钱财说成不是本人的钱财，

不可,性失复得,曰非其性,可乎?

尚且不能这么说,那么把失而复得的品性说成不是本人固有的品性,能吗?

注释

1 **五行:**五常,即仁、义、礼、智、信。**万灵:**众生灵,人类。 2 **咎:**追究,责备。 3 **率:**率领,带领。**戕(qiāng)性:**摧残人性。 4 **篡:**非法夺取。

息 争

刘大櫆

导读

刘大櫆(1698—1779),字才甫,一字耕南,号海峰,安徽桐城人。一生以文才著称,"桐城派"的代表人物之一,有《海峰文集》。息争,意指停止那些无谓的辩争。作者认为天下的道理,不可能仅凭一个方面,就能把它说得透彻,对那些不同的观点应该采取兼容并包的态度。同室操戈,在内里争斗,这可以停止了。

原文

昔者,孔子之弟子,有德行,有政事,有言语、文学。其鄙有樊迟[1],其狂有曾点[2]。孔子之师,有老聃[3],有郯子[4],有苌弘[5]、师襄[6]。其故人有原壤[7],而相知有子桑伯子[8]。

译文

过去,孔子的学生,有的具备优良的德行,有的善于处理政事,有的擅长语言、文学。(其中)鄙陋低俗的有樊迟,狂放不羁的有曾点。孔子的老师,有老聃,有郯子,有苌弘、师襄;他的好友有原壤,知己有子桑伯子。

注释

1 **鄙:**鄙陋,鄙俗。 **樊迟:**即樊须,字子迟,有重农重稼思想。 2 **狂:**狂放,放纵。 **曾点:**字皙,性格豪放不羁,有“鲁之狂士”之称。 3 **老聃(dān):**即老子,道家创始人。 4 **郯(Tán)子:**春秋时郯国国君。 5 **苌(Cháng)弘:**春秋时周朝的天文学家。 6 **师襄:**也称师襄子,春秋时鲁国的乐官。 7 **原壤:**鲁国人,孔子的好友。 8 **子桑伯子:**春秋时鲁国隐士,事迹不可考。

原文

仲弓[1]问子桑伯子,而孔子许其为简[2],及仲弓疑其太简,然后以雍言为然。是故南郭惠子问于子贡曰[3]:“夫子之门,何其杂也?”呜呼!此其所以为孔子欤!

至于孟子,乃为之言曰:“今天下,不之杨,则之墨。”[4]“杨、墨之言不息,孔子之道不著。”“能言距杨、墨者,圣人之徒。”当时因以孟子为好辩。虽非其实,而好辩之端,由是启矣。唐之韩愈,攘斥佛老,学者称之。下逮有宋,有洛、蜀之党,有朱、陆之同异。[5]为洛之

译文

仲弓向孔子请教对子桑伯子的看法,孔子称赞子桑伯子办事不烦琐,等到仲弓怀疑子桑伯子办事过于简单,随后孔子又肯定仲弓的看法有道理。因此南郭惠子向子贡问道:“孔子的门生,就是这么混杂吗?”唉!这大概就是孔子会是孔子的原因吧!

至于孟子,却这样表达他的判断:“如今天下的主导思想,不是杨朱派,就是墨翟派。”“杨朱、墨翟的学说不消灭,孔子的学说就难以弘扬。”“那些能够用严词来驳斥杨墨的人,正是圣人的门徒。”当时的人,因此认为孟子善于论辩。虽然不怎么确切,但善辩的风气,即从此开始了。唐代的韩愈,排斥佛教、道教,受到当时知识分子交口称赞。等到了宋朝,又有洛阳程颐和四川苏轼的党派之争,又有朱熹、陆九渊学说的差异。作为洛派的门徒,以排斥苏轼为

徒者，以排击苏氏为事；为朱之学者，以诋諆[6]陆子为能。

本事；那些赞同朱熹学说的人，以攻讦陆九渊为能耐。

注释

1 **仲弓**：冉雍，字仲弓，孔子门徒十哲之一。 2 **简**：简单，简略。 3 **南郭惠子**：春秋时齐人。 **子贡**：姓端木，名赐，字子贡，善于辞令。 4 **杨**：杨朱，战国初魏人，他主张“贵己”“重生”。 **墨**：墨子，名翟，墨家创始人，主张“兼爱”“非攻”。 5 **逮**(dài)：及，到。 **洛、蜀**：宋哲宗元祐年间朝廷党派名称，由其领袖籍贯而来。洛党以程颐（洛阳人）为首，蜀党以苏轼（四川人）为首。 **朱、陆**：朱熹、陆九渊，南宋著名理学家，二人因学术观点不同曾有多次论辩。 6 **诋諆**(qī)：攻讦，毁谤。諆，亦作“欺”。

原文

吾以为天地之气化[1]，万变不穷，则天下之理，亦不可以一端尽。

昔者，曾子之“一以贯之”[2]，自力行而入；子贡之“一以贯之”，自多学而得。以后世观之，子贡是，则曾子非矣。然而孔子未尝区别于其间，其道固有以包容之也。

夫所恶于杨、墨者，为其无父无君也。斥老、佛者，亦曰：“弃君臣，绝父子，不为昆弟夫妇，以

译文

我认为，天地间的阴阳二气化生万物，变化无穷无尽，那么天下的道理，也就不可能仅凭一个方面，就能把它说得透彻。

从前，曾参理解孔子的论断，“用一个根本性的思想贯彻始终”，他从努力践行忠恕来入门；子贡也遵循“用一个根本性的思想贯彻始终”这个理念，他最终做到博学广识，才有所领悟。用后世的眼光来看，子贡是正确的，曾参是错误的。可是孔子不曾对他们各自的认知进行区别，正是因为他的学说本身就可以对这些兼容并包啊。

之所以痛恨杨、墨，是因为他们眼里没有父母、君王。那些排斥道、佛的人，也这样痛斥他们：“摈弃君臣关系，断绝父子之情，也不需要兄弟夫妇，用这样的处世方式来追

求其清净寂灭。如其不至于是,而吾独何为訾謷[3]之?大盗至,胠箧[4]探囊,则荷戈戟以随之。服吾之服,而诵[5]吾之言,吾将畏敬亲爱之不暇[6]。”

求他们的清静无为和涅槃寂灭。假如他们不至于此,我何必偏偏只攻讦他们呢?强盗跑来,翻箱倒柜抢东西,逼着我们扛着戈戟反抗他们。而对待那些穿着跟我们一样的衣服,读着跟我们一样的著作的人,我敬重他们、爱戴他们都觉得来不及呢。”

注释

1 **气化:**古代哲学术语,指阴阳之气化生万物。 2 **曾子:**名参,字子舆,诚实守信,谨小慎微,孔子的学生。 **一以贯之:**用一个根本性的思想贯彻始终。 3 **訾謷**(zǐ'áo):攻讦,诋毁。 4 **胠**(qū)**箧**(qiè):打开箱子。 5 **诵:**朗读。 6 **不暇:**没有空闲,来不及。

原文

今也操室中之戈,而为门内之斗,是亦不可以已乎?夫未尝深究其言之是非,见有稍异于己者,则众起而排之,此不足以论人也。人貌之不齐,稍有巨细长短之异,遂斥之以为非人,岂不过哉?

北宫黝、孟施舍,其去圣人之勇盖远甚,而孟子以为似曾子、似子夏。[1]然则诸子之迹虽不同,以为

译文

如今却同室操戈,在内里争斗,这是不是可以停止了?不曾深入研究他人言论的对错,发现与自己的见解稍有不同的,就群起而攻之,这种态度不适合拿来评论别人啊。人的外貌各不相同,稍有长短大小的差别,就骂别人是异类,难道不过分吗?

北宫黝和孟施舍(都是孟子认可的勇士),事实上,他们离圣人要求的“勇”恐怕差得太远,但孟子认为孟施舍像曾子、北宫黝像子夏。这么看来,这几个人的行为处事虽多有不同,(但在处事态度

似曾子、似子夏，可也。

居高以临下，不至于争，为其不足与我角[2]也。至于才力之均敌[3]，而惟恐其不能相胜，于是纷纭[4]之辩以生。是故知道[5]者，视天下之歧趋[6]异说，皆未尝出于吾道之外，故其心恢然有余[7]。夫恢然有余，而于物无所不包，此孔子之所以大而无外也。

上）认为北宫黝像子夏、孟施舍像曾子，还是可以的。

以站在高处往下看的姿态，来看待其他学派，就不至于发生争论，因为对方没有和我们较量的资本。如果双方的才能、力量不相上下，又各自担心不能战胜对方，如此才会产生复杂诡秘的论辩。因此，懂得大道的人，看天下各种不同的学说流派，就会觉得都没有超出自己的学说之外，因此他的心胸宽宏辽阔而有余地。心胸宽宏辽阔而有余地，那么对万事万物就没有不包容的，这就是孔子伟大而不排斥异己的原因。

注释

1 **北宫黝**(yǒu)**:**战国时齐国人。 **孟施舍:**事迹不可考。 **子夏:**姓卜，名商，字子夏，春秋时晋国人，孔子门徒十哲之一。此处典出《孟子·公孙丑上》第二章。孟子认为北宫黝和孟施舍都是有勇的人，北宫黝培养勇气，尤其注重细节，好胜心极强，孟子认为他像子夏。孟施舍培养勇气，没有胜的把握也无所畏惧，一往直前，孟子认为他像曾子。 2 **角**(jué)**:**角斗，较量。 3 **均敌:**犹对等，分不出胜负。 4 **纷纭:**纷争，混乱。 5 **道:**中国哲学的最高范畴，宇宙万物的本源，即终极真理。 6 **歧趋:**不同的趋向。 7 **恢然:**宽阔广大的样子。 **有余:**剩余，盈余。

二 序跋类

荆潭唱和诗序

韩 愈

导读

本文写于唐顺宗永贞元年(805)。本文是韩愈应友人裴均的要求为诗集《荆潭唱和诗》写的序,他高度评价了这部诗集,并借此阐明了他的文学主张。文中根据当时创作的大环境,提出歌舞升平的声音难以振奋人心,反而抒发感伤愁思的诗章写得极其美妙;表现愉悦之情的作品,很难做到精练与传神,而描摹穷苦困顿的作品,却比较容易力透纸背、感人肺腑。文章同时指出,作家作品的成功与否,与他的生活、思想有着密切的联系。

原文

从事[1]有示愈以《荆潭酬唱诗》者,愈既受以卒业[2],因仰而言曰:

"夫和平之音淡薄,而愁思之声要妙[3];欢愉之辞难工[4],而穷苦之言易好也。是故文章之作,恒发于羁旅草野[5]。至

译文

裴公派部下,送来他与杨公的诗歌唱和集《荆潭酬唱诗》,我收到以后,现在全部读完了,(心中有所感触,)就此就把它讲出来,以表达我的敬仰之心:

"(通常说来)歌舞升平的声音难以振奋人心,反而抒发感伤愁思的诗章写得极其美妙;表现愉悦之情的作品,很难做到精练与传神,而描摹穷苦困顿的作品,却比较容易力透纸背、感人肺腑。因此可以说,触发写作的欲望,常常是在四处奔波的旅途之中,是正处于远离庙堂、混迹

若王公贵人，气满志得，非性能而好之，则不暇[6]以为。

乡野的时候。至于那些王公重臣，他们正当如愿得志的时候，除非生来有才华又十分喜爱文学的，不然是没有多余的时间去写文章的。

注释

1 **从事：**官职，为州郡长官的幕僚。 2 **卒业：**全部读完。 3 **要妙：**美好。 4 **工：**精巧。 5 **羁旅：**旅途。**草野：**乡野。 6 **暇：**空闲。

原文

"今仆射裴公[1]，开镇蛮荆，统郡惟九。常侍杨公[2]，领湖之南，壤地[3]二千里，德刑之政并勤，爵禄之报两崇。乃能存志乎诗书，寓辞乎咏歌，往复循环，有唱斯和，搜奇抉怪[4]，雕镂[5]文字，与韦布里闾憔悴专一之士[6]，较[7]其毫厘分寸。铿锵[8]发金石，幽眇[9]感鬼神，信所谓材全[10]而能巨者也。两府之从事，与部属之吏，属[11]而和之，苟在编者，咸可观也。宜乎施之乐章，纪诸册书。"

从事曰："子之言是也。"告于公，书以为《荆潭唱和诗序》。

译文

"当今的裴均裴公，镇守着荆南，管辖广袤的九个州郡。杨凭杨公，统领着方圆两千里的湖南，对政务勤勉不懈，享受着高俸禄高爵位。他们却能将心志寄托在诗书之中，将情意蕴藏在歌咏声里，有唱必有和，有和又有唱；关注奇异的事物，寻求新奇的语言，专心雕琢文字，即便与那些困于羁旅乡野的文士相比较，也是没有多大差别的。他们的诗律吕浩荡，文辞优美，精深微妙，可感动鬼神，他们的确是多才多艺而又能力高超的人啊。两府的幕僚和官吏，接着唱和的诗，如果是已经收到这本集子中的，也都是不错的。应该给这些诗谱曲配乐，然后编成书册。"

那个官吏回答："您说得对。"禀告裴公，把此题为《荆潭唱和诗序》。

注释

1 **仆射(yè)裴公:**指裴均,时任荆南节度使。仆射,诸官之长的称谓。 2 **常侍杨公:**指杨凭,时任湖南观察使。常侍,官名。 3 **壤地:**土地。 4 **抉怪:**挑选怪异。 5 **雕镂:**雕琢刻镂。 6 **韦布里闾憔悴专一之士:**指羁旅草野的文人。韦布里闾,指平头百姓。憔悴,困顿失意的人。专一之士,专攻文学的人。 7 **较:**比较。 8 **铿锵:**金石之声。 9 **幽眇:**精深微妙。 10 **材全:**才能全面。 11 **属(zhǔ):**继续,连接。

愚溪诗序

柳宗元

导读

柳宗元(773—819),唐代文学家,字子厚,河东解(今山西运城西南)人,世称柳河东,与韩愈倡导古文运动,并称“韩柳”,同列唐宋八大家。唐宪宗元和五年(810),柳宗元迁居永州近郊,发现了冉溪,遂将它改名为“愚溪”。他有感于此地的风水景物,写了《八愚诗》,此文便是给这些诗写的序言。文中物我合一,意蕴隽永。

原文

灌水之阳有溪焉[1],东流入于潇水[2]。或曰:冉氏尝居也,故姓是溪曰冉溪。或曰:可以染也,名之以其能,故谓之染溪。余以愚触

译文

灌水的北面有一条小溪,向东流入潇水。有人说,过去有个姓冉的曾经住在这里,所以把这条小溪叫作冉溪。还有人说,溪水可以用来染色,用它的功能取名为染溪。我因为愚笨触犯了权贵,被贬到潇水。

罪，谪潇水上。爱是溪，入二三里，得其尤绝者家焉。古有愚公谷[3]，今予家是溪，而名莫能定。土之居者，犹龂龂然[4]，不可以不更也，故更之为愚溪。

愚溪之上，买小丘为愚丘。自愚丘东北行六十步，得泉焉，又买居之，为愚泉。愚泉凡六穴，皆出山下平地，盖上出[5]也。合流屈曲而南，为愚沟。遂负土累石，塞其隘，为愚池。愚池之东为愚堂，其南为愚亭，池之中为愚岛。嘉木异石错置，皆山水之奇者，以余故，咸以愚辱焉。

我喜爱这小溪，沿着它走了二三里，发现一个风景绝佳的地方，就在这里安了家。古代有愚公谷，如今我把家安置在这条溪水旁，可是它的名字没能定下来。当地的百姓还在为此争论不休，看来不得不重新起名了，所以我把它叫作愚溪。

我在愚溪上面，买了个小丘，叫作愚丘。从愚丘往东北走六十步，发现一处泉水，又买下来作为休闲的地方，称它为愚泉。愚泉共有六个泉眼，都在山下平地，泉水都是往上涌出的。泉水汇合后弯弯曲曲向南流去，(流过的地方)就称作愚沟。于是我运来泥土垒起石块，堵住狭窄的泉水通道，筑成了愚池。愚池的东面是愚堂，南面是愚亭，中央是愚岛。翠绿的树木和奇形的怪石参差错落，这些都是山水中瑰丽的奇观，因为我的缘故，现在全被愚字辱没了。

注释

1 **灌水:**湘江一支流，在今广西境内，今称灌江。 **阳:**山的南面，水的北面。 2 **潇水:**源自今湖南道县的潇山。 3 **愚公谷:**在今山东淄博南。据汉刘向《说苑 · 政理》记载，春秋时，齐桓公出外打猎，进一山谷，路遇一老人，说他养的母牛生了小牛，长大了，卖掉小牛而买来小马。有人说牛不能生马，就把小马牵走了。邻居认为他很傻，就叫他愚公，把他住的这个山谷叫作愚公谷。桓公回去后，把这件事告诉了管仲，管仲说，这是他这个执政者愚蠢，并不是老人愚蠢，那位老人知道现在断案不公正，所以只好把小马给人了。 4 **龂龂(yínyín)然**:争辩的样子。 5 **上出**:指泉水向上冒。

原文

夫水,智者乐也[1]。今是溪独见辱于愚,何哉?盖其流甚下,不可以溉灌。又峻急,多坻[2]石,大舟不可入也。幽邃浅狭,蛟龙不屑,不能兴云雨,无以利世,而适类于余。然则虽辱而愚之,可也。

宁武子"邦无道则愚"[3],智而为愚者也;颜子[4]"终日不违如愚",睿而为愚者也:皆不得为真愚。今余遭有道[5],而违于理,悖[6]于事,故凡为愚者,莫我若也。夫然,则天下莫能争是溪,余得专而名焉。

溪虽莫利于世,而善鉴[7]万类,清莹秀澈,锵鸣金石,能使愚者喜笑眷慕,乐而不能去也。余虽不合于俗,亦颇以

译文

有智慧的人喜欢水。可这条小溪竟然被愚字辱没,这是为什么呢?因为它的水道很低,不能用来灌溉。又水流湍急,有许多浅滩和石头,大船也进不去。虽地处幽深但水浅而道窄,蛟龙不屑于此,因为不能腾云驾雾,对世人没有什么用处,却十分适合我。既然如此,即使是辱没了它,用愚字来称呼它,也是可以的。

宁武子"在国家没有道义时就装傻",是聪明人故意装糊涂;颜子"从来不提与老师不同的意见,像是很愚笨",也是明智的人故意表现得很愚笨:他们都不是真正的愚笨。如今政治清明,我却做出与事理相违背的事情,所以世上再没有像我这么愚蠢的人了。因此,世间谁也不能和我竞争这条溪水,我能独自拥有它,并有为它命名的特权。

这条小溪虽然对世人没有什么用处,可它却能映照万物,晶莹清澈,发出金石般的响声,能使愚笨的人喜笑颜开,流连忘返,乐不思归。我即便不容于世俗,也还善于用文章来安慰自己,能(在文章里)自由驱使万物,创造出一个蕴含世间一切喜怒

文墨自慰，漱涤万物，牢笼百态，而无所避之。以愚辞歌愚溪，则茫然而不违，昏然而同归，超鸿蒙[8]，混希夷[9]，寂寥而莫我知也。于是作《八愚诗》，纪于溪石上。

哀乐的理想境界，世间万象没有什么能逃得出我的笔墨刻画。我用愚笨的言辞赞美愚溪，觉得茫茫然没什么悖于事理的，昏昏然回归到同样的境界，超越宇宙之外，融入玄虚静寂之中，而寂静空旷之中我连我自己都忘掉了。因此写了这首《八愚诗》，记在小溪边的石头上。

注释

1 **智者乐也**：语出《论语·雍也》。 2 **坻**(chí)：水中小洲或高地。 3 **宁武子**：春秋时卫国大夫宁俞，谥号"武"。此句语出《论语·公冶长》。 4 **颜子**：颜回，孔子学生。 5 **有道**：指政治清明。 6 **悖**(bèi)：违背。 7 **鉴**：照。 8 **鸿蒙**：指宇宙形成以前的混沌状态。 9 **希夷**：道家所指的一种形神俱忘、空虚无我的境界。

五代史伶官传序

欧阳修

导读

本文约写于宋仁宗皇祐五年(1053)。本篇是欧阳修所作的一篇史论。文中通过对五代时期的后唐由盛及衰过程的具体分析，指出忧患辛劳可以使国家兴盛，安闲享乐可以使自身灭亡这个自然的道理。全文叙论浑一，情动于中。

原文

呜呼！盛衰之理，虽曰天命，岂非人事哉？原庄宗之所以得天下[1]，与其所以失之者，可以知之矣。

世言晋王[2]之将终也，以三矢赐庄宗而告之曰："梁[3]，吾仇也；燕王[4]，吾所立；契丹[5]，与吾约为兄弟，而皆背晋以归梁。此三者，吾遗恨也。与尔三矢，尔其无忘乃父之志！"庄宗受而藏之于庙。其后用兵，则遣从事以一少牢告庙[6]，请其矢，盛以锦囊，负而前驱，及凯旋而纳之。

译文

唉！国家兴盛与衰亡的道理，虽然说是天命，难道不是由于人事吗？探究后唐庄宗从得天下到失天下的原因，就可以知道了。

世人说晋王将死的时候，把三支箭赐给庄宗，并告诉他说："梁国，是我的仇敌；燕王，是我扶持起来的；契丹，曾与我订立盟约，结为兄弟，可燕王和契丹最后都背叛了晋国而归顺梁国。他们三个，是我遗留在世间的愤恨啊。现在我给你三支箭，你一定不要忘记你父亲的志愿。"庄宗接了箭，把它收藏在祖庙里。他后来将要出兵时，就派一随从用猪、羊各一头祭告祖庙，请下那三支箭，用锦囊盛着，背着它领军前进，等到得胜归来时，又把这三支箭收入了祖庙。

注释

1 **原：**推究，探究。 **庄宗：**即后唐开国皇帝李存勖(885—926)。晋王李克用之子。 2 **晋王：**西域突厥族沙陀部酋长李克用，因受唐王朝之召镇压黄巢起义有功，后封晋王。 3 **梁：**后梁太祖朱温，原是黄巢部将，叛变归唐，后封为梁王。 4 **燕王：**指卢龙节度使刘仁恭。 5 **契丹：**宋时北方的一个部族。 6 **从事：**原指州郡长官的幕僚，这里泛指一般随从。 **少牢：**羊、豕各一只。少牢是诸侯、卿大夫祭祀宗庙时所用的牲畜。少牢在祭品的规格中低于"太牢"。

原文

方其系燕父子以组[1]，函[2]梁君臣之首，入于太庙，还矢先王，而告以成功，其意气之盛，可谓壮哉！及仇雠[3]已灭，天下已定，一夫夜呼[4]，乱者四应，仓皇东出，未及见贼，而士卒离散。君臣相顾，不知所归。至于誓天断发，泣下沾襟，何其衰也！岂得之难而失之易欤？抑本其成败之迹，而皆自于人欤？

《书》曰："满招损，谦得益。"[5]忧劳可以兴国，逸豫[6]可以亡身，自然之理也。故方其盛也，举天下之豪杰，莫能与之争；及其衰也，数十伶人[7]困之，而身死国灭，为天下笑。夫祸患常积于忽微[8]，而智勇多困于所溺[9]，岂独伶人也哉！作《伶官传》。

译文

当庄宗用绳子捆着燕王父子，用木匣装着梁国君臣的首级，进入太庙，把箭再次供奉先王，向先王禀告成功的时候，他意气的骄盛，是多么雄壮！等到仇敌全部被消灭，天下也已平定，然而一个人在夜间高呼，叛乱的人便四方响应，他匆忙向东逃去，还没有看到叛军，士卒兵丁就四下溃散了。当时君臣相对而视，不知能回到哪里去。以至于割断长发，对天发誓，泪水沾湿了大片的衣襟，这又是多么的衰颓！难道真的是得天下艰难而失天下太容易吗？或者说考究他成功与失败的根源，都是来自人事吗？

《尚书》上说："自满招来损害，谦虚得到好处。"忧患辛劳可以使国家兴盛，安闲享乐可以使自身灭亡，这是自然的道理。因此，当庄宗极其强盛的时候，普天下的豪杰，都不能跟他抗争；等到他衰败的时候，仅仅几十个伶人围困，就让自己丧命，国家灭亡，被天下人讥笑。所以说祸患常常是从细微的事情累积起来的，人的才智勇气往往被他溺爱的事物所消磨，难道只是因为溺爱几个伶人才如此吗？故此作《伶官传》。

注释

1 **组**:绳索。 2 **函**:用匣子装。 3 **仇雠**(chóu):仇敌。 4 **一夫夜呼**:指庄宗同光四年(926),将领皇甫晖在魏州领兵叛乱。 5《**书**》:《尚书》。**得**:原文作“受”。 6 **逸豫**:安逸舒适。 7 **伶人**:宫廷中的乐人和演戏艺人,有的授有官职。 8 **忽微**:形容细小之事。 9 **溺**:溺爱。

释祕演诗集序

欧阳修

导读

本文作于宋仁宗庆历二年(1042)。祕演是一个和尚,但也是一个很有才气的诗人,他与欧阳修是好友,故此请欧公给他的诗集写一篇序。序中,作者并没有评论祕演的诗作,反而大篇幅记述了祕演以及他们共同的好友石曼卿,描述了他们的爽朗豪放、志行高洁,称其为有奇才的男子。同时作者对他们窘迫困顿、坎坷一生的遭际,深表同情与愤慨。篇中行文晓畅,情谊厚重。

原文

予少以进士游京师,因得尽交当世之贤豪。然犹以谓国家臣一四海[1],休兵革[2],养息天下以无事者四十年,而智谋雄伟非常之士,无所用其能者,往

译文

我年轻时以进士的身份游历京城,因而能够广泛结交当代的贤士豪杰。然而,我仍然认为国家虽统一了天下,结束了战争,休养生息,天下太平无事已达四十年之久,但智谋出众、志向宏大的仁人志士,却没有地方去施展他们的才智,(无奈之下,他们)往往就隐匿不出;(我相信)在山林草莽之中,必定有直

往伏[3]而不出；山林屠贩[4]，必有老死而世莫见者，欲从而求之不可得。其后得吾亡友石曼卿[5]。

曼卿为人，廓然[6]有大志。时人不能用其材，曼卿亦不屈以求合。无所放其意，则往往从布衣野老[7]，酣嬉淋漓[8]，颠倒而不厌。予疑所谓伏而不见者，庶几狎而得之[9]。故尝喜从曼卿游，欲因以阴[10]求天下奇士。

到老死也还没被世人发现的人才，因此我想去追随他们，寻找他们，却没法办到。后来，我终于找到现已死去的朋友石曼卿。

曼卿的为人，爽朗豪放而且有远大的志向。当时掌权的人不能善用他的才能，而曼卿也不肯委屈自己去求得苟合。他没有地方抒发他的满腔志愿，因此就常常和平民百姓、乡村老人大口喝酒，嬉笑怒骂，不一而足，甚至到了癫狂的地步，却也丝毫不觉得厌倦。我怀疑那些归隐还没有被发现的人才，也许只有如此亲近他们，才能找到。所以我常常乐意跟曼卿交往，想通过他来暗地里寻求天下杰出的人才。

注释

1 **臣一：**臣服统一。**四海：**指全国。　2 **兵革：**指战争。　3 **伏：**隐蔽，藏匿。　4 **屠贩：**屠夫和小商人，泛指地位卑微的人。　5 **石曼卿：**即石延年(994—1041)，字曼卿，宋城(今河南商丘南)人。尤工诗，善书法。
6 **廓然：**开朗，豪放。　7 **布衣：**百姓。**野老：**乡村老人。　8 **酣：**喝得畅快。**淋漓：**酣畅。　9 **庶几：**或许，也许。**狎：**亲近，不庄重。　10 **阴：**暗地里。

原文

浮屠[1]祕演者，与曼卿交最久，亦能遗外[2]世俗，以气节相高。二人欢然无所间[3]。曼卿隐于酒，祕演隐于浮屠，皆奇男子

译文

和尚祕演，和曼卿交往的时间最长，也是能超脱世俗，他们被对方的志行高洁所吸引，而相互尊重。他们相处欢悦，无话不谈，无一丝隔阂。曼卿把自己深藏在酒肆之中，祕演却在寺庙里栖身，他们都

也。然喜为歌诗以自娱。当其极饮大醉，歌吟笑呼，以适天下之乐，何其壮也！一时贤士，皆愿从其游，予亦时至其室。十年之间，祕演北渡河[4]，东之济、郓[5]，无所合，困而归。曼卿已死，祕演亦老病。嗟夫！二人者，予乃见其盛衰，则余亦将老矣。

是有奇才的男人啊。然而他们都极爱作诗来自我取乐。当他们尽情喝酒，酩酊大醉时，大声吟诗狂笑狂呼，尽情享受这天下最大的快乐，那情形是多么豪壮！当时的杰出人士，都愿意跟他们交往，我也时常流连在他们的房舍里。在十年中，祕演曾向北渡过黄河，向东到了济州、郓州一带，（面对纷繁多变的尘世）他无所适从，拖着疲惫的身子回来了。（此时）曼卿已经去世，祕演也年老多病。唉！这两个人，我竟然目睹他们从意气昂扬的盛年，走向衰败的迟暮之年，而我也快（如同他们一样的）衰老了。

注释

1 **浮屠：**佛教徒。 2 **遗外：**超脱。 3 **间：**嫌隙，隔阂。 4 **河：**特指黄河。 5 **济、郓：**济州、郓州，在今山东。

原文

夫曼卿诗辞清绝[1]，尤称祕演之作，以为雅健有诗人[2]之意。祕演状貌雄杰，其胸中浩然，既习于佛，无所用，独其诗可行于世，而懒不自惜。已老，胠其橐[3]，尚得三四百篇，皆可喜者。

曼卿死，祕演漠然[4]

译文

曼卿的诗极为清雅，他也特别赞赏祕演的作品，认为它典雅刚健，继承了《诗经》的优良传统。祕演身材高大，才能出众，性情刚直豪迈，他既然通晓佛理，就没法到他处效力了，唯独他的诗可以在世上流传，可是他懒散不珍惜自己的作品。他已经老了，打开他的诗囊，还是找到了三四百篇，都是令人喜爱的作品。

曼卿死后，祕演寂寞茫然，没有了去

无所向。闻东南多山水，其巅崖崛嵂[5]，江涛汹涌，甚可壮也，遂欲往游焉，足以知其老而志在也。于其将行，为叙其诗，因道其盛时，以悲其衰。

庆历二年十二月二十八日，庐陵欧阳修序。

向。他听说东南多奇山秀水，山顶悬崖高峻陡峭，江水波涛汹涌澎湃，非常的壮观，就想到那里去游玩，从这可以看出，他年纪虽然大了，志向还依旧存在。在他将要远行时，我给他的诗集写了这篇序，因此说到他盛年时的情景，来悲叹他的衰老。

庆历二年十二月二十八日，庐陵人欧阳修作序。

注释

1 **清绝**：清雅之极。 2 **诗人**：指《诗经》中诗篇的作者。 3 **胠**(qū)：从旁边打开。 **橐**(tuó)：口袋。 4 **漠然**：茫然，无所知觉的样子。 5 **崛嵂**(juélǜ)：高峻陡峭。

江邻幾文集序

欧阳修

导读

本文写于宋神宗熙宁四年(1071)。作者说是给文集作序，却大谈写墓志，令人一头雾水，直到最后才点明江邻幾的文章早就流传于世上，本就不必由他来颂赞才显分量。作者特地如此絮絮叨叨，是心有感触才这样说罢了。大家手笔，原就是不按常规的吧。文章不仅仅只是慨叹江邻幾而已，那些有着共同遭际的人，想必会有着共鸣的。

原文

余窃不自揆[1]，少习为铭章[2]，因得论次当世贤士大夫功行。自明道、景祐以来[3]，名卿巨公，往往见于余文矣。至于朋友故旧，平居握手言笑，意气伟然，可谓一时之盛。而方从其游，遽哭其死，遂铭其藏者，是可叹也！

盖自尹师鲁[4]之亡，逮今二十五年之间，相继而殁，为之铭者，至二十人。又有余不及铭，与虽铭而非交且旧者，皆不与焉。呜呼！何其多也！不独善人君子，难得易失。而交游零落如此，反顾身世死生盛衰之际，又可悲夫！而其间又有不幸罹忧患，触网罗[5]，至困厄流离以死；与夫仕宦连蹇[6]，志不获伸而殁，独其文章尚见于世者，则又可哀也欤！

译文

我不自量力，从小就练习写作墓志铭一类的文章，因而有了机会编辑考评当代那些有声望有地位且贤明的读书人一生的功过言行。从明道、景祐到而今，那些有名望的达官贵人的碑志，常常出自我的笔下。至于我的老友们，平素在一起谈笑风生，意气风发，超然物外，可以说是一时的盛况。然而，有的刚刚才和他们交往，突然又要为他们的死而痛哭，竟然还要给他们写墓志铭，这真让人唏嘘不已！

从好友尹师鲁去世，到现在这二十五年间，陆续亡故而由我为他们作墓志铭的，竟达二十人。还有我来不及给他作墓志铭的，或已作了但不是我老友的，这些还不算在内。唉！为什么这么多呢！不但是善人君子不易结交，还容易失去。我的朋友去世的这样多，回过头看看自己一生的种种遭际与磨难，更加让人悲愤难耐！在这段时间，有的不幸遭受劫难，触犯法网，最后落魄无助，家破人亡；有的仕途坎坷，怀才不遇，最后窘迫而死，仅仅文章还流传人间，这也真让人悲愤交加！

注释

1 **不自揆**(kuí)**：**不自量力。 2 **铭章：**此指墓志铭之类的文章。

3 **明道、景祐：**宋仁宗的年号。　4 **尹师鲁：**尹洙(zhū)(1001—1047)，字师鲁，洛阳(今河南洛阳)人，北宋散文家。　5 **触网罗：**指触犯了法律。　6 **连蹇**(jiǎn)**：**遭遇坎坷。

原文

然则，虽其残篇断稿，犹为可惜，况其可以垂世而行远也！故余于圣俞[1]、子美[2]之殁，既已铭其圹[3]，又类集其文而序之，其言尤感切而殷勤者，以此也。

陈留江君邻幾常与圣俞、子美游，而又与圣俞同时以卒，余既志而铭之。后十有五年，来守淮西，又于其家得其文集而序之。邻几，毅然仁厚君子也。虽知名于时，仕宦久而不进，晚而朝廷方将用之，未及而卒。其学问通博，文辞雅正深粹，而论议多所发明，诗尤清淡闲肆可喜。然其文已自行于世矣，固不待余言以为轻重。而余特区区于是者，盖发于有感而云然。

熙宁四年三月日，六一居士序。

译文

既然这样，即便是残缺不全的作品，也值得珍惜，更何况是能够流传后世的名作！因此，当梅圣俞、苏子美去世后，我随即为他们撰写墓志铭，又为他们编纂文集并作序，所写的言辞很是伤感悲戚，但心意恳切深厚，就是因为以上所说的缘故。

陈留人江邻幾，常和梅圣俞、苏子美来往，又和梅圣俞同时去世，我都给他们写了墓志铭。之后又过了十五年，我到淮西当太守，更在江邻幾的家中找到了他的文集，就写了此序。邻幾是一个刚直仁爱的君子，虽然在当时很有名望，但做官很久都没升迁，直到晚年，朝廷刚要重用他，还没来得及任命，他就死了。他的学问通达渊博，文章典雅精深，讨论事情常有创见，诗则特别清新恬淡、悠闲自然，读之让人喜欢。不过他的文章早就流传于世上，本就不必由我来颂赞才显分量。我特地如此絮絮叨叨，是心有感触才这样说罢了。

熙宁四年三月某日，六一居士作序。

注释

1 **圣俞：**即梅尧臣（1002—1060），字圣俞，宣州宣城（今安徽宣城）人，世称宛陵先生，北宋著名诗人。 2 **子美：**即苏舜钦（1008—1049），字子美，绵州盐泉（今四川绵阳）人，北宋著名词人，与梅尧臣合称“苏梅”。 3 **圹：**墓穴。

读孟尝君传

王安石

导读

作者跳出前人的窠臼，寥寥数语，新意迭出，发人深省。

原文

世皆称孟尝君能得士[1]，士以故归[2]之。而卒[3]赖其力，以脱于虎豹之秦。

嗟乎！孟尝君特鸡鸣狗盗之雄耳[4]！岂足以言得士？不然，擅[5]齐之强，得一士焉，宜可以南面而制秦[6]，尚何取鸡鸣狗盗之力哉？夫鸡鸣狗盗之出其门，此士之所

译文

世人都称赞孟尝君善于招纳人才，因此人才都投靠到他的门下。最终他借助他们的能力，从虎豹一样残暴的秦国逃走。

哎！孟尝君只不过是那些鸡鸣狗盗之徒的首领罢了，哪能称得上善于得到人才呢？倘若不是这样，他完全可以凭借齐国的强大力量，拥有真才实学的人，应当可以南面称尊而制服秦国，哪还用得着这些鸡鸣狗盗之辈的能力？鸡鸣狗盗之辈出入他的门下，这正是有真才实

以不至也。

学的人之所以不归附他的根本原因。

注释

1 **孟尝君:**姓田,名文,战国时齐国贵族。 **士:**指品行学识兼优的读书人。 2 **归:**归附。 3 **卒:**最终。 4 **特:**只,不过。 **鸡鸣狗盗:**孟尝君曾被秦昭王所囚。他的门客中有个擅长盗窃的人,晚上装扮成狗混入秦宫,偷来狐白裘,献给了昭王宠妃,宠妃劝说昭王放人,孟尝君才得以逃脱。孟尝君逃至函谷关时,昭王后悔,派人来追。当时天还没亮,按规定要鸡鸣以后才能开关放人进出,而追兵将到。门客中会学鸡叫的人就装鸡叫,骗开城门,孟尝君得以逃回齐国。 **雄:**首领。 5 **擅:**拥有。 6 **宜:**应该。 **南面:**古代帝王的座位坐北朝南。 **制:**制服。

三 奏议类

楚莫敖子华对威王

《战国策》

导读

一个国家，如果他的重臣都去徇私舞弊，贪赃枉法，那么这个国家就有危险了。故此，莫敖子华向楚威王推荐了五种类型的忠臣，这一个个具体而鲜明的人物故事，读来令人感动，让人深思。

原文

威王问于莫敖子华[1]曰："自从先君文王，以至不穀[2]之身，亦有不为爵劝，不为禄勉，以忧社稷者乎？"

莫敖子华对曰："如华不足以知之矣。"

王曰："不于大夫，无所闻之。"

莫敖子华对曰："君王将何问者也？彼有廉其爵，贫其身，以忧社稷者；有崇其爵，丰其禄，以忧社

译文

楚威王问莫敖子华，说："从先君文王到我这一代为止，真有不追求高官厚禄，而忧虑国家安危的大臣吗？"

莫敖子华回答说："这些事情不是我所能回答的。"

威王说："我要是不问您，我就更不得而知啊。"

莫敖子华回答说："君王您想问的是哪一类大臣呢？有两袖清风，安于贫困，而忧虑国家安危的；有为了做高官，得到丰厚的俸禄，而忧虑国家安危的；有不怕砍头剖腹，视死如归，不计个人利益，而忧虑国家安危的；有劳其筋骨，苦其心志，而

稷者；有断脰[3]决腹，一瞑而万世不视，不知所益，以忧社稷者；有劳其身，愁其志，以忧社稷者；亦有不为爵劝，不为禄勉，以忧社稷者。”

王曰：“大夫此言，将何谓也？”

莫敖子华对曰：“昔令尹子文[4]，缁[5]布之衣以朝，鹿裘以处，未明而立于朝，日晦而归食，朝不谋夕，无一日之积。故彼廉其爵，贫其身，以忧社稷者，令尹子文是也。

忧虑国家安危的；也有既不追求高官，又不追求厚禄，而忧虑国家安危的。”

威王说：“您的这些话，说的是哪一个呢？”

莫敖子华回答说：“从前，令尹子文上朝时穿着黑色绸布衣，在家就穿着简朴的鹿皮衣，天还没亮，就去上朝，太阳落山，才回家吃饭，早饭吃完就不晓得有没有晚饭了，哪怕一天的粮食家里也没有储存。所以，我说的那个两袖清风，安于贫困，而忧虑国家安危的，就是令尹子文。

注释

1 **莫敖**：楚国官职名。 **子华**：楚国大臣。 2 **不穀**：古时候君王自称的谦辞。 3 **断脰**(dòu)：砍头。脰，脖子。 4 **令尹**：楚国官职名。 **子文**：楚国大臣。 5 **缁**(zī)：黑色。

原文

“昔者叶公子高[1]，身获于表薄，而财于柱国；定白公之祸，宁[2]楚国之事，恢先君以掩方城之外[3]，四封不侵，名不挫于诸侯。当此之时也，天下莫敢以兵南向。叶公子高，食田六百畛[4]。故彼崇其爵，丰

译文

“从前，楚国的叶公子高，他的出身卑微，却有担当柱国的才能；他平定了白公之乱，使楚国得以安定，光大了先君的遗德，一直影响到方城以外的地方，周边的诸侯都不敢欺凌，使楚国原先的威名在诸侯中没有受到损害。在这个时候，天下的诸侯都不敢出兵向南侵略。叶公子高的封地有六百畛的土地，所以，我说的那

其禄，以忧社稷者，叶公子高是也。

“昔者吴与楚战于柏举[5]，两军之间，夫卒[6]交。莫敖大心[7]抚其御之手，顾而太息曰：‘嗟乎！子乎！楚国亡之日至矣！吾将深入吴军，若扑一人，若捽[8]一人，以与大心者也，社稷其庶几乎？’故断脰决腹，一瞑而万世不视，不知所益，以忧社稷者，莫敖大心是也。

个为了做高官，得到丰厚的俸禄，而忧虑国家安危的，就是叶公子高。

“从前，吴、楚两国在柏举交战，两军对垒，短兵相接。莫敖大心拉着驾车战士的手，望着他们说：‘唉！唉！楚国亡国的日子就要到了！我要进攻吴军，你们如果能打倒一个敌人，揪住一个敌人，助我一臂之力，楚国就还不至于灭亡！’所以，我说的那个不怕砍头剖腹，视死如归，不计个人利益，而忧虑国家安危的，就是莫敖大心。

注释

1 **叶公子高：**楚国大夫，封地为叶。 2 **宁：**安定。 3 **恢：**发扬，扩大。 **方城：**地名，在今河南叶县南。 4 **畛**(zhěn)**：**一畛为一千亩。 5 **柏举：**地名，今天湖北麻城境内。 6 **卒：**同“猝”，突然。 7 **莫敖大心：**楚国左司马，叶公子高的父亲。 8 **捽**(zuó)**：**捉住，揪住。

原文

“昔吴与楚战于柏举，三战入郢[1]。君王身出，大夫悉属[2]，百姓离散。棼冒勃苏[3]曰：‘吾被坚执锐，赴强敌而死，此犹一卒也，不若奔诸侯。’于是赢粮潜行，上峥山，逾深溪，跖

译文

“从前，吴、楚两国在柏举交战，吴军连攻三次，最后攻入楚都。楚君逃出都城，大夫也都跟随楚君逃亡，百姓流离失所。棼冒勃苏说：‘如果我身穿着坚固的铠甲，手握着锋利的武器，跟强敌作战不幸战死，其作用也只不过就像一个普通士兵罢了，还不如去向诸侯求援。’因此，他背着

穿膝暴，七日而薄秦王之朝。[4]雀立[5]不转，昼吟宵哭。七日不得告。水浆无入口，瘨而殚闷，旄不知人。[6]秦王闻而走之，冠带不相及，左奉其首，右濡其口，勃苏乃苏。秦王身问之：'子孰谁也？'棼冒勃苏对曰：'臣非异，楚使新造盩[7]棼冒勃苏。吴与楚人战于柏举，三战入郢，君王身出，大夫悉属，百姓离散。使下臣来，告亡且求救。'秦王顾令之起：'寡人闻之，万乘之君，得罪一士，社稷其危，今此之谓也。'遂出革车千乘，卒万人，属之子满与子虎[8]，下塞以东，与吴人战于浊水[9]而大败之，亦闻于遂浦[10]。故劳其身，愁其思，以忧社稷者，棼冒勃苏是也。

干粮悄悄出发，越过崇山峻岭，渡过深水溪谷，鞋子穿烂了，脚掌磨破了，裤子破得都露出了膝盖，走了七天，才走到秦王朝堂。他挺身直立，日夜哭泣，又经过七昼夜，也没能面见秦王当面呈告。（他就这样）滴水不进，以致头昏眼花，气绝晕倒。秦王知道后，来不及系好衣帽就急着跑来看他，左手托着他的头，右手给他灌水，勃苏才慢慢苏醒过来。秦王亲自问他：'你是什么人？'棼冒勃苏回答说：'我不是别人，是楚王派来的使臣棼冒勃苏。吴、楚两国在柏举交战，吴军连攻三次，最后攻入楚都。楚君逃出京都，大夫也都跟随着楚君逃亡，百姓流离失所。君王特派我来报告楚国即将亡国，并且请求贵国的援救。'秦王一再要他起身，并说：'我听说，有万乘兵车的大国君王，如果得罪了仁人志士，国家就会危险，如今就是这样啊。'于是秦王派出千辆战车，一万多人的兵丁，让子满和子虎带领，出边关向东挺进，与吴军在浊水之上大战，大败吴军，又听说在遂浦也作过战。所以，我说的那个劳其筋骨，苦其心志，而忧虑国家安危的，就是棼冒勃苏。

注释

1 **郢**：楚国的都城，今湖北江陵境内。　2 **属**(zhǔ)：跟随。　3 **棼冒勃苏**：即申包胥。　4 **赢粮**：背负着粮食。　**峥山**：高峻崎岖的山。　**蹠**(zhí)：

脚掌。**暴:**同“曝”。**薄:**同“迫”,迫近,靠近。 5 **雀立:**挺身而立。雀,“隺”字之讹。隺,同“鹤”。 6 **瘨:**同“颠”,颠倒。**殚闷:**昏昏欲绝。**旄:**同“眊”,看不清楚。 7 **新造盩:**楚国的官职名。 8 **属:**同“嘱”。 **子满与子虎:**秦国的臣子。 9 **浊水:**今湖北随州境内。 10 **亦闻:**也听说。 **遂浦:**地名,不详。

原文

“吴与楚战于柏举,三战入郢。君王身出,大夫悉属,百姓离散。蒙縠结斗于宫唐之上[1],舍斗奔郢,曰:‘若有孤,楚国社稷,其庶几乎!’遂入大宫,负鸡次之典[2],以浮于江,逃于云梦之中。昭王反郢,五官失法,百姓昏乱;蒙縠献典,五官得法,而百姓大治。此蒙縠之功多,与存国相若,封之执圭,田六百畛。蒙縠怒曰:‘縠非人臣,社稷之臣。苟社稷血食[3],余岂患无君乎?’遂自弃于磨山[4]之中,至今无胄[5]。故不为爵劝,不为禄勉,以忧社稷者,蒙縠是也。”

译文

“吴、楚两国在柏举交战,吴军连攻三次,最后攻入楚都。楚君逃出都城,大夫也都跟随楚君逃亡,百姓流离失所。楚国大臣蒙縠在宫唐与吴军遭遇,蒙縠甩掉吴军跑到楚都,说:‘如果有可以继位的孤子,楚国大概能够免遭国家的灭亡。’于是,他进入楚宫,背着鸡次之典,乘船在江上漂流,逃到云梦地区。后来楚昭王返回楚都,但百官无法典可依,百姓一片混乱;蒙縠献出了鸡次之典,百官有法典可依了,百姓因而得到有效的治理。蒙縠立了如此的大功,等于保全了楚国的国运,于是楚王封他为执圭,给他六百畛的封地。蒙縠大怒说:‘我不是贪图高官厚禄的人,我是忧虑国家安危的大臣。如果国家平平安安,我难道会怕君王不给我官做吗?’于是他就跑到历山中隐居,到现在都没有后代。所以,我说的那个既不追求爵位,也不追求俸禄,而忧虑国家安危的,就是蒙縠啊!”

注释

1 **蒙縠:**楚国的将领。 **宫唐:**地名,不详。 2 **鸡次之典:**楚国的典籍。 3 **血食:**古代祭祀要祭供杀死的猪羊,称血食。 4 **磨山:**即历山。 5 **冑**(zhòu)**:**后代。

原文

王乃太息曰:"此古之人也。今之人焉能有之耶?"

莫敖子华对曰:"昔者先君灵王,好小腰,楚士约[1]食,冯[2]而能立,式[3]而能起,食之可欲,忍而不入,死之可恶,就而不避。华闻之,其君好发[4]者,其臣抉拾[5]。君王直[6]不好,若君王诚好贤,此五臣者,皆可得而致之。"

译文

楚王深深叹息道:"这些都是古人啊。当今还会有这样的人吗?"

莫敖子华回答说:"从前,先王楚灵王喜爱细腰的人,楚国的人为了让自己的腰纤细起来,就少吃饭,(最后饿得)要靠着东西才能站着,要扶着东西才能起身,很想吃东西,却总是忍着不吃,虽然有饿死的危险,可是人人还是都抢着去做。我听说,君王如果喜好射箭,那么大臣也会去学射箭。君王您只是不喜欢贤臣罢了,如果君王果真看重贤能,我讲的这五种贤臣,都是可以被大王招纳来的。"

注释

1 **约:**省下来,减少。 2 **冯:**同"凭"。 3 **式:**同"轼",扶着。 4 **发:**把箭发出去。 5 **抉:**射箭时套在拇指上钩弦的扳指。 **拾:**护臂。 6 **直:**仅仅,只是。

谏逐客书

李 斯

导读

李斯(?—前208),楚上蔡(今属河南)人。曾从荀卿学,战国末入秦,为秦王政客卿,秦统一后,任丞相。与赵高合谋篡改秦始皇遗诏,立胡亥为帝,后被赵高陷害,腰斩于市。

这是一篇具备实效性、针对性的优秀公文。“书”是上书、奏章之意,是臣子向君王陈述本人政见的一种文体。秦王嬴政听信了大臣的谗言,认为外国的客卿都是不可靠的,要把他们驱逐出境。李斯也在被驱逐之列,故此他上书秦王,写下了这篇《谏逐客书》。此文说理思路清晰,辞采斐然,可谓后世奏议之楷模。

原文

臣闻吏议逐客,窃以为过矣。昔缪公求士,西取由余于戎,东得百里奚于宛,迎蹇叔于宋,求丕豹、公孙支于晋。[1]此五子者,不产于秦,而穆公用之,并国二十[2],遂霸西戎。孝公用商鞅[3]之法,移风易俗,民

译文

我听说官员们正在讨论赶走客卿,依我的私见,这是错误的。从前,穆公访求贤士,西面从戎族那里谋得由余,东面在宛国谋得百里奚,从宋国迎来蹇叔,从晋国求纳丕豹、公孙支。这五位贤士都不生在秦国,可穆公重用了他们,于是兼并了二十个小国,在西戎称霸。孝公用商鞅制定的新规,改变旧的风气习俗,人民富裕,国家富强,百姓愿意为国家出力,诸侯都

以殷盛，国以富强，百姓乐用，诸侯亲服，获[4]楚、魏之师，举地千里，至今治强。惠王用张仪之计，拔三川之地，西并巴、蜀，北收上郡，南取汉中，包九夷，制鄢、郢，东据成皋之险，割膏腴之壤，遂散六国之从，使之西面事秦，功施到今。[5]昭王得范雎，废穰侯，逐华阳，[6]强公室，杜私门，蚕食诸侯，使秦成帝业。此四君者，皆以客之功。由此观之，客何负于秦哉？向使四君却客而不纳[7]，疏士而不用，是使国无富利之实，而秦无强大之名也。

自愿归附，战胜了楚、魏两国军队，开拓了千里的疆土，直到现在国家都太平、强盛。惠王用张仪的计策，攻下三川流域，向西吞并巴、蜀两国，向北收获上郡，向南夺取汉中，包容南方的九夷各族，控制了楚国的鄢、郢一带，向东倚靠成皋的险要，占据了肥沃的土地，因此拆散了六国的合纵联盟，迫使六国诸侯转过头来侍奉秦国，他的功勋一直延续到今天。昭王任用范雎，废掉穰侯，赶走华阳君，加强了王权，杜绝了豪门贵胄专权的弊端，逐步侵占诸侯各国的土地，使秦国建成了帝王的基业。这四位君主，都凭借客卿的贡献而成就了大业。由此看来，客卿有什么地方辜负了秦国？假使当初这四位君主都拒绝客卿不接纳他们，疏远（六国慕名来的）士人而不任用，那就使国家没有了富强的根基，秦也没有了强大的声威。

注释

1 **缪公：**即秦穆公，春秋五霸之一。 **由余：**春秋时晋人，戎王派他出使秦国，秦穆公用计使他归秦。 **百里奚：**本为虞大夫，虞亡入秦，穆公任为大夫。 **蹇叔：**宋人，经百里奚推荐，任上大夫。 **丕豹：**晋人，穆公用为将。 **公孙支：**秦国谋臣。 2 **二十：**西戎二十个小国。 3 **商鞅：**战国法家代表，卫国人，助秦孝公变法，使秦很快强盛。 4 **获：**指战胜。 5 **惠王：**即秦惠文王。 **张仪：**魏人，纵横家代表，曾任秦相。 **三川：**指黄河、伊水、洛水三条河。 **上郡、汉中：**本魏地，今陕西榆林境内。 **九夷：**泛指当时楚、魏境内的夷族地区。 **鄢：**楚旧都，今湖北宜城。 **郢：**楚国都，今湖北江陵。 **成**

皋:今河南荥阳虎牢关。 6 **昭王**:即秦昭襄王。 **范雎**:魏人,秦昭王时用为相。 **穰侯**:魏冉的封号,封于穰,曾为秦相。 **华阳**:即华阳君,封于华阳。 7 **向使**:假使。 **却**:推却,拒绝。

原文

今陛下致昆山之玉,有随、和之宝,垂明月之珠,服太阿之剑,乘纤离之马,建翠凤之旗,树灵鼍之鼓。[1]此数宝者,秦不生一焉,而陛下说之,何也?必秦国之所生然后可,则是夜光之璧不饰朝廷,犀象之器不为玩好,郑、卫之女不充后宫,而骏良駃騠[2]不实外厩,江南金锡不为用,西蜀丹青[3]不为采。所以饰后宫、充下陈、娱心意、说耳目者[4],必出于秦然后可,则是宛珠之簪、傅玑之珥、阿缟之衣、锦绣之饰[5],不进于前,而随俗雅化、佳冶窈窕[6]赵女,不立于侧也。夫击瓮叩缶,弹筝搏髀,[7]而歌呼呜呜快耳目者,真秦之声也。郑卫桑间,《韶虞》《武象》

译文

如今陛下获得了昆山的美玉,占有了随侯珠、和氏璧,挂着明月珠,佩着太阿剑,骑着纤离马,竖着翠凤旗,架起鼍皮鼓。这么多的宝物,没有一样在秦国出产,陛下却喜欢它们,为什么?如果必须是秦国出产的才能使用,那么,夜光璧就不能装饰朝廷了,犀角象牙制成的器物就不能赏玩了,郑、卫的美女就不能充满后宫,駃騠之类的骏马就不能饲养在宫外的马厩里,也不能用江南金锡制作的器具,不能用西蜀的丹青来涂染色彩。假使装饰后宫的,站在后排侍奉的,让心情快乐的,赏心悦目的,一定要是秦国出产的才行,那么,镶着宛珠的簪子,嵌着珠玑的耳环,东阿丝织的衣服,精美鲜艳的装饰,都不能进贡给宫中使用,而那些顺应时俗、装扮雅致、文静艳丽、身段窈窕的赵国美女,也不能侍立在身旁了。敲着瓦瓮瓦钵,边拍着大腿边弹着筝,咿咿呀呀地歌唱,令人心情激荡的,那才是地道的秦国音乐。而郑、卫民间的歌曲,宫廷乐舞《韶虞》《武象》,都是别国的音乐。如

者，异国之乐也。[8] 今弃击瓮叩缶而就郑卫，退弹筝而取《韶虞》，若是者何也？快意当前，适观而已矣。今取人则不然，不问可否，不论曲直，非秦者去，为客者逐。然则是所重者在乎色乐珠玉，而所轻者在乎人民也。此非所以跨海内、制诸侯之术也[9]。

今抛弃瓦瓮瓦钵而欣赏郑、卫的民歌，不再弹筝而用《韶虞》《武象》这样的古乐，这是为什么呢？是因为它们（比秦国音乐更）适合观赏，更能使心意畅快罢了。现在录用人才却不这样了，不问可不可用，不问是非对错，只要不是秦国人就排斥，只要是客卿就直接驱逐出境。既然这样，那么就是重视声色珠玉，而轻视人才啊，这不是威震四海、慑服诸侯的办法啊。

注释

1 **昆山：**今新疆和田，以产玉著名。**随、和之宝：**指随侯珠与和氏璧。**太阿：**即太阿剑，相传是春秋时吴国巧匠铸造。**纤离：**古骏马名。**鼍：**鳄鱼类动物。 2 **駃騠**(juétí)：古代北方名马。 3 **丹青：**颜料。 4 **下陈：**此指后排的侍妾。**说：**同“悦”。 5 **宛珠：**宛地产的珠。**傅：**同“附”。**玑：**不圆的珠子。**阿缟：**齐国东阿产的丝织品。 6 **佳冶：**美好艳丽。**窈窕：**文静美好。 7 **瓮：**汲水的瓦器。**缶：**瓦钵。**筝：**秦国的弦乐器。**髀：**大腿。 8 **桑间：**在卫国濮水边上，那里的民间音乐很有名。**《韶虞》：**虞舜的乐曲。**《武象》：**周初的一种武舞曲。 9 **跨：**凌驾。**术：**策略。

原文

臣闻地广者粟多，国大者人众，兵强则士勇。是以太山不让[1]土壤，故能成其大；河海不择细流，故能就其深；王者不却众庶，故能明其德。是

译文

我听说，土地广阔的国家粮食就充足，疆域广大人口就众多，军队强盛士兵就勇猛。泰山不嫌弃泥土，所以成就了它的宏伟；大海不挑剔细流，所以成就了它的幽深；君王不拒绝任何一个百姓，所以昭示了他的恩德。因此，土地不分四方，百姓不论国

以地无四方，民无异国，四时充美，鬼神降福，此五帝三王之所以无敌也。今乃弃黔首[2]以资敌国，却宾客以业诸侯，使天下之士退而不敢西向，裹足不入秦。此所谓借寇兵而赍[3]盗粮者也。

夫物不产于秦，可宝者多；士不产于秦，而愿忠者众。今逐客以资敌国，损民以益仇，内自虚而外树怨于诸侯，求国无危，不可得也。

别，四季充实美丽，鬼神都送来福瑞，这正是三皇五帝无敌于天下的原因。现在，您却要抛弃百姓来资助敌国，排斥宾客使他们帮助其他诸侯成就大业，令天下的贤士退缩而不敢到西边来，停下脚步不进入秦国。这真可说是借武器给敌人、送粮食给强盗呀。

不在秦国出产的物品，还非常珍贵的，有很多很多；不在秦国出生的贤士，还愿意效忠的，也有很多很多。现在驱逐客卿来帮助敌国，减少百姓的数量来增加仇人的力量，对内使自己空虚，对外又与诸侯结怨，这样要想国家没有危险，那是不可能的。

注释

1 **让**：舍弃，拒绝。 2 **黔首**：秦称百姓为黔首。 3 **赍**：送给。

论积贮疏

贾谊

导读

疏，指分条陈述，是臣下向皇帝陈述自己对某件事的意见的一种文体，也称“奏疏”或“奏议”。在这篇奏疏中，贾谊指出古人治理天下，对社会和民生了解得十分细致，考虑得十分周全，他们的粮食贮存是最根本的保障。而贮存粮食，正是关系到国家长治久安的根本所在。

原文

管子曰：“仓廪实而知礼节。”民不足而可治者，自古及今，未之尝闻。古之人曰：“一夫不耕，或受之饥；一女不织，或受之寒。”生之有时，而用之亡度，则物力必屈。古之治天下，至孅至悉也[1]，故其畜积足恃[2]。今背本而趋末，食者甚众，是天下之大残也；淫侈之俗，日日以长，是天下之大贼也。残贼公行，莫之或止；大命将泛[3]，莫之振救。生之者甚少，而靡[4]之者甚多，天下财产何得不蹶[5]？

汉之为汉，几四十年矣，公私之积，犹可哀痛。失时不雨，民且狼顾[6]；岁恶不入，请卖爵子[7]，既闻耳矣。安有为

译文

管子说：“粮仓充足了，老百姓也就懂得礼节了。”老百姓生活不富裕而能让国家安定，从古到今，还从来没听说过有这样的事。古代的人说过：“只要一个男子不种田，就会有人挨饿；只要一个妇女不织布，就会有人受冻。”生产是有时间上的限制的，可消费却没有什么限度，那么（这样长期下去）社会上的财富一定会缺乏的。古人治理天下，（对社会和民生）了解得十分细致，考虑得十分周全，因此他们的粮食贮存是最根本的保障。现在的许多人脱离农业去从事工商业，可吃饭的人却很多，这是天下的大灾害；淫靡奢侈的风气，也一天天地增长，这又是天下的大公害。这两种灾难公然盛行，没有人去制止它，那么国家命运将要终结，没有人能拯救它。生产的人很少，浪费的人却很多，天下的财富怎么可能不枯竭呢？

从汉朝建立到现在，将近四十年了，公私两方的积蓄少得让人痛心。误了时令不下雨，老百姓就会彷徨不安；一年的收成糟糕，朝廷就要靠卖官来增加财政收入，老百姓就要靠卖儿卖女来度日，这些事情想必

天下阽危[8]者若是，而上不惊者？	皇上您也已经听说了。哪有治理国家已经危害到如此地步了，皇上还不惊惧的呢？

注释

1 **孅**(xiān)**:**细小。 **悉:**完备。 2 **畜:**同"蓄"。 **恃:**依仗，凭借。 3 **大命:**国家的命运。**泛:**覆灭。 4 **靡:**同"糜"，浪费。 5 **蹶**(jué)**:**竭尽，枯竭。 6 **狼顾:**狼生性多疑，走路常回头看，比喻人忧惧张皇。 7 **请卖爵子:**朝廷卖爵位，百姓卖儿女。 8 **阽**(diàn)**危:**面临危险。

原文	译文
世之有饥穰[1]，天之行也，禹、汤被[2]之矣。即不幸有方二三千里之旱，国胡以相恤[3]？卒然边境有急，数十百万之众，国胡以馈之？[4]兵旱相乘，天下大屈，有勇力者，聚徒而衡击，罢夫羸老，易子而咬其骨。[5]政治未毕通也，远方之能疑者，并举而争起矣。乃骇而图之，岂将有及乎？	每年的收成有好有坏，这是天道运行的结果，连禹、汤那样的盛世都曾遭遇过。如果不幸再有方圆两三千里土地发生了旱灾，国家该拿什么去救济百姓呢？如果边境突然告急，几十万甚至上百万的军队，国家又该拿什么去发放粮饷给士兵呢？战乱、旱涝交织在一起，社会财富极端缺乏，胆大力壮的就会铤而走险，聚集起来横行抢劫，年老体弱的就只能互相交换孩子，啃他们的骨头。国家在治理上不能做到政令完全通达，边远地区那些怀有二心的人就会联合起来争相闹事。假如到了这时皇上您才惶恐惊惧，图谋对付他们，怎么能来得及啊？
夫积贮者，天下之大命也。苟粟多而财有余，何为而不成？以攻则取，以守则固，以战则胜。怀敌附远[6]，何	贮存粮食，是关系到国家长治久安的根本所在。如果粮食充足，财力有余，做什么事情会不成功呢？用它来攻城，定能拿得下；用它来防守，定能守得牢；用它来作战，一定能大胜。（有了这些，）就会让敌人降服，让远

招而不至？今驱民而归之农，皆著于本；使天下各食其力，末技游食之民，转而缘[7]南亩，则畜积足，而人乐其所矣。可以为富安天下，而直为此廪廪[8]也，窃为陛下惜之。

方的人归附，（一旦有您的诏令）谁敢不来呢？现在驱使百姓回到农业上去，都安心从事耕种，使全国每个人都靠自己的劳动来养活自己，那些从事工商业的和游手好闲的，也都让他们回到田里去劳作，那么积蓄就会充足，人们也就乐意在那里定居了。原本可以通过致富，来使天下呈现一个安定祥和的局面，现在却搞成这样心惊胆战的情形，我替皇上深感痛惜啊。

注释

1 **饥穰:**荒年和丰年。 2 **被:**遭遇。 3 **恤:**救济。 4 **卒然:**突然。卒，同“猝”。 **馈:**赠送。 5 **相乘:**相随，相继。 **屈:**困。 **衡击:**横行抢劫。衡，同“横”。 **罢:**同“疲”，疲困。 **羸:**瘦弱。 6 **怀:**怀柔。 **附远:**使远方的人归附。 7 **缘:**沿着。 8 **廪廪:**同“懔懔”，畏惧的样子。

化民有道对

东方朔

导读

东方朔（前154—前93），字曼倩，平原厌次（今山东德州陵城）人。汉武帝时为太中大夫，性格诙谐滑稽。西汉初期，社会风气奢侈靡丽，人们避重就轻，不愿从事农业生产。文中指出，上层统治者应该以身作则，行仁德，求节俭，正风气。

原文

尧、舜、禹、汤、文、武、成、康,上古之事,经历数千载,尚难言也,臣不敢陈。愿近述孝文皇帝之时,当世耆[1]老,皆闻见之。贵为天子,富有四海,身衣弋绨[2],足履革舄[3],以韦[4]带剑,莞蒲[5]为席,兵木无刃,衣缊无文[6],集上书囊[7],以为殿帷[8]。以道德为丽,以仁义为准。于是天下望风成俗,昭然化之。

译文

尧、舜、禹、汤、文王、武王、成王、康王,上古发生的事,几乎经历了数千年,那是难以说清楚的,我不敢去陈说。我倒是愿意说说近代孝文皇帝时的事,这是当今还在世的老人都知道的事情。文帝作为一位高贵的天子,他的财富名扬四海,但是他身着黑色粗布衣服,脚穿生皮制成的鞋,用稍微打磨过的牛皮带挂着剑,铺着莞、蒲编成的草席,兵器像木制的没有利刃,破旧的棉衣上没有花纹,收集装书的袋子,缝制成宫殿的帷幕。文帝把道德作为心灵的追求,把仁义作为行动的准则。于是天下人都敬仰他的风范,形成淳厚的民俗,显而易见地教化了百姓。

注释

1 **耆**(qí):年老,六十岁以上的人。　2 **弋**(yì):通“黓”,黑色。**绨**(tì):粗厚的纺织品。　3 **革舄**(xì):生皮做的鞋。　4 **韦**:去毛的牛皮。　5 **莞**(guān):水葱一类的植物。**蒲**:草本植物,叶长可编席。　6 **缊**(yùn):泛指破旧的棉衣。**文**:花纹。　7 **书囊**:装书的袋子。　8 **帷**:围在四周的布幔。

原文

今陛下以城中为小,图起建章,左凤阙,右神明,号称千门万户。[1]木土衣绮绣,狗马被缋罽。[2]宫人簪玳

译文

现在陛下嫌长安城内地方太小,谋划在城外修筑建章宫,左有凤阙阁,右有神明台,号称千门万户。宫内的亭台楼阁上裹着亮丽的丝绸,连狗与马的身上都披着五彩的毛毯。宫女头上插着亮丽的玳瑁簪,

瑁，垂珠玑。[3]设戏车，教驰逐，饰文采，丛珍怪。撞万石之钟，击雷霆之鼓；作俳优，舞郑女。上为淫侈如此，而欲使民独不奢侈失农，事之难者也。

身上佩带着耀眼的珠宝。安排游戏车，喜好驰逐游猎之乐，崇尚华丽的装饰，聚集奇珍异宝。撞响近万石重的铜钟，敲打声如雷霆的大鼓，安排倡优杂耍，让郑女起舞。陛下这样的荒淫奢侈无度，却想让老百姓不追求奢靡，不放弃耕种，这是很难做到的事。

陛下诚能用臣朔之计，推甲乙之帐[4]，燔[5]之于四通之衢，却走马，示不复用，则尧舜之隆，宜可与比治矣。《易》曰："正其本，万事理；失之豪[6]厘，差以千里。"愿陛下留意察之。

陛下果真能采纳东方朔的建议，卸掉众多华丽的帷帐，在四通八达的大路上焚毁，放弃那些善跑的良马，表明再不骑用，那么，就只有尧舜那样的盛世，才可以和陛下的政绩相媲美。《易经》上说："端正事物的本源，万事才有条理；一开始有毫厘的错失，结果就会相差千里。"希望陛下能留心鉴察我说的事。

注释

1 **建章**：汉代宫阙名。 **凤阙、神明**：凤阙阁、神明台，建章宫里的建筑。 2 **绮**(qǐ)**绣**：有纹饰的丝织品。 **缋**(huì)**罽**(jì)：彩色的毛织物。 3 **玳瑁**(dàimào)：一种爬行的动物，形似龟，背甲可作装饰品。 **珠玑**：珠宝，珠玉。 4 **甲乙之帐**：指汉武帝所造的帐幕。装饰着琉璃珠、夜光珠的为甲帐，次一等的为乙帐。 5 **燔**(fán)：焚烧。 6 **豪**：通"毫"。

出师表

诸葛亮

导读

诸葛亮(181—234),字孔明,琅邪阳都(今山东沂南南)人。辅佐刘备,建立蜀国,任丞相,曾五次出兵攻魏,最终病死于五丈原军中。本文是诸葛亮出师伐魏前写给后主刘禅的奏章。文中诸葛亮劝说后主应广开言路,赏罚分明,亲近贤臣,疏远小人,以便实现先帝兴复汉室的遗愿。文章的言辞质朴无华,情意恳切真挚,读来感人至深。

原文

先帝创业未半,而中道崩殂[1]。今天下三分,益州疲弊,此诚危急存亡之秋也。然侍卫之臣,不懈于内,忠志之士,忘身于外者,盖追先帝之殊遇,欲报之于陛下也。诚宜开张圣听[2],以光先帝遗德,恢宏志士之气,不宜妄自菲薄,引喻失义[3],以

译文

先帝开创的大业还没完成一半,就在中途去世了。现在天下分裂成三个国家,蜀汉国力困乏,这实在是到了危险紧急、关系存亡的时刻。然而朝中上下官员在都城毫不懈怠,忠诚有志的将士在边疆舍生忘死,这是因为他们追念先帝给他们的特殊待遇,想要在陛下身上报恩啊。陛下确实应该广泛地听取他们的建议,发扬先帝遗留下来的美德,振奋身怀抱负的有识之士的志气,不应该随便看轻自己,说一些不合理的话,因而堵塞了人们忠言劝谏的道路。

塞忠谏之路也。

宫中府中[4],俱为一体,陟罚臧否[5],不宜异同。若有作奸犯科,及为忠善者,宜付有司[6],论其刑赏,以昭陛下平明之治[7],不宜偏私,使内外异法也。

皇宫和丞相府中的人,都是国家不可或缺的官员,升降官吏,评论人物,不应该因为是宫中的或是相府中的而有不同。如果有做奸佞之事的、违反了法规法令的,或做了好事对国家有贡献的,都应该交给主管的官员,判定他们受罚或者受赏,来显示陛下公正严明的治理之策,而不应当有偏袒和私心,使宫廷内外的法度因人而有不同。

注释

1 **崩殂**(cú):古代皇帝死亡称崩,也叫殂。 2 **开张**:扩大。 **圣听**:对皇帝听闻的尊称。 3 **引喻**:譬喻。 **义**:道理,义理。 4 **宫中**:禁宫里的侍臣。 **府中**:丞相府中的官员。 5 **陟**(zhì)**罚**:升降官员。 **臧否**(pǐ):评论人物的善恶。 6 **有司**:主管的官员。 7 **昭**:显示。 **平明**:公平与英明。 **治**:治理。

原文

侍中、侍郎郭攸之、费祎、董允等[1],此皆良实[2],志虑[3]忠纯,是以先帝简拔以遗陛下。愚以为宫中之事,事无大小,悉以咨之,然后施行,必能裨补阙漏[4],有所广益。

将军向宠[5],性行淑均[6],晓畅军事,试用于昔日,先帝称之曰能,是以众议举宠为督。愚以为营中

译文

侍中、侍郎郭攸之、费祎、董允等人,他们都是善良诚实的人,他们的志向和心思都忠厚纯正,所以先帝把他们选拔出来留给陛下。我认为宫廷中的事情,无论大小,都可以拿来跟他们商量,然后实行,就一定能够弥补缺点,防范疏漏,得到更多的成效。

将军向宠,性格品行和善公正,尤其精通军事,过去任用他的时候,先帝称赞他能干,所以大家商议后,推举他做了中部督。我认为军营中的事情,无论大小,

之事，事无大小，悉以咨之，必能使行阵[7]和睦，优劣得所也。

亲贤臣，远小人，此先汉所以兴隆也；亲小人，远贤臣，此后汉所以倾颓也。先帝在时，每与臣论此事，未尝不叹息痛恨于桓、灵[8]也。侍中、尚书、长史、参军，此悉贞亮死节之臣[9]，愿陛下亲之信之，则汉室之隆，可计日而待也。

都拿来跟他商量，就一定能够使军中团结和睦，能力高的和能力低的都能得到合理的安排。

亲近贤臣，疏远小人，这是汉朝前期兴旺强盛的原因；亲近小人，疏远贤臣，这是汉朝后期倾覆颓败的原因。先帝在世时，每次和我谈论这些事情，没有一次不对桓、灵二帝的昏聩而痛心疾首的。侍中、尚书、长史、参军，这些人都是忠贞诚实、为忠义报国而甘愿赴死的大臣，希望陛下亲近他们，信任他们，那么汉朝的兴隆昌盛，便为时不远了。

注释

1 **侍中、侍郎：**皇帝身边的侍臣。 **郭攸之：**字演长，南阳人，侍中。 **费祎：**字文伟，江夏人，侍中。 **董允：**字休昭，南郡人，侍郎。 2 **良实：**善良，诚实。 3 **志虑：**志向与心思。 4 **裨(bì)补：**弥补。 **阙漏：**缺失，遗漏。阙，通“缺”。 5 **向宠：**字巨违，襄阳宜城人。 6 **性行：**性格品德。 **淑：**和善。 **均：**公平。 7 **行阵：**队伍的行列，代指军队。 8 **桓、灵：**东汉的桓帝、灵帝。因二人宠信宦官，荒淫无道，加速了东汉的灭亡。 9 **贞：**忠贞。 **亮：**诚实。 **死节：**能为忠义而死。

原文

臣本布衣，躬耕于南阳，苟全性命于乱世，不求闻达于诸侯。先帝不以臣卑鄙[1]，猥自枉屈[2]，三顾臣于草庐之

译文

我原本是一个普普通通的老百姓，在南阳亲自种地，只求在乱世中能够保全性命，并不想在诸侯那里获取名声。先帝不嫌弃我身份的低下、见识的浅陋，不惜委屈自己，降低身份，三次到草屋里来探望我，向我

中，咨臣以当世之事，由是感激，遂许先帝以驱驰。后值倾覆[3]，受任于败军之际，奉命于危难之间，尔来二十有一年矣。

询问当世的军国大事，我因此非常感动，就答应为先帝奔走效劳。后来先帝遇到了一些挫折，而我在军事上失利的时候接过先帝委托的重任，在危难紧迫的关头奉命出使吴国，从那时到现在，已经二十一年了。

注释

1 **卑：**社会地位低下。 **鄙：**学问浅陋。 2 **猥：**谦辞，辱的意思。 **枉屈：**委屈。 3 **倾覆：**兵败。

原文

先帝知臣谨慎，故临崩寄臣以大事也。受命以来，夙夜[1]忧叹，恐托付不效，以伤先帝之明。故五月渡泸[2]，深入不毛。今南方已定，兵甲已足，当奖帅[3]三军，北定中原。庶竭驽钝[4]，攘除[5]奸凶，兴复汉室，还于旧都[6]。此臣之所以报先帝，而忠陛下之职分也。至于斟酌损益[7]，进尽忠言，则攸之、祎、允之任也。

愿陛下托臣以讨贼兴复之效，不效则治臣

译文

先帝知道我办事小心谨慎，所以他临终的时候，把国家大事托付给我。我接受委任以来，早晚忧虑叹息，唯恐托付给我的大事做得没有成效，而有损于先帝的英明。所以五月渡过泸水，深入到砂石遍生的荒凉地方。现在南方的叛乱已经平定，武器装备也已经充足，应该鼓动三军，率领他们北上平定中原。我愿竭尽我平庸的才能，去铲除那些奸诈邪恶的敌人，以光复汉家王朝，最终能迁回旧都洛阳。这是我报答先帝、忠于陛下的职责。至于考虑朝中政事的利害得失，尽心竭力地向陛下提出中肯的劝谏，那是郭攸之、费祎、董允等人的责任。

期望陛下把讨伐曹魏、兴复汉室的重任交付给我，如果不能实现，就治我的大罪，来告慰先帝在天之灵。如果没有弘扬崇高

之罪，以告先帝之灵。若无兴德之言，则责攸之、祎、允之咎，以彰其慢[8]。陛下亦宜自谋，以咨诹[9]善道，察纳雅言，深追先帝遗诏。臣不胜受恩感激。

今当远离，临表涕泣，不知所云。

品德的忠言，就应当责罚郭攸之、费祎、董允等人的失职，指陈他们的怠慢。陛下也应该自行谋划，征询治国强国的良策，辨别、采纳正确的言论，深切追念先帝的遗命。您的恩泽，我难以承受，心中非常激动。

现在我就要远离陛下了，面对着这份奏章，忍不住流下了眼泪，也不知道自己说了些什么。

注释

1 **夙夜**：早晚。 2 **泸**：即今金沙江。 3 **奖帅**：率领。 4 **庶**：差不多。 **驽钝**：比喻才能平庸，自谦之词。 5 **攘除**：排除。 6 **旧都**：指东汉都城洛阳。 7 **损益**：利害得失。 8 **彰**：显示。 **慢**：疏忽，怠慢。 9 **咨诹**(zōu)：征求。

论佛骨表

韩 愈

导读

本文写于唐宪宗元和十四年(819)，时韩愈在京师任刑部侍郎。这一年唐宪宗要迎佛骨入宫内供养三日。对于一生都极力反对侍佛的韩愈来说，听闻此事，哪能坐得住，遂不顾个人的前途和安危，写下了这篇著名的奏文。本文针砭时事，理直气壮，文辞激烈，感情充沛。

原文

臣某言：伏[1]以佛者，夷狄之一法耳，自后汉时流入中国，上古未尝有也。昔者，黄帝[2]在位百年，年百一十岁；少昊[3]在位八十年，年百岁；颛顼[4]在位七十九年，年九十八岁；帝喾[5]在位七十年，年百五岁；帝尧[6]在位九十八年，年百一十八岁；帝舜及禹[7]，年皆百岁。此时天下太平，百姓安乐寿考[8]，然而中国未有佛也。其后，殷汤亦年百岁，汤孙太戊在位七十五年，武丁在位五十九年，[9]书史不言其年寿所极，推其年数，盖亦俱不减百岁。周文王年九十七岁，武王年九十三岁，穆王在位百年。[10]此时佛法亦未入中国，非因事佛而致然也。

译文

臣韩愈说：我认为佛教仅是夷狄的一种修行方式，从东汉传入中国，在上古时代是不曾有的。从前，黄帝在位百年，活了一百一十岁；少昊在位八十年，活了一百岁；颛顼在位七十九年，活了九十八岁；帝喾在位七十年，活了一百零五岁；帝尧在位九十八年，活了一百一十八岁；帝舜和帝禹都活了一百岁。这时天下太平，老百姓平安享乐、都能活到很大的年纪，可是中国并没有佛教。之后，商汤也活了一百岁，商汤的孙子太戊在位七十五年，武丁在位五十九年，史籍上没有记载他们到底活了多大的年纪，推测他们的年龄，大概也不会少于一百岁。周文王活了九十七岁，周武王活了九十三岁，穆王在位百年。这时佛法也没有进入中国，并不是因为侍奉佛法才出现（上面所说的）这些结果的。

注释

1 **伏**：俯首，自谦的说法。 2 **黄帝**：姓公孙，名轩辕。相传他先后战胜炎帝和蚩尤，为汉族始祖。 3 **少昊**（hào）：名挚，号穷桑氏。 4 **颛顼**（Zhuānxū）：相传是黄帝之子昌意的后裔，号高阳氏。 5 **帝喾**（Kù）：相传是黄帝之子玄嚣的后裔，号高辛氏。 6 **帝尧**：相传是帝喾之子，号陶唐氏。 7 **帝舜**：相传是颛顼的七世孙，号有虞氏。 **禹**：姓姒，以治理洪水被人称颂，后建立夏朝。 8 **寿考：**寿命长。考，老。 9 **殷汤：**又称商汤。 **太戊：**殷汤第四代孙。 **武丁：**殷汤第十代孙。 10 **周文王：**姓姬，名昌，商末周族领袖。 **武王：**文王之子，名发，周王朝的建立者。 **穆王：**文王五世孙，名满。

原文

汉明帝[1]时，始有佛法，明帝在位才十八年耳。其后乱亡相继，运祚[2]不长。宋、齐、梁、陈、元魏已下，事佛渐谨，年代尤促。[3]惟梁武帝[4]在位四十八年，前后三度舍身施佛[5]，宗庙之祭，不用牲牢[6]，尽日一食，止于菜果，其后竟为侯景[7]所逼，饿死台城[8]，国亦寻[9]灭。事佛求福，乃更得祸！由此观之，佛不足事，亦可知矣。

译文

东汉明帝时，才开始传播佛法，可明帝在位仅十八年罢了。之后的朝代混乱，兴亡相继，帝王在位的时间都不长。宋、齐、梁、陈和北魏以后，各朝侍奉佛法日渐虔诚，反而帝王在位的时间尤其短促。梁武帝在位四十八年，先后三次到佛寺出家，祭祀宗庙，不用牛、羊、猪，一天只吃一顿饭，仅吃点蔬菜和瓜果，后来他居然被侯景所逼，饿死在宫城，国家也很快就灭亡了。信奉佛法祈求福禄，却更加容易遭到灾祸！从这些看来，佛法不值得信奉，也就能明白了。

注释

1 **汉明帝：**光武帝刘秀之子刘庄，东汉第二任皇帝。 2 **运祚：**国家的气数。运，命运。祚，年命，年寿。 3 **宋：**立国六十年，经九帝。 **齐：**立国二十四年，经七帝。 **梁：**立国五十六年，经七帝。 **陈：**立国三十三年，经五帝。以上为南朝。 **元魏：**即北魏，立国一百七十一年，经十八帝，此为北朝。 **已：**同“以”。 **谨：**虔诚。 **促：**短暂。 4 **梁武帝：**南朝梁的开国皇帝，姓萧，名衍，字叔达。 5 **三度舍身施佛：**梁武帝于普通八年(527)、中大通元年(529)、太清元年(547)三次舍身同泰寺做佛徒。 6 **牲：**祭祀用的牲畜。 **牢：**古代称牛羊猪各一头为太牢，羊猪各一头为少牢。

7 **侯景**：字万景，怀朔镇（今内蒙古包头）人。原为北魏大将，后降梁，不久又叛梁，破建康（今江苏南京），攻入宫城，梁武帝被囚，后竟饿死。 8 **台城**：即宫城，宫禁所在之处，当时称朝廷禁省为“台”，故名。 9 **寻**：不久。

原文

高祖始受隋禅[1]，则议除之。当时群臣材识不远[2]，不能深知先王之道，古今之宜，推阐圣明，以救斯弊，其事遂止，臣常恨焉。伏惟睿圣文武皇帝陛下[3]，神圣英武，数千百年已来，未有伦比。即位之初，即不许度人为僧、尼、道士，又不许创立寺观。臣常以为高祖之志，必行于陛下之手。今纵未能即行，岂可恣[4]之转令盛也？

今闻陛下令群僧迎佛骨于凤翔，御楼以观，舁入大内[5]，又令诸寺递迎供养。臣虽至愚，必知陛下不惑于佛，作此崇奉以祈福祥也。直以年丰人乐，徇人之心，[6]为京都士庶设诡异之观，戏玩之具耳。安有圣明若此，而肯信此

译文

高祖刚开始取代隋帝登上皇位的时候，就主张取缔佛法。当时的群臣见识浅陋，不能深入理解先王的寓意，不能明晰地分辨古代和今天哪些事是适合做的，更不能推究阐明高祖的主张，以便清除这种弊端，禁佛的事就中止了，我常为此感到遗憾。我们的睿圣文武皇帝陛下，神圣英武，数千百年以来，没有谁能比得上。陛下刚登上帝位的时候，就不准劝人出家当和尚、尼姑、道士，又不许建造新的寺庙、道观。我常常认为高祖的志向，一定能在陛下的手中实现。如今纵然不能即刻实现，怎么能反而放任它越闹越凶？

现在听说陛下诏令众多和尚到凤翔迎请佛骨，陛下还要登楼观看众人把它抬入皇宫，又下诏各寺庙依次迎请佛骨前去供养。我虽然极其愚笨，也肯定知道陛下不会受到佛法的迷惑，做这种尊奉佛骨的事，是用来求得福寿祥瑞吧。只不过是年成丰收了，百姓高兴，陛下便随顺众人的心意，要为京城里的士大夫和老百姓，安排一个奇怪的东西给大伙儿看看，为

等事哉？然百姓愚冥，易惑难晓，苟见陛下如此，将谓真心事佛。皆云：“天子大圣，犹一心敬信；百姓何人，岂合更惜身命？”焚顶烧指[7]，百十为群，解衣散钱，自朝至暮，转相仿效，惟恐后时，老少奔波，弃其业次[8]。若不即加禁遏，更历诸寺，必有断臂脔身[9]，以为供养者。伤风败俗，传笑四方，非细事也。

大家提供一个戏耍赏玩的物品罢了。哪有像这样神圣英武的帝王，却肯相信这种事呢？但老百姓是很愚昧的，能轻易被迷惑却又很难明白真相，如果见到陛下这样做，他们就会认为陛下是真心信奉佛法。他们都会说：“天子是大圣人，尚且一心一意崇敬佛法、信奉佛教；老百姓是什么样的人啊，难道还能更加珍惜身家性命？”故此，他们用香火烧灼头顶和手指，一百一十地聚成一群，解开衣服，施舍钱币，从早到晚，转相仿效，唯恐错失了良机，老老少少往来奔走，把正常的生活丢在一边。如果不立即加以禁止，还让各个寺庙接连迎请佛骨，必定会发生砍断手臂、割身上的肉来供养佛骨的事。这种败坏社会风俗的事，必定会引起周边国家的嘲笑，这不是一件小事啊。

注释

1 **高祖：**唐高祖李渊，于公元618年废隋恭帝，受禅让称帝，建立唐朝。 2 **群臣：**指萧瑀等人。 **材识不远：**识见短浅。 3 **伏惟：**下对上的敬词。 **睿圣文武皇帝：**宪宗的尊号。 4 **恣：**放纵。 5 **舁**(yú)**：**抬入。 **大内：**指皇宫。 6 **直：**只。 **徇：**顺从，随着。 7 **焚顶烧指：**指用香火烧灼头顶或手指，以自残来表示奉佛的虔诚。 8 **业次：**生业，工作。 9 **脔**(luán)**身：**从自己身上割下肉来。脔，把肉切成小块。

原文

夫佛本夷狄之人，与中国言语不通，衣服

译文

佛陀本来是夷狄之人，在语言、文字上同中原人都不能交流，衣服款式也和中原不殊制；口不言先王之法言[1]，身不服先王之法服[2]；不知君臣之义、父子之情。假如其身至今尚在，奉其国命，来朝京师，陛下容而接之，不过宣政[3]一见，礼宾一设[4]，赐衣一袭[5]，卫而出之于境，不令惑众也。况其身死已久，枯朽之骨，凶秽之余，岂宜令入宫禁？

孔子曰："敬鬼神而远之。"[6]古之诸侯，行吊[7]于其国，尚令巫祝先以桃茢祓除不祥[8]，然后进吊。今无故取朽秽之物，亲临观之，巫祝不先，桃茢不用，群臣不言其非，御史不举其失，臣实耻之！乞以此骨付之有司，投诸水火，永绝根本，断天下之疑，绝后代之惑。使天下之人，知大圣人之所作为，出于寻常万万也，岂不盛哉！岂不快哉！佛如有灵，能作祸祟，凡有殃咎[9]，宜加臣

同；他嘴里不说先王留下的合乎礼法的话，身上也不穿先王规定的合乎礼法的衣服；不明白君臣之间的礼义，不懂得父子之间的亲情。假如他自身到现在还活着的话，奉了他国君的命令，来到京城朝见陛下，陛下许可后接见他，也不过在宣政殿会一下面，在礼宾馆摆个宴席招待一番，再赏他一套衣裳，最后派人保护他走出边境，不会让他蛊惑百姓的。何况现在他已死了很久，一块枯朽的骨头，只是火化他之后剩下来的污秽的东西，怎能让它进入庄严肃穆的皇宫呢？

孔子说过："恭敬地对待鬼神，但绝不接近他。"古代的诸侯，去别的国家吊唁，尚且先让巫祝用桃树枝和苕帚驱除不祥，然后才进行吊唁。现在，陛下却无缘无故拿来这种枯朽污秽的东西，还亲自观赏它，不先让巫祝用桃树枝和苕帚驱除不祥，大臣们不说这么做不对，御史也不揭发这种过失，我真为他们感到羞耻！我请求把这块骨头交给相关的官员，把它扔进水里或是火中，永远消灭它存在的根源，消除天下人的疑问，断绝子孙将会有的困惑。使天下的百姓，知道大圣人的行为，超出一般人万万倍，这难道不是一件盛大的事吗！这难道不是一件痛快的事吗！佛陀假使真的有灵验，能降下灾祸报应，那

身。上天鉴临，臣不怨悔。无任感激恳悃[10]之至！	么所有的灾祸，都应该报应到我的身上。天在上看着，我不会埋怨，更不会后悔。此刻我的心情激动、诚恳到了极点！
谨奉表以闻。臣某诚惶诚恐。	恭敬地呈上奏表，把我的意见上报给陛下。臣韩愈实在惶恐不安。

注释

1 **法言**：合乎礼法的言语。 2 **法服**：合乎礼法的服装。 3 **宣政**：宫殿名，为皇帝接见藩属或远方使者之处。 4 **礼宾**：馆名，为招待外宾之所。 **设**：设宴招待。 5 **一袭**：一套。 6 **敬鬼神而远之**：谓对鬼神要尊敬，但不要接近。语出《论语·雍也》。 7 **吊**：祭奠哀悼死者。 8 **巫祝**：官名，巫以舞蹈迎神娱神，祝以言辞向鬼神求福去灾。 **茢**(liè)：苕帚，古人认为可以扫除不祥。 **祓**(fú)**除**：除灾去邪。 9 **殃咎**：祸害。 10 **恳悃**(kǔn)：恳切忠诚。

四 书说类

狱中上梁王书

邹阳

导读

邹阳，西汉齐(治今山东淄博临淄区北)人。初从吴王刘濞，劝其勿起兵叛汉，后去为梁孝王门客，被谗下狱。本文展现了邹阳被囚禁狱中，面临杀身之祸，却毫无媚态，理直气壮，慷慨陈词，展现出刚直坚毅的品格。

原文

臣闻"忠无不报，信不见疑"，臣常[1]以为然，徒虚语耳。昔荆轲慕燕丹之义[2]，白虹贯日[3]，太子畏[4]之。卫先生为秦画长平之事[5]，太白食昴[6]，昭王疑之。夫精诚变天地，而信不谕[7]两主，岂不哀哉?今臣尽忠竭诚，毕[8]议愿知，左右不明，卒从吏讯[9]，为世所疑。是使荆轲、卫先生复起，

译文

我听说"忠心不会得不到报答，诚实也不会遭到怀疑"，我曾以为真是这样的，(现在才明白)这只不过是句空话罢了。从前荆轲仰慕燕太子丹的义气，甚至感动了老天显出白虹横贯太阳的异象，太子丹却仍不放心他。卫先生为秦国谋划长平之胜后再灭赵的计策，连老天都呈现了太白星进入昴宿的吉相，秦昭王却仍怀疑他。可见真诚使天地都出现了变化，忠信却得不到两位主上的理解，难道不可悲吗?现在我忠心耿耿，阐明了全部的建议希望大王能够理解，可大王左右的人却不明白，最终使我遭到了狱吏的审讯，被世人怀疑。这是即使让荆轲、卫先生

而燕、秦不寤[10]也。愿大王孰[11]察之。

重生，而燕太子丹、秦昭王仍不觉悟的冤屈啊。希望大王深思明察。

注释

1 **常**:通"尝"，曾经。 2 **荆轲**:战国时卫国人。 **燕丹**:燕太子丹，燕国最后一个君王燕王喜之子。曾在秦国做人质，逃回燕国后，派荆轲刺杀秦王。 3 **白虹贯日**:天文现象，此处指荆轲的精诚感动了上天。贯，穿过。 4 **畏**:指担心。 5 **卫先生**:秦将白起手下的谋士。 **长平之事**:公元前260年，白起大破赵军于长平(今山西高平西北)，欲乘势灭赵，派卫先生回秦国向昭王请求增兵增粮，秦相范雎从中阻挠，害死卫先生。 6 **太白**:即金星。古时认为是战争的征兆。 **昴**:二十八宿之一。7 **谕**:理解。 8 **毕**:尽。 9 **从**:听凭。 **讯**:指审讯。 10 **寤**:通"悟"。11 **孰**:通"熟"。

原文

昔玉人献宝，楚王诛之；[1]李斯竭忠，胡亥极刑。[2]是以箕子佯狂，接舆避世，恐遭此患也。[3]愿大王察玉人、李斯之意，而后楚王、胡亥之听，毋使臣为箕子、接舆所笑。臣闻比干剖心，子胥鸱夷，[4]臣始不信，乃今知之。愿大王孰察，少加怜焉。

译文

从前卞和献宝玉，楚王却砍掉他的脚；李斯尽忠，秦二世却对他处以极刑。故此箕子装疯卖傻，接舆隐居不出，他们是怕遭受到这样的祸害啊。希望大王能看清卞和、李斯的本心，置楚王、秦二世的偏信谗言于脑后，不要使我被箕子、接舆笑话。我听说比干被剖开胸膛挖出了心脏，伍子胥死后被裹在马皮袋子里扔进了钱塘江，我原先不相信，今天才终于明白了。希望大王深思明察，稍加怜惜我吧。

注释

1 **玉人**:指楚人卞和。 **诛**:责罚。 2 **李斯**:秦国宰相。 **竭**:尽。 **胡亥**:秦二世名，秦始皇次子，宠信奸臣赵高。赵高诬李斯谋反，后腰斩李斯于咸阳。 3 **箕子:**商纣王的叔父。 **接舆:**楚国隐士,人称楚狂。 4 **比干:**商纣王的叔父,被纣王剖心而死。 **子胥:**伍员,字子胥,春秋时楚国人。被楚平王迫害逃到吴国,后因谗言被吴王夫差所杀。 **鸱夷:**马皮制的袋子,夫差用皮囊装子胥尸体投入钱塘江中。

原文

语曰:"有白头如新,倾盖如故。"[1] 何则?知与不知也。故樊於期逃秦之燕,借荆轲首以奉丹事;[2] 王奢去齐之魏,临城自到,以却齐而存魏。[3] 夫王奢、樊於期非新于齐、秦,而故于燕、魏也,所以去二国,死两君者,行合于志,慕义无穷也。是以苏秦不信于天下,为燕尾生;[4] 白圭战亡六城,为魏取中山。[5] 何则?诚有以相知也。苏秦相燕,人恶之燕王,燕王按剑而怒,食以駃騠[6];白圭显于中山,人恶之魏文侯,文侯赐以夜光之璧。何则?两主二臣,剖心析肝相信,岂移[7] 于浮辞哉?

译文

俗话说:"有的人相处到老却还很陌生,有的人停车交谈就一见如故。"为什么这样说?关键在于理解和不理解。所以樊於期从秦国逃到了燕国,把自己的头交给荆轲来辅助太子丹的大业;王奢离开齐国投奔魏国,登上城楼自杀使齐军撤退以保全魏国。王奢、樊於期并非对齐、秦交情浅,却对燕、魏交情深,他们逃离前两个国家,对后两个国君以死效忠,是因为双方行为与志向一致,二人始终仰慕义气的缘故。因此苏秦不被天下的各国信任,却为燕国守信而死;白圭为中山国作战连失了六座城池,到了魏国却能为魏攻取中山国。为什么能这样?实是因为有了君臣之间的信任啊。苏秦做燕相时,有人向燕王说他坏话,燕王按着剑柄大怒,反而拿贵重的马肉给苏秦吃。白圭攻取中山国后地位显赫,有人向魏文侯说他坏话,魏文侯却赐给白圭夜光璧。为什么这样做?两个君主两个臣子,互相敞开心扉,肝胆相照,难道能被那些不实之辞轻易改变信任吗?

注释

1 **白头如新:**指有的人相处到老都不相知,就如刚刚认识一样。 **倾盖如故:**路遇贤士,停车而谈,初交却一见如故。盖,车上的帐顶。 2 **樊於期:**原为秦将,因得罪秦王,逃亡燕国,受到太子丹礼遇。秦王以千金、万户邑悬赏捉拿樊於期。荆轲入秦行刺,建议献樊於期的头以取得秦王信任,樊於期知情后,慷慨自刎而死。 **之:**到。 3 **王奢:**战国时齐大臣,因得罪齐王,逃到魏国。后来齐伐魏,王奢跑到城墙上自刎而死。 **却:**退。 4 **苏秦:**战国时洛阳人,游说六国合纵,抵制秦国,后被秦国破坏,只有燕国仍信用他。 **尾生:**尾生与女子相约在桥下见面,可涨潮了女子仍没来,尾生抱桥柱被淹死。这里用尾生来比喻以生命守信。 5 **白圭:**战国初中山国之将,连失六城,后逃到魏国,魏文侯反而厚待他,于是他助魏攻灭了中山。 6 **駃騠**(juétí)**:**骏马名。 7 **移:**改变。

原文

故女无美恶,入宫见妒;士无贤不肖,入朝见嫉。昔司马喜膑[1]脚于宋,卒相中山;范雎拉胁折齿于魏[2],卒为应侯。此二人者,皆信必然之画,捐朋党之私,挟孤独之交,故不能自免于嫉妒之人也。是以申徒狄蹈雍之河[3],徐衍[4]负石入海,不容于世,义不苟取比周[5]于朝,以移主上之心。故百里奚[6]乞食于道路,缪公[7]委之以政;宁戚[8]饭

译文

所以女子无论美不美,一旦进了宫都会遭到嫉妒;士人无论贤不贤,一旦当了官都会遭到排挤。从前司马喜在宋国被剔了膝盖,后来到中山国却做了相国;范雎在魏国被打折了肋骨敲掉了牙,后来到秦国却被封了应侯。这两个人,都自信一定会谋划成功,放弃拉帮结派,依仗单枪匹马,所以不可避免会受到别人的嫉妒。因此,申徒狄自沉雍水漂到黄河,徐衍背负石头跳进大海,他们都与世俗不相容,坚持操守而不肯在朝廷里结党营私,来改变君主的决定。所以,百里奚在路边讨饭,秦穆公却托付他管理国政;宁戚在车旁喂牛,齐桓公却委任他治理国家。这两个

牛车下，桓公[9]任之以国。此二人者，岂素宦于朝，借誉于左右，然后二主用之哉？感于心，合于行，坚如胶漆，昆弟不能离，岂惑于众口哉？故偏听生奸，独任成乱。

人，难道向来就在朝廷里做官，倚靠左右亲信说好话，然后两位君主才重用他们吗？心心相印，行动一致，固如胶漆，像兄弟一样不能分离，难道众人的话语就能迷惑他们吗？所以偏听就会产生奸邪，独断就会造成祸乱。

注释

1 **膑：**剔除膝盖骨。 2 **范雎：**曾任秦国宰相。 **拉胁折齿：**腋下的肋骨和牙齿都被打折。 3 **申徒狄：**古代投水自尽的贤人。 **之：**到。 4 **徐衍：**据服虔说是周之末世人。 5 **比周：**结党营私。 6 **百里奚：**春秋时虞国人。 7 **缪公：**即秦穆公。 8 **宁戚：**春秋时卫国人。 9 **桓公：**齐桓公，姜姓，名小白，春秋五霸之一。

原文

昔鲁听季孙之说逐孔子，宋任子冉之计囚墨翟。[1]夫以孔、墨之辩，不能自免于谗谀，而二国以危。何则？众口铄金，积毁销骨也。秦用戎人由余，而伯[2]中国；齐用越人子臧，而强威、宣[3]。此二国岂系于俗，牵于世，系奇偏之浮辞哉？公听并观[4]，垂明当世。故意合则胡越为兄弟，由余、子臧是矣；不合则骨肉

译文

从前鲁国听信了季孙的坏话赶走了孔子，宋国采用了子冉的诡计囚禁了墨翟。凭孔子、墨翟的辩才，也不能避免受到谗言谀语的中伤，并且使鲁、宋两国陷于危险的境地。为什么呢？众人的口水足以使金子熔化，积累的诽谤足以使骨头销蚀。秦国任用了戎人由余而称霸中原，齐国任用了越人子臧而威王、宣王两代强盛一时。这两个国家难道被世俗、世人的偏见所牵绊，为片面偏颇的虚伪浮夸之辞所左右吗？听各方意见，查每个细节，就能在当代留下一个英明的形象。所以如果心意相合那么胡人越人也可成为兄弟，由余、子臧就是例

为仇敌，朱、象、管、蔡是矣[5]。今人主诚能用齐、秦之明，后宋、鲁之听，则五伯不足侔[6]，而三王[7]易为也。

子；心意不合那么亲骨肉也可以成为仇敌，丹朱、象、管叔、蔡叔就是例子。现在君主果真能采用齐国、秦国的明智立场，置宋国、鲁国的偏听偏信于脑后，那么与五霸即便难以相比，三王却是容易做到的。

注释

1 **季孙：**鲁大夫季桓子，名斯。齐国选送能歌善舞的美女给鲁定公，季桓子收下了女乐，致使鲁君怠于政事，三日不听政，孔子为此弃官离开鲁国。 **子冉：**史书不记载。 **墨翟：**即墨子，墨家的创始人。 2 **伯：**通“霸”。 3 **威、宣：**指齐威王、齐宣王。 4 **公听并观：**指没私心不偏袒。 5 **朱：**丹朱，尧的儿子。 **象：**舜的同父异母弟。 **管、蔡：**管叔，蔡叔，皆周武王之弟。 6 **五伯：**即春秋五霸。 **侔：**相等。 7 **三王：**指夏禹、商汤、周文王。

原文

是以圣王觉寤，捐子之[1]之心，而不说田常之贤[2]，封比干之后，修孕妇之墓[3]，故功业覆于天下。何则？欲善亡厌[4]也。夫晋文亲其仇，强伯诸侯；[5]齐桓用其仇[6]，而一匡天下。何则？慈仁殷勤，诚[7]加于心，不可以虚辞借[8]也。

译文

因此，圣明的君主能够时时省悟，抛弃子之那种“忠心”，不喜田常那种“贤能”，像周武王那样封赏比干的后人，为遭纣王残害的孕妇修墓，所以功业才会覆盖天下。为什么呢？行善的愿望不会嫌多啊。晋文公亲近往日的仇人，终于称霸于诸侯；齐桓公任用过去的敌对者，从而成就霸业，安定了天下。为什么？慈善仁爱情意恳切，实实在在放在心头，这是不能用虚假的言辞来替代的。

注释

1 **子之:**战国时燕王哙的相国。哙学尧让国,让子之代行王事,三年而国大乱。 2 **说:**通"悦"。 **田常:**即陈恒,齐简公时为左相,杀简公宠臣监止,又杀简公,立简公弟为平公,政权皆归田常。 3 **修孕妇之墓:**纣王残暴,曾剖孕妇之腹观看胎儿。武王灭殷后,为被残杀的孕妇修墓。 4 **厌:**通"餍",满足。 5 **晋文亲其仇:**晋献公曾派勃鞮杀晋文公重耳,重耳跳墙逃脱,勃鞮斩下他的衣袖。重耳即位后,不念旧恶,仍接见了他。 **伯:**通"霸"。 6 **齐桓用其仇:**管仲曾辅佐桓公的异母兄公子纠,他准备射死桓公(公子小白),结果射中带钩。桓公继位后,仍重用管仲为大夫。 7 **诚:**实在。 8 **借:**假托。

原文

至夫秦用商鞅之法,东弱韩、魏,立强天下,卒车裂之。[1]越用大夫种之谋,禽劲吴而伯中国,遂诛其身。[2]是以孙叔敖三去相而不悔,於陵子仲辞三公,为人灌园。[3]今人主诚能去骄傲之心,怀可报之意,披心腹,见情素[4],堕[5]肝胆,施德厚,终与之穷达,无爱于士,则桀之犬可使吠尧,跖之客可使刺由[6],何况因万乘之权,假圣王之资乎?然则,荆轲湛[7]七族,要离燔妻子[8],岂足为大王道哉?

译文

至于秦国采用商鞅变法,东边削弱韩、魏,顿时强盛于天下,最终却把商鞅五马分尸了。越王采用大夫文种的计谋,征服了强劲的吴国而称霸中原,最后却逼迫文种自杀了。因此,孙叔敖三次离开相位也不后悔,於陵子仲推辞掉三公的聘任而去给人浇菜园。当今的君主果真能够抛开骄傲之心,怀着令人愿意报效的诚意,坦露心胸,现出真情,披肝沥胆,厚施恩德,始终与人同甘苦,待士人无所吝惜,那么夏桀的狗也可叫它冲着尧狂吠,盗跖的部下也可以叫他去行刺许由,何况凭着君主的权势,借着圣王的地位呢?那么荆轲被灭了七族,要离烧死了他的妻子儿女,哪里还值得对大王细说呢?

注释

1 **商鞅:**战国时卫国人,入秦辅佐孝公变法。 **车裂:**古代酷刑,俗称五马分尸。 2 **大夫种:**春秋时越国大夫文种。 **诛其身:**勾践平吴后,忌文种功高,赐其自尽。 3 **孙叔敖:**春秋时楚人。 **三去相:**孙叔敖三次为楚令尹,又三次辞官而不后悔。去,离职。 **於(yú)陵子仲:**即陈仲子,战国齐人,曾隐居在於陵(今山东长山)。楚王召他为官,他和妻子一起逃走,为人灌园。 **三公:**周代以太师、太傅、太保为三公,也泛指君王的辅佐。 4 **见:**显现。**素:**通"愫",真诚。 5 **堕(huī):**通"隳",毁坏,引申为剖开。 6 **跖:**即盗跖。 **由:**许由。 7 **湛(chén):**通"沉"。 8 **要离:**春秋时吴国刺客。他用苦肉计,要吴王烧死自己妻子儿女,然后逃到庆忌那里,伺机行刺,为吴王效死。 **燔:**烧死。

原文

臣闻明月之珠,夜光之璧,以暗投人于道,众莫不按剑相眄[1]者。何则?无因而至前也。蟠木根柢,轮囷[2]离奇,而为万乘器者,以左右先为之容也。故无因而至前,虽出随珠、和璧,只结怨而不见德;有人先游,则枯木朽株,树功而不忘。今夫天下布衣穷居之士,身在贫羸,虽蒙尧、舜之术,挟伊、管之辩,怀龙逢比干之意,[3]而素无根柢之容,虽竭精神,欲开忠于当世之君,则人主必

译文

我听说明月珠、夜光璧,在黑夜里从路上投掷给人,人们没有不按着剑柄斜眼看的。为什么?是因为无缘无故来到面前啊。弯曲的木头、老朽的树根,屈曲得怪模怪样,反倒能成为君主的用具,是因为君主身边的人先给它粉饰了一番呀。所以无缘无故来到面前的东西,即使是随侯珠、和氏璧,只会遭嫉而不会有好报;有人先美化一番,就是枯朽的木头也会立下功劳而令人难忘。当今天下,平民出身而家境贫穷的士人,即使继承了尧、舜的方略,拥有伊尹、管仲的辩才,怀着龙逢、比干的忠诚,可是从来没有像老朽树根那样有人粉饰,即便尽心竭力,想要向当世的君主贡献一片忠贞之心,那么君主一定就

袭按剑相眄之迹矣。是使布衣之士，不得为枯木朽株之资也。

会沿袭按着剑柄斜看的做法了。这就使平民出身的士人，甚至连枯木朽株的待遇也得不到了。

注释

1 **眄**(miǎn)**:**斜视。 2 **轮囷:**屈曲的样子。 3 **伊:**伊尹，商汤用为贤相。**管:**管仲，曾助齐桓公富国强兵。**龙逢:**关龙逄，因忠谏夏桀被杀。

原文

是以圣王制世御俗，独化于陶钧[1]之上，而不牵乎卑乱之语，不夺乎众多之口。故秦皇帝任中庶子蒙嘉[2]之言，以信荆轲，而匕首窃发；周文王猎泾渭，载吕尚[3]归，以王天下。秦信左右而亡，周用乌集而王[4]。何则？以其能越挛拘[5]之语，驰域外之议，独观乎昭旷之道也。

今人主沉谄谀之辞，牵帷廧之制[6]，使不羁之士，与牛骥同皂[7]，此鲍焦[8]所以愤于世也。臣闻盛饰入朝者，不以私污义；砥厉[9]名号者，不

译文

因此，圣明的君主统治世俗，就像独自在转盘上制造陶器一样，而不会被鄙俗混乱的言语牵着走，不因众说纷纭而改变主张。所以秦始皇听信了中庶子蒙嘉的话，从而相信了荆轲，而暗藏的匕首发动；周文王在泾水渭水之间打猎，得到吕尚同车而回，从而称王天下。秦国轻信了近臣而最终灭亡，周朝任用偶然出现的人反而成就了王业。为什么？因为文王能超越固执的成见，听取朝廷以外的言论，独自看到了开朗豁达的天道。

当今的君主深陷在阿谀奉承之中，受到了妃子近侍的连累，使不受拘束的人才，与牛马同槽，这就是鲍焦所以愤世嫉俗的原因。我听说穿戴华美服饰进入朝堂的人，不会拿私心去玷污义气；磨炼意志的人，不会为了私利去败坏他的言行。所以里巷用“胜母”作为名字，曾子就不肯进入；都城

以利伤行。故里名胜母，曾子[10]不入；邑号朝歌，墨子回车[11]。今欲使天下寥廓之士，笼于威重之权，胁于位势之贵，回面污行，以事谄谀之人，而求亲近于左右，则士有伏死堀穴岩薮之中耳[12]，安有尽忠信而趋阙下者哉？

用“朝歌”作为名字，墨子就绕道而行。现在要使天下那些宽宏豁达的人才，遭受威重权势的禁锢，受到高官显贵的逼迫，转过脸去自甘堕落，来服务那些阿谀奉承的小人，而求得亲近君主的机会，那么，这些士人就只有隐居老死在洞窟草泽之中了，哪里还会有竭尽忠诚信用奔赴宫阙之下的人呢？

注释

1 **陶钧**：制陶器所用的转轮。比喻造就，创建。 2 **蒙嘉**：秦王宠臣。荆轲至秦，先厚赂蒙嘉，蒙嘉说服秦王接见了荆轲。 3 **吕尚**：即姜子牙。 4 **用**：因为。 **乌集**：乌指赤乌，乌集象征西伯（周文王）偶然得到姜尚。 5 **挛拘**：拘束，固执。 6 **帷**：床帐。 **廧**：同“墙”，指宫墙。 7 **皂**：牲口槽。 8 **鲍焦**：周时隐士，因不满当时政治，抱木而死。 9 **砥厉**：即“砥砺”。 10 **曾子**：名参，孔子弟子，以纯孝著名。 11 **回车**：转向。 12 **堀**：同“窟”。 **薮**：草泽。

报任安书

司马迁

导读

司马迁（前145—？），字子长，夏阳（今陕西韩城南）人，西汉伟大的史学家、文学家。因替李陵败降之事辩解而受宫刑，后任中书令，继续发奋著述，最终完成了中国第一部纪传体通史《史记》，被鲁迅誉为“史家之绝唱，无韵之《离骚》”。

本文写于汉武帝太始四年（前93），是一封书信。信中，作者阐明了遭受宫刑的前因后果，以及为了最终完成那部呕心沥血的著作《史记》，而忍辱负重、苟且偷生的痛苦历程。其声沉痛而激愤，其情浓郁而高昂，不愧千古奇文。

原文

太史公牛马走司马迁再拜言[1]。

少卿[2]足下：曩者[3]辱赐书，教以慎于接物，推贤进士为务，意气勤勤恳恳，若望[4]仆不相师，而用流俗人之言。仆非敢如此也！仆虽罢驽[5]，亦尝侧闻[6]长者之遗风矣。顾自以为身残处秽[7]，动而见尤[8]，欲益反损，是以独抑郁[9]而无谁语。谚曰：“谁为为之？孰令听之？”盖钟子期死，伯牙终身不复鼓琴。[10]何则？

译文

像牛马一样供人驱使的太史令司马迁再拜。

少卿足下：从前承蒙您给我写信，教我用谨慎的态度待人接物，把推举贤能、引荐人才作为自己最要紧的事，情意十分恳切真诚，好像在抱怨我没有遵从您的意见行事，而是听了世俗之人的话。我是不敢这样做的！我虽然平庸无能，但也曾在旁边听到过德高才俊的前辈遗留下来的好风气。只是我自认为身体已遭受摧残，处于可耻的卑微地位，一有什么行动就会受到指责，本想做点有益的事，恐怕反而会把事情搞砸，因此我只能独自忧闷，又能向谁诉说呢。俗话说：“为谁做事，又叫谁来听？”钟子期一死，伯牙便一辈子不再弹琴了。这是为什么呢？

注释

1 **太史公：**即太史令。 **牛马走：**谦辞，意为像牛马一样供人驱使。 2 **少卿：**任安，字少卿，司马迁的朋友。 3 **曩(nǎng)者：**从前。 4 **望：**

埋怨。 5 **罢:**同“疲”。 **驽:**劣马。疲驽,比喻才能低下。 6 **侧闻:**从旁听说,自谦之词。 7 **顾:**只是。 **身残处秽:**指因受宫刑而身处卑位。 8 **见尤:**被指责。 9 **抑郁:**愁闷。 10 **钟子期、伯牙:**春秋时楚人。伯牙善鼓琴,钟子期知其音。钟子期死后,伯牙破琴绝弦,终身不复鼓琴。

原文

士为知己者用,女为说己者容。若仆大质已亏缺矣,虽材怀随、和[1],行若由、夷[2],终不可以为荣,适足以见笑而自点[3]耳。书辞宜答,会东从上来[4],又迫贱事[5],相见日浅,卒卒[6]无须臾之间,得竭指意[7]。今少卿抱不测之罪,涉旬月,迫季冬[8],仆又薄从上雍[9],恐卒然不可为讳[10],是仆终已不得舒愤懑以晓左右,则长逝者魂魄私恨无穷。请略陈固陋。阙然久不报,幸勿为过。

译文

贤士甘愿被了解自己的人所用,女子乐于为喜爱自己的人打扮。像我这样身躯已经残缺的人,即使才能像随侯珠、和氏璧那么稀有,品行像许由、伯夷那么高尚,终究不能把这些当作光荣了,恰恰足以被人拿来耻笑而自取污辱罢了。您的来信我本应早就答复,刚巧我侍从皇上东巡归来,又为琐碎之事所烦扰,与您能见面的机会越来越少,我又匆匆忙忙地没有片刻的工夫来尽情地表明我的心意。您蒙受了意想不到的罪祸,再过一个月,临近十二月,我侍从皇上到雍县去的日期也渐近了,恐怕突然之间您就会有不幸之事发生,这样我就终生没有向您抒发自己胸中愤懑的机会了,而您死后的灵魂也许会抱恨无穷的。请允许我向您稍稍陈述浅陋之见。隔了很长的日子没有回信给您,希望您不要责怪。

注释

1 **随、和:**随侯之珠、和氏之璧,二者是战国时的珍贵宝物。 2 **由、夷:**许由和伯夷,两人都是西周早期被推为品德高尚的人。 3 **点:**玷污。 4 **会:**恰逢。 **上:**指武帝。 5 **贱事:**琐事,谦称。 6 **卒卒:**同“猝猝”,

匆匆忙忙的样子。 7 **指意:**心意。 8 **季冬:**冬季的第三个月,即十二月。汉律,每年十二月处决囚犯。 9 **薄:**同“迫”。 **雍:**地名,在今陕西凤翔南,设有祭祀五帝的神坛五畤。 10 **不可为讳:**死的委婉说法。

原文

仆闻之:修身者,智之符也;爱施者,仁之端也;取与者,义之表也;耻辱者,勇之决也;立名者,行之极也。士有此五者,然后可以托于世,而列于君子之林矣。故祸莫憯[1]于欲利,悲莫痛于伤心,行莫丑于辱先,诟[2]莫大于宫刑。刑余之人,无所比数[3],非一世也,所从来远矣。昔卫灵公与雍渠同载,孔子适陈;[4]商鞅因景监见,赵良寒心;[5]同子参乘,袁丝变色。[6]自古而耻之!夫中材之人,事有关于宦竖[7],莫不伤气,而况于慷慨之士乎!如今朝廷虽乏人,奈何令刀锯

译文

我听到过这样的说法:一个人如何修身,是判断他智慧的凭证;能够怜爱别人,乐于施舍,这是行仁德的开始;拿什么和给什么是否得当,这是衡量义与不义的标志;是否有耻辱之心,是决断一个人是否勇敢的标志;树立好的名声,这是德行的最高准则。志士有这五种品德,然后就可以立足于社会,排在君子的行列中了。所以,没有什么灾祸比贪图私利更惨的了,没有什么悲哀比心灵创伤更为可悲的了,没有什么行为比使先人受辱更丑恶的了,没有什么耻辱比遭受宫刑更严重的了。受过宫刑的人,社会地位是没法与人比较的,这并非当今之世就如此,这种情况由来已久。从前卫灵公与宦官雍渠同坐一辆车子,孔子感到这对他是一种侮辱,便离开卫国了;商鞅通过景监而得以谒见秦孝公,贤士赵良为此十分寒心;太监赵谈陪坐在汉文帝的车上,袁盎为之脸色大变。自古以来,人们把与受过宫刑的人相并列当作一种大辱。就普通人来说,一旦事情关系到宦官,没有不感到伤心丧气的,更何况那些气概昂扬有才干的人呢?如今朝廷虽然缺乏人才,但怎么

原文	译文
之余，荐天下之豪俊哉！	会让我这样一个受过宫刑的人，来推荐天下的豪杰俊才呢！

注释

1 **憯:**同“惨”。 2 **诟:**耻辱。 3 **比数:**比较。 4 **“昔卫灵公”二句:**春秋时，卫灵公和夫人乘车出游，让宦官雍渠同车，而让孔子坐后面一辆车。孔子深以为耻辱，就离开了卫国。 5 **“商鞅”二句:**商鞅得到秦孝公的支持变法革新。景监是秦孝公宠信的宦官，曾向秦孝公推荐商鞅。赵良是秦孝公的臣子，与商鞅政见不同。 6 **“同子”二句:**同子指汉文帝的宦官赵谈，因为与司马迁的父亲司马谈同名，避讳而称“同子”。袁丝，即袁盎，汉文帝时任郎中。据载，文帝坐车去看他母亲时，宦官赵谈陪乘，袁盎伏在车前加以谏阻，于是文帝只得依言令赵谈下车。 7 **宦竖:**宦官。竖，对人的蔑称。

原文	译文
仆赖先人绪业，得待罪辇毂下[1]，二十余年矣。所以自惟[2]：上之，不能纳忠效信，有奇策材力之誉，自结明主；次之，又不能拾遗补阙，招贤进能，显岩穴之士[3]；外之，不能备行伍，攻城野战，有斩将搴[4]旗之功；下之，不能积日累劳，取尊官厚禄，以为宗族交游光宠[5]。四者无一遂，苟合取容，无所短长之	我承蒙先父遗留下来的事业，才能够在京城任职，到如今已二十多年了。我常常这样想：对上不能为君王进纳忠言，献出诚实的心意，也没有非凡的谋略和才干值得称誉，去得到皇上的信任；其次，又不能给皇上拾取遗漏，补正缺失，招纳贤才，推举能人，使隐居草莽的贤士不致被埋没；对外，不能参加到军队之中，攻城战伐，来建立斩将夺旗的功劳；再次，又不能连续劳苦以积累政绩，谋得尊贵的官职，优厚的俸禄，使宗族和朋友都感到荣耀。这四个方面没有哪一方面做出成绩，我只能有意地迎合皇上的心意，我没有什么些微的建

效，可见于此矣。向者，仆亦尝厕下大夫之列[6]，陪奉外廷末议[7]，不以此时引纲维[8]，尽思虑，今已亏形为扫除之隶，在阘茸[9]之中，乃欲仰首伸眉，论列是非，不亦轻朝廷、羞当世之士邪？嗟乎！嗟乎！如仆，尚何言哉？尚何言哉！

树，从这四方面就可以看出来了。以前，我也曾置身在下大夫的行列，只是陪侍外朝，发表一些无关大局的议论。我没有利用这个机会伸张国家的法度，竭尽自己的思虑，到如今我已经身体残废，成为打扫污秽的奴隶，处于地位卑贱的人的行列当中，还想昂首扬眉，评论是非，不也是轻视朝廷、使当世的君子们感到羞耻吗？唉！唉！像我这样的人，还能说什么呢？还能说什么！

注释

1 **待罪**：做官的谦辞。 **辇**(niǎn)**毂**(gǔ)：皇帝的车驾，代指京城长安。 2 **惟**：思考，思忖。 3 **岩穴之士**：指隐居者。 4 **搴**(qiān)：拔取。 5 **光宠**：荣耀。 6 **厕**：处于。 **下大夫**：太史令官位较低，属下大夫。 7 **外廷**：外朝，汉朝官员分外朝和中朝。 **末议**：微不足道的意见，自谦之词。 8 **纲维**：指国家的法令。 9 **阘**(tà)**茸**：下贱，低劣。

原文

且事本末未易明也。仆少负[1]不羁之才，长无乡曲[2]之誉，主上幸以先人之故，使得奉薄技，出入周卫[3]之中。仆以为戴盆何以望天[4]，故绝宾客之知，忘室家之业，日夜思竭其不肖之才力，务一心营职[5]，以求亲媚于主上。而

译文

而且，事情的前因后果是不容易说明白的。我在少年的时候就缺乏卓越不凡的才华，成年以后也没有得到称誉乡里的名声，幸亏皇上因为我父亲是太史令，使我能够获得贡献浅薄才能的机会，出入宫禁之中。我认为头上顶着盆子就不能望天，所以断绝了宾客的往来，也无暇照顾家室的琐事，日夜都在考虑全部献出自己微不足道的才干和能力，专心恪尽职

事乃有大谬不然者！

夫仆与李陵[6]俱居门下，素非能相善也，趋舍[7]异路，未尝衔杯酒[8]，接殷勤之余欢。然仆观其为人，自守奇士，事亲孝，与士信，临财廉，取与义，分别有让，恭俭下人，常思奋不顾身，以殉国家之急。其素所蓄积[9]也，仆以为有国士之风。

责，以求得皇上的信任和宠幸。但是，大错特错，事情与愿望并不是原先所想象的那样。

我和李陵都在朝中为官，向来没有多少交往，人生走的路也不相同，从不曾在一起举杯饮过酒，更没有什么深情厚谊。但是我观察李陵的为人，确是个守节操的不平常之人，侍奉父母讲孝道，同朋友交往守信用，处理钱财很廉洁，或取或予都合乎礼义，能分别长幼尊卑，谦让有礼，恭敬谦卑甘于人下，总是考虑着奋不顾身来奔赴国家的急难。从他平日的表现来看，我认为是有国士风度的。

注释

1 **负**：缺乏。 2 **乡曲**：乡里。 3 **周卫**：周密的护卫，即宫禁。 4 **戴盆何以望天**：形容忙于职守，私事无暇他顾。 5 **务**：专力。 **营职**：恪尽职责。 6 **李陵**：字少卿，西汉名将李广之孙，善骑射，官至骑都尉，率兵出击匈奴，战败投降，后病死匈奴。 7 **趋舍**：向前和停止。 8 **衔杯酒**：在一起喝酒，指私人交往。 9 **蓄积**：指长期以来所表现的气度。

原文

夫人臣出万死不顾一生之计，赴公家之难，斯[1]已奇矣。今举事一不当，而全躯保妻子之臣，随而媒蘖其短[2]，仆诚私心痛之。且李陵提步卒不满五千，深践戎马之地，足历

译文

做人臣的，奔赴国家的危难，即使再有危险也不会为自己的安危考虑，这已经是很少见的了。而今他做事一有不妥当，而那些只顾保全自己性命和老婆孩子的臣子们，便跟着挑拨是非，栽赃嫁祸，我确实从内心感到沉痛。况且李陵带领的兵卒不满五千，深入敌人军事要地，到达单

王庭[3]，垂饵虎口，横挑强胡，仰[4]亿万之师，与单于连战十有余日，所杀过当[5]，虏救死扶伤不给[6]，旃裘[7]之君长咸震怖，乃悉征其左右贤王[8]，举引弓之人，一国共攻而围之。转斗千里，矢尽道穷，救兵不至，士卒死伤如积。然陵一呼劳军，士无不起，躬自流涕，沬[9]血饮泣，更张空弮[10]，冒白刃，北向[11]争死敌者。

于的王庭，就等于在虎口上垂挂诱饵，向强大的胡兵四面挑战，攻击亿万敌兵，同单于连续作战十多天，所杀伤的敌人超过了自己军队的数目，使得敌人连救死扶伤都顾不上了，匈奴君主都十分震惊害怕，于是就征调左、右贤王，出动了所有会开弓放箭的人，举国上下，共同攻打李陵并包围他。李陵转战千里，箭矢都射完，进退之路已断绝，可救兵仍然不到，士兵死的伤的堆积成山。但是，当李陵振臂一呼，鼓舞军队的时候，兵士没有不奋起的，他们感动不已，一个个满脸是血，眼里含着泪，拉开空的弓弦，冒着白光闪闪的刀锋，争着拼死杀敌。

注释

1 **斯：**这。　2 **媒蘖：**原指酵母和酒曲，此喻指陷害他人而酿成罪过。**短：**缺陷，此处指罪名。　3 **王庭：**匈奴单于的居处。　4 **仰：**仰攻。当时李陵军被围困谷地。　5 **当：**相当。　6 **不给**(jǐ)**：**来不及。　7 **旃**(zhān)**裘：**代指匈奴。旃，同“毡”。　8 **左右贤王：**左贤王和右贤王，匈奴封号最高的贵族。　9 **沬**(huì)**：**通“頮”，洗脸。　10 **弮**(quān)**：**强硬的弓弩。　11 **北向：**向北，冲向敌人，因为匈奴在北方，故称。

原文

陵未没时，使有来报，汉公卿王侯皆奉觞上寿[1]。后数日，陵败书闻，主上为之食不甘味，听朝不怡，大臣忧惧，不知所

译文

当李陵的军队尚未覆没的时候，使者曾给朝廷送来捷报，朝廷的公卿王侯都举杯为皇上庆贺。几天以后，李陵兵败的奏书传来，皇上为此而食不下咽，处理朝政也不高兴，大臣们都很忧虑，不知如何是

出。仆窃不自料其卑贱，见主上惨怆怛[2]悼，诚欲效其款款[3]之愚。以为李陵素与士大夫绝甘分少[4]，能得人死力，虽古之名将，不能过也。身虽陷败，彼观其意，且欲得其当而报于汉。事已无可奈何，其所摧败，功亦足以暴[5]于天下矣。

好。我私下里并未考虑自己的卑贱，见皇上悲伤痛心，实在想尽自己的一片忠心。我认为李陵向来与将士们同甘共苦，能够换得士兵们拼死效命的拥护，即使是古代的名将恐怕也没法超过的。他虽然身陷重围，兵败投降，但看他的意思，是想寻找一个恰当的机会回报汉朝的。事情已到了这样无可奈何的地步，但他摧垮、打败敌军的功劳，也足以向天下人显示他尽忠的本心了。

注释

1 **上寿：**这里指庆祝大捷。 2 **怛**(dá)**：**悲痛。 3 **款款：**忠诚的样子。 4 **士大夫：**此指李陵的部下将士。 **绝甘：**舍弃甘美的食品。 **分少：**即使所得也只拿一点点。 5 **暴**(pù)**：**显露。

原文

仆怀[1]欲陈之，而未有路，适会召问，即以此指[2]，推言[3]陵之功，欲以广[4]主上之意，塞睚眦[5]之辞。未能尽明，明主不深晓，以为仆沮贰师[6]，而为李陵游说，遂下于理[7]。拳拳之忠，终不能自列[8]，因为诬上，卒从吏议。家贫，货赂[9]不足以自赎，交游莫救，

译文

我内心打算向皇上陈述上面的看法，但没有得到适当的机会，恰好皇上召见，询问我的看法，我就根据这些想法来论述李陵的功劳，想以此来宽慰皇上的胸怀，堵塞那些攻击诬陷的言论。我没有完全说清楚我的意思，圣明的君主没深入了解，就认为我是在中伤贰师将军，是为李陵辩解，于是将我送交大理审判。我虔敬和忠诚的心意，始终没有得到机会陈述和辩白，就被判了诬上的罪名，皇上最终同意了大理的判决。我家很穷，些许的钱财不足以拿来赎死罪，

原文	译文
左右亲近，不为一言。身非木石，独与法吏为伍，深幽囹圄[10]之中，谁可告诉者！此正少卿所亲见，仆行事岂不然耶？李陵既生降，隤[11]其家声，而仆又佴之蚕室[12]，重[13]为天下观笑。悲夫！悲夫！事未易一二为俗人言也。	朋友们谁也不出面营救，皇帝左右的亲近大臣又不肯替我说一句话。我的血肉之躯本非石与木，却与执法的官吏在一起，被他们囚禁在牢狱之中，我向谁去诉说内心的痛苦呢？这些，正是少卿所亲眼看见的，我的所作所为难道不正是这样吗？李陵投降以后，败坏了他家族的名声，而我接着被置于蚕室，更被天下人所耻笑。可悲啊！可悲！但这些事情是不会轻易一一向普通人讲的。

注释

1 **怀:**指心意。 2 **指:**意指。 3 **推言:**阐述，说明。 4 **广:**宽慰。 5 **睚眦:**怒目相视。 6 **沮**(jǔ):毁坏。 **贰师:**贰师将军李广利，汉武帝宠妃李夫人之兄。李陵被围时，李广利并未率主力救援，致使李陵兵败。其后司马迁为李陵辩解，武帝以为他有意诋毁李广利。 7 **理:**大理，即廷尉，掌司法之官。 8 **列:**罗列，陈述。 9 **货赂:**财货。 10 **囹圄**(líng-yǔ):监狱。 11 **隤:**同“颓”。 12 **佴**(èr):推置。 **蚕室:**温暖密封的房子。初受腐刑的人怕风，故须住此。 13 **重:**更加。

原文	译文
仆之先人，非有剖符丹书之功[1]。文史星历[2]，近乎卜祝之间，固人主所戏弄，倡优畜之，流俗之所轻也。假令仆伏法受诛，若九牛亡一毛，与蝼蚁何以异？而世又不与[3]能死节者比，特[4]	我的祖先，没有获得剖符丹书的功劳，职掌文献史料、天文历法工作的官员，地位接近于算卦、祭祀的人，本就是皇上所戏弄并当作倡优这一类人来畜养，是世俗所轻视的。假如我伏法被杀，那好像是九头牛的身上掉了一根毛，同蝼蚁又有什么区别？世人又不会称许我

以为智穷罪极，不能自免，卒[5]就死耳。何也？素所自树立使然也。人固有一死，死或重于泰山，或轻于鸿毛，用之所趋，异也。太上不辱先，其次不辱身，其次不辱理色[6]，其次不辱辞令，其次诎体[7]受辱，其次易服[8]受辱，其次关木索、被棰楚受辱[9]，其次剔毛发、婴金铁受辱[10]，其次毁肌肤、断肢体受辱，最下腐刑[11]极矣！

是为气节而死的人，只会认为我是才智用尽、罪大恶极，不能免除过错，而最终走向死路罢了。为什么会这样呢？这是我向来所从事的职业及其地位，才使人们会这样看待我。人本来就有一死，但有的人死得比泰山还重，有的人死得却比鸿毛还轻，这是因为他们用死追求的目的不同啊。一个人最重要的是不使祖先受辱，其次是不能使身体受辱，其次是不能因自己失去脸面而受辱，其次是不能因为自己的言语不当而受辱，其次是使躯体长跪、被捆绑而受辱，其次是穿上囚服受辱，其次是戴上木枷、遭受杖刑而受辱，其次是被剃光头发、颈戴枷锁而受辱，其次是毁坏肌肤、断肢截体而受辱，最下等的是宫刑了，那是侮辱到了极点啊。

注释

1 **剖符：**把竹做的契约一剖为二，皇帝与大臣各执一块。 **丹书：**把誓词用丹砂写在铁制的契券上。凡持有剖符、丹书的大臣，其子孙犯罪可获赦免。 2 **文史星历：**史籍和天文历法，都属太史令掌管。 3 **与：**赞许，称许。 4 **特：**只不过。 5 **卒：**终于。 6 **理色：**指脸面。 7 **诎体：**同"屈体"，跪拜。 8 **易服：**换上罪犯的囚服。 9 **木索：**木枷和绳索。**棰：**竹棒。 10 **剔：**同"剃"，把头发剃光，即髡刑。 **婴：**环绕。颈上戴着铁链服苦役，即钳刑。 11 **腐刑：**即宫刑。

原文

传曰："刑不上大夫。"此言士节不可不勉励也。

译文

古书上说："刑罚不会用到大夫身上。"这句话是说，对于士大夫的气节，不

猛虎在深山，百兽震恐，及在阱槛[1]之中，摇尾而求食，积威约之渐也。故士有画地为牢，势不可入，削木为吏，议不可对，定计于鲜[2]也。今交手足，受木索，暴肌肤，受榜[3]棰，幽于圜墙[4]之中。当此之时，见狱吏则头枪地，视徒隶则心惕息[5]。何也？积威约之势也。及已至是，言不辱者，所谓强颜耳。曷足贵乎？

可不劝勉鼓励。猛虎生活在深山之中，百兽都会震惊恐惧，等到它落入陷阱和栅栏之中时，就只得摇着尾巴乞求食物，这是人不断地使用威势加以约束而逐渐使它驯服的。所以，即便士大夫看见有人在地上画一个圈作为牢狱，他也决不会进入，面对削木而成的假狱吏也决不能接受他的审讯，把思虑计谋定在自我了断上面，这才是鲜明的态度。如今我的手脚捆在一起，被木枷锁住，被绳索捆绑，皮肉暴露在外，受着鞭笞和棍打，关在牢狱之中。在这种时候，看见狱吏就叩头触地，看见牢卒就恐惧喘息。这是为什么呢？这是经过长时间的威逼制约所造成的情势。事情已经到了这种地步，再谈什么不受污辱，那就是人们常说的厚脸皮了，有什么值得看重的呢？

注释

1 **阱槛：**捕兽的陷坑，关兽的笼子。 2 **鲜：**态度鲜明，即自杀，以示不受辱。 3 **榜：**鞭打。 4 **圜墙：**监狱。圜，同“圆”。 5 **惕息：**胆战心惊。

原文

且西伯，伯也，拘于羑里；[1]李斯，相也，具于五刑；[2]淮阴，王也，受械于陈；[3]彭越、张敖，南面称孤，系狱抵罪；[4]绛

译文

况且，像西伯姬昌，是诸侯的领袖，曾被拘禁在羑里；李斯，是丞相，也受尽了五刑；淮阴侯韩信，被封为王，却在陈地被戴上刑具；彭越、张敖被诬告有称帝野心，被捕入狱并定下罪名；绛侯周勃，曾诛杀诸吕，一时间

侯诛诸吕，权倾五伯，囚于请室；[5]魏其，大将也，衣赭衣，关三木；[6]季布为朱家钳奴[7]；灌夫受辱于居室[8]。此人皆身至王侯将相，声闻邻国，及罪至罔[9]加，不能引决自裁。在尘埃之中，古今一体，安在其不辱也？由此言之，勇怯，势也；强弱，形也。审矣，何足怪乎？夫人不能早自裁绳墨[10]之外，以稍陵迟[11]，至于鞭棰之间，乃欲引节[12]，斯不亦远乎？古人所以重施刑于大夫者，殆为此也。

权力都超过了春秋五霸，也被囚禁在请罪室中；魏其侯窦婴，是一员大将，也穿上了红色的囚衣，手脚颈项都套上了刑具；季布以铁圈束颈卖身给朱家当了奴隶；灌夫被拘于居室而受屈辱。这些人的身份都到了王侯将相的地位，声名传扬到邻国，等到犯了罪而法网加身的时候，却不能下决心自杀。在尘世中，古今都是一样的，哪里能不受辱呢？照这样说来，勇敢或怯懦，乃是形势所造成；坚强或软弱，也是根据自己外在的表现所决定。这是很清楚明白的事了，有什么奇怪的呢？况且一个人不能在律法制裁之前就早早自杀以避免刑罚，因此意志渐渐地衰败，到了挨打受刑的时候，才想到去自尽，这种愿望和现实不是相距太远了吗？古人之所以慎重地对士大夫用刑，大概就是因为这个缘故吧。

注释

1 **西伯：**即周文王，为西方诸侯之长。伯，方伯，一方诸侯之长。**羑(yǒu)里：**在今河南汤阴。周文王曾被纣王囚禁于此。　2 **李斯：**秦始皇时任为丞相，后因秦二世听信赵高谗言，被受五刑，腰斩于咸阳。**五刑：**秦汉时的五种刑罚。　3 **淮阴：**指淮阴侯韩信。**受械于陈：**汉立，淮阴侯韩信被刘邦封为楚王，都下邳(今江苏邳州)。后高祖疑其谋反，用陈平之计，在陈(楚地)逮捕了他。械，拘禁手足的木制刑具。　4 **彭越：**汉高祖的功臣。**张敖：**汉高祖功臣张耳的儿子，袭父爵为赵王。彭越和张敖都因被人诬告称孤谋反，下狱定罪。　5 **绛侯：**汉初功臣周勃，封绛侯。惠帝和吕后死后，吕后家族中吕产、吕禄等人谋夺汉室，周勃和陈平一起定计诛诸吕，迎立刘邦中子刘恒为文帝。 **五伯**:即“五霸”。 **请室**:大臣犯罪等待判决的地方。周勃后被人诬告谋反,囚于狱中。 6 **魏其**(jī):大将军窦婴,汉景帝时被封为魏其侯。武帝时,营救灌夫,被人诬告,下狱判处死罪。 **三木**:头枷、手铐、脚镣。 7 **季布**:楚霸王项羽的大将,曾多次让刘邦难堪。项羽败死,刘邦出重金缉捕季布。季布改名换姓,受髡刑和钳刑,卖身给鲁人朱家为奴。 8 **灌夫**:汉景帝时为中郎将,武帝时官太仆。因得罪了丞相田蚡,被囚于居室,后受诛。 **居室**:请罪之室。 9 **罔**:即“网”,法网。 10 **绳墨**:指律法。 11 **陵迟**:衰落,衰颓。 12 **引节**:死于气节,指自杀。

原文

夫人情莫不贪生恶死。念父母,顾妻子,至激于义理者不然,乃有所不得已也。今仆不幸,早失父母,无兄弟之亲,独身孤立,少卿视仆于妻子何如哉?且勇者不必死节,怯夫慕义,何处不勉焉?仆虽怯懦,欲苟活,亦颇识去就之分[1]矣,何至自沉溺缧绁之辱哉[2]!且夫臧获[3]婢妾,犹能引决,况仆之不得已乎?所以隐忍苟活,幽于粪土之中而不辞者,恨私心有所不尽,鄙陋没世而文采不表于后世也[4]。

译文

人之常情,没有谁不贪生怕死的。普通人挂念父母,顾虑妻子儿女,但那些激愤于正义公理的人当然不是这样,这里有迫不得已的情况。如今我很不幸,早早地失去双亲,又没有兄弟互相爱护,独自一人,孤立于世,少卿你看我对妻子儿女又能怎样呢?况且一个有勇气的人不一定要为名节去死,怯懦的人也会仰慕大义,在哪里不可以勉励自己呢?我虽然怯懦软弱,也想苟活在人世,但也稍稍懂得区分舍生取义的界限,哪会自甘沉溺于牢狱之中而忍受侮辱呢?再说奴隶婢妾尚且能够下决心自杀,何况像我这样已经到了不得已的地步?我之所以忍受着屈辱活在世上,陷在如粪土一般的监狱之中却没死,是遗憾我内心的志愿还没有完成,如果平庸地死去,文章就不能在后世显扬了。

注释

1 **分**(fèn)**:**界限。 2 **沉溺:**深深陷入。 **缧绁:**捆绑犯人的绳子,此处指牢狱。 3 **臧获:**奴隶。 4 **没世:**终身。 **文采:**文章辞采,此处指著作。

原文

古者富贵而名磨灭[1],不可胜记,唯倜傥[2]非常之人称焉。盖文王拘而演《周易》[3];仲尼厄而作《春秋》[4];屈原放逐,乃赋《离骚》;[5]左丘失明,厥有《国语》;[6]孙子膑脚,《兵法》修列;[7]不韦迁蜀,世传《吕览》;[8]韩非囚秦,《说难》《孤愤》;[9]《诗》三百篇[10],大抵贤圣发愤之所为也。此人皆意有所郁结,不得通其道,故述往事,思来者。乃如左丘无目,孙子断足,终不可用,退而论书策,以舒其愤,思垂空文以自见[11]。

译文

古时候大富大贵但名字磨灭不传的人,多得无法完整地记录下来,只有那些卓越洒脱不平常的人才被称颂。就如周文王被拘禁而推演了《周易》;孔子受困窘才作了《春秋》;屈原被放逐,才写了《离骚》;左丘明失去视力,才有《国语》一书;孙膑被剔去膝盖骨,《兵法》才被撰写出来;吕不韦被贬谪到蜀地,后世才流传开《吕氏春秋》;韩非被囚禁在秦国,写出《说难》《孤愤》;《诗经》三百篇,大致是一些圣贤们抒发愤慨而写作的。这些人都是因为感情有压抑、郁结不解的地方,不能实现他的理想,所以记述过去的事迹,使将来的人能深思。就像左丘明没有了视力,孙膑断了双脚,终生不能被人重用,便退隐著书立说来抒发他们的激愤,想使他们的文章能流传后世来表现自己的志向。

注释

1 **磨灭:**指名声埋没。 2 **倜傥:**豪迈不受拘束。 3 **文王拘而演《周易》:**传说周文王被纣王拘禁在羑里时,把八卦推演为六十四卦,成为

《周易》的骨干。 4 **仲尼厄而作《春秋》:**孔丘字仲尼,周游列国宣传儒道,在陈地和蔡地受到围攻和绝粮之苦,返回鲁国作《春秋》一书。 5 **"屈原"两句:**屈原曾两次被楚王放逐,幽愤而作《离骚》。 6 **左丘:**春秋时鲁国史官左丘明。**《国语》:**史书,相传为左丘明撰著。 7 **孙子:**春秋战国时著名军事家孙膑。 **膑脚:**孙膑曾与庞涓一起从鬼谷子习兵法。后庞涓为魏惠王将军,骗膑入魏,剔去了他的膝盖骨。孙膑有《孙膑兵法》传世。 8 **"不韦"两句:**吕不韦,战国末年大商人,秦初为相国。曾命门客撰《吕氏春秋》。后被罢相,秦王令吕不韦举家迁蜀,吕不韦自杀。 9 **"韩非"两句:**韩非是战国后期韩国公子,曾从荀卿学,入秦被李斯所谗,下狱死。著有《韩非子》,《说难》《孤愤》是其中的两篇。 10 **《诗》三百篇:**今本《诗经》共有三百零五篇,此举其成数。 11 **垂:**流传。 **空文:**文章。

原文

仆窃不逊[1],近自托于无能之辞,网罗天下放失[2]旧闻,略考[3]其行事,综其终始,稽其成败兴坏之纪,上计轩辕,下至于兹,为十表,本纪十二,书八章,世家三十,列传七十,凡百三十篇。亦欲以究天人之际,通古今之变,成一家之言。草创未就,会遭此祸,惜其不成,是以就极刑而无愠[4]色。仆诚已著此书,藏之名山,传之其人,通邑[5]大都,则仆偿前辱之责[6],虽

译文

我不自量力,近来靠着我那没文采的文辞,收集天下散佚的历史传闻,粗略地考证其真实性,综述事实的本末,推究其成败盛衰的道理,上自黄帝,下至于当今,写成十篇表,十二篇本纪,八篇书,三十篇世家,七十篇列传,一共一百三十篇。我也是想通过这些文章来研究自然现象和人类社会之间的关系,贯通古往今来变化的脉络,形成我个人的一种见解。刚开始起草还没有成书,恰恰遭遇到这样的灾祸,我痛恨这部书不能完成,因此即便受到最残酷的宫刑也没有怨怒之色。我如果能完成这本书,让它藏在名山之中,再传给跟自己志同道合的人,使它广传于天下,那么我便抵偿了过去所受的宫刑的

万被戮，岂有悔哉？然此可为智者道，难为俗人言也！

债，即使受再多的侮辱，难道会后悔吗？然而，这些只能向有见识的人诉说，却很难向世俗之人讲清楚啊！

注释

1 **不逊**：不自量力，谦辞。 2 **放失**：散佚。失，通“佚”。 3 **考**：考证。 4 **愠**：怒。 5 **通邑**：大都市。 6 **责**：通“债”。

原文

且负下未易居，下流[1]多谤议。仆以口语遇遭此祸，重为乡党所戮笑[2]，以污辱先人，亦何面目复上父母之丘墓乎？虽累百世，垢弥[3]甚耳！是以肠一日而九回[4]，居则忽忽若有所亡，出则不知其所往。每念斯耻，汗未尝不发背沾衣也。身直为闺阁之臣[5]，宁得自引[6]深藏岩穴邪？故且从俗浮沉，与时俯仰[7]，以通其狂惑[8]。今少卿乃教以推贤进士，无乃与仆私心刺谬[9]乎？今虽欲自雕琢[10]，曼[11]辞以自饰，无益，于俗不

译文

在负罪受辱的情况下是很不容易处世的，地位卑贱的人，往往被庸俗之人诽谤和议论。我因为多嘴说了几句话而遭遇这场大祸，更被乡里之人羞辱和嘲笑，污辱了祖宗，又有什么颜面再到父母的坟墓前去祭扫呢？即使再过一百代，这耻辱只会更加突出啊！因此愁肠缠绕，在家中心神不定，恍恍惚惚好像失去了什么东西一样，出门则不知道往哪儿走。每当想到这件耻辱的事，冷汗径直从脊背上冒出来，沾湿了衣襟。我只不过是一个宦官，怎么能够退隐，深藏在山林岩穴呢？所以只得随波浮沉，跟着形势走，来抒发内心里狂乱迷惑的感情。如今少卿竟教导我要推荐贤才，岂不是与我内心的愿望相违背吗？现今我虽然想自我修饰一番，用美妙的言辞来为自己宽解，这也没有好处，因为世俗之人是不会相信的，只会让我自讨侮辱啊。一般来说，

信，适足取辱耳。要之死日，然后是非乃定。书不能悉意，略陈固陋。谨再拜。

人只有到死去之日，然后才能盖棺定论。书信是不能完全表明心意的，因而我只能略微陈述一下自己浅陋的意见罢了。恭敬地第二次拜谢。

注释

1 **下流：**指品行低劣者。 2 **乡党：**乡里。**戮笑：**耻笑。 3 **弥：**更加。 4 **九回：**九转。形容痛苦之极。 5 **闺阁之臣：**指宦官。闺、阁都是宫中小门，代指禁宫。 6 **自引：**归隐。 7 **与时俯仰：**指适应形势。 8 **狂惑：**指内心激愤的感情。 9 **刺谬：**违背。 10 **雕琢：**修饰，美化。 11 **曼：**美妙。

报孙会宗书

杨恽

导读

杨恽，字子幼，西汉华阴（今属陕西）人。宣帝时因告发霍氏（霍光的子孙）谋反有功，封平通侯。他的父亲杨敞曾两任丞相，母亲司马英是著名史学家司马迁的女儿。杨恽做官廉洁公正，一身正气。后被太仆戴长乐诬告，称他私下里拿皇上开玩笑，因此被汉宣帝贬为庶人。故此，杨恽闲居老家，饮酒作乐。安定郡太守孙会宗是杨恽的好友，写信劝他应当闭门思过，而不应饮宴享乐，杨恽因此给孙会宗写了这封回信。在信中，他以嬉笑怒骂的口吻，一条条批驳和痛斥了孙会宗的规劝，为自己狂放不羁的行为辩护；同时，也隐晦地表达了对当朝的讥讽和不满，桀骜不驯的性格跃然纸上。

全信写得荡气回肠，锋芒毕露。正是因为这封信，最终招致杨恽被腰斩的结局。

原文

恽材朽行秽，文质无所底，幸赖先人余业，得备宿卫。[1] 遭遇时变，以获爵位。[2] 终非其任，卒与祸会[3]。足下哀其愚蒙，赐书教督以所不及，殷勤甚厚。[4] 然窃恨足下不深惟其终始，而猥随俗之毁誉也。[5] 言鄙陋之愚心，若逆指而文过；默而息乎，恐违孔氏各言尔志之义。[6] 故敢略陈其愚，惟君子察焉。[7]

译文

我才能低下，品行卑劣，外在的表现、内在的气质都还没有修养到家，幸亏靠着老祖宗留下来的余荫，才得以谋求了一个宫中的侍从官。又意外遭遇了一场突如其来的事变，因此被封了侯爵。但我终究不是一个做官的料，结果就惹了祸。你可怜我的愚笨不开窍，特地来信教导我不检点的地方，恳切之意非常深厚。但让我十分遗憾的是，你还没有深入思考事情的缘由结果，就轻率地表达了那种随波逐流的偏见。直接讲我的粗陋看法吧，又好像跟你来信的本意唱了反调，有掩饰我的过错的嫌疑；可什么也不说吧，恐怕又要违背孔圣人极力提倡的每个人都要讲一讲自己志向的原则。正是这样，我才敢略微谈一下我粗浅的见解，希望你能斟酌斟酌。

注释

1 **文质：**文采和气质，指文章、道德。 **底：**至，到。 **宿卫：**在宫中值宿警卫。杨恽曾任郎官。 2 **时变：**时局变故，指霍氏谋反、杨恽告发之事。**爵位：**指杨恽获封平通侯。 3 **卒：**最终，最后。 **会：**遭遇。 4 **愚蒙：**愚笨蒙昧。 **教督：**教导督正。 **殷勤：**恳切的情意。 5 **惟：**思考，考虑。 **猥：**随便，杂凑。 **毁誉：**毁谤。 6 **鄙陋：**浅薄粗陋。 **逆指：**违背旨意。 **文过：**掩饰自己的过错。 **各言尔志：**各人说说你们的志向。 7 **敢：**冒昧地。 **察：**审察。

原文

恽家方隆盛时，乘朱轮[1]者十人。位在列卿，爵为通侯，总领从官，与闻政事。[2]曾不能以此时有所建明，以宣德化，又不能与群僚同心并力，陪辅朝廷之遗忘，已负窃位素餐之责久矣。[3]怀禄贪势，不能自退，遭遇变故[4]。横被口语，身幽北阙，妻子满狱。[5]当此之时，自以夷灭不足以塞责，岂意得全首领，复奉先人之丘墓乎？[6]伏惟[7]圣主之恩不可胜量。君子游道，乐以忘忧；小人全躯，说以忘罪。[8]窃自思念，过已大矣，行已亏矣，长为农夫以没世[9]矣。是故身率妻子，戮力耕桑，灌园治产，以给公上。[10]不意当复用此为讥议也。

译文

我家正当兴隆的时候，当大官有权坐红轮子马车的就有十个人。就是我也能排在九卿的行列，爵位封为通侯，统管宫内的侍从官，参与了国家大政。可我竟没能在这样的时候有所建树，来宣扬皇帝的德政，又没能跟同僚们齐心协力，辅佐朝廷查缺补漏，早已背负窃据高位、白食俸禄的骂名许久了。我贪恋厚禄和权势，没能主动辞官，于是就遇到了意外，无辜地被人告发，身陷宫殿北面的楼观里，妻子儿女也都被关进监狱。在这个时候，我自己都觉得满族抄斩也不足以偿还我的罪过，哪里想得到竟能保得住我的脑袋，能再一次到先祖的坟前祭拜呢？我伏在地上感激着圣主的恩德，那是无法估量的呀。人们常说君子一心扑在道义中，快乐得忘了烦忧；小人一旦保全了性命，就快活得忘了犯下的罪过。暗地里我揣摩自己早已犯下了大罪，品行也早就缺损，不如就去做一个不为人知的农夫，潦草过完余生算了。因此就亲自领着妻子儿女，竭尽全力耕田种粮，植桑养蚕，灌溉果园，经营产业，以便用来向官府交纳赋税。想不到这么做又被人讥笑，还受到斥责。

注释

1 **朱轮：**指高官所乘的马车，车轮是红色的。 2 **列卿：**指九卿之列。**总领:**统领。**从官:**皇帝的侍从官。**与闻:**参与和知晓。 3 **建明:**建树倡明。**陪辅:**辅助,辅佐。**窃位:**指不能恪尽职守。**素餐:**白吃,指不劳而获。 4 **变故:**意外的灾难,指杨恽被戴长乐上书告罪之事。 5 **横被:**意外地遭受。**北阙:**古代宫殿北面的观阙,是大臣上章奏事或被皇帝召见的地方。 6 **夷灭:**指杀戮。**塞责:**抵塞罪责。**首领:**脑袋。 7 **伏惟:**伏在地上想,敬辞。 8 **游道:**即学习道义之事。**说:**通“悦”。 9 **没世:**过完一辈子。 10 **戮力:**齐心合力。**给**(jǐ):供给。**公上:**国家税收。

原文

夫人情所不能止者,圣人弗禁。故君父至尊亲,送其终也,有时而既。[1]臣之得罪,已三年矣。田家作苦,岁时伏腊,烹羊炰羔,斗酒自劳。[2]家本秦也,能为秦声。妇赵女也,雅[3]善鼓瑟;奴婢歌者数人。酒后耳热,仰天拊缶,而呼乌乌。[4]其诗曰:“田彼南山,芜秽不治。种一顷豆,落而为萁。人生行乐耳,须富贵何时!”[5]是日也,拂衣而喜,奋袖低昂,顿足起舞,诚淫荒无度,不知其不可也。恽

译文

人的情意所不能限制的事,圣人也不会禁止。所以就是最尊贵的君主、最敬重的父亲,为他们送终服丧,最多三年也就结束了。我获罪以来,已经三年了。种田人劳作辛苦,一年中遇上伏日、腊日的祭祀,就烧煮羊肉烤炙羔羊,倒上一杯酒自我犒劳一下。我的老家原在秦地,我能弹奏秦乐。妻子是赵地的女子,平素擅长弹瑟。丫鬟下人中也有几个会唱歌的。喝酒以后耳根发热,昂着头对着天,信手击打瓦缶,跟着节拍呜呜地歌唱。唱的是:“在南山上辛勤地种田,荆棘野草多得没法清除。种下了一顷的豆子,只收到几根豆茎。人的一生还是及时行乐吧,富贵谁知要等到什么时候!”这样的日子,我挥动衣服,上下舞起两只袖子,两脚跺地自然而然地跳起舞来,这确实是纵情玩乐而毫不节制,但我真的不明白这有什么错。我有幸还存了一些俸禄,正经营着贱买贵卖的生意,求得那十

幸有余禄，方籴贱贩贵，逐什一之利。[6]此贾竖[7]之事，污辱之处，恽亲行之。下流之人，众毁所归，不寒而栗，虽雅知恽者，犹随风而靡，尚何称誉之有？[8]董生[9]不云乎：“明明求仁义，常恐不能化民者，卿大夫意也。明明求财利，常恐困乏者，庶人之事也。”故道不同不相为谋[10]。今子尚安得以卿大夫之制而责仆哉？

分之一的薄利。这是卑贱的商人才会干的事情，虽然备受蔑视侮辱，我仍然亲自去做。地位卑贱的人，那是众人诽谤的对象，我常常因此不寒而栗，就是向来非常了解我的人，尚且随顺世俗来讥讽我，哪里还会有人来称赞我呢？董仲舒不是这样说过：“匆匆忙忙求仁求义，常担心不能感化百姓，这是卿大夫们的心意。匆匆忙忙求财求利，常担心贫困匮乏，这是老百姓最怕的事。”所以说信念不同的人，相互之间没什么好商量的。现在你还怎么能用卿大夫的要求来责备我呢？

注释

1 **君父至尊亲：**君至尊，父至亲。 **有时：**有一定时限。 **既：**尽，终。 2 **伏腊：**夏天的伏日，冬天的腊日，伏腊都是祭日。 **烹：**煮。 **炰**(páo)：烤。 3 **雅：**甚，很。 4 **拊**(fǔ)：拍，轻击。 **缶**(fǒu)：古乐器，瓦制，腹大口小。 **乌乌：**即“呜呜”，唱歌的声音。 5 **萁：**豆茎。 **须：**等待。 6 **籴**(dí)：买进粮食。 **逐：**追求。 **什一之利：**十分之一的利息。 7 **贾**(gǔ)**竖：**对商人的贱称。竖，奴仆。 8 **不寒而栗：**不寒冷而发抖。栗，战栗，颤抖。 **靡：**倒下。 9 **董生：**董仲舒，汉景帝、汉武帝时的大儒。
10 **道不同不相为谋：**思想信仰不同的人，不在一起谋划事情。

原文

夫西河魏土，文侯所兴，有段干木、田子方之遗风，漂然皆有节概，知去就

译文

西河魏地，是魏文侯振兴的地方，那里还有段干木、田子方的风教影响，他们都具有高尚的节操，明白归隐和出仕的缓

之分。[1]顷者[2],足下离旧土,临安定。安定山谷之间,昆戎[3]旧壤,子弟贪鄙,岂习俗之移人哉?于今乃睹子之志矣!方当盛汉之隆,愿勉旃,毋多谈![4]

急轻重。近来,你离开了故乡,到了安定郡。安定处在山谷中间,是西戎的故乡,那里的人多贪婪卑鄙之辈,难道是当地的风俗习惯改变了你的品性吗?如今我才看透了你的气节!现在正当汉室鼎盛之时,望你努力,不多谈。

注释

1 **西河:**在今陕西郃阳一带。 **文侯:**魏文侯,著名的贤君。 **段干木:**文侯时的隐士。 **田子方:**曾是文侯的老师。 **漂然:**高远之貌。 **节概:**节操,气概。 **去就:**指辞官、出仕。 2 **顷者:**最近,近来。 3 **昆戎:**古代西夷的一支,即殷周时的西戎。 4 **旃**(zhān)**:**相当于"之焉"。 **毋**(wú)**:**不要。

答李翊书

韩 愈

导读

本篇是唐德宗贞元十七年(801)韩愈给李翊的回信,是一篇书信体的文论著作。李翊曾向韩愈请教写文章的技巧,而韩愈的这封回信,却别出心裁,一反常规的说教模式,只讲自己几十年来为什么学和怎么去写的切身感悟,层层递进,从源头到枝末,毫不保留,娓娓道来。文中处处可以看出,韩愈对后学之人的一片热诚之心,也能够深深体会到韩愈那种抨击不良社会风气的勇气和锐意进取的精神。

原文

六月二十六日，愈白。李生足下[1]：生之书辞甚高，而其问何下而恭也。能如是，谁不欲告生以其道？道德之归也有日矣，况其外之文乎？抑愈所谓望孔子之门墙，而不入于其宫[2]者，焉足以知是且非邪？虽然，不可不为生言之。

生所谓立言[3]者，是也。生所为者与所期者，甚似而几[4]矣。抑不知生之志，蕲[5]胜于人而取于人邪？将蕲至于古之立言者邪？蕲胜于人而取于人，则固[6]胜于人而可取于人矣。将蕲至于古之立言者，则无望其速成，无诱于势利。养其根而俟[7]其实，加其膏[8]而希其光。根之茂者其实遂，膏之沃者其光晔[9]。仁义之人，其言蔼如[10]也。

译文

六月二十六日，韩愈说。李生足下：你的来信文辞立意很高，但是提问的态度又是多么谦虚恭敬啊。能够做到这样，谁不想把文章之道告诉你呢？道德归属于你已指日可待了，何况只是表述道德内容的文章呢？可是我只是一个看到孔子的门墙但还没能进入内室的人，怎么能够明白是与非呢？虽然如此，还是不得不对你谈谈我的看法。

你所说的著书立说的观点，我以为是正确的。你所做的和你所希望的，很接近而且也差不多了。只是不知道你的志向，是希望胜过别人而且被他们学习呢，还是希望达到古代著书立说的人的境界呢？希望胜过别人而且被他们学习，那你本就已胜过别人，也已经被他们学习了。如果你希望达到古代著书立说的人的境界，那就不要希望它很快实现，不要被眼前的权势利益所诱惑。这就像培育树木的根来等待它的果实，给油灯添加油脂而希望它放出耀眼的光芒。根长得茂盛了，它的果实才能顺利成长；灯油充足了，灯光才会更加明亮。具备了仁义道德的人，他的文章必然会淳厚温和。

注释

1 **李生:**即李翊(yì)。 **足下:**对同辈、朋友的敬称,也用于下对上。 2 **宫:**内室。 3 **立言:**著书立说。 4 **几:**近。 5 **蕲**(qí):通“祈”,祈求,希望。 6 **固:**本来。 7 **俟:**等待。 8 **膏:**油脂。 9 **沃:**充足,多。**晔**(yè):明亮。 10 **蔼如:**和蔼温顺的样子。

原文

抑又有难者,愈之所为,不自知其至犹未也。虽然,学之二十余年矣。始者,非三代两汉之书不敢观[1],非圣人之志不敢存。处若忘,行若遗,俨乎其若思,茫乎其若迷。当其取于心而注于手也,惟陈言之务去,戛戛乎其难哉![2]其观于人,不知其非笑之为非笑也。如是者亦有年,犹不改。然后识古书之正伪,与虽正而不至焉者,昭昭然白黑分矣,而务去之,乃徐有得也。当其取于心而注于手也,汩汩[3]然来矣。其观于人也,笑之则以为喜,誉之则以为

译文

不过还是有困难的地方,我所做的,自己也不知道是达到还是没有达到立言的境界。虽然如此,我学习古文已有二十多年了。开始的时候,只要不是三代两汉的书就不敢看,不符合圣人意志的观点就不敢记在心里。坐下来的时候就像忘掉了自己,走路时好像丢掉了什么东西,严肃认真的样子就像在思考,茫茫然就像是迷了路。当把心里所想的在笔端倾泻而出的时候,一定要把那些陈词滥调给去掉,这是一件吃力不讨好的事!如果把文章拿给别人看,就不在乎别人的嘲笑和责备。我像这样去做也有许多年了,仍然没有改变这种做法。这样之后方能识别古书里阐述的道理的真与假,以及那些虽然正确但还不够完善的内容,明白清晰地分别真假,务必去除那些不正确和不完善的,这样才慢慢地有所收获。当把心里所想的在笔端倾泻而出的时候,文思也就像泉水一样急涌出来。再把这些文章给别人看,别人嘲笑它我反而高兴,赞美它我却更加担

忧,以其犹有人之说者存也。如是者亦有年,然后浩乎其沛然矣[4]。吾又惧其杂也,迎而距之,平心而察之,其皆醇也,然后肆焉。[5]虽然,不可以不养也。行之乎仁义之途,游之乎《诗》《书》之源,无迷其途,无绝其源,终吾身而已矣。

气,水也;言,浮物也。水大而物之浮者大小毕浮,气之与言犹是也。气盛则言之短长,与声之高下者皆宜。

忧,因为文章里还存留着世俗中的观念。像这样又有了一些年头,然后文章的气势才宽广而充沛了。我又担心文中还有杂而不纯的地方,于是力求从反面去批驳,平心静气地审视它,直到文辞都纯正而没有瑕疵,然后才放手去尽情发挥了。虽然如此,还是不能不修养品德。在仁义的坦途上前进,在《诗》《书》的源泉里遨游,不会迷失方向,不会断绝源头,尽我的一生都是这么做罢了。

气势,犹如水;语言,就像浮在水上的物品。水势浩大,那么不管大的小的物品都能浮起来,气势和语言的关系也是这样的。气势充沛,那么语言的短或长与声音的高或低,就都是最恰当的。

注释

1 **三代:**夏、商、周。 **两汉:**西汉、东汉。 2 **注:**倾泻。 **陈言:**陈词滥调。 **戛戛**(jiájiá)**:**很艰难,吃力的样子。 3 **汩汩:**如泉水急出的样子。 4 **浩乎:**广大的样子。 **沛然:**充盛的样子。 5 **距:**通"拒",抗拒。 **察:**审视。 **醇:**通"纯",纯正。 **肆:**放纵。

原文

虽如是,其敢自谓几于成乎?虽几于成,其用于人也奚取[1]焉?虽然,待用于人者,其肖于器邪?用与舍属

译文

即便这样,谁又敢说自己的文章几乎达到了最完美呢?即使接近完美了,对世俗的人而言又能从中得到什么呢?尽管如此,等待被人拿去观摩学习的,大概就像是一件有着固定用处的器物吧?用或不用,完全取决

诸人。君子则不然，处心有道，行己有方，用则施诸人，舍则传诸其徒，垂诸文而为后世法。如是者，其亦足乐乎？其无足乐也？

有志乎古者希矣，志乎古必遗乎今，吾诚乐而悲之。亟称其人，所以劝之[2]，非敢褒其可褒，而贬其可贬也。问于愈者多矣，念生之言，不志乎利，聊相为言之。愈白。

于他人。君子就不会这样，心中有自己的主见，行动也有着自己的原则，思想被采用就在人们中推广开来，不被采用就把它传给弟子，把它写成文章流传下去为后世所效法。像这样，是值得高兴呢，还是不值得高兴呢？

有志于学习古代立言思想的人现在已经很少了，有志学习古人的人必定会为今人所遗弃，我实在为有志于古的人高兴，也为他们感到忧伤。我一再称赞那些学习古人的人，只是为了勉励他们，并不敢随便表扬我以为可以表扬的人，也不敢随便批评我以为可以批评的人。向我问道的人已有很多了，看你的来信，觉得你的志向不在求利上，所以姑且对你讲了这些话。韩愈语。

注释

1 **奚取：**有什么可取的地方。　2 **劝之：**鼓励他们。

答尉迟生书

韩　愈

导读

本篇是韩愈对尉迟汾请教为文之道的答复。复信中，他运用比喻的方法，形象、扼要地阐明了内容的重要性，同时兼顾辞采的感染力，体现了韩愈一贯的文以载道、重道不轻文的主张。文中最后对做官之“道”的论述，耐人寻味。全篇短短两百多个字，论证清晰，言浅意深。

原文

愈白。尉迟生足下：夫所谓文者，必有诸其中，是故君子慎其实。[1]实之美恶，其发也不掩[2]。本深而末茂，形大而声宏，行峻而言厉，心醇而气和。[3]昭晰者无疑，优游者有余。[4]体不备，不可以为成人；辞不足，不可以为成文。愈之所闻者如是，有问于愈者，亦以是对。

今吾子所为皆善矣，谦谦然若不足，而以征[5]于愈。愈又敢有爱[6]于言乎？抑所能言者，皆古之道。古之道，不足以取于今。吾子何其爱之异也！

贤公卿大夫，在上比肩[7]；始进之贤士，在下比肩。彼其得之，必

译文

韩愈说。尉迟汾足下：人们所说的文章，一定有思想内容在里面，因此说君子应慎重对待文章的内容。内容的好坏，一旦表现出来就掩盖不了。根深那么叶子就会茂盛，形体庞大那么声音就会洪亮，行为高洁那么言辞就会严肃，心地淳厚那么态度就会和蔼。语言清楚明白就不会有疑问，语言从容洒脱就会使人感到余味无穷。形体不完备，就不能成为人；辞采不丰富，就不能成为文。我所听到的说法就是这样的，有人来问我，我也就是这么回答的。

现在你作的文章都是很好的，却谦虚地询问于我。我又怎么敢吝惜而不说几句呢？不过我所能够说的，都是古人用的方法。但古人的方法，是不足以完全为现在所效法的。您所喜爱的东西真是与众不同啊！

贤能的公卿大夫这些大官，高高在上，比比皆是；而刚跨进仕途有才能的小官，也是比比皆是。他们能够得到现在这样的地位，必定有获取地位的方法。你打

有以取之也。子欲仕乎？其往问焉，皆可学也。若独有爱于是，而非仕之谓，[8]则愈也尝学之矣，请继今以言。

算谋一个职位吗？你先前所问的，也都是能学习的。如果你唯独是出于喜爱古人之道，并不是为了做官，那么就我曾经学过的这些道理，我们可以继续探讨下去。

注释

1 **尉迟生:**即尉迟汾。 **实:**实质，指内容。 2 **发:**表现出来。 **掩:**掩盖。 3 **峻:**高洁。 **厉:**严肃。 **心醇:**心地淳厚不杂。 **气和:**语气和蔼。 4 **昭晰:**清楚，明白。 **优游:**从容，悠闲。 **有余:**有余味。 5 **征:**征求，询问。 6 **爱:**吝惜。下文两“爱”，意为“喜爱”。 7 **比肩:**并肩而立，极言其多。 8 **若:**你。 **是:**指古道。 **非仕之谓:**不是为做官。

与孟东野书

韩 愈

导读

孟东野，即孟郊，中唐著名诗人，韩愈的忘年交。本篇写于贞元十六年(800)初，此时韩愈在徐州节度使张建封府中，担任节度推官。信中，韩愈除了向年长的孟郊表达了自己由衷的敬佩之情，还详细讲述了自己这段时间以来的遭遇和处境，表明归隐的打算。全篇语言晓畅易懂，平平淡淡，感人至深。

原文

与足下别久矣。以吾心之思足下，知足下悬悬[1]于吾也。各以事牵，不可合并[2]。其于人人[3]，非足下之为见，而日与之处，足下知吾心乐否也？吾言之而听者谁欤？吾唱之而和者谁欤？言无听也，唱无和也，独行而无徒[4]也，是非无所与同也，足下知吾心乐否也？

译文

与你分别已经很久了。凭我挂念你的迫切心情，可以想象你系念我的样子。你我各自为俗事所牵累，不能经常相聚。在这里常见面的众人，都不是你认识的，每日与他们相处，你知道我心里是否快乐吗？我所说的话有谁真的在听呢？又有谁能和我诗歌唱和呢？说话没人去听，吟诗没人唱和，我孤独一个人，没有同伴，对是非的看法没人和我一样，你知道我心里是否快乐吗？

注释

1 **悬悬：**系念。 2 **合并：**聚会。 3 **人人：**众人，一般人。 4 **徒：**同辈，同伙。

原文

足下才高气清，行古道，处今世，无田而衣食，事亲左右无违[1]。足下之用心勤矣！足下之处身劳且苦矣！混混与世相浊，独其心追古人而从之。足下之道，其使吾悲也。

去年春，脱汴州之乱[2]，幸不死，无所于归，遂来于此。主人与吾有故，哀其

译文

你才气高超，气质清峻，奉行古时圣贤的道德追求，在当今躬身力行，没有田地耕种却能谋取衣食之需，在父母身边尽孝道，供养以礼而周到。你的心意是如此勤恳啊！你对待自己是那么劳苦！你在混浊的社会中看似随波逐流，唯独你的内心时刻追慕古时的圣人，始终跟随他们的脚步。你的追求却导致了现在这样的遭遇，我感到非常悲伤！

去年春，我躲过了汴州之乱，幸免于

穷，居吾于符离睢上。[3]及秋，将辞去，因被留以职事[4]，默默在此，行[5]一年矣。到今年秋，聊复辞去。江湖，余乐也，与足下终，幸矣！

李习之娶吾亡兄之女[6]，期在后月，朝夕[7]当来此。张籍[8]在和州居丧，家甚贫。恐足下不知，故具此白[9]，冀足下一来相视也。自彼至此虽远，要皆舟行可至，速图之！吾之望也。

春且尽，时气向热，惟侍奉吉庆。[10]愈眼疾比剧[11]，甚无聊，不复一一。愈再拜。

死，一时没什么地方可去，就到了徐州。这里的主人是我的故交，同情我的遭遇，就让我在符离集睢水边上住了下来。一直到了秋天，我准备向他告辞回乡，却被留下来做了节度推官一职，默默无为将近一年了。今秋，我想再次向他辞别。在江湖上游荡，是我最爱的啊，况且还能与你一同终老山林，是多么值得庆幸的事！

李习之娶了我亡兄的女儿，日子定在后月，这几天应当就到了。张籍在和州老家守孝，他家的生活比较困难。这些恐怕你不十分清楚，就顺便说一下，希望你能来看一看。从你那里到这儿的路途虽然远了点，好在乘船坐车都能到，快做打算吧！急盼你的到来！

春日将尽，天气渐热，顺祝尊亲吉庆。近来我的眼病加重了，天天无所事事很无聊，不多说了。韩愈再拜。

注释

1 **无违:**不失礼。 2 **汴州之乱:**贞元十五年(799)二月，宣武军节度使董晋死了，韩愈随董晋的灵柩离开汴州。离开四天后，汴州留后陆长源被叛乱的军士所杀，韩愈躲过了灾祸。 3 **主人:**指徐、泗、濠节度使张建封。 **符离:**地名，今安徽宿州符离集。 **睢:**河流名，指睢水。 4 **职事:**指张建封委任韩愈当徐、泗、濠的节度推官。 5 **行:**行将，将有。 6 **李习之:**即李翱。 **亡兄:**指韩愈的从兄韩弇。 7 **朝夕:**早晚，指不久。 8 **张籍:**字文昌，唐朝诗人。 9 **具:**作。**白:**说，指信。 10 **时气:**

现在的气温。 **向:**渐渐。 **侍奉:**奉养父母。 **吉庆:**祝福语。 11 **比:**近来。 **剧:**加重。

与李翰林建书

柳宗元

导读

本篇写于元和四年(809)。在这封信中,作者描述了永州之地山险水恶、荒凉穷苦的真实景况,表明即便有幽树佳石,却也很难解除心灵上的愤懑与悲痛,唯有埋头读书著述,心里才好似吃了饴糖一样甜。全篇用饱含苦痛的笔调,如实地反映了作者当时的思想情感。

原文

杓直[1]足下:州传遽[2]至,得足下书,又于梦得[3]处得足下前次一书,意皆勤厚。庄周言,逃蓬、藋[4]者,闻人足音,则跫然[5]喜。仆在蛮夷中,比得足下二书,及致药饵,喜复何言!

仆自去年八月来,痞疾稍已,往时间一二日作,今一月乃二三作。用南人槟榔余甘[6],破决壅隔太

译文

杓直足下:本州的驿车送来了您的信,我又从梦得那里取回您上次的一封来信,两封信都写得情真意切。庄子说过,逃亡在荒野的人,听到人的脚步声,就会欣喜异常。我身在边远之地,接连收到您两封信,还有送给我的药物,高兴得不晓得说什么了!

从去年八月以来,我患的痞病稍见好转,以前每隔一两天就要发病一次,现在一个月才发病二三次。我吃了从南方人那里弄到的槟榔、余甘子之后,郁积消

过，阴邪虽败，已伤正气，行则膝颤，坐则髀[7]痹。所欲者补气丰血，强筋骨，辅心力。有与此宜者，更致数物，得良方偕至，益善。

解太过，恶浊虽然除掉了，但元气已伤，一走动足膝就会发颤，稍坐一会儿也会觉得腿脚发麻。想要身体复原就要补气养血，强壮筋骨，辅助心力。如果您有适合的药，就再给我几样，倘若能弄到好的药方，也一起带来，就更好了。

注释

1 **杓(biāo)直：**李建，字杓直，官翰林学士。 2 **传(zhuàn)遽：**驿站上所备的邮车。 3 **梦得：**刘禹锡，字梦得，柳宗元的好友。 4 **蓬、藋(diào)：**草名，指荒野之地。 5 **跫(qióng)然：**欣喜的样子。 6 **槟榔：**常绿乔木，产于热带。**余甘：**指余甘子，可治腹胀、咳嗽。 7 **髀(bì)：**大腿。

原文

永州于楚为最南，状与越相类。仆闷即出游，游复多恐。涉野有蝮虺[1]、大蜂，仰空视地，寸步劳倦。近水即畏射工、沙虱[2]，含怒窃发，中人形影，动成疮痏[3]。时到幽树好石，暂得一笑，已复不乐。何者？譬如囚拘圜土[4]，一遇和景，负墙搔摩，伸展支体，当此之时，亦以为适。然顾地窥

译文

永州在荆楚之地的最南边，环境状况与越地差不多。我心里烦闷的时候就出门走走，可又有许多让人害怕的东西。走到野外，会遇上蝮蛇、毒蜂，既要留意天上飞的，又要小心地上爬的，走一小步路都觉得十分疲劳。靠近水边，又怕射工、沙虱，它们偷偷地在你不经意的时候突然射出毒液，射到身上，常常会毒性发作而生疮。我有时也能找到一处幽深的树林、几块奇特的石头，暂时兴奋一下子，过后就再也高兴不起来了。为什么呢？就像一个人关在牢里，一晒到暖和的阳光，就会把脊背靠在墙上摩擦挠痒再伸伸懒腰，在这个时候，会觉得很舒服。但是只要他瞅

天，不过寻[5]丈，终不得出，岂复能久为舒畅哉？明时百姓，皆获欢乐。仆士人，颇识古今理道，独怆怆如此！诚不足为理[6]世下执事，至比愚夫愚妇，又不可得，窃自悼也。

瞅这天这地，不过一寻到一丈大小，又始终出不去，难道他还能长时间地感到舒畅吗？政治清明的时候，老百姓都能得到欢乐。我这个读书人，对古今治世之道也有点浅见，却独独可怜到这个地步！看来我确实连做一个最普通的小官员的资格都没有，可真要跟那些愚昧无知的男男女女一样，我又做不到，只好一个人暗地里悲痛了。

注释

1 **蝮**(fù)**:**即蝮蛇。 **虺**(huǐ)**:**毒蛇。 2 **射工:**水中毒虫，一名蜮，又名短狐。 **沙虱:**水中小虫。 3 **痏**(wěi)**:**疮。 4 **圜**(yuán)**土:**指牢狱。 5 **寻:**古代长度单位，八尺为寻。 6 **理:**治。唐代避高宗李治讳，以“理”代“治”。

原文

仆曩[1]时所犯，足下适在禁中[2]，备观本末，不复一一言之。今仆癃[3]残顽鄙，不死幸甚。苟为尧人[4]，不必立事程功[5]，唯欲为量移[6]官，差[7]轻罪累，即便耕田艺麻，取老农女为妻，生男育孙，以供力役[8]。时时作文，以咏太平。摧伤之余，气力可想。假令病尽已，

译文

我过去所犯的是什么罪，您当时正在宫中任职，对事情的原委非常清楚，这里就不再一一述说了。现在我体弱多病，愚钝鄙陋，能不死就非常侥幸了。倘若能成为尧舜时代的百姓，就不需要建功立业论功行赏了。现在我只求能调往近处任职，稍微减轻一下罪责和劳顿，就是去种田植麻，娶个老农的女儿为妻，也会养育好子孙，将来为国家出钱出力。还能时常写点文章，为太平盛世唱唱赞歌。可受了这次摧残之后，精神和体力的衰减可想而知。假使病

身复壮，悠悠人世，越不过为三十年客耳。前过三十七年，与瞬息无异。复所得者，其不足把玩，亦已审矣。杓直以为诚然乎？

全好了，身体也恢复了健康，可这漫漫的人生，至多不过再做三十年过客罢了。过去的三十七年，快得跟眨眨眼、吸口气一样。再多活几年，也没什么闲情逸致，这也是很清楚不过的事。杓直您认为确是这样吗？

注释

1 **曩**(nǎng)**:**从前。 2 **禁中:**唐朝的翰林院，在宫中(银台门内)。 3 **癃**(lóng)**:**衰弱多病。 4 **尧人:**即尧民。尧舜时的百姓，意指盛世时的百姓。 5 **程功:**衡量，考核功效。 6 **量移:**受贬远谪之官遇赦可酌情移近安置，称为量移。 7 **差:**略，稍。 8 **力役:**为国家服役。

原文

仆近求得经史诸子数百卷，常候战悸稍定，时即伏读，颇见圣人用心，贤士君子立志之分。著书亦数十篇，心病，言少次第，不足远寄，但用自释。贫者士之常，今仆虽羸馁[1]，亦甘如饴矣。

足下言已白常州煦仆[2]，仆岂敢众人待常州耶？若众人，即不复煦仆矣。然常州未尝有书遗[3]仆，仆安敢先焉？裴应叔、萧思谦[4]，仆各有书，

译文

我近来搜集了几百卷的经、史、诸子的书籍，经常在心悸不安稍微平静之后，就埋头苦读，略微懂得了圣人的用心，贤士君子立志的原则。我也写了几十篇文章，都是发泄我的愤懑，语无伦次，不值得老远地给您寄去，只是用来自我消遣罢了。贫穷是读书人的常态，现在我即便又瘦又饿，可心里像饴糖一样甜呢。

您信上说已告知常州，要他多关心照顾我，我怎么敢把常州看作普通的人呢？如果是普通的人，也就不会再来关心我了。但常州不曾给我来信，我怎么能贸然地先给他写信？裴应叔、萧思谦两人，我都有信寄去的，您可以去要来看看，顺便

足下求取观之，相戒勿示人。敦诗在近地[5]，简人事，今不能致书，足下默以此书见之。勉尽志虑，辅成一王[6]之法，以宥罪戾[7]。不悉。宗元白。

提醒他们不要拿给别人看。敦诗在皇上身边，少与人往来，如今我也不便给他去信，您偷偷地把这封信拿去让他看看吧。请他竭尽才智，辅佐皇上成就仁义之道，从而能够减轻我的罪孽。言而不尽。宗元禀告。

注释

1 **羸：**瘦弱。 **馁：**饥饿。 2 **常州：**李建之兄李逊，当时为常州刺史。 **煦：**温暖。 3 **遗**(wèi)**：**赠予。 4 **裴应叔：**裴埙，字应叔。 **萧思谦：**萧俛，字思谦。 5 **敦诗：**崔群，字敦诗，翰林学士。 **近地：**翰林在皇帝左右，故称近地。 6 **王**(wàng)**：**指以仁义之道得天下。 7 **宥**(yòu)**：**宽容，饶恕。 **戾**(lì)**：**罪过。

与尹师鲁书

欧阳修

导读

本篇写于宋仁宗景祐三年(1036)秋。这一年欧阳修因上书直谏，触怒仁宗，先被贬去了郢州，再被贬到夷陵县。到夷陵县后，作者写了这封给好友尹师鲁的信。信中，一方面在对日常生活看似烦琐而又细腻的平淡叙述中，深情地表现出了作者对挚友的关怀与爱护，溢满了浓浓的人情味。另一方面，作者对世风日下的愤激，对被贬降级的坦然，以及始终不渝对道义理想的坚守，都凝成了一股气韵，萦绕在字里行间，感人肺腑。

原文

某顿首，师鲁十二兄书记[1]：

前在京师相别时，约使人如河上[2]，既受命，便遣白头奴[3]出城，而还言不见舟矣。其夕，及得师鲁手简[4]，乃知留船以待，怪不如约，方悟此奴懒去而见绐[5]。临行，台吏催苛百端[6]，不比催师鲁人长者有礼，使人惶迫，不知所为。是以又不留下书在京师，但深托君贶[7]因书道修意以西。

译文

欧阳修叩首，师鲁十二兄：

早前在京城分别的时候，约定派人到汴河边饯行，既然说定了，就派一个老仆人出城送你，他回来却说没有看见你坐的船。当晚，等我看到你的来信，才知你停船等了我许久，还怪我没有如期赴约，这才明白是老仆人偷懒没去骗了我。临走之前，差役多次叱责催逼我，可不如督促你的那些人有规矩，让我惶恐不安，不知如何是好。因此也就没有在京师给你留下书信，不过郑重托付君贶在给你写信时顺便提一下我已经出发西行了。

注释

1 **师鲁**：即尹洙，欧阳修挚友。**十二兄**：称呼朋友的排行表示亲近。**书记**：尹洙贬监郢州酒税，仍带山南东道节度掌书记衔。 2 **如**：往。 **河**：汴河。 3 **白头奴**：老仆人。 4 **手简**：便条。 5 **绐**(dài)：欺骗。 6 **台吏**：御史台的吏役。**催苛**：催促，呵斥。 7 **君贶**(kuàng)：王拱辰的字。

原文

始谋陆赴夷陵[1]，以大暑，又无马，乃作此行。沿汴绝[2]淮，泛大江，凡五千里，用一百一十程，才至荆南[3]。在路无附书处，

译文

最初打算从陆路赶赴夷陵，因太热，又没有马，才从水路走。顺着汴河，横穿淮河，最后漂荡在长江，总计五千里，用了一百一十天，才到了荆南。途中没有可以寄信的地方，不知道君贶可曾在信中说

不知君贶曾作书道修意否？及来此问荆人，云去郢止两程，方喜得作书以奉问。又见家兄，言有人见师鲁过襄州[4]，计今在郢久矣。师鲁欢戚，不问可知，所渴欲问者，别后安否？及家人处之如何？莫苦相尤[5]否？六郎[6]旧疾平否？

了我的意思没有？等我到了这里向当地人一问，说到郢州只要两天时间，才兴奋地提笔写信向你问候。途中碰到了我的兄长，他说有人看见你已过了襄州，估计现在早到郢州。你的心情是喜是忧，我不问也能想象得到，我极想了解的是，分别以后还安稳吗？一家人住得怎么样？家里的人没埋怨你吧？六郎的老毛病没复发吧？

注释

1 **陆赴：**从陆路去。 **夷陵：**今湖北宜昌境内。 2 **绝：**横过，穿过。 3 **荆南：**今湖北江陵一带。 4 **襄州：**今湖北襄阳境内。 5 **尤：**埋怨，怪罪。 6 **六郎：**指尹洙之子。

原文

修行虽久，然江湖皆昔所游，往往有亲旧留连，又不遇恶风水，老母用术者[1]言，果以此行为幸。又闻夷陵有米、面、鱼如京洛[2]，又有梨、栗、橘、柚、大笋、茶荈[3]，皆可饮食，益相喜贺。昨日因参转运[4]，作庭趋[5]，始觉身是县令矣。其余皆如昔时。

师鲁简中言，疑修有自疑之意者，非他，盖惧责

译文

这一次我虽然走了很长时间，但所过之处都是我以前游历的地方，常常有亲近的老朋友挽留，一路上也没遇到什么大风浪。用我母亲转述算命先生的话说，一路行来果然大吉大利。我听说夷陵盛产的米、面、鱼，跟开封、洛阳差不多，还盛产梨、栗、橘、柚、笋、茶等，这些都可去尝尝，这更要向你道贺了。昨天因为参见转运使，从庭前快步走过后，这才让我觉得自己是个县令了。别的都和往常一样。

你信中的言语，质疑我为什么会有后悔之意，没有别的，大概是怕责怪别人

人太深以取直尔。今而思之，自决不复疑也。然师鲁又云"暗[6]于朋友"，此似未知修心。当与高[7]书时，盖已知其非君子，发于极愤而切责之，非以朋友待之也。其所为何足惊骇？洛中来颇有人以罪出不测[8]见吊者，此皆不知修心也。师鲁又云"非忘亲"，此又非也。得罪虽死，不为忘亲，此事须相见，可尽其说也。

太深重而成全忠直的名声罢了。现在想来，我是坚决不后悔的。你又说我对人了解得不够深，这好像没弄明白我的真实意图。当初给高若讷写信时，我早已清楚他不是一个君子，只是出于极大的愤怒才深切地指责了他，绝不是把他当作朋友来看待。他所做的又有什么值得震惊呢？一路走来，不少人因为我意外获罪而来安慰我，这都是不明白我的真实意图。你又说我获罪牵累了母亲并不是不孝，这又不对了。即使获了死罪，也不能不孝啊，这件事还须见面之后，再详尽地谈一谈了。

注释

1 **术者**：从事占卜、相面等迷信职业的人。　2 **京洛**：开封、洛阳。　3 **茶荈**(chuǎn)：茶叶。荈，老茶叶。　4 **转运**：转运使。　5 **庭趋**：趋庭参拜，属吏参见长官的礼节。　6 **暗**：不了解。　7 **高**：高若讷。　8 **不测**：意外。

原文

五六十年来，天生此辈，沉默畏慎，布在世间，相师成风。忽见吾辈作此事，下至灶门老婢，亦相惊怪，交口议之。不知此事古人日日有也，但问所言当否而

译文

五六十年以来，像高若讷这样，因循苟且、畏首畏尾的人朝中太多了，早已成了一种风气。忽然看到我们做出了这样的事，就连做饭的老太婆，也是会大吃一惊，相互大加议论的。殊不知直言进谏的事古人天天在做，只是他们议论的是所说的对与不对罢了。还有人对这样的行为大加赞叹，他们

已。又有深相赏叹者，此亦是不惯见事人也。可嗟世人，不见如往时事久矣！往时砧斧鼎镬，皆是烹斩人之物，然士有死不失义，则趋而就之，与几席枕藉[1]之无异。有义君子在傍，见有就死，知其当然，亦不甚叹赏也。史册所以书之者，盖特欲警后世愚懦者，使知事有当然，而不得避尔，非以为奇事而诧人[2]也。幸今世用刑至仁慈，无此物，使有而一人就之，不知作何等怪骇也。然吾辈亦自当绝口，不可及前事也。居闲僻处，日知进道[3]而已。此事不须言，然师鲁以修有自疑之言，要知修处之如何，故略道也。

也只是对直言进谏的事见得太少吧。可悲啊世人，不曾见这样的事已经很久了！过去的砧斧鼎镬之类的器物，本来都是杀人用的刑具，可是有节操的人为了不失去大义，就毫不犹豫地去承受这些刑具，就跟躺在床上差不多。可那些坚守道义的君子站在旁边，看到有人赴死，即便了解他们这样做的缘由，也不怎么赞同这种行为。史书上之所以记载他们，大概是特意想警示后世的那些愚昧怯弱的人，让他们明白有些事应当坚守道义，不能逃避，并不是要把这种事当作让人惊诧的奇闻。万幸的是如今的刑罚极为仁慈，没有这样的刑具，假如用这样的刑具去杀死一个人，不知人们将会多么惊诧恐惧呢。真的那样，只怕我们这些人也自会闭嘴，不敢做先前那样进谏的事了。只会找一个荒僻的地方，一天天地提高自己的德行罢了。这件事原本不必说，可是你认为我有后悔的想法，想要知道我究竟是怎么看待这件事的，所以在这里粗略地说一下。

注释

1 **藉：**垫子。　2 **诧人：**使人惊诧。　3 **进道：**增进才德修养。

原文

安道与予在楚州[1]，谈

译文

安道和我都在楚州，对祸福的事也

祸福事甚详，安道亦以为然。俟到夷陵写去，然后得知修所以处之之心也。又常与安道言，每见前世有名人，当论事时，感激不避诛死，真若知义者，及到贬所，则戚戚怨嗟，有不堪之穷愁，形于文字，其心欢戚，无异庸人，虽韩文公不免此累[2]。用此戒安道，慎勿作戚戚之文。师鲁察修此语，则处之之心又可知矣。近世人因言事，亦有被贬者，然或傲逸狂醉，自言我为大不为小。故师鲁相别，自言益慎职，无饮酒。此事修今亦遵此语。咽喉自出京愈矣，至今不曾饮酒，到县后勤官，以惩洛中时懒慢矣[3]。

夷陵有一路，只数日可至郢，白头奴足以往来。秋寒矣，千万保重。不宣。

谈得很多，他也认为我说得对。等你收到我从夷陵写的信，你就会了解我对待这件事的真实想法了。我常常对安道说，每每读书读到前代的一些名人，他们谈起时事时，感于激奋而不怕被杀，真是深明大义的人，可等他们一旦被贬到荒僻的地方，就整天忧愁哀叹，常有不能忍受的穷困愁苦表现在文字上，他们内心的忧乐跟普通人没什么两样，即使韩文公也不免有这样的毛病。我用这些事告诫安道不要写那些忧愁的文章。你看到我去的信，那么我对待祸福的态度你就会知道了。近世也有人因为直言进谏而被贬官，可是有人孤傲放纵，沉迷酒色，说自己做大事不拘小节。所以你与我分别后，说要更加恪尽职守，千万不要饮酒。这也是我现在所遵循的准则。我的咽喉病自从离开京城就痊愈了，到现在也没有喝过酒。我决定到了县里后要勤于政事，转变在洛阳时懒散怠慢的作风。

夷陵有一条路，只要几天就可以到达郢州，老仆能方便往来其间。秋天的天气转凉了，一定要保重身体。不一一细说了。

注释

1 **安道：**余靖的字。**楚州：**今江苏淮安。　2 **韩文公：**韩愈。**累：**损伤，毛病。　3 **洛中时懒慢：**指欧阳修在洛阳为西京留守推官时的宴游生活。

五 赠序类

送王秀才序

韩 愈

导读

本文是韩愈给进士王含送别时写的一篇赠序，正值王含因为直言而被罢官，内心愤愤不平的时候。韩愈别出心裁，没有直接劝勉，反而从他祖先的一部书谈起，阐明他的真实用心，又罗列古代的圣贤之士对待荣辱、悲喜的态度，含蓄地鼓励王含要以圣人为师，积极进取，而不应该消极避世。文辞舒缓曲折，意味隽永。

原文

吾少时读《醉乡记》[1]，私怪隐居者无所累于世，而犹有是言，岂诚旨[2]于味邪？及读阮籍、陶潜诗，乃知彼虽偃蹇[3]，不欲与世接，然犹未能平其心，或为事物是非相感发，于是有托而逃焉者也。

若颜氏子操瓢与箪[4]，曾参[5]歌声若出

译文

我年少的时候读王绩的《醉乡记》，心里很奇怪那些隐居的人既然跟俗世早没了牵挂，为什么还要讲这样的话，难道真的只是享受那酒的醇美吗？等到读了阮籍、陶潜的诗，才明白他们虽然洒脱孤傲，不愿同人世牵连，但还是做不到心如止水，有时因为世事的对与错而引发感触，就把情思寄托在喝酒上，拿它当作逃避世事的借口罢了。

像颜回守着一瓢汤一箪饭过清苦的日子，曾参的歌声好像是从金石里发出来的一样铿锵有力，他俩一旦寻到圣人做老师，迫切

金石，彼得圣人而师之，汲汲[6]每若不可及，其于外也固不暇，尚何曲蘖[7]之托，而昏冥之逃邪？吾又以为悲醉乡之徒不遇也。

建中[8]初，天子嗣位，有意贞观、开元之丕[9]绩，在廷之臣争言事。当此时，醉乡之后世[10]，又以直废。

吾既悲《醉乡》之文辞，而又嘉良臣之烈，思识其子孙。今子之来见我也，无所挟，吾犹将张之；况文与行不失其世守，浑然端且厚。惜乎吾力不能振之，而其言不见信于世也。于其行，姑与之饮酒。

地去学还觉得来不及，对身外的俗事都没工夫去计较，哪还会借着醉乡来逃遁人世呢？所以我又悲悯那些醉乡的人，没能遇到好时运。

建中初年，天子即位，很想开创像贞观、开元那样的一番大功业，朝堂之上，个个争先恐后，大论时弊。这时那醉乡的后裔，又因为说话太直而丢了官。

我很惋惜《醉乡记》的文辞，又很敬重那良臣的忠烈，很想认识他的子孙。现在你来见我，就算是两手空空，我也要助你扬名；更何况你的文才、品行依然继承着古朴的家风，端正、敦厚融于一身。可惜我的能力有限，难以让你声名大振，而我的话又没有什么威信。只好趁你走之前，请你喝杯酒。

注释

1**《醉乡记》**:作者王绩，隋唐时的隐逸诗人。 2 **旨**:味美。 3 **偃蹇**:高傲。 4 **颜氏子**:孔子的学生颜回。**箪**:盛饭的圆形竹器。 5 **曾参**:孔子的学生。 6 **汲汲**:形容努力求取的样子。 7 **曲蘖**(niè):酒母，此处指酒。 8 **建中**:唐德宗年号。 9 **丕**:大。 10 **醉乡之后世**:指王含。

送孟东野序

韩 愈

导读

孟郊(751—814),字东野,湖州武康(今浙江德清)人,跟韩愈过从甚密。他从小就熟读经史,很有才华,可早年屡试不中,46岁才中进士,仕途更是坎坷艰辛,直到50岁才做了溧阳县尉。穷困潦倒的他,时常抱怨自己怀才不遇,颇感郁闷不乐。这篇序文,正是作为挚友的韩愈送他去江南时劝勉和宽慰的话。全篇文笔奔放自如,格调雄健,气势如虹。尤其是不平则鸣的主张,不仅是对孟郊,也是对所有遭遇人生低谷之人的激励。

原文

大凡物不得其平则鸣。

草木之无声,风挠[1]之鸣。水之无声,风荡之鸣。其跃也,或激之;其趋也,或梗之;其沸也,或炙之。[2]金石之无声,或击之鸣。人之于言也亦然。有不得已者而后言,其歌也有思,其

译文

凡是物体,得不到平静安宁,就会发出声音。

草木是没有声响的,风搅乱它就会发出声响。水是没有声响的,风激荡它就会发出声响。水花飞溅,是有东西在阻遏水势;水流快速,是有东西阻塞了水道;水沸腾,是有东西在烧烤它。钟磬一类的乐器是没有声音的,有人敲击它就会发出声响。人在说话上也是这样。有了不可抑制的情意然后表达出来,歌唱是因为有所思虑,痛哭是因

哭也有怀。凡出乎口而为声者，其皆有弗平者乎？

为有所感怀。凡是从口中发出来成为声音的，大概都有着不平的原因吧？

乐也者，郁于中而泄于外者也，择其善鸣者而假之鸣。[3]金、石、丝、竹、匏、土、革、木八者[4]，物之善鸣者也。维天之于时也亦然，择其善鸣者而假之鸣。是故，以鸟鸣春，以雷鸣夏，以虫鸣秋，以风鸣冬。四时之相推敚[5]，其必有不得其平者乎？其于人也亦然。人声之精者为言，文辞之于言，又其精也，尤择其善鸣者而假之鸣。

所谓音乐，就是把郁积在内心的情感向外发泄的结果，常常借助发音最好的东西来发出鸣响。金、石、丝、竹、匏、土、革、木八种乐器，是器物中发音最好的。自然界对于时令的变化也是如此，借助那些发音最好的东西来发出鸣响。所以，用鸟声表示春天，用雷声表示夏天，用虫声表示秋天，用风声表示冬天。四季的推移变化，必定也有着不得平静的原因吧？对于人来说也是这样。人的声音的精华是语言，文辞对于语言来说，又是其中的精华，人更要借助善于发音的文辞，来发出不平的声音。

注释

1 **挠**：搅动，搅乱。 2 **跃**：飞溅。 **激**：意为阻遏。 **趋**：此指水流迅速。 **梗**：堵塞。 **炙**：烧。 3 **乐**：音乐。 **郁**：郁结，蓄积。 **假**：借助。 4 **金**：指钟、镈(bó)。**石**：指磬。**丝**：指琴、瑟。**竹**：指箫、管。**匏**(páo)：指笙、竽。 **土**：指埙(xūn)。 **革**：指鼓。 **木**：指柷(zhù)、敔(yǔ)。 5 **推敚**：推移变化。

原文

其在唐、虞，咎陶、禹[1]，其善鸣者也，而假以鸣。夔弗能以文辞鸣，又自假于《韶》以鸣。[2]夏之时，五子[3]

译文

在尧、舜时代，皋陶、夏禹是最善于用文辞发音的，就借他们来发出时代的声音。夔不能用文辞发音，就借着《韶》乐来表达心声。夏朝时，太康的五个弟

以其歌鸣。伊尹鸣殷，周公鸣周。[4]凡载于《诗》《书》六艺，皆鸣之善者也。周之衰，孔子之徒鸣之，其声大而远。传曰："天将以夫子为木铎[5]。"其弗信矣乎？其末也，庄周以其荒唐之辞鸣。楚，大国也，其亡也，以屈原鸣。臧孙辰[6]、孟轲、荀卿，以道鸣者也。杨朱、墨翟、管夷吾、晏婴、老聃、申不害、韩非、慎到、田骈、邹衍、尸佼、孙武、张仪、苏秦之属[7]，皆以其术鸣。秦之兴，李斯鸣之。汉之时，司马迁、相如、扬雄，最其善鸣者也。其下魏晋氏鸣者，不及于古，然亦未尝绝也。就其善者，其声清以浮，其节数以急，其辞淫以哀，其志弛以肆。[8]其为言也，乱杂而无章。将天丑其德莫之顾邪？何为乎不鸣其善鸣者也？

弟用他们的歌来发音。伊尹为商朝发出了声音，周公为周朝发出了声音。凡是记载在《诗经》《尚书》等六经上的文辞，都是最善于用文辞来发音的。周朝衰落后，孔子及其门徒发出了声音，他们的声音洪亮而且传播广远。《论语》说："老天要让孔子成为宣扬教化的领头人。"难道不是真的吗？ 周朝末期，庄周用浩瀚无边的文辞来发出声音。楚国是一个大国，到了快灭亡的时候，屈原用楚辞来发出声音。臧孙辰、孟轲、荀卿用儒家学说来发出声音。杨朱、墨翟、管仲、晏婴、老聃、申不害、韩非、慎到、田骈、邹衍、尸佼、孙武、张仪、苏秦等一类人，都用他们各自的学说来发出声音。秦朝兴盛时，李斯用文辞来发出声音。汉朝时，司马迁、司马相如、扬雄等人，是最善于用文辞发出声音的。这之后魏晋两朝用文辞发出声音的人，比不上古代，但也从来没有中断过。就其中好的来说，他们用文辞发出的声音清丽而浮华，节奏细密而紧凑，语言放荡而哀婉，思想散漫而放纵。他们所作的文章，凌乱繁杂而没有法度。也许是老天认为他们品德不好而不愿眷顾他们吧？为什么不让最善于文辞的人去发音呢？

注释

1 **唐**:帝尧。 **虞**:帝舜。 **咎陶**:即皋陶。 **禹**:夏代第一个君王。 2 **夔**(kuí):舜时的乐官。**《韶》**:相传为舜时乐曲名,由夔制作。 3 **五子**:夏王太康的五个弟弟,作《五子之歌》,陈述大禹的警诫。 4 **伊尹**:商代的贤相。 **周公**:名旦,武王之弟,成王之叔。 5 **木铎**:有木舌的铃。 6 **臧孙辰**:即臧文仲,春秋时鲁国人。 7 **管夷吾**:即管仲,言论见《管子》。 **晏婴**:言行见《晏子春秋》。 **慎到**:战国人,作有《慎子》,已佚。 **田骈**:战国时人,著有《田子》,已佚。 **邹衍**:战国末人,阴阳家。 **尸佼**:战国人,著有《尸子》。 8 **数**:频繁,细密。 **弛**:松懈。

原文

唐之有天下,陈子昂、苏源明、元结、李白、杜甫、李观[1],皆以其所能鸣。其存而在下者,孟郊东野始以其诗鸣。其高出魏晋,不懈而及于古,其他浸淫[2]乎汉氏矣。从吾游者,李翱、张籍,其尤也。三子者之鸣信善矣。抑不知天将和其声而使鸣国家之盛邪?抑将穷饿其身,思愁其心肠,而使自鸣其不幸邪?三子者之命,则悬乎天矣。其在上也,奚以喜!其在下也,奚以悲!

东野之役于江南也,

译文

唐朝取得天下后,陈子昂、苏源明、元结、李白、杜甫、李观,都用他们最擅长的才能来发出声音。那些活在世上晚于他们的人,孟郊开始用他的诗来发出声音。他的诗已经超过魏晋的水平,坚持创作就能赶上古人了,其他的精妙之处也能接近汉朝了。和我交往的人中,李翱和张籍是最突出的。这三个人用文辞发出的声音确实是很好的。但不知道老天是要同他们共鸣,来为国家的兴盛发出声音呢,还是要使他们穷困饥饿、愁思满腹,让他们为自己的不幸发出声音呢?这三个人的命运,就决定在老天手里了。他们身居高位,有什么值得高兴的呢!他们身居下位,又有什么值得悲哀的呢!

东野这次将去江南任职,心情看似

有若不释然[3]者，故吾道其命于天者以解之。

不怎么痛快，所以我讲了命运是由老天决定的道理来安慰安慰他。

注释

1 陈子昂等，均为唐代文学家。 2 **浸淫**：渗透，接近。 3 **释然**：舒畅，开心。

送李愿归盘谷序

韩 愈

导读

本文写于唐德宗贞元十七年(801)，是韩愈写给好友李愿的一篇赠序。当时，韩愈到长安求官又一次失败，情绪低沉，一肚子牢骚，故此，借写这篇临别赠言，通过隐士李愿的嘴，畅快淋漓地讥讽了骄奢显赫的权贵，无情地揭露了趋炎附势之人的丑恶嘴脸，热情地赞美了怀才不遇的隐士，表达了韩愈对官场丑恶的强烈不满和对归隐山林的向往之情。韩愈的文章，常常追奇求新，纵横驰骋，不拘一格，心中有不平就鸣，这一篇同样如此。

原文

太行之阳有盘谷[1]。盘谷之间，泉甘而土肥，草木藂茂，居民鲜少。或曰：谓其环两山之间，故曰盘。或曰：是谷也，宅幽而势阻[2]，

译文

太行山的南麓有个山谷叫盘谷。盘谷里面，泉水甘甜，土地肥沃，草木繁茂，居民很少。有人说：因为盘谷在两山环绕的盆地里，所以名叫盘。也有人说：这个山谷位置幽深而地势险

隐者之所盘旋。友人李愿居之。

愿之言曰："人之称大丈夫者，我知之矣。利泽[3]施于人，名声昭于时，坐于庙朝，进退百官，而佐天子出令。其在外，则树旗旄[4]，罗弓矢，武夫前呵，从者塞途，供给之人，各执其物，夹道而疾驰。喜有赏，怒有刑。才畯[5]满前，道古今而誉盛德，入耳而不烦。曲眉丰颊，清声而便体[6]，秀外而惠中[7]，飘轻裾[8]，翳[9]长袖，粉白黛绿者，列屋而闲居，妒宠而负恃[10]，争妍而取怜。大丈夫之遇知于天子，用力于当世者之所为也。吾非恶此而逃之，是有命焉，不可幸而致也。

阻，隐者盘桓在此，所以叫盘。我的朋友李愿就住在这里。

李愿说："人被称为大丈夫的情况，我知道是怎么一回事了。有的把恩泽施加给他人，名声在当时显著，在朝堂上，任免百官，辅佐天子发布政令。在朝堂外，就树起旗帜，陈设锋利的兵器，护卫在前面喝道开路，侍从堵塞道路，仆役们拿着他所需的物品，夹道匆匆奔驰。高兴了就随意赏赐，发怒了就任意处罚。才能出众的人聚集到眼前，说古道今称颂功德，听入耳中也不厌烦。他的宠妾有弯弯的眉毛，丰满的面颊，清脆的声音，轻盈的体态，外貌秀美，内心聪慧，轻薄的衣襟飘飞，长袖遮掩住形体，用白粉搽脸，拿青黛画眉，在各自的房屋中清闲地住着，相互猜忌争宠来求得依仗，争相比美来获取怜爱。这就是那些被天子宠遇和信任，掌控了当朝权力的大丈夫的所作所为。我并不是讨厌这些行为而刻意逃避，这是命中注定，不能侥幸得到的。

注释

1 **阳:**山的南面叫阳。**盘谷:**在今河南济源境内。 2 **宅:**位置。**势阻:**地势险阻。 3 **利泽:**恩泽。 4 **旗旄**(máo)**:**旗帜。旄，旗竿上用牦牛尾装饰的旗帜。 5 **才畯:**才能出众的人。畯，通"俊"。 6 **便**(pián)**体:**轻盈的体态。 7 **惠中:**聪慧的资质。惠，通"慧"。 8 **裾**(jū)**:**衣服的前后襟。　9 **翳**(yì):遮蔽，掩映。　10 **负恃**:依靠。

原文

“穷居而野处，升高而望远，坐茂树以终日，濯清泉以自洁。采于山，美可茹[1]；钓于水，鲜可食。起居无时，惟适之安。与其有誉于前，孰若无毁于其后？与其有乐于身，孰若无忧于其心？车服不维，刀锯不加，理乱不知，黜陟不闻。[2]大丈夫不遇于时者之所为也，我则行之。

“伺候于公卿之门，奔走于形势[3]之途，足将进而趑趄[4]，口将言而嗫嚅[5]，处秽污而不羞，触刑辟[6]而诛戮，侥幸于万一，老死而后止者，其于为人贤不肖何如也？”

译文

“有的人住在闭塞简陋的荒野中，有时登高望远，有时坐在繁茂的树荫下，他们用清泉洗澡净身。从山上采摘的果蔬，吃起来甜美；从水中钓来的鱼虾，吃起来鲜嫩。起床睡觉不需要固定时间，怎么舒服就怎么做。与其生前受到称赞，哪里比得上死后不受毁谤？与其身体得到安乐，哪里比得上心中没有烦忧？不受职务的约束，各种刑罚也落不到自己身上，对国家的治乱一概不知，对官吏的升迁和罢黜也不闻不问。这就是怀才不遇的大丈夫的所作所为，我就去做这样的事。

“有的人在达官显贵的门下侍候着，在通往权势的路上奔走，想前进又不敢迈步，想说话又不敢开口，置身在肮脏污浊中而不觉得羞耻，触犯了刑法就要被杀，寄希望于万分之一的成功机会，直到老死才不得不罢休，这样的人，在做人上是好还是不好呢？”

注释

1 **茹**:吃。　2 **车服**:车子和官服，代指官职。　**维**:束缚。　**刀锯**:泛指刑具。　**理**:即“治”，唐人避高宗李治讳。　**黜**(chù):降职。　**陟**(zhì):升职。　3 **形势**:权势。　4 **趑趄**(zījū):想前进又不敢走的样子。

5 **嗫嚅**(nièrú):欲言又止的样子。 6 **刑辟**:刑法。

原文

昌黎韩愈闻其言而壮之,与之酒而为之歌曰:盘之中,维[1]子之宫;盘之土,维子之稼;盘之泉,可濯可沿;盘之阻,谁争子所[2]?窈而深,廓其有容;缭而曲,如往而复。嗟盘之乐兮,乐且无央[3];虎豹远迹兮,蛟龙遁藏;鬼神守护兮,呵禁不祥。饮则食兮寿而康,无不足兮奚所望!膏吾车兮秣吾马[4],从子于盘兮,终吾生以徜徉[5]!

译文

韩愈听了李愿的话,认为他讲得豪气冲天,就给他倒了一杯酒,并给他作了一首歌:盘谷谷中,就是您的家;盘谷的土,可以种庄稼;盘谷的泉水,可以洗澡,可以漂游;盘谷太危险,哪一个会来跟你抢着住?盘谷曲折幽深,空阔宽敞,可以居住;小路环绕弯曲,一直走就能回到原处。在盘谷里真快乐呀,快乐无比;虎豹不见踪迹,蛟龙逃避隐藏;鬼神守护着这里,禁绝一切的灾难。有吃有喝,长寿安康,没有得不到满足的奢望!给我的车轴加上油,喂饱我的马,跟随您到盘谷去吧,我要在那里自由自在地游荡,欢度余生。

注释

1 **维**:是。 2 **所**:居所。 3 **无央**:无尽。 4 **膏**:油脂,指用油润滑。 **秣**:喂养。 5 **徜徉**:自由自在,徘徊游荡。

送徐无党南归序

欧阳修

导读

本文作于至和元年(1054)。徐无党,东阳郡永康(今浙江永康)人,曾跟随欧阳修学习古文,为欧阳修编撰的《新五代史》作过注。他在进士及第后,打算南归永康的老家时,欧阳修写了这篇赠序,指出作文章的根本目的应是修身立德,为现实服务,而不是一味沉溺在文辞的华美亮丽之中。此序以论抒情,语重心长,意味无穷。

原文

草木鸟兽之为物,众人之为人,其为生虽异,而为死则同,一归于腐坏澌尽泯灭而已[1]。而众人之中,有圣贤者,固亦生且死于其间,而独异于草木鸟兽众人者,虽死而不朽,逾[2]远而弥存也。其所以为圣贤者,修之于身,施之于事,见之于言,是三者所以能不朽而存也。

译文

各种草木鸟兽被称为物,人类被称为人,生存的状态虽有差别,一旦死亡就会腐朽,最终全部消失不见。但人类中的圣贤,即便他们也遵循生与死的自然规律,却和草木鸟兽及普通人有明显的区别,他们的肉体虽然死亡了,精神却永垂千古,时间越久却越能留存。他们能够成为圣贤,就在于他们修养品德、建立功业、著书立说,这三个方面是他们能不朽而长存的原因。

修养品德,做什么事都没有不成功

修于身者，无所不获；施于事者，有得有不得焉；其见于言者，则又有能有不能也。施于事矣，不见于言可也。自《诗》《书》《史记》所传，其人岂必皆能言之士哉？修于身矣，而不施于事，不见于言，亦可也。孔子弟子，有能政事者矣，有能言语者矣。[3]若颜回者，在陋巷，曲肱[4]饥卧而已，其群居则默然终日如愚人，然自当时群弟子皆推尊之，以为不敢望而及，而后世更百千岁，亦未有能及之者，其不朽而存者，固不待[5]施于事，况于言乎？

的；建功立业，成与不成要受到客观条件的限制；著书立说，传世与否要受个人的天赋所约束。有些人能建功立业，却不一定有著作留存。从《诗》《书》《史记》记载的来看，那些有成就的人，难道一定都要具备著述的能力吗？那些有高尚德行的人，不去建功立业，没有著作留存，也可以不朽而长存。孔子的学生中，有能建功立业的，有能著书立说的。像颜渊，住在荒僻的地方，曲臂忍饥而卧，和同学相聚却整天沉默寡言，好似一个笨拙的人，然而当时孔子的许多学生都极其尊重他，没有人敢跟他相比肩，后世历经千百年，在德行上也没有人能比得过他，他之所以能够永存不朽，本就不是凭借建功立业，更不用说著书立说了。

注释

1 **澌(sī)尽：**全部消失。澌，尽。 **泯灭：**消灭净尽。 2 **逾：**通“愈”，更加。 3 **能政事者：**指冉有、季路。 **能言语者：**指宰我、子贡。 4 **肱(gōng)：**指胳膊。 5 **待：**凭借，借助。

原文

予读班固[1]《艺文志》，唐《四库书目》，见其所列，自三代、秦、汉以来，著书之士，多者至

译文

我读过班固的《汉书·艺文志》、唐代的《四库书目》等著作，看其中列举的从上古至今有著作流传下来的文人，他们的作品有的多达一百多篇，少一点的也有三四十

百余篇，少者犹三四十篇，其人不可胜数，而散亡磨灭，百不一二存焉。予窃悲[2]其人，文章丽矣，言语工[3]矣，无异草木荣华[4]之飘风，鸟兽好音之过耳也。方其用心与力之劳，亦何异众人之汲汲营营[5]？而忽焉以死者，虽有迟有速，而卒与三者同归于泯灭。夫言之不可恃也盖如此。今之学者，莫不慕古圣贤之不朽，而勤[6]一世以尽心于文字间者，皆可悲也！

东阳徐生[7]，少从予学，为文章，稍稍见[8]称于人。既去，而与群士试于礼部，得高第，由是知名。其文辞日进，如水涌而山出。予欲摧[9]其盛气而勉其思也，故于其归，告以是言。然予固亦喜为文辞者，亦因以自警焉。

篇，虽然文人多得数不过来，但他们的作品都随着时间的流逝而散佚殆尽，能保存下来的，不到百分之一或二。我暗自怜惜这些作者，他们华丽的文章，精巧的语言，就好像草木的花叶被风吹落，鸟兽动听的啼鸣掠过耳边一样。他们当初创作时竭尽心力，又和世人为生活忙忙碌碌有什么分别呢？而最后也都要面对死亡，虽然或早或晚，但最终跟草木、鸟兽、世人一样，都会灰飞烟灭。故此不能依赖文章传世大概就是这个道理。当今追求学问的人，哪一个不羡慕古代圣贤的不朽名声，但如果把一生的劳苦全用在文字雕琢上，那真是最可悲的事！

东阳的徐无党，少年时便跟我学习古文，练习写作，也渐渐得到他人的赞许。学成后，又在礼部应考科举，名列前茅，从而声名鹊起。他的文章日渐进步，就如泉水涌出、山峰突兀。不过，我希望借此挫一挫他的锐气从而勉励他多想一想（立功、立德），因此在他南归之时，讲了以上这些话。当然我自己本来也是喜爱著述文章的人，也借用本文来告诫自己。

注释

1 **班固：**字孟坚，东汉扶风安陵（今陕西咸阳）人。 2 **悲：**怜惜。 3 **工：**精巧。 4 **荣华：**草木茂盛和开花。 5 **汲汲营营：**急迫追求的样子。 6 **勤:**劳苦。 7 **东阳:**今浙江东阳。 **徐生:**即徐无党。 8 **见:**被。 9 **摧:**折,抑制。

赠黎安二生序

曾 巩

导读

曾巩(1019—1083),字子固,南丰(今属江西)人,世称"南丰先生"。谥号"文定",唐宋八大家之一。本文写于治平四年(1067)。黎、安两人是苏轼写信推荐给曾巩的朋友。他们不远万里,从四川带着自己的文章来京师请教曾巩。在黎生补任江陵府司法参军临走前夕,曾巩应他们的请求,写了这篇赠序。文中,作者针对黎、安两人写作古文遭到同乡嘲笑、讥讽其不切实际的问题,大为感叹,并委婉地指出写文章不应去迎合世俗、跟世俗同流合污,而应该走契合自己心意的道路。文章虽短,寓意深远。

原文

赵郡[1]苏轼,余之同年[2]友也。自蜀以书至京师遗[3]余,称蜀之士曰黎生、安生[4]者。既而黎生携其文数十万言,安生携其文亦数千言,辱[5]以顾余。读其文,诚闳壮隽伟[6],善反复驰骋,穷尽事

译文

赵郡的苏轼,是和我同榜的朋友。他从四川写信到京师给我,赞誉黎生和安生这两个四川的年轻人。不久,黎生携带着他几十万字的文章,安生也携带着他几千字的文章,屈尊来拜访我。我读了他们的文章,的确是宏大壮阔,意蕴深长,善于变化,气势浩荡,深究事实和道理,而他们的才情恣肆奔放,好像没有尽头。他们两个

理，而其材力之放纵，若不可极者也。二生固可谓魁奇特起之士[7]，而苏君固可谓善知人者也。

顷之，黎生补江陵府司法参军[8]，将行，请余言以为赠。余曰："余之知生，既得之于心矣，乃将以言相求于外邪？"黎生曰："生与安生之学于斯文，里之人皆笑以为迂阔[9]。今求子之言，盖将解惑于里人。"余闻之，自顾而笑。

可算是雄伟奇异、不合时宜的读书人，苏君因此也可以说是善于挖掘人才的人了。

不久，黎生补缺江陵府的司法参军，临行之时，请我给他写篇赠序。我说："我对你的了解，早已明白在心了，却还要用言辞来阐明吗？"黎生说："我和安生都学这种古文，同乡都嘲笑我们，认为这不切合实际。现在请求您的赠言，打算用来排解同乡的疑惑。"我听了这些话，想想自己，不由发笑。

注释

1 **赵郡**：苏轼的祖籍在赵郡。 2 **同年**：同榜考中进士的人。曾巩和苏轼都是宋仁宗嘉祐二年(1057)进士。 3 **遗**(wèi)：赠予。 4 **黎生、安生**：生平不详。 5 **辱**：谦辞。 6 **闳**(hóng)：宏大。 **隽**(juàn)：含蓄。 7 **魁奇**：雄伟奇异。 **特起**：指不合时宜。 8 **江陵府**：今湖北江陵。 **司法参军**：官名，掌刑法。 9 **迂阔**：拘泥固执，不切实际。

原文

夫世之迂阔，孰有甚于余乎？知信乎古，而不知合乎世；知志乎道[1]，而不知同乎俗。此余所以困于今而不自知也。世之迂阔，孰有甚于余乎？今生之迂，特

译文

这世上不切合实际的人，还有谁比我更严重吗？只知道信任古人，却不知道迎合世俗；只知道追求圣贤之道，却不知道跟世俗同流合污。这就是我到现在还遭受困顿却不知道醒悟的原因。这世间不切合实际的人，还有谁比我更严重吗？如今你的不切实际，只不过是因为文章不融于世俗，是不

以文不近俗，迂之小者耳，患为笑于里之人。若余之迂大矣，使生持吾言而归，且重得罪，庸讵[2]止于笑乎？然则，若余之于生，将何言哉？谓余之迂为善，则其患若此；谓为不善，则有以合乎世，必违乎古；有以同乎俗，必离乎道矣。生其无急于解里人之惑，则于是焉，必能择而取之。

遂书以赠二生，并示苏君以为何如也。

切合实际中的小道，最多担忧同乡的嘲讽罢了。像我的不切合实际可就大了，倘若你拿着我的文章回乡，反而更会加重你的过错，哪里只是被讥笑就完了的？那么像我这样的人，对你们能说些什么呢？如果认同我的不切合实际，那么它的后患就是这样；如果不认同的话，或者就迎合世俗，这样就定会远离古人；或者跟世俗同流合污，就一定会背离圣贤之道。你还是不要急于排解同乡的疑惑，那么如此去做，你必定能够选取契合你心意的途径。

于是我写了这些来赠给他们，顺便给苏君看看我说得对不对。

注释

1 **道：**指圣人之道，即儒家学说。　2 **庸讵**(jù)**：**岂，怎么。

仲兄字文甫说

苏洵

导读

本文是苏洵为了说明给他兄长改字的来龙去脉，以及所改表字的意义而写的。文中提出，天下最好的文章，就像风行水上，自然而然，而不是刻意去雕琢。此篇文辞精练瑰丽，内容新颖奇妙。

原文

洵读《易》至《涣》之六四[1]，曰：“涣其群，元吉[2]。”曰：嗟夫！群者，圣人之所欲涣以混一[3]天下者也。盖余仲兄名涣，而字公群，则是以圣人之所欲解散涤荡者以自命也，而可乎？他日以告，兄曰：“子可无为我易之？”洵曰：“唯。”

译文

我读《周易》，读到《涣》卦第四爻，爻辞说：“消除群众的灾祸，大吉。”我感叹：唉！群众，这是圣人要消除他们的灾祸以便统一天下的对象。我的二哥名涣，字公群，那他就是以圣人所要消解、清扫的灾祸来给自己命名，这难道行吗？过了几天，我把这想法告诉他，二哥问我：“你能否为我改个字呢？”我说：“好。”

注释

1《**涣**》：《周易》中的一卦。 **六四**：《涣》卦的第四爻。 2 **元吉**：大吉利。 3 **混一**：统一。

原文

既而曰：请以文甫易之，如何？且兄尝见夫水之与风乎？油然[1]而行，渊然[2]而留，渟洄[3]汪洋，满而上浮者，是水也。而风实起之。蓬蓬然[4]而发乎太空，不终日而行乎四方，荡乎其无形，飘乎其远来，既往而不知其迹之

译文

不久，我就对二哥说：请用文甫改换原来的字，怎么样？兄长曾见过水和风吗？随顺地流淌着，静静地停下来聚成深潭，波平浪静一片汪洋，涨得满满的就往上涌动起来，这就是水。然而实际上是风激起了它。风从远远的天际吹起来，不到一天就能吹到四面八方，流荡却没有形状，从远处飘然而来，已经过去了却找不到它的踪影，这就是风。但是水能够显现风的形貌。现在风和水在大湖的岸边相遇，水波弯弯曲曲连绵不

所存者，是风也。而水实形之。今夫风水之相遭乎大泽之陂也[5]，纡余委蛇[6]，蜿蜒沦涟[7]，安而相推，怒而相凌，舒而如云，蹙而如鳞，疾而如驰，徐而如徊，揖让旋辟[8]，相顾而不前。其繁如縠[9]，其乱如雾，纷纭郁扰，百里若一。汩乎[10]顺流至乎沧海之滨，磅礴汹涌，号怒相轧[11]，交横绸缪[12]，放乎空虚，掉乎无垠，横流逆折[13]，濆[14]旋倾侧，宛转胶戾[15]。回者如轮，萦者如带，直者如燧[16]，奔者如焰，跳者如鹭，跃者如鲤。殊状异态，而风水之极观备矣！故曰："风行水上，涣。"此亦天下之至文也。

断，蜿蜒起伏，波纹荡漾，时而安稳地层层推叠，时而暴怒地相互冲撞，时而舒展如闲云，时而密集似鱼鳞，时而奔腾如骏马飞驰，时而缓慢如老人蹒跚，彼此之间拱手行礼，退让回避，相互看着都不肯向前。水面细波稠密得好似带皱纹的织锦，像烟雾一样紊乱，纷繁错杂，漫延百里。水流迅疾地顺势而下，直到海滨，波澜壮阔，浪涛汹涌，狂风巨浪相互冲击，纵横交错缠绵在一起，时而冲向天空，时而跌进无边无际的海面，横着流出去又倒着折回来，涌起的大漩涡偏倒挤压，辗转回旋。那旋转的如同轮盘，萦绕的就像带子，矗立的如同烽烟，奔涌而前的就像火焰，跳跃而起的就像白鹭，翻腾而出的就像鲤鱼。各种不同的奇异形态一一展现，风和水最值得观赏的景象都齐全了。所以说："风从水上吹过就是涣。"风激荡起变幻万千的波纹就是天下最好的文章。

注释

1 **油然**：自然而然的样子。 2 **渊然**：水深的样子。 3 **渟**(tíng)**洄**：水流回旋的样子。 4 **蓬蓬然**：风起的样子。 5 **泽**：聚水的洼地。 **陂**(bēi)：水边，水岸。 6 **纡**(yū)：屈曲，弯绕。 **委蛇**：同"逶迤"。 7 **沦**(lún)**涟**：风吹水面起的波纹。 8 **揖让**：作揖和谦让。 **旋辟**：回转偏向。 9 **縠**(hú)：皱纹。 10 **汩乎**：水流迅疾的样子。 11 **相轧**：水浪交相撞击。 12 **绸缪**：缠绵。 13 **逆折**：水回旋。 14 **濆**(fèn)：水波腾起状。 15 **胶戾**：回环曲折。 16 **燧**：烽烟。

原文

然而此二物者，岂有求乎文哉？无意乎相求，不期而相遭，而文生焉。是其为文也，非水之文也，非风之文也。二物者，非能为文，而不能不为文也。物之相使而文出于其间也，故曰：此天下之至文也。

今夫玉非不温然[1]美矣，而不得以为文；刻镂组绣[2]，非不文矣，而不可与论乎自然。故夫天下之无营而文生之者，唯水与风而已。昔者，君子之处于世，不求有功，不得已而功成，则天下以为贤；不求有言，不得已而言出，则天下以为口实[3]。呜呼！此不可与他人道之，唯吾兄可也。

译文

但是风水这两种物体，难道是有意要形成文章的吗？它们没有刻意要形成什么，事先也没有相约就遇到了一起，而文章也就产生了。这样出现的文章，不是水产生的，也不是风产生的。风和水，都不能产生文章，却又不能不产生文章。当它们相互发生作用，文章就在其中产生了，所以说这是天下最好的文章。

如今的玉石并不是不温润美丽，可仅仅靠内在的美，不能形成文章；刻画雕镂、编织刺绣而成的花纹，不能不算是花纹，但不能与自然而成的文章相提并论。所以天下不是刻意追求却能够产生文章的，只有水和风罢了。从前，君子活在世上，不谋求建立功勋，在不得已的情况下却建立了功勋，因此人们都认为他是有德有才的人；不追求写出名篇，在不得已的情况下有感而发，因此人们把那些言辞当作榜样口口相传。唉！我的这些看法不值得跟别人说，只能和兄长你讲一讲了。

注释

1 **温然**：柔和、润泽的样子。 2 **刻镂**：刻画雕镂。 **组绣**：编织刺绣。 3 **口实**：谈话的资料。

送孙正之序

王安石

导读

本文写于仁宗庆历二年(1042),是王安石在好友孙正之离别之际为他而写的一篇赠序。文中倡导一种特立独行的品格,不随波逐流,自己认为对的就坚持去做。作者坚持己见的勇气可嘉可叹!

原文

时然而然[1],众人也;己然而然[2],君子也。己然而然,非私己也,圣人之道在焉尔。

夫君子有穷苦颠跌,不肯一失诎己以从时者[3],不以时胜道也。故其得志于君,则变时而之道,若反手[4]然。彼其术素修而志素定也。时乎杨、墨,己不然者,孟轲氏而已。时乎释、老,己不然者,韩愈

译文

时俗认为对的就跟着去做,这种人是普通人;自己认为对的就坚持去做,这种人是君子。坚持自己的见解,并不是自私自利,而是认为有圣人之道在里面。

君子即便在穷困潦倒、颠沛流离的时候,也不肯违背本心让自己屈服来跟从时俗,是不能让时俗超越自己的原则。所以,他在受到君王的重用时,可以轻易地转变时俗使它契合圣人之道。这是因为他平素就注重学识的积累而且志向坚定。时代流行杨朱、墨子的学说,认为它们不对的,只有那些信奉孟子学说的人。时代流行佛家、老庄的学说,认为它们不对的,只有那些信奉韩

氏而已。如孟、韩者，可谓术素修而志素定也，不以时胜道也。惜也不得志于君，使真儒之效不白于当世，然其于众人也卓矣。呜呼！予观今之世，圆冠峨如[5]，大裙襜如[6]，坐而尧言，起而舜趋，不以孟、韩之心为心者，果异众人乎？

愈学说的人。像那些信奉孟、韩学说的人，可以算得上学识积累深厚而且志向坚定的了，不会让时俗超越自己的原则。可惜他们不被君主信任，使正统的儒家学说不能在当世发扬光大，但是对于普通人来说他们已算是很卓越了。唉！我看当今的世道，戴着高耸的圆帽，穿着宽大整齐的服装，坐下来就学着唐尧的样子讲话，站起来就模仿舜的行为，却不以孟、韩的学说为根本，这真的跟普通人不一样吗？

注释

1 **时然而然：**时俗认为对的，就去做。 2 **己然而然：**自己认为正确，就坚持去做。 3 **诎：**同“屈”，屈服。**从：**顺从，追随。 4 **反手：**翻转手掌，比喻很容易。 5 **峨如：**高耸的样子。 6 **襜如：**衣着整齐貌。襜，遮至膝前的短衣。

原文

予官于扬[1]，得友曰孙正之[2]。正之行古之道，又善为古文，予知其能以孟、韩之心为心而不已者也。

夫越人之望燕，为绝域[3]也。北辕而首之[4]，苟不已，无不至。孟、韩之道去吾党，岂若越人之望燕哉？以正之之不已，而不至焉，予未之信也。一日

译文

我在扬州当官，交了个朋友叫孙正之。他奉行的是古人的行为准则，又擅长写古文，我知道他能以孟、韩学说为根本而不会动摇。

越地的人看燕地，觉得那真是太远了。可只要驾着马车向北出发，如果不停下来，没有走不到的。孟、韩的学说跟我辈的距离，难道不像越地人看燕地一样吗？凭正之的坚定信念，如果学不到孟、韩的精髓，我是不相信的。如果有一天

得志于吾君，而真儒之效不白于当世，予亦未之信也。

他能得到君王的任用，那正统的儒家学说不能在当世发扬光大，我也是不相信的。

正之之兄官于温[5]，奉其亲以行，将从之，先为言以处予[6]。予欲默，安得而默也？

正之的哥哥要到温州当官，将带着他们的父母一起上任，正之也跟着去，先向我道别并安慰我。我打算不作声，可怎么忍得住不说呢？

庆历二年闰九月十一日。

庆历二年闰九月十一日。

注释

1 **扬**：扬州（今属江苏）。 2 **孙正之**：名侔，字正之，一字少述，吴兴（今属浙江湖州）人。 3 **绝域**：极边远的地域。 4 **辕**：驾车用的直木或曲木。这里指驾车。 **首**：出发，启行。 5 **温**：温州（今属浙江）。 6 **处予**：安慰我。

送左未生南归序

方苞

导读

方苞（1668—1749），字灵皋、凤九，号望溪，安徽桐城人。康熙进士，官至礼部侍郎。论文主“义法”，重雅洁，为桐城派创始人。这篇文章写于康熙五十八年（1719）。方苞的好友左未生听闻方苞因为《南山集》一案，遭受牵连被捕下狱，就匆忙从老家安庆北上京城来探望。等他到了京城，方苞已经获释了。因此左未生暂住了下来，二人朝夕相处，高谈阔论，携手同游，相处得十分融洽。数月后，未生准备回老家，方苞因而写了这篇序文相送。文中所说的都是一些琐碎小事，语言也是平淡无奇，恰恰通过这些描述，照见了他们之间深挚的友情，读来令人感动。

原文

左君未生[1]，与余未相见，而其精神、志趣、形貌、辞气，早熟悉于刘北固、古塘及宋潜虚[2]。既定交，潜虚、北固各分散。余在京师，及归故乡，惟与未生游处[3]为久长。北固客死江夏[4]，余每戒潜虚，当弃声利，与未生归老浮山[5]，而潜虚不能用，余甚恨[6]之。

译文

左君未生，先前与我没有见过面，但他的精神、志向和情趣，他的形貌、谈吐，我早已从刘北固、刘古塘及宋潜虚等人那里了解得很清楚。后来我们结为朋友，潜虚、北固却又各自与我分离。我在京城，即便是回到老家，也只是跟未生相处往来。北固在江夏意外死去，我每每告诫潜虚，应该放弃名誉、利禄，跟未生一起在浮山终老，但潜虚没有听我的劝告，我很遗憾。

注释

1 **左君未生：**左待，字未生，桐城人，明朝大臣左光斗的孙子，方苞挚友。　2 **刘北固：**刘辉祖，字北固，桐城人，方苞挚友。　**古塘：**刘捷，字古塘，桐城人。　**宋潜虚：**即戴名世，方苞友人，因《南山集》案被杀，故讳其名，以"宋潜虚"代之。　3 **游处：**朋友往来相处。　4 **江夏：**今属湖北武汉。　5 **浮山：**在安徽桐城东。　6 **恨：**遗憾。

原文

辛卯[1]之秋，未生自燕南附漕船[2]东下，至淮阴[3]，始知《南山集》祸作，而余已北发。居常自怼[4]曰："亡

译文

辛卯年秋天，左未生从燕山南边搭乘漕运的船向东，到了淮阴，才知道《南山集》案发了，这时我已被解送北上京城了。平时我常自责："死去的人就算

者则已矣。其存者，遂相望而永隔乎？”己亥[5]四月，余将赴塞上，而未生至自桐，沈阳范恒庵[6]高其义，为言于驸马孙公[7]，俾偕行以就余。既至上营[8]，八日而孙死。祁君学圃[9]馆焉。每薄暮，公事毕，辄与未生执手溪梁[10]间。因念此地出塞门二百里，自今上北巡建行宫始二十年，前此盖人迹所罕至也。余生长东南，及暮齿[11]，而每岁至此涉三时[12]，其山川物色[13]，久与吾精神相凭依，异矣。而未生复与余数[14]晨夕于此，尤异矣！盖天假之缘，使余与未生为数月之聚；而孙之死，又所以警未生而速[15]其归也。

了，难道活着的人就要相互盼望，永远分开吗？”己亥年四月，我将去边疆，而未生从桐城来，沈阳范恒庵赞赏他的道义，为他向驸马孙公进言，让他一同到我这儿来。到了上营八天以后，孙公死了。祁学圃安排了住宿的地方。每当傍晚公事做完，我就和未生携手在溪上的小桥上散步。于是想起这里距离边关二百里，自从当今皇上向北巡游，在此建立行宫，已二十年了，在这之前很少有人来这里。我出生在东南的边远之地，到了晚年，每年到这个地方度过一段时间，这里的山水风景，长久以来跟我在心神上互相共鸣，真奇特啊！而未生又和我多次早晚都到这里来散步，更加特别呢！大概是上天给予我们的缘分，让我和未生能有这几个月相聚；而孙公的死，又是天意警示未生，催促他应该赶快回去。

注释

1 **辛卯：**康熙五十年(1711)。 2 **漕船：**运粮的船。 3 **淮阴：**今江苏淮阴。 4 **怼**(duì)**：**怨恨。 5 **己亥：**康熙五十八年(1719)。 6 **范恒庵：**生平不详。 7 **驸马孙公：**指孙承远，辽东人。 8 **上营：**今属河北省。 9 **祁君学圃：**祁学圃，生平不详。 10 **溪梁：**溪水上面架的小桥。 11 **暮齿：**晚年。 12 **三时：**夏至后的半个月。头时，三日；中时，五日；三时，七日。 13 **物色：**指景物、风光。 14 **数**(shuò)**：**屡次，多次。 15 **速：**催促。

原文

夫古未有生而不死者，亦未有聚而不散者。然常观子美[1]之诗，及退之、永叔之文[2]，一时所与游好，其人之精神、志趣、形貌、辞气，若近在耳目间，是其人未尝亡，而其交亦未尝散也。余衰病多事，不可自敦率[3]。未生归，与古塘各修行[4]著书，以自见[5]于后世，则余所以死而不亡者有赖矣，又何必以别离为戚戚[6]哉？

译文

自古以来没有生而不死的人，也没有聚而不散的时候。然而我经常看杜甫的诗，以及柳宗元、欧阳修的文章，仿佛跟他们同时结交，相处和睦，他们的精神、志向和情趣，他们的形貌、谈吐，就像近在眼前，就如他们还没死去，并且跟他们的交往还没断绝。我年老多病，不能自我劝勉坚持立言了，未生回去，和古塘先生各自修养品德、著书立说，以便将自己的思想传达给后世，那么我心中就有了即便肉体死去思想也会留存后世的精神寄托，又为何一定要因为别离而忧伤呢？

注释

1 **子美：**杜甫，字子美。 2 **退之：**韩愈，字退之。 **永叔：**欧阳修，字永叔。 3 **敦率：**劝勉。 4 **修行：**砥砺道德品行。 5 **自见：**表达自己的思想感情。 6 **戚戚：**忧伤的样子。

六 诏令类

谕巴蜀檄

司马相如

导读

司马相如(约前179—前118),字长卿,蜀郡成都(今属四川)人,长于辞赋。这是一篇政府文告。起因是使臣唐蒙出使西南少数民族地区时,曾征召巴蜀吏卒,使得当地百姓惊恐不安。故此汉武帝派司马相如前往斥责唐蒙,并代表朝廷谕告巴蜀百姓,唐蒙所为并非皇帝之意,以安定民心。

原文

告巴蜀太守:

蛮夷自擅,不讨之日久矣,时侵犯边境,劳士大夫。陛下即位,存抚天下,集安[1]中国。然后兴师出兵,北征匈奴。单于怖骇,交臂受事[2],屈膝请和。康居[3]西域,重译[4]纳贡,稽首来享[5]。移师东指,闽越相诛。右吊番禺[6],太子入朝。南夷之君,西僰[7]之长,常效贡职[8],不敢惰怠,

译文

告知巴郡与蜀郡太守:

那些蛮夷之族不顺从朝廷独自行动,没受到征讨已很长时间了,他们时常侵犯边境,使官吏劳苦不堪。当今皇上登位,体恤安抚天下百姓,团结稳定中原内地。然后派出军队到北方征讨匈奴。匈奴王恐惧,拱手臣服,下跪求和。康居等西边属国,即使需要中介语言翻译才能沟通,也送来贡品,毕恭毕敬地跪拜进献礼物。于是转移军队东征,致使闽越王被弟弟杀掉。又乘势向西攻下南越番禺,南越王派太子来朝做人质。南方西方各部族

延颈举踵，喁喁然皆乡风慕义[9]，欲为臣妾。道里辽远，山川阻深，不能自致。夫不顺者已诛，而为善者未赏，故遣中郎将[10]往宾之。发[11]巴蜀之士各五百人，以奉[12]币帛，卫使者不然，靡有兵革之事，战斗之患。今闻其乃发军兴制[13]，惊惧子弟，忧患长老。郡又擅为转粟运输，皆非陛下之意也。当行者或亡逃，自贼杀，[14]亦非人臣之节也。

的首领不断效力进贡，不敢懈怠，伸长脖子提起脚跟，人人仰首倾心，都向朝廷表示仰慕，想要臣服。只因路途遥远，山川重重阻隔，不能亲自来朝拜。那些不顺从的已被讨伐，而表示友好的还没奖赏，所以派中郎将唐蒙去访问他们的首领。在巴郡蜀郡征召士兵各五百名，只是去搬运作为礼品的财物和保卫使者以防意外而已，并没有军事行动和进行战斗的忧患。现在听说他竟然启用了军事法令，使年轻人惊惧，老年人忧心。郡县又擅自派人去转运粮食，这些都不是皇上的旨意。此外，应征的人有的逃跑，有的自杀，也表明他们欠缺作为普通百姓的品德。

注释

1 **集安**：和睦安定。 2 **交臂**：拱手。 **受事**：臣服。 3 **康居**：古西域国名。 4 **重译**：经中介语辗转翻译知其言。 5 **来享**：指来进贡。6 **右**：向右，指向西边。 **吊**：攻取。 **番禺**：在今广州。 7 **僰**(bó)：我国古代西南部的少数民族。 8 **效**：效力。 **贡职**：履行进贡的义务。9 **喁喁**(yóngyóng)**然**：众口向上。指仰望期待的样子。 **乡**：通“向”。10 **中郎将**：指唐蒙。公元前135年，唐蒙上书言通夜郎事，后拜为中郎将，使往通夜郎。 11 **发**：征召，招募。 12 **奉**：通“捧”，搬运。 13 **发军**：谓发三军之众。 **兴制**：谓起军法，诛渠帅。 14 **当行者**：正被征用的人。 **自贼杀**：自杀，残害杀戮自己。

原文

夫边郡之士，闻烽举燧

译文

边境的人，一听说烽火烧起来，都

燔[1]，皆摄弓而驰，荷兵而走，流汗相属，惟恐居后；触白刃，冒流矢，义不反顾，计不旋踵[2]，人怀怒心，如报私仇。彼岂乐死恶生，非编列[3]之民，而与巴蜀异主哉？计深虑远，急国家之难，而乐尽人臣之道也。故有剖符[4]之封，析圭[5]而爵，位为通侯[6]，居列东第[7]，终则遗显号于后世，传土地于子孙。事行甚忠敬，居位甚安佚，名声施于无穷，功烈著而不灭。是以贤人君子，肝脑涂中原，膏液润野草而不辞也。今奉币使至南夷，即自贼杀，或亡逃抵[8]诛，身死无名，谥为至愚，耻及父母，为天下笑。人之度量相越[9]，岂不远哉！然此非独行者[10]之罪也，父兄之教不先，子弟之率不谨，寡廉鲜耻，而俗不长厚也。其被刑戮，不亦宜乎！

拿上弓箭骑马飞奔，或扛着武器跑来，汗水不断地流，还唯恐落后；他们顶着刀尖，冒着飞箭，道义在前，决不回头，计策也神速见效，人人心怀愤怒，就如报复个人仇恨一样。难道他们喜欢死讨厌生，不是编入户籍的人，与巴蜀的人不是同一个皇上吗？是他们考虑得深远，担忧国家的安危，因而乐意尽老百姓的本分。因此有人立功封爵，封位为通侯，生前住豪宅，死后留美名传播后世，还传封地给他的儿孙。他们做事很忠诚恭敬，然后才能当官享受安乐，名声永久流传，功勋显著永不磨灭。因此贤人君子肝脑涂洒沙场，膏血浸染野草也不逃避。现在这种搬运礼品到南方的差事，就有人自杀或逃跑被杀，人死了又没好名声，可称为最蠢的人，还影响到父母受羞辱，被天下人嘲笑。人的胸怀见识的差距竟然这么大！然而这不只是那些逃亡自杀的人的罪过，父兄没有在前面作表率，子弟遵循的教导就不会严谨，从而欠缺好品性和耻辱感，而且当地社会风气也不纯朴敦厚，那些人被处罚、杀头，不也是应该的吗！

注释

1 **燧：**烽火。 **燔：**燃。 2 **旋踵：**转身，喻时间短。 3 **编列：**编入户籍(序列)。 4 **剖符:**帝王分封诸侯,分剖符节为二,双方各执其半,以为凭信。 5 **析圭:**与上互文,以玉作信物。 6 **通侯:**爵位名。原称彻侯,避武帝讳改。 7 **东第:**甲第,豪宅。 8 **抵:**当。 9 **相越:**相去。 10 **行者:**指逃亡自杀的人。

原文

陛下患使者有司之若彼,悼不肖愚民之如此,故遣信使晓谕百姓以发卒之事,因数之以不忠死亡之罪,让三老孝弟以不教诲之过[1]。方今田时[2],重[3]烦百姓,已亲见近县,恐远所溪谷山泽之民不遍闻。檄到,亟下县道[4],咸喻陛下意。毋忽!

译文

当今皇上忧虑使者唐蒙和郡县官吏像上述的那样,担心不成器的民众也如上述,所以派亲信使者把征召士兵的事明确告诉百姓,顺便用自杀逃跑是对朝廷不忠的罪名来斥责他们,用没教育好百姓的过失来责怪乡村小吏。现在正值农耕之时,不想轻易召集人众,给百姓添麻烦,已亲自会见附近郡县的人,但担心远处高山深谷的人不能普遍知晓。这檄文一到,赶紧下发各县,让百姓都知道皇上的心意。不可疏忽!

注释

1 **让:**责。 **三老孝弟:**汉时乡村小吏。弟,同“悌”。 2 **田时:**农耕之时。 3 **重:**指不轻易做。 4 **亟:**急。 **道:**民族杂居的县。

鳄鱼文

韩 愈

导读

本文写于唐宪宗元和十四年(819)。是年,韩愈因谏迎佛骨,触怒宪宗,险些被杀,后被贬为潮州刺史。韩愈到潮州后,有感于当地鳄鱼为害,遂作此文警诫鳄鱼立即搬到大海里去。本文也可视作以物喻人,是对一切扰民害民的残暴势力的警告和讨伐。文章气壮声宏,读来痛快淋漓。

原文

维[1]年月日,潮州刺史韩愈[2],使军事衙推[3]秦济,以羊一猪一,投恶溪[4]之潭水,以与鳄鱼食,而告之曰:

昔先王既有天下,列山泽,罔绳擉刃,[5]以除虫蛇恶物为民害者,驱而出之四海之外。及后王德薄,不能远有,则江汉之间,尚皆弃之,以与蛮、夷、楚、越,况潮岭海之间[6],去京

译文

在某年某月某日,潮州刺史韩愈派遣部下军事衙推秦济,把一只羊、一头猪,投进恶溪的潭水中,送给鳄鱼吃,同时又警告它:

古时候的帝王拥有天下后,就放火焚烧山岭和沼泽的草木,用绳索捕捉、用利刃刺杀(的方法),来除掉虫蛇等那些给百姓带来危害的动物,把它们驱逐到疆域以外去。到了后世,帝王的德行威望不高,不能统治边远的地方,于是,长江、汉水之间的大片土地,尚且放弃而让给东南各族,更何况潮州地处五岭和南海之间,离

师万里哉！鳄鱼之涵淹[7]卵育于此，亦固其所。

京城有万里之遥呢！鳄鱼潜伏、生息在这里，也就很自然的了。

注释

1 **维:**在。　2 **潮州:**州名，治海阳县（今广东潮州）。 **刺史:**州的行政长官。　3 **军事衙推:**州刺史的属官。　4 **恶溪:**在潮州境内，又名鳄溪、意溪，韩江经此，合流而南。　5 **列:**通“烈”，焚烧。 **罔:**同“网”。 **擉(chuō):**刺。　6 **岭:**五岭。 **海:**南海。潮州地处五岭以南，南海以北，故称岭海之间。　7 **涵淹:**潜伏。

原文

今天子[1]嗣唐位，神圣慈武，四海之外，六合[2]之内，皆抚而有之。况禹迹所掩[3]，扬州[4]之近地，刺史、县令之所治，出贡赋以供天地、宗庙、百神之祀之壤者哉！鳄鱼其不可与刺史杂处此土也。

刺史受天子命，守此土，治此民，而鳄鱼睅然[5]不安溪潭，据处食民畜、熊、豕、鹿、獐，以肥其身，以种其子孙，与刺史亢拒，争为长雄。[6]刺史虽驽弱，亦安肯为鳄鱼低首下心[7]，伈伈睍睍[8]，为民吏羞，以

译文

当今天子继承了大唐皇位，威严圣明，仁慈英武，疆域之外，天地四方之内，都在他的安抚统辖之下。更何况潮州是大禹足迹所到过的地方，是昔日扬州的疆域，是刺史、县令治理的地区，又是交纳贡品、赋税以供应皇上祭祀天地、祖宗、神灵的地方呢！鳄鱼你是一定不可以同刺史一起生活在这块土地上的。

刺史接受天子的任命，镇守这块土地，治理这里的百姓，而鳄鱼你竟敢凶悍地爬出溪水深潭，占据一方，吞食百姓的牲畜以及熊、猪、鹿、獐，来养肥自己的身体，繁衍自己的后代，与刺史抗衡，争当统领一方的霸主。刺史即便驽钝软弱，又怎么能向鳄鱼你低头屈服，胆战心惊，给百姓和官吏们丢脸，还在此地苟且偷

偷活于此邪？且承天子命以来为吏，固其势不得不与鳄鱼辨。鳄鱼有知，其听刺史言：

安呢？而且刺史是奉天子的命令来这里当官的，势必不得不跟鳄鱼讲讲道理。如果鳄鱼你够聪明，就要听刺史的话：

注释

1 **天子**：指唐宪宗李纯。 2 **六合**：古称天地四方为六合。 3 **禹**：大禹，曾奉舜之命治理洪水，足迹遍于九州，故称九州大地为"禹迹""禹域"。 **掩**：覆盖。 4 **扬州**：传说大禹治水以后，把天下划为九州，扬州即其一，潮州古属扬州地域。 5 **睅(hàn)然**：瞪起眼睛的样子。 6 **亢**：同"抗"。 **长(zhǎng)**：用作动词。 7 **下心**：甘心屈服。 8 **伈伈(xǐnxǐn)**：恐惧貌。 **睍睍(xiànxiàn)**：眯起眼睛看，不敢正视。

原文

潮之州，大海在其南，鲸鹏[1]之大，虾蟹之细，无不容归，以生以食。鳄鱼朝发而夕至也。今与鳄鱼约：

尽三日，其率丑类南徙于海，以避天子之命吏。三日不能，至五日；五日不能，至七日；七日不能，是终不肯徙也。是不有刺史听从其言也。不然，则是鳄鱼冥顽[2]不灵，刺史虽有言，不闻不知也。夫傲天子之命吏，

译文

潮州这个地方，大海在它的南面，大到鲸鱼、鹏鸟，小到虾子、螃蟹，没有不在大海里藏身安家，在这里生活和猎食的。鳄鱼你早上从潮州出发，晚上就能到大海。现在，刺史与鳄鱼约定：

至多三天，务必率领那批丑陋的家伙南迁到大海去，以避让天子任命的地方官。三天办不到，就放宽到五天；五天办不到，就放宽到七天；七天还办不到，就表明你最终不肯迁徙了。这就是不把刺史放在眼里，不听从他的话。不是这样的话，就是鳄鱼你愚昧无知，不知变通，虽然刺史已有言在先，你却听不到也听不懂。那些对天子任命的官吏傲慢无礼的，不听他的话的，不肯

不听其言，不徙以避之，与冥顽不灵而为民物害者，皆可杀。刺史则选材技[3]吏民，操强弓毒矢，以与鳄鱼从事[4]，必尽杀乃止。其无悔！

迁徙避让的，以及愚昧顽固而又残害百姓和牲畜的，都一律处死。刺史就要挑选有武艺有技能的官吏和百姓，拿起强劲的弓弩，安上有毒的箭镞，来同鳄鱼较量较量，一定是把鳄鱼你全部杀尽才会罢休。可不要后悔啊！

注释

1 **鹏：**传说中的巨鸟，由鲲变化而成，也能在水中生活。 2 **冥顽：**愚昧无知。 3 **材技：**有武艺。 4 **从事：**周旋。

七 传状类

圬者王承福传

韩 愈

导读

这篇文章写于唐德宗贞元十七年(801)左右。王承福祖祖辈辈都是京城长安人,安史之乱时他打仗立了功,朝廷给他封赏,他却没有接受,而是回老家做了一名地位卑微的泥瓦匠。韩愈见到王承福后,被他的所作所为感动,因此写下了这一篇人物传。文中大篇幅都是传记的主人公自说自道,平淡不起波澜,而写传的人不见踪影,直到文章的最后,作者才点明了写作的主旨所在。说是一篇人物传记,实则是一篇警世之言,是一篇自我鉴戒之言。

原文

圬[1]之为技,贱且劳者也。有业之[2],其色若自得者。听其言,约而尽[3]。问之,王其姓,承福其名,世为京兆长安农夫[4]。天宝之乱[5],发人为兵。持弓矢十三年,有官勋[6],弃之来归。丧其土田,手镘衣食[7],

译文

粉刷墙壁作为一种手艺,是卑贱而且辛苦的职业。有个以这种手艺作为职业的人,他的神色好像很满足舒适。听他讲话,言简意赅。问他的姓名,他说姓王,承福是他的名,祖祖辈辈都是长安的农民。天宝年间发生了安史之乱,朝廷征召百姓当兵,他应征为士兵手持弓箭战斗了十三年,获得了官府授予的勋级,却放弃官勋回了老家。由于丧失了田地,他就靠拿着镘子做工来谋取温

余三十年，舍于市之主人，而归其屋食之当焉[8]，视时屋食之贵贱，而上下其圬之佣以偿之[9]。有余，则以与道路之废疾饿者焉。

饱，此后三十年，他寄居在街市上的屋主家里，付给屋主仅够吃住的费用，并根据当时房租、伙食费的高低，来增减他粉刷墙壁的工钱。如果还有剩余，就拿去给流浪在道路旁的残废、贫病、饥饿的人。

注释

1 **圬**(wū)**：**粉刷墙壁。 2 **有业之：**有以这个作为职业的。 3 **约：**简约。 **尽：**详尽，全面。 4 **京兆：**府名。 **长安：**县名，属京兆府，故称京兆长安。 5 **天宝之乱：**即唐玄宗天宝十四载(755)的安史之乱。 6 **官勋：**官家授给的勋级。唐制，官分九品，勋有十二级。 7 **手：**拿。 **镘**(màn)**：**镘子，粉刷墙壁的工具。 8 **屋食：**房租和伙食费。 **当：**相当。 9 **上下：**增加或减少。 **佣：**工钱。

原文

又曰：粟，稼而生者也。若布与帛，必蚕绩[1]而后成者也。其他所以养生之具，皆待人力而后完也。吾皆赖之。然人不可遍为[2]，宜乎各致[3]其能以相生也。故君者，理我所以生者也[4]。而百官者，承君之化者也[5]。任有大小，惟其所能，若器皿焉。食焉而怠其事，必有天殃[6]。故吾不敢

译文

他接着又说：谷物，是人们种植才长出来的。至于布匹和丝绸，一定要靠养蚕缫丝然后纺织才能制成。其他用来维持生计的物品，都要等人们加工之后才完备。我都离不开它们。但一个人不可能什么事都要亲手去做，应该各自极尽他的能力，相互协作来求得生存。所以皇帝的责任是管理百姓生产和生存的一切活动。而各种官吏的责任则是秉承皇帝的旨意来教化百姓。责任有大有小，只有极尽自己的能力去做，就像器皿，大小各有用途。如果光吃饭却懒得做事，一定会天降灾祸。所以我一天也不敢丢下我的泥镘子不干活而去游玩。粉刷墙壁是很容易掌

一日舍镘以嬉。夫镘易能，可力焉，又诚有功，取其直[7]，虽劳无愧，吾心安焉。夫力易强而有功也，心难强而有智也。用力者使于人，用心者使人，亦其宜也。吾特择其易为而无愧者取焉。

握的技能，肯花力气就行，又确实有实用价值，还能获得应有的报酬，虽然辛苦却问心无愧，所以我的心里十分坦然。体力劳动，只要用力去干，很容易取得成效；脑力劳动，用心去做，也难以产生智慧。因此干体力活的人被人支配，用脑力的人支配他人，也是理所当然的。我只是选择了容易做而又问心无愧的职业来赚取工钱罢了。

注释

1 **绩**:纺织。 2 **遍为**:什么事都做。 3 **致**:极尽。 4 **理**:治理。**生**:生产，生存。 5 **承**:辅佐。 **化**:社会教化。 6 **天殃**:天降灾祸。 7 **直**:通“值”，这里指报酬。

原文

嘻！吾操镘以入贵富之家有年矣。有一至者焉，又往过之，则为墟矣。有再至、三至者焉，而往过之，则为墟矣。问之其邻，或曰:“噫！刑戮也。”或曰:“身既死，而其子孙不能有也。”或曰:“死而归之官也。”吾以是观之，非所谓食焉怠其事，而得天殃者邪？非强心以智而不足，不择其才之称否而

译文

啊！我拿着镘子到尊贵富有的人家干活也有许多年了。有的只去过一次，再从那里经过，当年的房子已成废墟了。有的我曾去过两三次，后来经过那里，也成废墟了。向他们的邻居打听，有的说:“唉！他们家被判刑杀掉了。”有的说:“原主人已经死了，可他的子孙守不住祖上的遗产呢。”也有的说:“人死了，财产充公了。”我从这些事观察，不正是光吃饭却懒得做该做的事，一定会天降灾祸吗？不正是勉强去做才智达不到的事，不考虑自己的才智是否跟所承担的工作相适合，反

冒之者邪[1]？非多行可愧，知其不可而强为之者邪？将富贵难守，薄功而厚飨[2]之者邪？抑丰悴有时[3]，一去一来，而不可常者邪？吾之心悯焉。是故择其力之可能者行焉。乐富贵而悲贫贱，我岂异于人哉？

而一味欺蒙贪求吗？不正是做了许多对不起自己良心的亏心事，明知不能却强行去做的结果吗？也可能是富贵守不住，贡献少却享受优厚造成的结果吧？或者是家境的盛衰都有一定的命数，一来一去变化无常没有定规吧？我真心怜悯这些人。所以我选择力所能及的事情去做。富贵时欢喜，贫贱时悲痛，我难道跟别人有什么不同吗？

注释

1 **称:**适合。 **冒:**欺蒙而贪心得到。 2 **飨:**通“享”，享受。 3 **抑:**或者。 **丰悴:**家境的盛衰。

原文

又曰：功大者，其所以自奉也博[1]。妻与子，皆养于我者也。吾能薄而功小，不有之可也。又吾所谓劳力者，若立吾家而力不足，则心又劳也。一身而二任焉，虽圣者不可能也。

愈始闻而惑之，又从而思之，盖贤者也，盖所谓独善其身者也。然吾有讥焉，谓其自为也过多，其为人也过少。其学杨朱[2]

译文

他又接着说：贡献大的人，他自己享用的东西也更丰厚，妻室儿女都能由自己养活着。我能力小贡献也少，是不能有妻室儿女的。再说我是个干体力活的人，假使成家但能力不足以养活妻室儿女，就又要操心了。一个人既要劳力，又要劳心，就是圣人也不能做到啊！

我起初听着他讲还疑惑不解，再进一步深思，觉得他这个人算得上是个贤人，是那种所谓的独善其身的人吧。但我对他还是有着批评，觉得他为自己打算得太多，为别人打算得又太少。他难道是学

之道者邪？杨之道，不肯拔我一毛而利天下。而夫人[3]以有家为劳心，不肯一动其心，以畜[4]其妻子，其肯劳其心以为人乎哉？虽然，其贤于世之患不得之，而患失之者，以济[5]其生之欲，贪邪而亡[6]道以丧其身者，其亦远矣。又其言有可以警余者，故余为之传而自鉴焉。

的杨朱的主张吗？杨朱的处世哲学，就是舍不得拔自己一根毫毛，去做有益于天下的事。而王承福把拥有一个家庭当作劳心费力的工作，不愿操心来养活妻子儿女，难道还愿操心为别人造福吗？尽管如此，王承福比起世上那些患得患失的人，那些仅仅为了满足个人在生活上的欲望，以致贪求邪道而不走正道的人，又要好上太多了。而且他的话对我多有警醒之处，所以我替他立传，自以为戒。

注释

1 **自奉：**自己享用。 **博：**多，丰盛。 2 **杨朱：**战国时思想家，主张"为我"。 3 **夫人：**这人，指王承福。 4 **畜**(xù)**：**养活。 5 **济：**满足。 6 **亡：**通"无"。

种树郭橐驼传

柳宗元

导读

这一篇是柳宗元在长安时期的作品。当时，豪强地主兼并掠夺土地日益严重，有的甚至拥有数万亩良田，而赤贫的老百姓几乎连住的地方都没有了。仅有一点土地的农民，不仅要交纳朝廷的税赋，还要承担当地官吏摊派下来的各种杂税，甚至荒唐到走大路的要交税，种水果的要交税，连死的人都要交税，老百姓不堪重负，怨声载道。本文正是针对这种繁政扰民的现象，通过对郭橐驼种树之道的记叙，说明应该“顺应树木的自然天性，来极尽它自身的本性”，并由此得出只有让老百姓安居乐业，才能长治久安的看法。文章说理生动，简洁明了。

原文

郭橐驼[1]，不知始何名。病偻[2]，隆然伏行[3]，有类橐驼者，故乡人号之“驼”。驼闻之曰：“甚善，名我固[4]当。”因舍其名，亦自谓“橐驼”云。

其乡曰丰乐乡，在长安西。驼业种树，凡长安豪富人为观游及卖果者，皆争迎取养[5]。视驼所种树，或移徙，无不活，且硕茂，蚤实以蕃[6]。他植者虽窥伺效慕，莫能如[7]也。

译文

郭橐驼，不知道他原来叫什么名字。他得了脊背弯曲的病，脊背弓起来弯着腰走路，就像骆驼一样，所以乡里人叫他“橐驼”。橐驼听到后，说：“这个名字很好啊，这样称呼我确实恰当。”因此舍弃了他本来的名字，也自称“橐驼”了。

他的老家叫丰乐乡，在长安城西边。郭橐驼以种树为职业，凡是长安城里经营园林观光和做水果买卖的富翁，都争着把他雇佣到家里。细察橐驼种的树，有的尽管是移植来的，也没有不成活的，而且长得高大茂盛，果实结得早而且多。其他种树的人即使偷偷观察、仿效，也没有人能比得上他。

注释

1 **橐(tuó)驼：**即骆驼，这里指驼背。　2 **病偻(lǚ)：**患了脊背弯曲的病。　3 **隆：**指脊背突起。**伏行：**弯腰行走。　4 **固：**确实。　5 **取养：**雇用。　6 **蚤：**通“早”。**蕃：**多。　7 **如：**及，比得上。

原文

有问之，对曰："橐驼非能使木寿且孳也[1]，能顺木之天以致其性焉尔[2]。凡植木之性，其本[3]欲舒，其培欲平，其土欲故，其筑欲密[4]。既然已，勿动勿虑，去不复顾。其莳[5]也若子，其置也若弃，则其天者全，而其性得矣。故吾不害其长而已，非有能硕茂之也，不抑耗其实而已，非有能蚤而蕃之也。他植者则不然。根拳而土易[6]。其培之也，若不过焉则不及。苟有能反是者，则又爱之太恩，忧之太勤。旦视而暮抚，已去而复顾。甚者，爪[7]其肤以验其生枯，摇其本以观其疏密，而木之性日以离矣[8]。虽曰爱之，其实害之；虽曰忧之，其实仇之。故不我若也[9]。吾又何能为哉？"

译文

有人问他种树的诀窍，他回答说："我并不是能使树木活得长久而且长得很快，只是能顺应树木的生长规律，来极尽它自身的天性罢了。但凡种树的方法，它的树根要舒展，它的培土要平均，它根下的土要用原来培育树苗的土，培土要结实。已经这样做了之后，就不要再做什么再忧虑什么，远离它不再看。栽种时就要像对待子女一样细心，栽好后要像丢掉它一样不管，这样树木的自然规律就能得以保全，它的天性就能得以发展。所以我只是不妨碍它的自然生长罢了，并不是有能使它长得高大茂盛的办法，只是不人为地抑制、减损它的果实罢了，也并不是有使它果实结得又早又多的办法。别的种树人却不是这样，树根拳曲又多换新土。他培土的时候，不是过多就是过少。如果有和这种做法相反的人，却又过于爱惜它们，担心它过分了。早晨已去看了，晚上却又去拨弄，已经离去了，又回过头去看看。更严重的是，甚至用指甲划破树皮来察看它是活着还是枯死了，摇动树根看土是否夯结实了，这样树木的自然天性就一天天远去了。虽然说是喜欢它，实际上是害了它；虽说是担心它，实际上是怨恨它。所以他们都不如我。我又有什么本事呢？"

注释

1 **木:**树。 **孳**(zī):繁殖。 2 **天:**指自然生长规律。 **性:**指树木固有的特点。 3 **本:**树根。 4 **筑:**捣土。 **密:**结实。 5 **莳**(shì):栽种。 6 **根拳:**树根拳曲。 **土易:**更换新土。 7 **爪:**掐。 8 **日以离:**一天天地失去。 9 **不我若:**不若我,比不上我。

原文

问者曰:"以子之道,移之官理[1],可乎?"驼曰:"我知种树而已,理,非吾业也。然吾居乡,见长人者好烦其令[2],若甚怜焉,而卒以祸。旦暮,吏来而呼曰:'官命促尔耕,勖[3]尔植,督尔获[4],蚤缫而绪[5],蚤织而缕,字[6]而幼孩,遂[7]而鸡豚。'鸣鼓而聚之,击木[8]而召之。吾小人辍飧饔以劳吏者[9],且不得暇,又何以蕃吾生而安吾性耶?故病且怠[10]。若是,则与吾业者,其亦有类乎?"

问者嘻曰:"不亦善夫!吾问养树,得养人术[11]。"传其事,以为官戒也。

译文

问的人说:"把你种树的方法,转用到做官治理百姓上,能行吗?"橐驼说:"我只知道种树罢了,治理百姓,不是我的职业啊。但是我住在乡下,看见那些官吏总是喜欢不断地发号施令,看起来像是很怜爱百姓,但最终反而祸害了百姓。从早到晚,小吏跑来大喊:'长官命令:催促你们耕地,勉励你们种植,督促你们收获,早点煮茧抽丝,早点织你们的布,抚育你们的幼儿,养大你们的鸡和猪。'不是打鼓集合大家,就是敲梆召集大家。我们这些小老百姓不吃早饭不吃晚饭,去犒劳那些小吏尚且不得空闲,又哪有时间生产生活来安定地过日子呢?所以我们过得既困苦又疲乏。像这样的话,那么治理百姓跟我种树大概也有类似的地方吧?"

问的人感叹说:"这确实好!我问种树的方法,得到了治民的方法。"我把这件事写成传记,想拿它作为官吏们的鉴戒。

注释

1 **官理:**为官治民。理,治理。 2 **长(zhǎng)人者:**指当官治民的官吏。**烦:**使繁多。 3 **勖(xù):**勉励。 4 **督:**督促。**获:**收割。 5 **缫(sāo):**煮茧抽取蚕丝。 **而:**通"尔",你们。 **绪:**丝头。 6 **字:**养育。 7 **遂:**顺利地成长。 8 **木:**指木梆。 9 **飧(sūn)饔(yōng):**晚饭和早饭。 **劳吏者:**慰劳当差的。 10 **病:**困苦。**怠:**疲倦。 11 **养人术:**养民的办法。

方山子传

苏 轼

导读

本篇写于宋神宗元丰三年(1080),苏轼因乌台诗案被贬到黄州后不久。本篇一反《史记》人物传记按部就班、繁多琐碎的常规,采用了倒叙、插叙等多种手法,通过几个典型的既有联系又有区别的生活片段,寥寥数语,一个视荣华为粪土、狂放不羁的人物就活灵活现地站在读者眼前。

原文

方山子[1],光、黄[2]间隐人也。少时慕朱家、郭解为人[3],闾里之侠皆宗[4]之。稍壮,折节读书,欲以此驰骋当世,然终不遇。晚乃遁于光、黄间,曰岐亭[5]。庵居蔬食,

译文

方山子,是光州、黄州一带的隐士。年轻时仰慕汉代游侠朱家、郭解的品行,乡里的游侠人士都推崇他。等到他年纪稍长,就改变了志趣,开始发奋读书,想凭着学识在当代施展抱负,却一直都没得到赏识。到了晚年,就隐居在光州、黄州之间,一个叫岐亭的小镇。住茅草屋,吃素食,不与世

不与世相闻。弃车马，毁冠服，徒步往来山中，人莫识也。见其所著帽，方屋[6]而高，曰："此岂古方山冠之遗像乎[7]？"因谓之方山子。

俗来往。舍弃坐车骑马，烧掉读书人的衣服帽子，徒步在山里来往，没有人认识他。人们见他戴的帽子，顶是方的并且又很高，就说："这难道就是古代乐师戴的方山冠遗留下来的式样吗？"因此就叫他"方山子"。

余谪居于黄，过岐亭，适见焉。曰："呜呼！此吾故人陈慥季常也。何为而在此？"方山子亦矍然[8]，问余所以至此者。余告之故。俯而不答，仰而笑，呼余宿其家。环堵萧然，而妻子奴婢皆有自得之意。余既耸然异之。

我因为降职住在黄州，有一次经过岐亭，恰巧碰见了他。我说："哎呀，这不是我的老友陈慥陈季常吗，怎么会在这里？"方山子也惊讶地盯着我，问我到这里来的原因。我把原因告诉了他。他先低着头不回答，随后仰天大笑，请我到他家里去住。他的家四壁萧条，但他的妻子儿女和奴仆都显出怡然自得的样子。我对此感到非常惊异。

注释

1 **方山子：**即陈慥，字季常。 2 **光、黄：**光州、黄州，光州即今河南潢川，黄州即今湖北黄冈。 3 **朱家、郭解：**西汉时的著名游侠。 4 **宗：**推崇。 5 **岐亭：**镇名，在今湖北麻城西南。 6 **屋：**帽顶。 7 **方山冠：**汉代祭祀宗庙时乐师所戴。 **遗像：**遗留下来的式样。 8 **矍(jué)然：**惊讶而视的样子。

原文

独念方山子少时，使酒好剑，用财如粪土。前十有九年，余在岐山[1]，见方山子，从两骑，挟二矢，

译文

我想起方山子年轻的时候，酗酒任性，喜欢舞剑，把钱财当作粪土一样挥霍。十九年前，我在岐山，见到方山子带着两个骑马的侍从，拿着两支箭，在西山狩猎。

游西山。鹊起于前，使骑逐而射之，不获。方山子怒马独出，一发得之。因与余马上论用兵，及古今成败，自谓一世豪士。今几日耳？精悍之色，犹见于眉间，而岂山中之人[2]哉？

前方有鹊鸟飞起，他便叫侍从追着射箭，没能射中。方山子奋力抽马冲到前方，一箭射中飞鹊。后来他在马上跟我谈论用兵之道，以及古今成败之理，自认为他是一代豪杰。到如今才过了多少日子啊？那种精锐强悍的神色，依然在眉间显现，这怎么会是在山野隐居的人呢？

然方山子世有勋阀，当得官，使从事于其间，今已显闻。而其家在洛阳，园宅壮丽，与公侯等。河北有田，岁得帛千匹，亦足以富乐。皆弃不取，独来穷山中，此岂无得而然哉？

方山子出生在世代有功勋的家族，应该有官做，假如他投身官场，到现在应该早已声名显赫了。他原本家在洛阳，园林房舍雄伟富丽，可与公侯之家相媲美。在河北还有田地，每年可取得上千匹的丝帛收入，就是不当官，也足以过得富裕安乐了。然而他把这些都丢弃不要，偏偏独自来这荒山僻壤里，如果不是有所领悟，他会这样做吗？

余闻光、黄间多异人，往往佯狂[3]垢污，不可得而见。方山子傥[4]见之与？

我听说光州、黄州一带有很多奇人异士，常常假装疯癫，一身污垢，但就是没机会见到他们。方山子或许能遇见他们吧？

注释

1 **岐山:**指陕西凤翔。 2 **山中之人:**指一般的山野隐居之人。 3 **佯狂:**假装疯癫。 4 **傥:**或许。

先妣事略

归有光

导读

归有光(1507—1571),字熙甫,号震川,又号项脊生,昆山(今属江苏)人。嘉靖进士,官至南京太仆寺丞。以古文名世。嘉靖八年(1529),作者为了悼念母亲而写了这篇作品。文中主要回忆了母亲生前的几件琐碎小事,正是这些日常生活中司空见惯而又微不足道的细节,展现了一位伟大的母亲治家的勤俭节约、对子女的殷切期望和无私的爱。文章语言平淡无奇,但字里行间,饱含思念,催人落泪。

原文

先妣周孺人[1],弘治[2]元年二月十一日生。年十六来归[3]。逾年,生女淑静。淑静者,大姊也。期[4]而生有光。又期而生女、子,殇[5]一人,期而不育[6]者一人。又逾年,生有尚,妊十二月。逾年,生淑顺,一岁,又生有功。有功之生也,孺人比乳他

译文

先母周孺人,生于弘治元年二月二十一日。十六岁嫁到我家。过了一年,生下女儿淑静。淑静,就是大姐。一年后,生下有光。又过一年,生了一男一女双胞胎,夭折一人,另一个满周岁时也死了。又过一年,生下有尚,怀孕足有十二个月。又隔一年,生淑顺,刚一岁,再生有功。生有功时,母亲身体比喂养其他孩子时健壮。然而,母亲经常皱着眉头向婢女们讲:"我生了这么多孩子,吃够苦头了!"一位

子加健[7]。然数颦蹙[8]顾诸婢，曰："吾为多子苦！"老妪以杯水盛二螺进，曰："饮此，后妊不数矣[9]！"孺人举之尽，喑[10]不能言。

正德八年[11]五月二十三日，孺人卒。诸儿见家人泣，则随之泣，然犹以为母寝也。伤哉！于是家人延画工画，出二子，命之曰："鼻以上画有光，鼻以下画大姊。"以二子肖母也。

老婆婆端来一杯水，泡着两只田螺，说："喝下这杯水就不会再怀孕了。"母亲举起杯子一饮而尽，却从此变哑而不能讲话了。

正德八年五月二十三日，母亲去世。诸儿女见大人们在哭，也就跟着哭起来，可心里还以为母亲睡着了。痛心呀！随后家里人请来画师，为母亲画遗像，喊出大姐和我来，嘱咐画工："鼻子以上照着有光画，鼻子以下照着淑静画。"因为我们两个长得最像母亲了。

注释

1 **孺人：**明代七品以下官员的母亲或妻子的封号。 2 **弘治：**明孝宗朱祐樘的年号(1488—1505)。 3 **归：**女子出嫁到夫家。 4 **期：**一周年。 5 **殇：**未成年而死去。 6 **不育：**没有养活。 7 此句指周孺人的身体比哺育其他子女时健壮。 8 **颦蹙：**皱紧眉头，形容愁苦的样子。 9 此句指不再一次又一次怀孕了。 10 **喑：**哑。 11 **正德八年：**公元1513年。正德是明武宗年号。

原文

孺人讳桂。外曾祖讳明。外祖讳行，太学生[1]。母何氏。世居吴家桥，去县城东南三十里[2]。由千墩浦而南，直桥，并小港以东，居人环聚，尽周氏也。[3]外祖与其三

译文

母亲名桂。外曾祖叫周明。外祖父叫周行，还是位太学生。外祖母姓何。世世代代住在吴家桥，离县城东南三十里地。从千墩浦往南，对着吴家桥，沿小港以东一带，住户环绕聚居，全是周姓人家。外祖父和他的三

兄，皆以资雄[4]，敦尚简实[5]，与人姁姁说村中语[6]。见子弟甥侄，无不爱。

位兄长，家境都很殷实，注重简约、朴实，与村里人拉起家常来，言语温和。对待晚辈，无不亲善。

注释

1 **太学生**：这里指曾在国子监读书的监生。 2 **去**：离开。 **县城**：昆山县。 3 **千墩浦**：地名。 **直**：通“值”，对着。 **桥**：吴家桥。 **并**：沿着。 **环聚**：环绕聚居。 4 **资**：财产。 **雄**：称雄，指富有。 5 **敦尚**：注重。 **简实**：简单朴实。 6 **姁姁**(xǔxǔ)：言语温和。 **村中语**：方言土语。

原文

孺人之吴家桥则治木绵[1]，入城则缉纑[2]，灯火荧荧[3]，每至夜分。外祖不二日，使人问遗。[4]孺人不忧米盐，乃劳苦若不谋夕[5]。冬月炉火炭屑，使婢子为团，累累暴阶下[6]。室靡弃物，家无闲人。儿女大者攀衣，小者乳抱，手中纫缀不辍。[7]户内洒然[8]。遇僮奴有恩，虽至棰楚，皆不忍有后言。[9]吴家桥岁致鱼蟹饼饵，率人人得食。家中人闻吴家桥人至，皆喜。有光七岁，与从兄有嘉入学。每阴风细雨，从兄辄留，有光意恋恋，不得

译文

母亲去吴家桥时，就抽空纺棉花，回到城里，就忙着搓麻线，晚上也在微弱的灯光下忙碌，常常直到半夜。外祖父三天两头打发人来慰问，送一些土特产。母亲从不愁吃穿，却仍然辛苦劳作，好像朝不保夕似的。冬天炉火中剩余的炭屑，母亲让婢女们和成炭团，一团团地晒在台阶下面。屋子里没有多余的东西，全家也看不见一个闲人。大孩子在身后牵着衣襟，小的抱在怀里吃奶，母亲手中还不停地做针线活。家中打扫得一尘不染。对奴婢也宽厚有恩，他们即使挨了打，也都不忍心埋怨。吴家桥过年时送来的鱼蟹糕饼，不分主仆人人有份。因此家里的人只要听说吴家桥有人来了，都很高兴。我七岁时，和堂兄有嘉一起进了学堂。每逢刮风下雨，堂兄就留在家不用去，我尽管心里恋

留也。孺人中夜觉寝，促有光暗诵《孝经》，即熟读无一字龃龉[10]，乃喜。

恋不舍，却不能在家待着。母亲半夜睡醒，就督促我默读《孝经》，假如我能一字不差地读下来，母亲便十分高兴。

注释

1 **之**：去，往。**治**：纺纱。**木绵**：即木棉，棉花。 2 **缉**：把麻搓成线。**纑**(lú)：麻线。 3 **荧荧**：光亮微弱的样子。 4 **不二日**：不到两天，形容时间极短。**问遗**(wèi)：慰问和赠送物品。 5 **乃**：却。**若不谋夕**：仿佛早间不能谋划晚间的生计，形容处境窘迫。 6 **累累**：一串串。**暴**：同"曝"，晾晒。 7 **攀衣**：牵扯着衣服，指跟在母亲身后。**乳**：喂奶。**纫缀**：缝补。**辍**：停止。 8 **洒然**：整洁的样子。 9 **遇**：对待。**僮奴**：未成年的奴仆。**棰楚**：鞭打。棰，竹鞭。楚，荆条。 10 **即**：假如。**龃龉**(jǔyǔ)：上下齿不相合，这里指朗诵与原文不一致。

原文

孺人卒，母何孺人亦卒。周氏家有羊狗之疴[1]。舅母卒，四姨归顾氏，又卒。死三十人而定[2]。惟[3]外祖与二舅存。

孺人死十一年，大姊归王三接，孺人所许聘者也。十二年，有光补学官弟子[4]，十六年而有妇，孺人所聘者也。期而抱女，抚爱之，益念孺人。中夜与其妇泣，追惟一二，仿佛如昨，余则茫然矣！世乃有无母之人，天

译文

母亲死后，外祖母何氏也去世了。周家不幸感染了瘟疫。舅母死了，四姨嫁给顾家，也死了。全家接连死去三十人疫病才平息。只有外祖父和二舅幸免于难。

母亲故去十一年后，大姐嫁给了王三接，这是母亲生前亲自许配的人家。十二年后，我考取秀才，十六年后，娶了妻子，这也是母亲在世时就定的亲。婚后一年，有了一个女儿，照顾幼女时，更加思念母亲。夜深人静时与妻子谈及母亲，忍不住相对而流泪，追思母亲生前的一两件琐事，仿佛就在昨日，其他的竟茫然若失了！世上竟然还有没有母亲的

乎？痛哉！

人，这难道就是天意？多么令人痛心！

注释

1 **羊狗之疴**(kē)：一种由家畜传染的疫症。疴，病。 2 **定**：平息。 3 **惟**：同"唯"，只有。 4 **补学官弟子**：即通过县、州、府级的考试，俗称考取秀才。

樵髯传

刘大櫆

导读

文章仅仅用了二百多个字，写出了樵髯的特征(满脸胡须)以及他的爱好(嗜好下棋)、他的行径(不屑于富人)、他的志趣(寄情山水)。寥寥几笔，刻画出了一个不拘小节、志趣高洁、独守节操的人物形象。

原文

樵髯翁，姓程氏，名骏，世居桐城县之西鄙。[1]性疏放，无文饰，[2]而多髭须，因自号曰樵髯云。

少读书，聪颖拔出凡辈[3]。于艺术、匠巧、嬉游之事，靡不涉猎，然皆不肯穷竟其学，[4]曰："吾以自娱

译文

樵髯，姓程，名骏，世代居住在桐城县西部边远的地方。他性情狂放不羁，从不矫揉造作，朴实而现自然本色，由于胡须较多，因此自称"樵髯"。

他小时候读书很聪明，远超普通的人。他在书画、医术、工艺制作、弈棋等方面，没有不涉猎的，但都不肯把它们学深学透，还说："我只是自娱自乐罢了。"他

而已。”尤嗜弈棋[5]，常与里人弈，翁不任苦思[6]，里人或注局凝神[7]，翁辄颦蹙[8]曰：“我等岂真知弈者？聊用为戏耳！乃复效小儿辈，强为解事[9]！”

尤其酷爱围棋，常常跟乡邻下棋，他没耐心去苦思冥想，乡邻有时盯着棋局认真思考，他就皱起眉不耐烦地说：“我们难道真懂得下棋吗？只不过把它当作游戏罢了！就只是像小孩子那样，勉强懂点下棋的方法！”

注释

1 **髯**(rán)**：**胡子。 **鄙：**边远的地方。 2 **疏放：**通脱，指不受礼法或世俗之见的束缚。 **无文饰：**自然，朴实，不做作。 3 **拔：**超出。 **凡辈：**平常人。 4 **艺术：**指书画、医术等技能。 **匠巧：**指工艺制作。 **嬉游：**指棋类等技艺。 **靡不：**无不。 **涉猎：**指粗略地学习。 **穷：**学完，深究。 5 **弈棋：**下围棋。 6 **任：**耐心。 **苦思：**深思。 7 **注局凝神：**注视棋局，聚精会神地思考。 8 **颦蹙**(píncù)**：**皱眉头，不耐烦的样子。 9 **解事：**懂事，指内行。

原文

时时[1]为人治病，亦不用以为意。诸富家尝与往来者，病作，欲得翁诊视，使僮奴候之，翁方据棋局哓哓[2]然，竟不往也。

翁季父官建宁[3]，翁随至建宁官廨[4]，得以恣情[5]山水。其言武夷[6]九曲，幽绝可爱，令人遗弃世事，欲往游焉。

译文

樵髯常常给人看病，但也从不放在心上。一些曾跟他交往过的有钱人，突然生病了，希望樵髯去给他诊断，派来童仆等着接他，樵髯正对着棋局跟乡邻大声争吵着，竟然不去给那个有钱人治病。

樵髯的叔父到建宁当官，他就跟着叔父去了建宁住进了官署，因此可以纵情游山玩水。他说武夷山的风景名胜九曲溪，幽静深邃，令人喜爱，让人忘掉了世上的烦恼之事，所以打算去那里游玩。

刘子说：我曾寄居在张氏的勺园里，恰

刘子[7]曰：余寓居张氏勺园[8]中，翁亦以医至。余久与翁处，识其性情。翁见余为文，亟[9]求余书其名氏，以传于无穷。余悲之而作《樵髯传》。

巧樵髯也来这里给主人治病。我与他在勺园相处了很长一段时间，了解了他的禀性和脾气。樵髯见我的文章写得不错，多次请我书写他的名字，说是要留着传给后代子孙。我感叹于他的性情，就写了这篇《樵髯传》。

注释

1 **时时：**常常。　2 **哓哓**(xiāoxiāo)**：**争辩声。　3 **季父：**叔父。　**建宁：**县名，在福建省西部。　4 **官廨**(xiè)**：**官署。　5 **恣情：**肆意，纵情。　6 **武夷：**武夷山，在福建省北部。　7 **刘子：**作者自称。　8 **勺园：**在安徽桐城西南，刘大櫆曾在此教书。　9 **亟：**屡次，多次。

毛颖传

韩愈

导读

本篇约写于元和初年，韩愈当时在长安任国子监博士。文章借毛颖由盛极一时到年老衰亡的一生，痛斥了统治者对有功之臣的刻薄寡恩，道出了官场的冷漠无情，也寄托了作者自己多年宦海浮沉的愤懑与不平。这是一篇给毛笔（毛颖）写的奇文，作者以小说家的笔调，熔传说和现实于一炉，以诙谐的笔调深寓了严肃的思想，读来妙趣横生，也让人掩卷喟叹。

原文

毛颖者，中山人也。[1]其先明视[2]，佐禹治东方土，养万物有功，因封于卯地[3]，死为十二神[4]。尝曰："吾子孙神明之后，不可与物同，当吐而生[5]。"已而果然。明视八世孙䨲[6]，世传当殷时居中山，得神仙之术，能匿光使物[7]，窃姮娥、骑蟾蜍入月[8]，其后代遂隐不仕云。居东郭者曰㕙[9]，狡而善走，与韩卢[10]争能，卢不及。卢怒，与宋鹊[11]谋而杀之，醢[12]其家。

译文

毛颖是中山国人。它的先祖明视，辅佐大禹治理东方，因养育万物有了功劳，因此获得了封地卯，死后成为十二生肖之一。它曾经说："我的子孙是神明的后代，不能和其他的生物相同，出生时应该从嘴里吐出来。"后来果然是这样。明视的第八代孙子䨲，世间传说正当殷朝的时候，它住在中山，得到了神仙的法术，能够隐身，还能隔空驱使物体，与嫦娥偷情，骑着蟾蜍进了月亮，它的后代便隐居不当官了。住在城东的名叫㕙，它狡猾而且擅长奔跑，跟韩卢比赛，韩卢不如它。韩卢大怒，就和宋鹊共同谋划杀了它，将它全家剁成了肉酱。

注释

1 **毛颖**：毛笔的别名。 **中山**：战国时国名，在今河北定州一带。 2 **先**：祖先。 **明视**：兔子的别名。 3 **卯地**：即"东方土"。古代按十二地支划分方位，卯位是指东方。 4 **十二神**：指十二生肖之一。 5 **吐而生**：传说兔子是口吐而生的。 6 **䨲**(nóu)：兔子。 7 **匿**：避开。 **使物**：驱使诸物。 8 **姮娥**：即嫦娥。 **蟾蜍**：癞蛤蟆。 9 **㕙**(jùn)：狡兔。 10 **韩卢**：战国时韩国的良犬名。 11 **宋鹊**：春秋时宋国的良犬名。 12 **醢**(hǎi)：肉酱。此处指剁成肉酱。

原文

秦始皇时，蒙将军恬南伐楚[1]，次[2]中山，将大

译文

秦始皇当政的时候，蒙恬将军在南方讨伐楚国，驻扎在中山，准备举行一场大型

猎以惧楚。召左右庶长与军尉[3],以《连山》[4]筮之,得天与人文之兆。筮者贺曰:“今日之获,不角不牙,衣褐之徒,缺口而长须,八窍而趺居,独取其髦,简牍是资。[5]天下其同书,秦其遂兼诸侯乎!”遂猎,围毛氏之族,拔其豪,载颖而归,献俘于章台宫,[6]聚其族而加束缚焉。秦皇帝使恬赐之汤沐,而封诸管城,号曰管城子,日见亲宠任事。[7]

的狩猎行动来威吓楚国。蒙恬召集左右庶长和军尉,用《连山》占卜这次行动,预测自然和人事的吉凶。占卜者恭贺道:“这次捕获的猎物,不是长角的,不是牙齿锋利的,是穿着布衣的动物,裂嘴并且胡须长,有八窍,像打坐一样坐着,仅仅取它的长毛,用来书写简牍。如果天下都统一了书写,秦国最终将会兼并诸侯!”于是开始狩猎,围捕毛氏的家族,拔下它们的毛,将毛尖装满车子带了回来,在章台宫把俘虏献给了皇帝,并聚集毛氏族人将它们牢牢捆绑起来。蒙恬传达秦始皇的恩赐,准许毛氏进入汤池里沐浴,并赐管城做它的封地,命名为管城子,它渐渐得到了皇帝的恩宠,也开始管理各项事务。

注释

1 **蒙将军恬:**蒙恬,秦朝名将,相传为毛笔的发明者。 2 **次:**驻扎,停留。 3 **左右庶长:**即左庶长,右庶长,秦朝官爵名。 **军尉:**武官名。4《**连山**》:夏朝的占卦之术,与殷之《归藏》、周之《周易》,统称《三易》。5 **褐:**粗布衣服。此指全身有毛的兔子。 **趺(fū)居:**两足交叠而坐。居,同“踞”,蹲。 **髦:**毛中长毫。 **简牍:**书写用的竹简和木片。 **资:**依仗,利用。 6 **豪:**豪杰。此处双关,又指毫毛。 **颖:**原意是尖端,此处还暗指毛颖即兔子。 **章台宫:**秦宫殿名。 7 **汤沐:**用热水洗净。 **管城:**指制作毛笔时必需的竹管。**管城子:**毛笔的别名。

原文

颖为人,强记而便

译文

毛颖这个人,记忆力强并且文思敏捷,

敏[1]，自结绳之代以及秦事，无不纂录。阴阳、卜筮、占相、医方、族氏、山经、地志、字书、图画、九流、百家、天人之书，乃至浮图[2]、老子、外国之说，皆所详悉。又通于当代之务，官府簿书，市井货钱注记，惟上所使。自秦皇帝及太子扶苏、胡亥、丞相斯、中车府令高[3]，下及国人，无不爱重。又善随人意，正直邪曲巧拙，一随其人。虽见废弃，终默不泄。惟不喜武士，然见请，亦时往。

从结绳记事的年代起，直到秦代的事与物，没有不编纂记录的。阴阳、卜卦、相术、医疗方术、民族姓氏、山经、地志、文字和训诂、图画、三教九流、诸子百家，以及研究天和人关系的书，乃至佛学、老子、外国的各种学说，它全都熟知。它还通晓当代的各种事务，上到官府公函书册，下至市井里商人货物钱财的账目记录，任凭皇上使用。从秦始皇到太子扶苏、胡亥、丞相李斯、中车府令赵高，下到国民百姓，没有不喜爱重视它的。它又善于揣摩他人的心意，无论正直、邪恶、委婉、巧妙、拙朴的，全都揣摩得透。即便有时被弃置，却能始终缄口不言，不会泄露机密。只是不喜欢武士，但是如果被聘请，它也经常前往。

累拜中书令[4]，与上益狎[5]，上尝呼为"中书君"。上亲决事，以衡石自程[6]，虽宫人不得立左右，独颖与执烛者常侍，上休乃罢。颖与绛人陈玄、弘农陶泓及会稽褚先生友善[7]，相推致[8]，其出处必偕[9]。上召颖，三人者，不待诏，辄俱往，上未尝怪焉。

毛颖一路高升做到了中书令，和皇上更加亲密了，皇上曾称它为中书君。皇上亲自决断公事，每天都限定自己阅览一定数量的公文，这时即使是宫里的人也不许站在他的旁边，可唯独毛颖和拿蜡烛的奴仆能经常在近旁侍奉，直到皇上休息才算工作停止。毛颖和绛县的陈玄、弘农的陶泓及会稽的褚先生友好亲近，互相推崇备至，不论在哪儿它们肯定一同现身。皇上召见毛颖，其他三人不等皇帝召见，马上一同前往，皇上从来没有怪罪过它们。

注释

1 **便敏:**灵活敏捷。 2 **浮图:**梵语,此指佛教。 3 **扶苏:**秦始皇长子。 **胡亥:**秦始皇少子,即秦二世。 **丞相斯:**指李斯,秦国丞相。 **中车府令高:**指赵高,任中车府令。 4 **累拜:**依次升迁。 **中书令:**官名,负责起草诏令。 5 **狎:**亲密。 6 **衡:**秤。 **石:**一百二十斤为一石。 **自程:**自己规定的审阅公文的限量。 7 **绛人陈玄:**指墨,唐时绛州(今山西绛县)贡墨,以陈旧为佳,故拟其姓陈。 **弘农陶泓:**指砚,唐时虢州弘农(今河南灵宝)贡瓦砚,陶土烧制,故拟其姓陶,砚中盛水,故取名泓。 **会稽褚先生:**指纸,唐时越州会稽(今浙江绍兴)贡纸,以楮木为原材料,故拟称褚先生。 8 **推致:**推荐延请。 9 **出处:**行动或静止,指笔、墨、纸、砚的使用与搁置。 **偕:**一起。

原文

后因进见,上将有任使,拂拭[1]之,因免冠谢[2]。上见其发秃,又所摹画,不能称上意。上嘻笑曰:"中书君老而秃,不任吾用。吾尝谓君中书,君今不中书邪?"对曰:"臣所谓尽心者[3]。"因不复召,归封邑,终于管城。其子孙甚多,散处中国、夷狄,皆冒管城,惟居中山者,能继父祖业。

译文

后来一次进见时,皇上要重用它,给它恩宠,于是它脱下帽子致谢。皇上看见它的头发秃了,并且所画的画不能如皇上的意。皇上就讥笑道:"中书君老了还秃头,不能胜任我的任务啦。我曾经称您是中书,您现在不适合书写了吗?"毛颖回答说:"我已是尽心啦。"于是皇上不再召见它,它回到了封地,在管城老死了。它的子孙很多,那些分散到中原和夷狄的,都冒充是管城人,只有住在中山的后代,才能真正继承父辈祖宗的事业。

注释

1 **拂拭:**指掸除尘垢,以便使用。代指恩遇。 2 **免冠谢:**脱帽谢恩。

双关语，指脱下笔帽写字。 3 **尽心者：**暗指笔心用尽。

原文

太史公曰：毛氏有两族。其一姬姓，文王之子，封于毛，所谓鲁、卫、毛、聃者也。战国时，有毛公、毛遂[1]。独中山之族，不知其本所出，子孙最为蕃昌[2]。《春秋》之成，见绝于孔子，而非其罪。[3]及蒙将军拔中山之豪，始皇封诸管城，世遂有名，而姬姓之毛无闻。颖始以俘见，卒见任使。秦之灭诸侯，颖与有功，赏不酬劳，以老见疏，秦真少恩哉！

译文

太史公说：毛家分成了两族。其中一族是姬姓，周文王的儿子，受封为毛国，就是所谓的鲁、卫、毛、聃。战国的时候，最出名的有毛公、毛遂。只有中山这一族，不知道他们的祖宗究竟是谁，但子孙最兴旺。孔子作《春秋》，是因为麒麟一事而停笔的，不是毛颖的过错。等到蒙恬将军拔了中山的毛，秦始皇赐封管城，因此才世代闻名的，可姬姓的毛族却默默无闻。毛颖最初是以俘虏的形象出现，最终它得到了任用。而且秦国灭掉诸侯，毛颖参与了就肯定有功劳，但获得的赏赐远远比不上功勋，还因为老迈而被疏远，秦始皇真是刻薄寡恩啊！

注释

1 **毛公：**战国时信陵君门客。 **毛遂：**战国时平原君门客。 2 **蕃昌：**繁衍昌盛。 3 **“《春秋》之成”三句：**鲁国猎获了一只麒麟，孔子认为麒麟呈祥，在太平盛世才会出现，而现在正逢乱世而出现麒麟是天道将尽，因此《春秋》终于“获麟之年”，随后毛笔就被孔子弃置不用了。

八

碑志类

柳子厚墓志铭

韩 愈

导读

韩愈和柳宗元都是中唐古文运动的积极倡导者。他们之间有着深厚的友谊。此文写于唐宪宗元和十五年(820),是韩愈被贬到袁州任刺史时所作。文章略述柳宗元的家世、生平及交友,重点论述了他的人品、政绩和文学成就。对柳宗元为人处世高风亮节的品行,对他关心民瘼的柳州政绩,对他在游记文学上的突出贡献,韩愈都给予了高度的赞誉和评价。文章充分发挥并拓展了墓志铭这一文学体裁,熔议论、描述、叙写于一炉,将浓烈的情感深蕴在简洁凝练的语言之中,读来让人荡气回肠。

原文

子厚讳宗元。七世祖庆,为拓跋魏侍中,封济阴公。[1]曾伯祖奭,为唐宰相,与褚遂良、韩瑗俱得罪武后,死高宗朝。[2]皇考[3]讳镇,以事母弃太常博士[4],求为县令江南。其后以不能媚权贵[5],失御史。权贵人死,乃复拜侍御史。号为刚直,所

译文

子厚名叫宗元。他的六世祖柳庆,做过北魏的侍中,被赐封济阴公。高伯祖柳奭,做过唐朝的宰相,同褚遂良、韩瑗都得罪了武后,在高宗时被处死了。父亲柳镇,为了侍奉母亲,放弃了太常博士的官位,请求到江南做县令。后来因为他不肯向权贵低头,丢了御史的官职。直到那位权贵死了,才又被任命为侍御史。人们都说他刚毅正直,与他交往的

与游皆当世名人。

也都是当时很有名气的人。

注释

1 **七世:**应为六世。柳宗元的六世祖柳庆在北魏时任侍中,入北周封为平齐公。他的儿子柳旦,任北周中书侍郎,封济阴公。韩愈所记有误。 **魏:**南北朝时,鲜卑族的拓跋氏在北方建立的政权,国号魏,又称北魏、元魏。 **侍中:**门下省的长官,掌管传达皇帝的命令,北魏时侍中等同宰相。 2 **曾伯祖奭**(shì)**:**字子燕,柳旦之孙,柳宗元高祖子夏之兄,当为高伯祖,此作曾伯祖有误。 **褚**(Chǔ)**遂良:**字登善,当时任尚书右仆射。 **韩瑗:**字伯玉,当时任侍中。 3 **皇考:**对已去世父亲的尊称。 4 **太常博士:**太常寺掌宗庙礼仪的属官。 5 **权贵:**指宰相窦参。柳镇曾任殿中侍御史,因不肯参与诬陷侍御史穆赞,又为其喊冤,得罪窦参。

原文

子厚少精敏,无不通达。逮[1]其父时,虽少年,已自成人,能取进士第,崭然见头角[2],众谓柳氏有子[3]矣。其后以博学宏词[4],授集贤殿正字[5]。俊杰廉悍[6],议论证据今古,出入经史百子,踔厉风发[7],率常屈其座人,名声大振,一时皆慕与之交。诸公要人,争欲令出我门下,交口荐誉之。

译文

子厚少年时就精明聪慧,没有不明白通晓的事。当他的父亲还在世的时候,他虽然很年轻,但已成才,有能力考取为进士,显露出超常的才华,大家都说柳家有了光宗耀祖的后人了。后来子厚又通过博学宏词科的考试,被委任为集贤殿正字一官。他才智出众,正直刚毅,议论时事能以古今事例为依据,并灵活运用经史诸子的典籍,言辞雄辩,议论纵横,常常使在座的人折服,因此声名大振,一时之间人们都仰慕他,并争相跟他交往。那些公卿权贵也争着想让他成为自己的门生,异口同声地推举赞誉他。

注释

1 **逮**(dài):及,当。 2 **崭然**:突出样子。 **见**:同"现"。 **头角**:比喻才华。 3 **有子**:有光宗耀祖的儿子。 4 **博学宏词**:科举考试科目名。柳宗元在贞元十二年(796)中博学宏词科。 5 **集贤殿**:官署名,收藏、整理图书的机构。 **正字**:官名,负责编校典籍,刊正文字。 6 **廉悍**:正直而精悍。 7 **踔**(chuō)**厉风发**:形容言辞雄辩,议论纵横。踔,远。

原文

贞元十九年,由蓝田尉拜监察御史[1]。顺宗即位,拜礼部员外郎[2]。遇用事者[3]得罪,例出为刺史[4]。未至,又例贬永州司马[5]。居闲,益自刻苦,务记览[6],为词章,泛滥停蓄[7],为深博无涯涘[8],而自肆于山水间。

译文

贞元十九年,子厚由蓝田县尉升任监察御史。顺宗即位,他又升为礼部员外郎。不久适逢掌权人获了罪,他也按例被贬出京城当邵州刺史。还没有到任,又被依例贬为永州司马。平常悠闲时,他更加刻苦问学,致力于游记山水,他创作诗词文章,学识渊博,功底深厚,好似无边的汪洋那样精深博大,而他自己也纵情在山水之中。

注释

1 **监察御史**:御史台的属官,掌分察百僚、巡按郡县、纠视刑狱、整肃朝仪诸事。 2 **礼部员外郎**:官名,掌管辨别和拟定礼制之事及学校贡举之法。 3 **用事者**:掌权者,指王叔文。顺宗即位后,王叔文施行改革,后失败被罢黜。 4 **例出**:按规定遣出。永贞元年(805),柳宗元被贬为邵州(今湖南邵阳)刺史。 5 **例贬**:依照条例贬官。 **永州**:今湖南零陵。 **司马**:刺史的副职。 6 **记览**:指山水游记。 7 **泛滥**:指学识渊博,像泛滥的水浪。 **停蓄**:指学问深厚,像水积聚的深潭。 8 **涯涘**(sì):边际。

原文

元和[1]中，尝例召至京师，又偕出[2]为刺史，而子厚得柳州。既至，叹曰："是岂不足为政邪？"因其土俗，为设教禁，州人顺赖。[3]其俗以男女质钱，约不时赎，子本相侔，则没为奴婢。[4]子厚与设方计，悉令赎归。其尤贫力不能者，令书其佣[5]，足相当，则使归其质。观察使下其法于他州，比一岁，[6]免而归者且千人。衡湘以南[7]为进士者，皆以子厚为师。其经承子厚口讲指画为文词者，悉有法度可观。

译文

元和年间，子厚等人曾经同时被召回长安，但又同被贬到更远的地方做刺史，子厚被分在了柳州。到任之后，他慨叹说："这里难道就不值得做出政绩吗？"于是他遵循当地的风俗，为柳州制订了教谕和禁令，全州百姓都顺从他、信赖他。当地习惯用儿女做抵押向人借钱，约定如果不能按时赎回，等到利息与本金相等时，(债主)就把人质没收做奴婢。子厚给借债人出主意，让他们都把子女赎了回来。那些特别穷困没能力赎回的，就让债主记下他的子女当佣工时的工钱，当工钱足够抵销债务时，就让债主归还被抵押的人质。观察使把这个办法推广到了别的州县，等到一年后，免除了奴婢身份能回家的将近一千人。岭南地区准备考进士的人，都把子厚当作老师。那些经过子厚亲自讲授和指点的人，他们所写的文章都合乎规范，值得一看。

注释

1 **元和**:宪宗年号。 2 **偕出**:元和十年(815),柳宗元等人同时被召回长安,但又同被迁往更远的地方。 3 **因**:顺着,按照。 **教禁**:教谕和禁令。 4 **男女**:儿女。 **质**:抵押。 **子**:即利息。 **相侔**(móu):相等。 5 **书**:记下。 **佣**:即工资。 6 **观察使**:观察处置使,中央派往地方掌管监察的官。 **比**:及,等到。 7 **衡湘以南**:指岭南地区。

原文

其召至京师而复为刺史也，中山刘梦得禹锡[1]，亦在遣中，当诣播州[2]。子厚泣曰："播州，非人所居，而梦得亲在堂，吾不忍梦得之穷，无辞以白其大人[3]。且万无母子俱往理。"请于朝，将拜疏[4]，愿以柳易播，虽重得罪，死不恨。遇有以梦得事白上者，梦得于是改刺连州[5]。

呜呼！士穷乃见节义。今夫平居里巷相慕悦，酒食游戏相征逐，诩诩强笑语以相取下[6]，握手出肺肝相示，指天日涕泣，誓生死不相背负，真若可信。一旦临小利害，仅如毛发比，反眼若不相识，落陷阱，不一引手救，反挤之，又下石焉者，皆是也。此宜禽兽夷狄所不忍为，而其人自视以为得计。闻子厚之风，亦可以少愧矣。

译文

子厚被召回京城又再次被贬出做刺史时，中山人刘禹锡也在被遣之列，本应当去播州。子厚哭着说："播州不是一般人能住的地方，何况梦得的老母还在世，我不忍心看到梦得走投无路，他没法子把这件事告诉他的老母，况且根本没有母子一同前往的道理。"于是向朝廷请求，并准备上呈奏章，情愿拿柳州换播州，并表示即便因此再度获罪，就是死了也没什么遗憾的。这时恰巧有人把梦得的情况告知了圣上，梦得因此改任了连州刺史。

唉！读书人只有到了绝境时，才能看出他的节操和忠义。当今的许多人平日里街坊邻居间互相友爱，一起吃喝玩乐往来频繁，强颜欢笑以示谦卑友好，握住对方的手展示出掏肝挖肺的真心，指天誓日，痛哭流涕，发誓死也不会背弃朋友，简直像真的一样可信。但一旦面临小小的利害冲突，哪怕仅仅像毛发一样的细微，就立刻翻脸不认人，朋友落入陷阱，不但不伸手去援救，反而乘机推挤他，再往下扔石头，这样的人到处都是啊。这些事也许连禽兽和野蛮人都不忍心做，而有些人却自以为做得很好。他们要是得知子厚的高风亮节，也应该会觉得有点惭愧吧。

注释

1 **中山:**今河北定州。 **刘梦得禹锡:**王叔文改革失败后,刘禹锡被贬为郎州司马,这次召还入京后又贬播州刺史。 2 **诣:**前往。 **播州:**今贵州遵义。 3 **大人:**父母。此指刘禹锡之母。 4 **拜疏:**上呈奏章。 5 **连州:**今广东连州。 6 **诩诩**(xǔxǔ)**:**讨好取悦的样子。 **以相取下:**彼此谦让,甘愿处于对方之下。

原文

子厚前时少年,勇于为人,不自贵重顾藉,谓功业可立就,故坐废退。[1]既退,又无相知有气力得位者推挽,故卒死于穷裔。[2]材不为世用,道不行于时也。使子厚在台省[3]时,自持其身,已能如司马、刺史时,亦自不斥。斥时,有人力能举之,且必复用不穷。然子厚斥不久,穷不极,虽有出于人,其文学辞章,必不能自力,以致必传于后如今,无疑也。虽使子厚得所愿,为将相于一时,以彼易此,孰得孰失?必有能辨之者。

译文

子厚从前年轻时,勇于帮助别人,不因看重和爱惜自己而有所顾忌,认为功名事业可以一蹴而就,所以受到牵连而被贬谪。贬谪后,又没有熟识而有权力有地位的人推举和提携,所以最后死在了荒远的地方。他的才干不能为当世所用,他的抱负不能在当代施展。倘若子厚当时在御史台、尚书省做官时,能谨慎地约束自己,随后像贬为司马、刺史的事,也自然不会发生了。又倘若贬官之后,如果有权力的人能够推举他,他一定会再次被任用,不至于走投无路。但是,假如子厚被贬的时间不长,困窘的处境不能达到极致,虽然可能在官场上出人头地,但一定不会在文学创作上像现在这样下功夫,以至于像今天这样流传后世,这也是毫无疑问的。即使让子厚实现他的愿望,一度当上将帅宰相,拿文章换高官,哪一个算是得,哪一个算是失呢?一定有能辨别它的人。

注释

1 **贵重:**尊重。 **顾藉:**顾忌。 **立就:**即刻获得。 **坐:**因他人获罪而受牵连。 **废退:**指被贬远谪边地。 2 **推挽:**推举,提携。 **穷裔:**边远的地方。 3 **台省:**御史台和尚书省。

原文

子厚以元和十四年十一月八日卒,年四十七。以十五年七月十日,归葬万年先人墓侧[1]。子厚有子男二人,长曰周六,始四岁;季曰周七,子厚卒乃生。女子二人,皆幼。其得归葬也,费皆出观察使河东裴君行立[2]。行立有节概[3],重然诺[4],与子厚结交,子厚亦为之尽,竟赖其力。葬子厚于万年之墓者,舅弟卢遵[5]。遵,涿[6]人,性谨慎,学问不厌。自子厚之斥,遵从而家焉,逮其死不去。既往葬子厚,又将经纪[7]其家,庶几有始终者。

铭曰:是惟子厚之室[8],既固既安,以利其嗣人。

译文

子厚在元和十四年十一月初八去世,终年四十七岁。在十五年七月初十,安葬在老家万年县他祖先坟墓的旁边。子厚有两个儿子,大的叫周六,才四岁;小的叫周七,是子厚去世后才出生的。两个女儿,都还小。他的灵柩能够回老家安葬,是观察使河东人裴行立支付的费用。行立先生为人有操守,重信用,与子厚是好友,子厚对他也很尽心尽力,最终仰仗着他的力量才料理了后事。把子厚安葬到万年县墓地的,是他的表弟卢遵。卢遵是涿州人,性格谨慎,对学问求知若渴。从子厚被贬的时候,卢遵就跟着他和他家人住在一起,直到他去世也没有离开。送子厚的灵柩回老家安葬之后,卢遵又打算照料子厚的家属,可以称得上是有始有终的人了。

铭文写道:这是子厚的幽室,既牢固又安适,有利他的后代子孙。

注释

1 **万年**：在今陕西临潼东北。 **先人墓**：在万年县之栖凤原。 2 **裴君行立**：当时任桂管观察使，是柳宗元的上司。 3 **节概**：节操气概。 4 **重然诺**：重信用。 5 **卢遵**：柳宗元舅父之子。 6 **涿**：今河北涿州。 7 **经纪**：管理，料理。 8 **室**：幽室，即墓穴。

试大理评事王君墓志铭

韩 愈

导读

本文写于元和九年(814)，当时韩愈在京城任比部郎中。"试"是唐时的官制之一，指担任某一官职，但无正式任命。大理评事是大理寺中主管判断处理刑罚之事的属官。这篇墓志铭通过对王适坎坷一生的记述，塑造了一个胸怀奇气、不随流俗、孤傲不羁的奇男子形象。对他不能发挥自己的才华、不能施展自己的抱负从而困厄的一生，作者寄予了深切的同情和难以名状的痛惜。既然是奇人，当然就做奇事，文章选材精当，叙述灵动，颇具小说的韵味。

原文

君讳适，姓王氏。好读书，怀奇负气，不肯随人后举选[1]。见功业有道路可指取，有名节可以戾契致，困于

译文

君名适，姓王。他喜好读书，怀抱奇志，恃才放旷，不肯跟一般人一样参加科举考试。他认为建功立业可以有多条道路可走，名义和节操也可以通过异乎寻常的途径得到，但他被卑微的身份所限制，自己的才华不能显

无资地，不能自出，乃以干诸公贵人，借助声势。[2]诸公贵人既志得，皆乐熟软媚耳目者，不喜闻生语，一见，辄戒门以绝。[3]

上初即位，以四科募天下士。[4]君笑曰：“此非吾时邪！”即提所作书，缘道歌吟，趋直言试[5]。既至，对语惊人，不中第，益困。

露出来，这才去访求各个公卿贵人，想借助他们的声威权势。各个公卿贵人早已志满意得，都喜欢那些说着奉承话、做出恭敬的样子而使自己耳目舒畅的人，不喜欢听那种生硬逆耳的话，见过他一回，就嘱咐看门的不让他再进门了。

皇上刚登帝位，便特设了四种新的考试科目来招募天下的贤才，王君笑着说：“这不正是我的好机会吗？”于是就拿着他所写的书，一边走着路，一边唱着歌，去参加贤良方正能直言极谏科的考试。到了以后，他在对策时出语惊人，因此没考上，处境更加困窘了。

注释

1 **举选：**选士举官，即科举考试。 2 **可指取：**可以取得。 **名节：**名义和节操。 **戾(lì)契：**曲折倾斜。 **无资地：**没有资格，没有地位。 **干：**干谒，求。 3 **生语：**生硬的话。 **戒：**告诫，嘱咐。 **门：**看门人。 4 **上：**指唐宪宗。 **四科：**即贤良方正能直言极谏科，才识兼茂明于体用科，达于吏理可使从政科，军谋宏远堪任将帅科。 5 **趋：**赴。 **直言试：**即贤良方正能直言极谏科。

原文

久之，闻金吾李将军年少喜事[1]，可撼[2]，乃蹐门[3]告曰：“天下奇男子王适，愿见将军白事[4]。”一见语合意，往来门下。卢从史既节

译文

过了一段时间，他听说金吾李将军年轻气盛，喜欢不寻常的事，可以打动他，就小步走到李将军门前报告说：“天下奇男子王适，希望面见将军议论大事。”一见面，两人谈得十分投机，因此王君便经常出入李将军门庭之下。卢从史担任昭义军节度使后，狂妄自

度昭义军，张甚[5]，奴视法度士，欲闻无顾忌大语。有以君生平告者，即遣客钩致[6]。君曰："狂子不足以共事。"立谢[7]客。李将军由是待益厚，奏为其卫胄曹参军，充引驾仗判官，尽用其言。[8]将军迁帅凤翔[9]，君随往，改试大理评事，摄监察御史、观察判官。栉垢[10]爬痒，民获苏醒。

大，像看待奴隶一样对待那些遵守礼法的人，想听毫无顾忌的狂言。有人把王君的生平告诉他，他立即派人想方设法诱骗招揽王君，王君说："卢从史是个狂妄的人，不值得跟他一起做事。"立即谢绝了来客。李将军从此越发地尊重他，保荐他为金吾卫胄曹参军，充当引驾仗判官，完全采纳他的意见。将军升迁为凤翔节度使后，王君也跟着他到了凤翔，改任试大理评事，并兼监察御史、观察判官。他在任上除去了那些对老百姓有害的弊政，救治百姓疾苦，让困顿的民众得以休养生息。

注释

1 **金吾**：指保护皇帝的卫队之一。 **李将军**：指李惟简。 2 **可撼**：可以被打动。 3 **蹐(jí)门**：小步走到门边，形容谨慎小心。 4 **白事**：说事情，谈问题。 5 **张甚**：狂妄自大。 6 **钩致**：诱致。 7 **谢**：谢绝。 8 **胄曹参军**：官名，管理朝会时供给各种兵器等事宜。 **引驾仗**：杂任职名，掌皇帝出行时引导仪仗。 9 **帅凤翔**：做凤翔节度使。 10 **栉(zhì)垢**：清除污垢。

原文

居岁余，如有所不乐，一旦，载妻子入阌乡南山不顾[1]。中书舍人王涯、独孤郁[2]，吏部郎中张惟素[3]，比部郎中[4]韩愈，日发书问讯，顾不可强

译文

他当了一年多的官，好像心中有点不快活，忽然有一天，就用车子载着妻子儿女到阌乡南山隐居而一去不返。中书舍人王涯、独孤郁，吏部郎中张惟素，比部郎中韩愈，天天送信询问他的情况却毫无回应，看来不能勉强他出仕，就不再推荐他

起，不即荐。明年九月，疾病，舆医京师，其月某日卒，年四十四。十一月某日，即葬京城西南长安县界中。曾祖爽，洪州[5]武宁令。祖微，右卫骑曹参军[6]。父嵩，苏州昆山丞。妻上谷侯氏处士高女[7]。高固奇士，自方阿衡、太师[8]，世莫能用吾言，再试吏，再怒去，发狂投江水。

当官了。第二年九月，他病重，大家用车把他载到京城来就医，在同月某日去世，享年四十四岁。十一月某日，就把他葬在京城西南的长安县境内。王君的曾祖父王爽，曾任洪州武宁县的县令。祖父王微，曾任右卫骑曹参军。父亲王嵩，曾任苏州昆山县的县丞。妻子是上谷郡处士侯高的女儿。侯高本来就是个奇人，自比为殷代的伊尹、周朝的姜太公，认为世上没有谁能采纳他的主张，他两次试着当了个小吏，两次都发怒离去，最后发了狂跳到江中淹死了。

注释

1 **阌(wén)乡**:地名，在今河南灵宝。 **不顾**:不回头，即一去不返。 2 **中书舍人**:官名，给皇帝起草诏书。 **王涯**:字广津，唐文宗时任宰相。**独孤郁**:唐代古文家独孤及的儿子，官至秘书少监。 3 **吏部郎中**:官名，管理选举等事项。 **张惟素**:曾为吏部侍郎。 4 **比部郎中**:官名，掌管诸州及军府会计事项。 5 **洪州**:唐时洪州府，今江西南昌。 6 **右卫**:东宫武官之一。 **骑曹参军**:掌管杂畜薄帐、牧养马匹等。 7 **上谷**:上谷郡，今河北易县。 **侯氏处士高女**:处士侯高之女。处士，没有进入仕途的人。 8 **自方**:自比。**阿衡**:商代官名，相当于后世的宰相，此处指伊尹。**太师**:古代三公之一，姜太公(吕望)曾任此职，此处指姜太公。

原文

初，处士将嫁其女，惩[1]曰:“吾以龃龉[2]穷，一女，怜之，必嫁官人，不以与凡子。”

译文

当初，处士打算把女儿嫁出去，告诫自己说:“我因为跟人意见不合才不得志，就这么一个女儿，应好好疼爱

君曰："吾求妇氏久矣，唯此翁可人意，且闻其女贤，不可以失。"即谩[3]谓媒妪："吾明经及第[4]，且选，即官人。侯翁女幸嫁，若能令翁许我，请进百金为妪谢。"诺，许白翁。翁曰："诚官人邪？取文书[5]来！"君计穷吐实。妪曰："无苦，翁大人，不疑人欺我，得一卷书，粗若告身[6]者，我袖以往，翁见，未必取视，幸而听我。"行其谋，翁望见文书衔袖，果信不疑，曰："足矣！"以女与王氏。生三子，一男二女。男三岁夭死，长女嫁亳州永城尉姚挺，其季始十岁。

铭曰：鼎也，不可以柱车；马也，不可使守闾。[7]佩玉长裾，不利走趋。[8]只系其逢[9]，不系巧愚。不谐其须，有衔不祛。[10]钻石埋辞，以列幽墟。[11]

她，一定让她嫁给做官的，不嫁给老百姓。"王君想："我访求合适的妻家很久了，就这个老翁让我满意，又听说他的女儿很贤惠，不能错失这个机会啊。"于是就骗媒婆说："我应试中举了，将被吏部选用，很快我就能当上官了。希望侯翁的女儿能嫁给我，如果你能让侯翁答应我，我就送你一百两银子作谢礼。"媒婆答应了，去告诉侯翁。侯翁问道："那人真的是当官的吗？拿授官文书来。"王君无法，只好对媒婆说了实话。媒婆说："不用犯愁，侯翁是一个忠厚的人，不会怀疑别人欺骗他的，你拿一卷像告身那样的文书，我把它揣在衣袖里带去，侯翁见了，不一定拿过去细看，希望你听我的。"王君就照着媒婆的计谋做了，侯翁远远看见媒婆在袖筒里塞着的文书，果然没有怀疑什么，就说："足够了！"就把女儿许给了王君。侯氏生了三个孩子，一个男孩，两个女孩。男孩在三岁时就死了，长女嫁给了亳州永城县尉姚挺，最小的孩子才十岁。

铭文写道：鼎，不可以拿来顶车；马，不可以用来看门。戴着许多的玉饰，穿着长衣襟的衣服，不方便快步走路。人生的成就只与遭际有关，并不与他的聪慧或愚笨有关。如果不合于当权者的需要，再有才华也没法施展。把这些话刻在石头上，埋在地下，永远陈列在幽暗的坟墓前面。

注释

1 **惩:**告诫。 2 **龃龉**(jǔyǔ)**:**本指牙齿参差不齐,这里比喻与别人意见相抵触。 3 **谩:**欺瞒。 4 **明经:**唐代科举考试的重要科目之一。**及第:**应试中举。 5 **文书:**此指做官的任命书。 6 **告身:**授官文书。 7 **鼎:**古代的食器或礼器。**柱**(zhǔ)**:**支撑。**守间:**守门。 8 **裾:**衣服的前襟。**走趋:**疾走,快走。 9 **逢:**遭际。 10 **谐:**合。**须:**需要。**衔:**马嚼子。**祛:**分开。 11 **钻石:**刻碑。**埋辞:**即埋铭,指墓铭。**幽墟:**指坟墓。

尹师鲁墓志铭

欧阳修

导读

本文写于宋仁宗庆历八年(1048)。尹师鲁是欧阳修的至交好友。这篇铭文赞誉了死者的文学、论议造诣及其才能,重点是颂扬他忠义的节操。全篇不厌其烦地叙写师鲁一次又一次被贬、迁调,他有限的生命也在这一次次的迁徙途中被耗光了,最终客死他乡。全篇多达十七次反复呼喊师鲁,情之深,痛之切。

原文

师鲁[1],河南[2]人,姓尹氏,讳洙。然天下之士,识与不识,皆称之曰师鲁。盖其名重当世。

译文

师鲁是河南人,姓尹名洙。但是天下的读书人不论是认识还是不认识他的,都叫他师鲁。他的名望在当世非常高。世上了解师鲁的人,有的是推崇他的文学才华,有的

而世之知师鲁者，或推其文学，或高其议论，或多其材能。至其忠义之节，处穷达，临祸福，无愧于古君子，则天下之称师鲁者，未必尽知之。

是钦佩他看问题有独特的见解，有的是赞誉他的才干。至于他的忠贞仁义的节操，对待逆境或顺境、面对灾祸或幸福时表现出的品格，即便跟古代的君子相较，也是毫不逊色的，这一点，天下那些赞许师鲁的人却不一定都了解。

师鲁为文章，简而有法。博学强记，通知古今，长于《春秋》。其与人言，是是非非，务穷尽道理乃已，不为苟止而妄随，而人亦罕能过也。遇事无难易，而勇于敢为。其所以见称于世者，亦所以取嫉[3]于人，故其卒穷以死。

师鲁写的文章，简洁而有章法。他学识丰富，记忆力也强，古今的知识无所不知，尤其擅长解读《春秋》。他跟人讨论问题，认为对的就肯定，认为错的就否定，一定要把道理说得明白透彻才肯罢休，不随便停止也不胡乱听从别人的意见，这方面一般人也很少能超过他。遇到事情，不论是困难的还是容易的，他都敢做敢当。这是他被世人赞誉的原因，也是他被人嫉恨的原因，因此他最终在困窘中死去。

注释

1 **师鲁：**尹洙，字师鲁，欧阳修的挚友。 2 **河南：**今河南洛阳。 3 **取嫉：**指遭嫉恨。

原文

师鲁少举进士及第，为绛州正平县主簿、河南府户曹参军、邵武军判官。[1]举书判拔萃，迁山南东道掌书记，知伊阳县。[2]王文康[3]公

译文

师鲁年轻时就考中了进士，做过绛州正平县主簿、河南府户曹参军、邵武军判官。书判拔萃科考中以后，调任山南东道掌书记，做过伊阳县县令。王文康公推荐他的才干，皇上召见面试

荐其才,召试,充馆阁校勘[4],迁太子中允、天章阁待制。范公贬饶州[5],谏官御史不肯言。师鲁上书,言:"仲淹,臣之师友,愿得俱贬。"贬监郢州酒税,又徙唐州。[6]遭父丧[7],服除,复得太子中允,知河南县[8]。

后,让他担任馆阁校勘,又调任太子中允、天章阁待制。范仲淹被贬到饶州时,谏官和御史都不肯替他直言上谏。师鲁上书,说:"范仲淹是我的师友,愿意同他一道被贬。"因此师鲁被贬到了郢州监管酒税,又调往唐州。后来他父亲去世,守孝期满后,又重新担任太子中允,后又任河南县令。

注释

1 **绛州正平县:**今山西新绛。 **户曹参军:**官名,主管户籍、赋税、仓库收纳等事。 **邵武军:**今福建邵武境内。 **判官:**协助长官处理公事的从属。 2 **书判拔萃:**宋初铨选试法之一。 **山南东道:**宋代行政区域,下辖十余州,包括今河南西南、湖北北部及四川东部。 **伊阳县:**今河南嵩县。 3 **王文康:**王曙,谥"文康",当时担任西京留守、知河南府。 4 **馆阁校勘:**史馆、昭文馆、集贤院三馆的官员。 5 **范公贬饶州:**景祐三年(1036),范仲淹因指责宰相吕夷简而被贬。饶州,今江西鄱阳。 6 **郢州:**今湖北钟祥。 **唐州:**今河南泌阳。 7 **遭父丧:**尹洙父亲尹仲宣,死于景祐四年(1037)。 8 **河南县:**今河南洛宁。

原文

赵元昊反,陕西用兵,大将葛怀敏奏起为经略判官。师鲁虽用怀敏辟,而尤为经略使韩公所深知。[1]其后诸将败于好水,韩公降知秦州,师鲁亦徙通判濠州。[2]久之,韩公奏,得通

译文

后来西夏赵元昊造反,在陕西一带起兵作乱,大将葛怀敏上奏朝廷起用师鲁担任经略判官。师鲁虽然是因葛怀敏而被征召,却特别被经略使韩琦所赏识。之后众将兵在好水吃了个败仗,韩琦被贬到秦州做知州,师鲁也被调往濠州任通判。过了一段时间,韩琦上奏朝廷,师

判秦州，迁知泾州，又知渭州，兼泾原路经略部署。[3]坐城水洛，与边将异议，徙知晋州，又知潞州，[4]为政有惠爱，潞州人至今思之。累迁官至起居舍人，直龙图阁。

鲁又到秦州做了通判随后又调到泾州任知州，渭州任知州，兼任泾原路经略部署的官。因为在水洛筑城一事上跟边将有所摩擦，随后被调到晋州，又到潞州任知州，采用仁爱之政，潞州的百姓至今还思念着他。他最后官阶升到了起居舍人，掌管龙图阁。

注释

1 **用：**以，因。 **辟**(bì)**：**征召。 **韩公：**即韩琦。 2 **好水：**今名甜水河，在宁夏隆德。 **秦州：**今甘肃天水。 **濠州：**今安徽凤阳。 3 **泾州：**今甘肃泾川。 **渭州：**今甘肃平凉。 **泾原路：**今宁夏固原一带。 4 **晋州：**今山西临汾。 **潞州：**今山西长治。

原文

师鲁当天下无事时，独喜论兵，为《叙燕》《息戍》二篇行于世。自西兵起，凡五六岁，未尝不在其间，故其论议益精密，而于西事尤习其详。其为《兵制》之说，述战守胜败之要，尽当今之利害。又欲训土兵，代戍卒，以减边用，为御戎长久之策，皆未及施为。而元昊臣，西兵解严[1]，师鲁亦去而得罪矣。然则天下之称师鲁者，于其材能，亦未必尽知

译文

师鲁在天下太平的时候，唯独喜欢讨论作战用兵，写了《叙燕》《息戍》两篇文章流传在世。自从西夏起兵作乱，大概五六年间，师鲁都亲身参加了战事，因此他的议论日益精密，而且关于西部战事的主张尤其详细。他在《兵制》一文中，论述了作战、防守成败的关键，全是当时的利害所在。他又想训练土兵代替戍边的士卒，进而减少边境的开支，以此作为抵御外敌长久的策略，但都没能得到实施。等到赵元昊投降称臣，西部的军队解除了戒备，师鲁就离职了，然后又得罪了一些权臣。虽然如此，天下称

之也。

初，师鲁在渭州，将吏有违其节度者，欲按军法斩之而不果。其后，吏至京师，上书讼师鲁以公使钱贷部将，贬崇信军节度副使，徙监均州[2]酒税。得疾，无医药，舁[3]至南阳求医。疾革[4]，凭几而坐，顾稚子在前，无甚怜之色，与宾客言，终不及其私[5]。享年四十有六以卒。

赞师鲁的人，也没有完全了解他的才能。

当初，师鲁在渭州任职的时候，有些违反了规定的将领、官吏，他想按照军法将他们处斩，却没能做到。之后，一些官吏到京师，向朝廷上书控告师鲁把公款借给了部将，师鲁因此被贬为崇信军节度副使，又调职到均州监管酒税。患了病，得不到医治，被人抬到南阳求医。病重时，依着几案坐着，看到幼子在眼前，也没疼爱的表情，和宾客谈话，自始至终都不会涉及他的真实想法。去世的时候，享年四十六岁。

注释

1 **西兵解严**：庆历四年(1044)，赵元昊向宋朝廷称臣，持续七年之久的战争结束。 2 **均州**：今湖北均县。 3 **舁**(yú)：抬。 4 **疾革**：病重，病危。 5 **私**：私下，秘密。

原文

师鲁娶张氏，某县君。有兄源，字子渐，亦以文学知名，前一岁卒。师鲁凡十年间，三贬官，丧其父，又丧其兄。有子四人，连丧其三。女一，适人亦卒。而其身终以贬死。一子三岁，四女未嫁，家无余资，客其丧于

译文

师鲁的妻子张氏，是某县县君。他的兄长名源，字子渐，也以文学出名，比他早一年去世。师鲁在十年的时间里，三次被贬官，父兄也都死了。他有四个儿子，其中三个也先后死去。一个女儿出嫁后也死了。他自己最终也死在了贬谪之地。如今只留下一个三岁的儿子，四个还没有出嫁的女儿，家里已没有多余的钱财，他又客死在南阳，不能回归故里。于是生前

南阳，不能归。平生故人无远迩皆往赙之[1]，然后妻子得以其柩归河南。以某年某月某日，葬于先茔之次。余与师鲁兄弟交，尝铭其父之墓矣，故不复次其世家焉。

铭曰：藏之深，固之密。石可朽，铭不灭！

的好友无论远近都前往出钱为他办理丧事，他的妻子才得以将他的棺柩运回了河南。在某年某月某日，将他安葬在先祖的坟茔之旁。我与师鲁是如兄弟一样的至交，我曾为他的父亲撰写过墓碑铭文，因此在这里就不再按序排列他的祖辈家谱了。

墓碑上刻着：深藏在冥土，牢固又隐秘，磐石能腐朽，碑铭永不灭！

注释

1 **迩**：近。 **赙**(fù)：拿出钱财帮助别人料理丧事。

南阳县君谢氏墓志铭

欧阳修

导读

本篇写于宋仁宗庆历五年(1045)。梅尧臣之妻谢氏出身名门望族，她秉性明慧，懂得事理，也能乐观对待贫困的处境，在家庭的管理上有条有理，还积极关心丈夫与士大夫们的交往，是一位名副其实的贤内助。在她不幸去世以后，梅尧臣不厌其烦地请求好友欧阳修为她写墓志铭，也是情理之中的事了。欧阳修被梅尧臣伉俪之间的深厚之情所打动，提笔写下了这篇纪念一位无名妇女的光辉篇章。

原文

庆历四年秋，予友宛陵梅圣俞，来自吴兴，[1]出其哭内之诗而悲曰："吾妻谢氏亡矣！"丐[2]我以铭而葬焉！予诺之，未暇[3]作。居一岁中，书七八至，未尝不以谢氏铭为言。

且曰："吾妻故太子宾客讳涛之女，希深之妹也。[4]希深父子为时闻人，而世显荣。谢氏生于盛族，年二十以归吾，凡十七年而卒。卒之夕，敛以嫁时之衣。甚矣！吾贫可知也。然谢氏怡然处之。治其家有常法，其饮食器皿，虽不及丰侈，而必精以旨。其衣无故新，而浣濯缝纫，必洁以完。[5]所至官舍虽卑陋，而庭宇洒扫，必肃以严。其平居语言容止，必从容以和。吾穷于世久矣！其出而幸与贤士大夫游而乐，入则见吾妻之怡怡[6]而忘其忧。使吾不以富贵贫贱累其心者，抑吾

译文

庆历四年的秋天，我的好友宛陵人梅尧臣从吴兴来，拿出他悼念妻子的诗悲伤地说道："我的妻子谢氏去世了！"乞求我给他的妻子写篇墓志铭放到她的坟墓去。我答应了，可没有空去写。之后的一年里，他来了七八回信，没有哪一回不提到给谢氏写墓志铭一事。

他还说："我的妻子是已去世的太子宾客谢涛的女儿，谢绛的妹妹。谢绛父子是当世的名人，家世显赫。谢氏就出生在这样的名门望族，二十岁的时候嫁给了我，与我共同度过了十七年然后去世。她去世的那天晚上，下葬时穿的还是她出嫁时的衣裳。由此可知我太贫穷了啊！但谢氏总是乐观地面对家事。她管理家务有她的办法，饮食器具虽然不丰富不奢华，但一定精美雅致。衣服无论新的旧的，都洗好、缝补好，一定是干净而且完好的。每到一处官方提供的房宅，即便再简陋破旧，但房屋庭院都好好打扫，一定是清爽严整的。她平时的一言一行，一定是怡然自得平和的样子。我在世上处境困窘已很久了！每当出门有幸跟那些有道德有才能的士大夫交游便心中愉快，进门见到妻子安适的模样，更是忘记了烦恼。让我能不为富贵贫贱而忧心，这是因为我妻子

妻之助也！

的帮助。

注释

1 **宛陵：**今安徽宣城。 **梅圣俞：**名尧臣，宛陵人。 **吴兴：**今浙江湖州。 2 **丐：**乞求。 3 **暇：**空闲。 4 **太子宾客讳涛：**指谢涛，浙江富阳人，累官至太子宾客。 **希深：**名绛，谢涛的儿子。 5 **故新：**旧的或新的。 **浣**(huàn)**濯**(zhuó)**：**洗涤。 6 **怡怡：**快乐的样子。

原文

"吾尝与士大夫语，谢氏多从户屏窃听之，间则尽能商榷其人才能贤否，及时事之得失，皆有条理。吾官吴兴，或自外醉而归，必问曰：'今日孰与饮而乐乎？'闻其贤者也，则悦，否则叹曰：'君所交皆一时贤俊，岂其屈己下之邪？惟以道德焉，故合者尤寡。今与是人饮而欢邪？'是岁南方旱，仰见飞蝗而叹曰：'今西兵[1]未解，天下重困[2]，盗贼暴[3]起于江淮，而天旱且蝗如此。我为妇人，死而得君葬我，幸矣！'其所以能安居贫而不困者，其性识明而知道理，多此类。

译文

"我曾与士大夫们辩论，谢氏每每从照壁的后面偷听，过了一段时间我完全能跟她商讨来的人是否有才有德，以及议论时事的得失，她所说的都有条理。我在吴兴做官，有时在外面喝醉了回来，她一定会问：'今天和谁喝的酒，这么高兴呀？'一旦听说是有才德的人，她就很高兴，不然就会叹气说：'您以往交往的人都是当今的贤才，难道能委屈自己和现在这样的人交往吗？只是因为要遵守道德的标准，所以谈得来的人很少。现在与这样的人喝酒会高兴吗？'这一年南方旱灾，她抬头望着飞蝗，感叹说：'当今西边的战事还没有结束，朝廷却内外困窘，反军突然在江淮发难，但老天这时却大旱，又有这么多的蝗虫。我是女人，死了有您给我安葬，真是幸运！'她能够安然对待贫困却不困窘的原因，就是因为她总是像这样的识大体、讲道理。

注释

1 **西兵**：指宋跟西夏的战争。 2 **重困**：内外交困。 3 **暴**：突然。

原文

“呜呼！其生也，迫吾之贫；而没也，又无以厚焉。谓惟文字可以著其不朽。且其平生尤知文章为可贵，殁而得此，庶几以慰其魂，且塞予悲。此吾所以请铭于子之勤[1]也。”

若此，予忍不铭？

夫人享年三十七，用夫恩封南阳县君。二男一女。以其年七月七日，卒于高邮[2]。梅氏世葬宛陵，以贫不能归也，某年某月某日，葬于润州[3]之某县某原。

铭曰：高崖断谷兮，京口[4]之原！山苍水深兮，土厚而坚！居之可乐兮，卜者曰然。骨肉归土兮，魂气则天！何必故乡兮，然后为安？

译文

“唉！她在世的时候，因为我太贫穷而饱受煎熬；死了，我又没法给她厚葬。我以为只有文字可以让她名传后世而不朽。而且她平素里就很了解文章的宝贵，死后如果能获得这么一篇铭文，差不多也能慰藉一下她的灵魂，减少些我的悲痛。这就是我多次请您写篇铭文的原因。”

像这种情况，我能忍心不给她写铭文吗？

谢氏享年三十七岁，因为丈夫的恩泽被封为南阳县君。她养了两个儿子一个女儿。在这一年的七月七日，死在了高邮。梅家历代的墓葬都在宛陵，但因为贫穷不能回归老家安葬，某年某月某日，把她葬在了润州的某县某原。

铭文写道：高山深谷啊，京口的高地。山青水深啊，泥土厚实又坚固。住在这里能快乐啊，占卜的人这么说。身体埋进了泥土啊，灵魂升上了天。为什么一定要回到故乡啊，然后才能安宁？

注释

1 **勤：**多次，屡次。　2 **高邮：**今江苏高邮。　3 **润州：**今江苏镇江。　4 **京口：**即润州。

泰州海陵[1]县主簿许君墓志铭

王安石

导读

许平只是个处于下层的普通官吏，即便有着雄才大略，但终究没能哪怕有一次展示他的才智，就这样默默地死了。虽然有人提拔任用他，也没人排斥和阻碍他，可为什么他却得到了这样的一个悲剧性的结果呢？作者最终将原因归于天命，既见惋惜之情，又显出万般的无奈。

原文

君讳平，字秉之，姓许氏。余尝谱其世家，所谓今泰州海陵县主簿者也。君既与兄元[2]相友爱称天下。而自少卓荦不羁[3]，善辩说，与其兄俱以智略为当世大人所器。宝元[4]时，朝廷开方略之选，以招天下异能之士，而陕西

译文

先生名平，字秉之，姓许。我曾经编纂过他的家谱，他就是家谱上所记的现任泰州海陵县主簿。许君跟他的哥哥许元因为互相友爱而名闻天下。他自少年起就超出一般人，狂放而不受拘束，擅长辩论，和他的哥哥一样，都因为富有才智谋略而被当世的王公贵族所器重。仁宗宝元年间，朝廷开设方略科，来招纳天下具备特异才能的人，当时陕西大帅范文正公、郑文肃公争相写信推荐许君，因此他被征召进京应试，最后被任命

大帅范文正公、郑文肃公争以君所为书以荐[5]，于是得召试，为太庙斋郎，已而选泰州海陵县主簿。贵人多荐君有大才，可试以事，不宜弃之州县。君亦常慨然自许，欲有所为。然终不得一用其智能以卒。噫！其可哀也已。

为太庙斋郎，不久被选派做泰州海陵县主簿。赞许他的高官多次推荐先生有雄才大略，应该让他尝试做一些重要的事，不应该把他放置到州县做一个小官吏。许君也曾意气风发，满是自信，想有一番大作为。但终究没能哪怕有一次展示他的才智，就这样死去了。唉！真令人悲叹啊。

注释

1 **海陵:**今江苏泰州。 2 **元:**许元，字子春。 3 **卓荦(luò)不羁:**卓越超群，不受拘束。 4 **宝元:**宋仁宗年号。 5 **陕西:**路名，管理京兆府(今陕西西安)。 **范文正公:**范仲淹，字希文，苏州吴县人。谥号“文正”。 **郑文肃公:**郑戬，字天休，苏州吴县人。谥号“文肃”。

原文

士固有离世异俗，独行其意，骂讥、笑侮、困辱而不悔，彼皆无众人之求，而有所待于后世者也，其龃龉[1]固宜。若夫智谋功名之士，窥时俯仰[2]，以赴势物之会，而辄不遇者，乃亦不可胜数。辩足以移万物，而穷于用说[3]之时；谋足以夺三军，而辱于右武[4]

译文

读书人当中本就有一种人，他们远离尘世、与流俗不合，只按自己的心意行事，即使面对讽刺谩骂、嘲笑侮辱、穷困潦倒也毫不后悔，他们都没有一般人那种对名利的钻营之心，反而在乎后世对他们的评价，因此他们的不合时宜也就是理所当然的了。至于那些富有机智谋略却一味追求功名利禄的读书人，审时度势，上下周旋，追求权势和物利的双丰收，却往往不能如愿，这种人也是难以胜数。然而，才辩足以改变一切事物，却在重用游说的时代走投无

之国。此又何说哉？嗟乎！彼有所待而不悔者，其知之矣。

君年五十九，以嘉祐[5]某年某月某甲子，葬真州之扬子县甘露乡某所之原。夫人李氏。子男瑰，不仕；璋，真州司户参军；琦，太庙斋郎；琳，进士。女子五人，已嫁二人，进士周奉先、泰州泰兴[6]县令陶舜元。

铭曰：有拔[7]而起之，莫挤而止之。呜呼许君！而已于斯，谁或使之？

路；智谋足以削去三军的气概，却在崇尚武力的国家遭受屈辱。这些又怎么解释呢？唉！那些对后世有所期待，却不后悔当世所作所为的人，大概知道其中的原因吧。

许君享年五十九岁，在嘉祐某年某月某日，埋葬在真州扬子县甘露乡某处的平地上。夫人姓李。长子许瑰，没有做过官；次子许璋，担任真州司户参军；三子许琦，任太庙斋郎；四子许琳，进士出身。五个女儿，已出嫁的两个，一个嫁给进士周奉先，一个嫁给泰州泰兴县县令陶舜元。

碑上铭文写道：有人提拔才任用了他，没人排斥且阻碍他。唉！许君！却死在了这里，什么人使他这样的呢？

注释

1 **龃龉**(jǔyǔ)**:**这里指政见不合。 2 **俯仰:**周旋，应付。 3 **说:**游说。 4 **右武:**崇尚武道。 5 **嘉祐:**宋仁宗年号。 6 **泰兴:**今属江苏。 7 **拔:**提拔。

沈贞甫墓志铭

归有光

导读

本文写于嘉靖三十四年(1555)。归有光同沈贞甫不仅有姻亲关系,更是有着共同语言的知己。沈贞甫不幸早死,作者每每想起他们相识、相交、相知的过往,如在眼前。而今人去楼空,作者不禁有了种茫茫然不知何处是故乡的喟叹。文章在朴实无华的叙述中,自然而然地流露出归有光对死者无尽的哀思。

原文

自予初识贞甫时,贞甫年甚少,读书马鞍山浮屠之偏[1]。及予娶王氏,与贞甫之妻为兄弟[2],时时过内家[3]相从也。予尝入邓尉山[4]中,贞甫来共居,日游虎山、西崦[5],上下诸山,观太湖七十二峰之胜。嘉靖二十年,予卜居安亭[6]。安亭在吴淞江上,界昆山、嘉定之壤,沈氏世居于此。贞

译文

我最初刚结识沈贞甫的时候,他还很年轻,正在马鞍山的一座寺庙的偏室读书。等我娶了王氏,因王氏和贞甫的妻子是姊妹,我们经常在岳丈家里见面。我曾到邓尉山中小住,贞甫也来和我同住,我们天天到虎山、西崦游玩,周边的大小山峰都游遍,共同观赏太湖七十二峰的美景。嘉靖二十年,我定居安亭。安亭在吴淞江边,是昆山和嘉定分界的地方,沈家世代都在这里居住。贞甫因此更加与我亲近,每天都和我有书信往

甫是以益亲善,以文字往来无虚日。以予之穷于世,贞甫独相信,虽一字之疑,必过予考订,而卒以予之言为然。

来。当时我处境困窘,唯独贞甫信任我,即便是一个字的疑惑,他也一定来拜访我,加以考订,并最终认为我的话是对的。

注释

1 **马鞍山:**在今江苏昆山西北,也叫昆山。 **偏:**偏室。 2 **兄弟:**指姐妹。 3 **内家:**妻子的娘家。 4 **邓尉山:**在今江苏苏州西南,因为汉代邓尉曾隐居在这里,所以叫邓尉山。 5 **虎山、西崦**(yān)**:**邓尉山的支峰。 6 **安亭:**镇名,今属上海嘉定。

原文

盖予屏居[1]江海之滨,二十年间,死丧忧患,颠倒狼狈[2],世人之所嗤笑。贞甫了不以[3]人之说而有动于心,以与之上下。至于一时富贵翕赫[4],众所观骇,而贞甫不予易[5]也。嗟夫!士当不遇时,得人一言之善,不能忘于心。余何以得此于贞甫邪?此贞甫之没,不能不为之恸[6]也!

译文

我隐居在江海的边上,这二十年来,经历了太多的老病丧亡、潦倒困窘,常常被世人嘲笑。贞甫却全然不会因为别人的议论而改变对我的看法,反而和我共进退。即使我偶尔得到了权贵的另眼相看,大家都惊诧莫名,但贞甫也对我坚信不疑。唉!读书人在不得志的时候,听到了别人哪怕一句的好话,就不会忘记。我凭什么从贞甫那里得到了这样的善待?这正是贞甫去世,我不能不为他悲痛的缘由啊!

注释

1 **屏居:**隐居。 2 **颠倒:**错乱。 **狼狈:**困顿窘迫。 3 **了不以:**全不以。 4 **翕**(xī)**赫:**显赫。 5 **不予易:**不改变对我的看法。 6 **恸:**悲痛。

原文

贞甫为人伉厉，喜自修饰。[1]介介自持，非其人，未尝假以词色。[2]遇事激昂，僵仆[3]无所避。尤好观古书，必之[4]名山及浮屠老子之宫。所至扫地焚香，图书充几[5]。闻人有书，多方求之，手自抄写，至数百卷。今世有科举速化之学[6]，皆以通经学古为迂。贞甫独于书知好之如此，盖方进于古而未已也。不幸而病，病已数年，而为书益勤。予甚畏[7]其志，而忧其力之不继，而竟以病死。悲夫！

译文

贞甫为人处世刚正严厉，注重自己仪容的整饬、道德品格的修养。他孤高耿直，坚持自己的原则，对看不顺眼的人，从来不给予好脸色。他遇事极易慷慨激昂，即使受到挫折也不回避。他尤其喜爱读古书，一定要到名山大川、寺庙道观里去学习。他每到一处就扫地焚香，书册堆满几案。只要听说别人有了好书，就想尽办法借来，亲自抄写，多达几百卷。现在有为考科举速成的学习途径，大家就都认为研读经书、学习古籍是迂腐的。贞甫却单单就这样喜好并精研古籍，在这方面多有心得，从没停止过。后来他不幸得了病，一病就是好几年，可是著述更加勤奋了。我十分敬佩他的志向，可也担忧他的气力无法承担如此繁重的工作，不料他最终却因此病逝了。心痛啊！

注释

1 **伉(kàng)厉**：刚正，严厉。 **喜自修饰**：注重自己的仪容、品格的整饬。 2 **介介**：孤高耿直。 **假**：给予。 3 **僵仆**：跌倒。 4 **之**：去，到。 5 **几**：低矮的桌子。 6 **科举速化之学**：科举速成的学习方法，这里实指八股文。 7 **畏**：心服。

原文

初，予在安亭，无事每过

译文

当初我在安亭的时候，闲来无事

其精庐，啜茗论文，或至竟日。[1]及贞甫没，而予复往，又经兵燹[2]之后，独徘徊无所之，益使人有荒江寂寞之叹矣。

贞甫讳果，字贞甫。娶王氏，无子，养女一人。有弟曰善继、善述。其卒以嘉靖三十四年七月日，年四十有二。即以是年某月日，葬于某原之先茔[3]。可悲也已！

铭曰：天乎？命乎？不可知！其志之勤，而止于斯！

就到他的书斋里去，我们边喝茶边讨论文章，有时甚至是一整天。等到贞甫病逝了，我再去那里，又是刚刚经过战乱的破坏，我独自徘徊竟无处可去，更让人产生一种荒凉寂寞的感叹。

贞甫名果，贞甫是他的字。娶妻王氏，没有子女，有一个养女。有两个弟弟叫沈善继、沈善述。他在嘉靖三十四年七月某日病逝，享年四十二岁。就在当年的某月某日，安葬在某原的祖坟里。真的让人悲痛啊！

铭文写道：是天意吗？是命运吗？难以预料！他已竭尽了心力，是该好好安息了！

注释

1 **精庐**：书斋。**啜**(chuò)**茗**：喝茶。**竟日**：终日。 2 **兵燹**(xiǎn)：兵火，战乱。指当时倭寇在东南沿海的侵略、骚扰。 3 **原**：平地。**先茔**(yíng)：祖先的坟地。

女二二圹志

归有光

导读

本篇写于嘉靖十八年(1539),是归有光为悼念自己夭折的小女儿二二而作。二二是归有光的继室王氏所生,出生不到一年就死了。全文两百多字,在平平淡淡的叙述中,展示了生命的活的灵动与死的沉寂之巨大反差,以及蕴藏其中的人世间最难以名状的悲痛。寥寥数语,字字催泪。

原文

女二二,生之年月,戊戌戊午[1],其日时又戊戌戊午[2],予以为奇。今年,予在光福山[3]中,二二不见予,辄常常呼予。一日,予自山中还,见长女[4]能抱其妹,心甚喜。及予出门,二二尚跃入予怀中也。

既到山数日,日将晡[5],予方读《尚书》,举首忽见家奴在前,惊问曰:"有事乎?"奴不即言,第[6]言他

译文

我的女儿二二,生于戊戌年戊午月,日期和时辰又是戊戌日戊午时,我认为这个生辰八字很神奇。今年我在光福山中,二二见不到我,就常常呼喊着我。有一天,我从光福山回来,看见长女能抱起她的妹妹了,心里非常高兴。等我要出门的时候,二二还跳到了我的怀里。

到山中没几天,有一天午后,我正在读《尚书》,抬头时忽然看见家里的仆人站在面前,我吃惊地问:"有什么事?"仆人没有立即回答,只说着其他的事,最后缓缓退后站定说:"二二今天四更的时

事，徐却立曰[7]："二二今日四鼓[8]时，已死矣！"

盖生三百日而死。时为嘉靖己亥三月丁酉[9]。予既归为棺敛，以某月日，瘗于城武公之墓阴。[10]

呜呼！予自乙未[11]以来，多在外，吾女生既不知，而死又不及见，可哀也已！

候，已经死了！"

二二仅活了三百天就死去了。那一天是嘉靖十八年农历三月二十九日。我赶回去将二二装棺入殓以后，就在某月某日，埋在了城武公坟的北面。

唉！我从乙未年到现在，大部分时间都在外面，女儿出生的时候也不知道，她死去的时候又没来得及见最后一面，心痛啊！

注释

1 **戊戌戊午：**戊戌年戊午月，即嘉靖十七年(1538)农历五月。 2 **戊戌戊午：**戊戌日戊午时，即农历五月二十六日十一点到十三点。 3 **光福山：**在今江苏苏州西南。 4 **长女：**嘉靖八年(1529)归有光原配魏氏所生。 5 **晡**(bū)**：**申时，即下午三点到五点。 6 **第：**只，仅仅。 7 **徐却立：**缓缓退后站立，表示恭敬。 8 **四鼓：**即四更，相当现在的凌晨一点到三点。 9 **时为嘉靖己亥三月丁酉：**即嘉靖十八年(1539)农历三月二十九日。 10 **棺敛：**指装棺入殓。 **瘗**(yì)**：**埋葬。 **城武公：**归有光的曾祖父归凤，曾当过城武县县令，故称城武公。 **墓阴：**坟墓的北面。 11 **乙未：**此指嘉靖十四年(1535)，当时归有光正在马鞍山下的一家私塾里读书。

寒花葬志

归有光

导读

这篇一百多字的悼文，是作者为了纪念亡妻魏氏的丫环寒花而写的。一个封建体制下的文人，给一个陪嫁来的丫环作“葬志”，这在四百多年前的明代，可算是难得之事。寒花自打十岁，就跟着魏氏来到了作者的家中，直到她二十岁去世。这中间，应该有太多的场景，值得作者去怀念，但作者仅仅撷取了三件微不足道的小事——刚来时穿着绿色长裙、垂着两条小辫，不让作者吃她削好的荸荠，吃饭时眼珠总喜欢转来转去。寥寥数笔，再现了一个天真无邪、憨态可掬的少女形象。

原文

婢，魏孺人媵也[1]。嘉靖丁酉[2]五月四日死，葬虚丘[3]。事我而不卒[4]，命也夫！

译文

寒花，是我的妻子魏氏的陪嫁丫环。嘉靖十六年五月四日死的，葬在了大土山上。她没能侍奉我到终老，这就是天命吧！

注释

1 **魏孺人**：作者的第一位妻子，死于嘉靖十二年(1533)。孺人，明代七品以下官员的母亲或妻子的封号。 **媵**(yìng)：陪嫁的女子。 2 **嘉靖丁酉**：即嘉靖十六年(1537)。 3 **虚丘**：大土山。“虚”后作“墟”。 4 **事**：侍奉。 **卒**：最后。

原文

婢初媵时，年十岁，垂双鬟[1]，曳深绿布裳[2]。

一日，天寒，爇火煮荸荠熟[3]，婢削之盈瓯[4]。予入自外，取食之。婢持去，不与。魏孺人笑之。

孺人每令婢倚几旁饭，即饭，目眶冉冉动。[5]孺人又指予以为笑。

回思是时，奄忽便已十年。[6]吁，可悲也已！

译文

寒花当初跟着魏氏陪嫁来到我家时，才十岁，梳着两个低垂的环形发髻，穿着深绿色的布裙子。

有一天，天气很冷，寒花烧火煮熟了荸荠，随后一个个削好皮盛在小盆里。我刚好从外面进屋，拿起来就吃。她急忙端着小盆跑开，不给我吃。妻子魏氏瞧她那模样，便抿嘴笑她。

妻子魏氏常常让寒花靠在小矮桌子旁边吃饭，吃饭时，她的眼珠总是慢慢地转动着走神。魏氏又指着她那模样让我看，随即笑起来。

回想那时，如今一晃已过去整整十年。唉，真是万分悲痛啊！

注释

1 **双鬟**(huán)：年轻女子梳的两个环形发髻。 2 **曳**(yè)：穿着。 **裳**：裙子。 3 **爇**(ruò)：烧。 **荸荠**(bíqi)：一种多年生草本植物，地下茎扁圆，可生吃。 4 **瓯**(ōu)：小盆。 5 **几**(jī)：矮小的桌子。 **即**：就，便。 **冉冉**(rǎnrǎn)：慢慢地。形容眼神的飘忽迷离。 6 **是时**：当时。 **奄**(yǎn)**忽**：忽然，快速的。

九 杂记类

蓝田县丞厅壁记

韩 愈

导读

本文写于唐宪宗元和十年(815)。唐朝时,朝廷各官署的办公场所常常有壁记,主要记述官员的任职和提升等情况,是一种很庄重、严肃的文体。韩愈的这篇壁记却突破了一般的惯例。文章主要描写的是当时县丞这一个官职,有职务却没有权力,形同虚设,还要受到僚属的欺凌却无可奈何,整日无所事事,只好混日子了事。尤其文中对胥吏的目中无人,县丞被迫签字的窘态,及其有力没处使,只好天天大声吟诗等情景的细致刻画,生动传神,意味隽永。

原文

丞之职所以贰[1]令,于一邑无所不当问。其下主簿、尉,主簿、尉乃有分职。[2]丞位高而逼,例以嫌不可否事。[3]文书行[4],吏抱成案诣丞[5],卷其前,钳以左手,右手摘纸尾[6],雁鹜行以进[7],平立,睨[8]丞曰:“当署。”

译文

县丞一职是用来辅佐县令的,对于一县的政事没有什么不能过问的。比他低一级的是主簿、尉,主簿和尉才有他们专职的工作。县丞的地位较高,逼近县令,照例为了避嫌对政事都不明确表态。通常在公文发布之前,小吏抱着已拟成的案卷到县丞那里,卷起前面的内容,用左手夹住,右手选出纸尾签名处,像鹅和鸭那样摇摇摆摆地进来,直立,斜视着对县丞说:“您应签一

丞涉笔占位[9]，署惟谨，目吏，问："可不可？"吏曰："得。"则退。不敢略省，漫不知何事。[10]官虽尊，力势反出主簿、尉下。谚数慢，必曰"丞"，至以相訾謷。[11]丞之设，岂端[12]使然哉！

下名。"县丞拿笔找到应由自己签名的位置，谨慎地签上名字，看着小吏，问："可以了吗？"小吏说："可以。"然后退下。县丞不敢稍微了解一下公文的内容，茫然不知道是什么事情。县丞的官位虽然较高，但实权和势力反而不如主簿、尉。民间的俗语列举闲散又多余的官职，一定会说是县丞，甚至把丞作为相互诋毁的话。设立县丞这个官职，难道本来就是这样的作用吗？

注释

1 **贰：**副职，辅佐。 2 **主簿、尉：**主簿负责文书簿册等，尉主管地方的治安等。**分职：**有专职的工作。 3 **逼：**迫近，侵逼。**例：**按照惯例。**可否：**可与不可。 4 **文书行：**发公文。 5 **成案：**已成的案卷。**诣：**到。公文经县令签署之后，还要县丞副署。 6 **纸尾：**署名的地方。 7 **雁鹜(wù)行：**斜着走。雁鹜，鹅和鸭。 8 **睨(nì)：**斜视。 9 **涉笔：**动笔。**占位：**看好应当署名的地方。 10 **略省：**稍稍了解一下。**漫：**茫然。 11 **谚：**俗语。**数：**列举。**慢：**闲散，多余。**訾謷(zǐ'áo)：**诋毁。 12 **端：**本来。

原文

博陵崔斯立[1]，种学绩文[2]，以蓄其有，泓涵演迤[3]，日大以肆[4]。贞元初，挟其能，战艺于京师，再进再屈千人。[5]元和初，以前大理评事言得失黜官，再转而为丞兹邑。[6]始至，喟曰："官

译文

博陵的崔斯立，勤学苦练，以此来积累自己的学问，他的学问广博，文笔奔放，每天更加深远而恣肆。贞元初期，他怀藏着本领，在京城参加科举考试，再参加博学宏词科考试，压倒众人而考中。元和初年，因以前任大理评事时上疏论朝政的得失而被贬官，经过两次迁谪，来到这里做了个县丞。刚到时，他感叹说："官位没有大小

无卑，顾材不足塞职[7]。”既噤[8]不得施用，又喟曰：“丞哉！丞哉！余不负丞，而丞负余。”则尽枿去牙角，一蹑故迹，破崖岸而为之。[9]

尊卑，只怕自己的能力不能称职呀。”经历了口不能言又无所作为之后，他又感叹说：“县丞啊，县丞！我没有对不起县丞，县丞却对不起我啊！”于是完全收敛锋芒，一切按照过去的老规矩，打破自己的原则而混日子了。

注释

1 **博陵：**今河北蠡县南。 **崔斯立：**崔立之，字斯立，韩愈的好友。 2 **种学绩文：**以耕田织布来比喻勤学著书。绩，织。 3 **泓涵：**广大的样子，比喻学问深广。 **演迤：**延伸，流布，比喻写文章。 4 **日大以肆：**内容宏富，文笔恣肆。 5 **贞元：**唐德宗年号。 **战艺：**以文艺与人较量，指参加科举考试。 **再进：**崔斯立于贞元四年(788)登进士第，贞元六年(790)中博学宏词科。 **再屈千人：**两次战胜众人。 6 **元和：**唐宪宗年号。 **大理评事：**官名，掌刑法。 **黜官：**被贬官。 7 **顾：**只是。 **塞职：**称职。 8 **噤：**闭口，不说话。 9 **枿**(niè)**：**同“蘖”，斩伐。 **牙角：**棱角，锋芒。 **一蹑故迹：**完全按照过去的样子。蹑，踩。 **崖岸：**高峻，指做人的操守、原则。

原文

丞厅故有记，坏漏污不可读。斯立易桷与瓦，墁治壁，悉书前任人名氏。[1]庭有老槐四行，南墙巨竹千梃，俨立若相持，水㶁㶁循除鸣。[2]斯立痛扫溉[3]，对树二松，日哦其间。有问者，辄对曰：“余方有公事，子姑去。”

译文

县丞办公的地方原来有一个壁记，因为房屋老旧漏水使墙壁脏污，字迹已看不清了。崔斯立更换了椽和瓦，粉刷了墙壁，将前任县丞的名氏全都重新写上去。庭院里有四行老槐树，南墙边还有上千棵粗竹，它们昂首挺立，像是对峙着互不相让，池水汩汩地绕着台阶鸣响。斯立把厅里厅外彻底地打扫冲洗干净，左右相对栽了两棵松树，每天在庭中吟诗。有人问他，考功郎中、知制诰韩愈记[4]。

他就回答说："我正有公事，你暂且离开。"

考功郎中、知制诰韩愈记。

注释

1 **桷**(jué)**：**方椽。 **墁：**刷墙的工具。 **悉书：**全部写上。 2 **梃：**计量竿状物体的单位，相当于"棵""杆"。 **俨立：**昂首挺立。 **瀖瀖**(guóguó)**：**流水声。 **除：**台阶。 3 **痛扫溉：**彻底地扫除洗涤。 4 **考功郎中：**吏部中掌管百官考核事项的官员。 **知制诰：**负责掌管撰写诏令的官员。韩愈是以考功郎中兼知制诰。

始得西山宴游记

柳宗元

导读

本文写于元和四年(809)，是著名的《永州八记》的第一篇。永州的西山，在今湖南零陵西。文中详细地记叙了柳宗元发现西山和宴游西山盛景的经过，描写了他登上西山山顶，极目千里所看到的壮丽山河，并亲身感受到了西山的奇异与独一无二，进而连自己都忘掉了，跟自然万物不知不觉融为了一体。文中的"始得"二字，寓意深长；情融于景，言在物外。

原文

自余为僇人[1]，居是州，恒惴栗[2]。其隙也，则施施而行，漫漫而游。[3]日与其

译文

我自从遭到贬谪，住在这个州，常常感到恐惧不安。在空闲的时间里，就四处缓行慢走，随意地游逛。每天和同伴们爬

徒上高山，入深林，穷回溪[4]，幽泉怪石，无远不到。到则披草[5]而坐，倾壶而醉。醉则更相[6]枕以卧，卧而梦。意有所极，梦亦同趣。[7]觉而起，起而归。以为凡是州之山有异态者，皆我有也，而未始知西山之怪特。

上高山，进入幽深的树林，走到萦回曲折的溪流尽头，探寻幽邃的泉水，奇异的山石，再远的地方都不会放过。到了目的地就拨开草坐下，倒完壶里的酒，一醉方休。醉了就互相枕着躺下，躺下睡着了就做梦。平常心里有想去的地方，梦里也同样会去。醒了就起来，起来了就回家。我以为凡是这个州的奇山异石，我都游历过了，可没有想到西山竟然是这样的新奇特别。

注释

1 **僇(lù)人**：受过刑戮的人，这里指遭贬谪的人。僇，通“戮”。2 **惴(zhuì)栗**：恐惧发抖。3 **施施(yíyí)**：从容缓行的样子。施，通“迤”。**漫漫**：随意，不受拘束的样子。4 **穷**：尽。**回溪**：萦回曲折的溪流。5 **披草**：拨开草。6 **更相**：互相。7 **极**：至。**趣**：通“趋”，向。

原文

今年九月二十八日，因坐法华西亭[1]，望西山，始指异之。遂命仆过湘江，缘染溪，斫榛莽，焚茅茷，穷山之高而止。[2]攀援而登，箕踞而遨，则凡数州之土壤，皆在衽席之下。[3]其高下之势，岈然洼然，若垤若穴，尺寸千里，攒蹙累积，莫得遁隐。[4]萦

译文

今年的九月二十八日，因为坐在法华寺的西亭里，眺望西山，才注意到它并觉得它有些奇异。于是就吩咐仆人渡过了湘江，沿着染溪，砍掉杂乱丛生的荆棘灌木，烧掉繁密的野草，一直到山顶才停下来。随后我们攀爬着登上了山顶，随意坐下来观赏，附近几个州的土地，好似全在我们的席子底下了。这几个州的地势高低不平，峰峦深广，山谷低凹，就像蚁封、洞穴，看似近在眼前，实际上有千里之远，好像把它们聚集、浓缩、堆积在眼前，没有什么能隐藏起

青缭白，外与天际，四望如一。然后知是山之特出，不与培塿[5]为类。悠悠乎与灏气[6]俱，而莫得其涯；洋洋乎与造物者[7]游，而不知其所穷。引觞满酌，颓然就醉，不知日之入。苍然暮色，自远而至，至无所见，而犹不欲归。心凝形释，与万化冥合[8]。然后知吾向之未始游，游于是乎始，故为之文以志。是岁，元和[9]四年也。

来。青山萦回，白云缭绕，远远跟天边相连，四面远望都是一样的景象。这之后才明白这座山的特别之处，与小土丘是不一样的。它辽阔浩渺，集天地浩然之气于一身，看不到它的边际；悠然自得，与大自然相融，不知它的尽头。我们拿起酒杯斟满了酒，喝得东倒西歪，酩酊大醉，太阳下山了都不晓得。灰暗的暮色，渐渐地从远处来到了眼前，一直到什么也看不见，可我们仍然不想返回。此刻心之所想，身之所置，都在自然，连自己都忘掉了，跟万物不知不觉融为了一体。然后才明白过去那些不是真正的游玩啊，真正的游玩是从这西山才开始的，所以我把这次西山的游历写成了文章来做个记录。这一年是元和四年。

注释

1 **法华：**指法华寺，在零陵县城东山上。 **西亭：**在法华寺内，为柳宗元所建。 2 **染溪：**又作“冉溪”，潇水的支流，在零陵西南。 **榛(zhēn)莽：**指杂乱丛生的荆棘灌木。 **茅茷(fá)：**指长得繁密杂乱的野草。茷，草叶茂盛。 3 **箕踞：**指坐时随意伸开两腿，像个簸箕。 **衽(rèn)席：**坐垫，席子。 4 **岈(xiā)然：**山峦空阔深广的样子。 **洼然：**山谷低凹的样子。 **垤(dié)：**蚁封，即蚂蚁洞边的小土堆。 **蹙：**紧缩。 5 **培塿(lǒu)：**小土堆。 6 **灏(hào)气：**即“浩气”，天地浩然之气。 7 **造物者：**创造万物的天地，指大自然。 8 **万化：**万物变化，指自然界万物。 **冥合：**融合，浑然为一体。 9 **元和：**唐宪宗年号。

钴鉧[1]潭记

柳宗元

导读

本文写于元和四年(809),是《永州八记》的第二篇。文中记叙了钴鉧潭的由来,描写了水潭四周的美景,交代了筑台修泉的缘由,在这里,可以远眺高洁的深空,可以感受山水中辽远的气息,让作者在这个荒芜之地流连忘返,几乎都忘掉了故土。

原文

钴鉧潭,在西山西。其始盖冉水[2]自南奔注,抵山石,屈[3]折东流。其颠委[4]势峻,荡击益暴[5],啮其涯[6],故旁广而中深,毕至石乃止,流沫成轮,然后徐行。其清而平者且十亩,有树环焉,有泉悬焉。

译文

钴鉧潭,在西山的西部。最初大概是冉水从南边奔腾而来,被山石阻挡,就曲曲折折向东流去了。水流波浪翻滚,水势峻急,冲撞尤其狂暴,激流冲刷着两岸,所以渐渐地造成岸边宽阔平浅而中部水深,水流最终碰到岸边的石头才渐渐停止,形成像车轮一样的漩涡,然后缓慢地流淌着。清澈而又平静的水面有十亩之广,四周有树木环绕,还有泉水从高处流下来。

注释

1 **钴鉧**(gǔmǔ):熨斗,形容水潭的形状。 2 **冉**(rǎn)**水**:即冉溪,又

称染溪，潇水支流。　3 **屈**：通“曲”，弯曲之意。　4 **颠委**：首尾，指浪头与浪尾。　5 **荡击**：猛烈撞击。**益**：更加。**暴**：狂暴。　6 **啮**(niè)：咬，引申为冲刷。**涯**：边沿。

原文

其上有居者[1]，以予之亟游也[2]，一旦款门来告曰[3]：“不胜官租私券之委积[4]，既芟山而更居[5]，愿以潭上田贸财以缓祸[6]。”

译文

岸边住着的一位住户，因为见我多次去潭边游玩，忽然有一天，来敲门并对我说：“我已负担不了官税和私债的重压，已经除草开荒，打算搬到别处去住。我愿意卖掉潭边的田地来缓解当前的窘况。”

注释

1 **居者**：住户。　2 **以**：因为。**亟**(qì)：屡次，多次。　3 **一旦**：忽然有一天。**款门**：敲门。　4 **不胜**：负担不了。**券**：票据，借据。**委积**：累积的压力。　5 **芟**(shān)**山**：除草开荒。芟，割草。**更居**：迁移住所。　6 **贸财**：出售货物以换取钱款。**缓祸**：延缓灾祸，这里指缓解因所欠的官税和私债而可能引起的祸患。

原文

予乐而如其言。则崇[1]其台，延其槛[2]，行其泉于高者而坠之潭[3]，有声潨然[4]。尤与中秋观月为宜，于以见天之高，气之迥[5]。

孰使予乐居夷[6]而忘故土者？非兹潭也欤？

译文

我非常高兴地接受了他的请求。于是，我加高了潭边的台沿，延长了护栏，并疏导高处的泉水，以便让流水坠落在潭中，发出淙淙水声。特别是中秋，赏月最为合适，在这里可以望见天空的高旷，感受山水中辽远的气息。

是什么让我身处边僻之地而忘掉了故土啊？不正是这钴鉧潭吗？

注释

1 **崇**:加高。 2 **延**:加长。 **槛**(jiàn):栏杆。 3 **“行其”句**:疏导高处的泉水,以便让流水坠落在潭中。 4 **潨**(cóng)**然**:水声。潨,同“淙”。 5 **迥**(jiǒng):辽远。 6 **夷**:边远偏僻的地方。

钴鉧潭西小丘记

柳宗元

导读

本文写于元和四年(809),是《永州八记》的第三篇。文中着重记述了柳宗元在买了小丘之后的喜悦心情,他的心灵陶醉在深沉静谧的缥缈气氛里,达到了一种辽阔空灵的忘我境界。正因为这样,他十分同情小丘长期被埋没、被遗弃的不公平命运,借以倾吐自己的抱负和才能被埋没、遭打击的愤慨与不平,渴望能够被重新起用。作者将强烈的思想情感,融进了优美的动态的自然景观之中,观景即是观人。

原文

得西山后八日,寻[1]山口西北道二百步,又得钴鉧潭。潭西二十五步,当湍而浚者为鱼梁[2]。梁之上有丘焉,生竹树。其石之突怒偃蹇[3],负土而出,争为奇状者,殆不

译文

我发现西山后的第八天,沿着山口向西北方向走了两百步,又找到了钴鉧潭。在钴鉧潭的西面二十五步,水流迅急而幽深的地方有一道拦水捕鱼的堤堰。堤堰上有一座小丘,上面生长着竹子和树木。小丘上的石头突出隆起、高耸挺立,好像突然从土壤里冒出,争相显出奇形怪状,多得几乎数不

可数。其嵚然相累而下者[4]，若牛马之饮于溪；其冲然角列而上者[5]，若熊罴[6]之登于山。丘之小不能一亩，可以笼而有之。[7]

清。那些突出的、堆叠而下的石头，就像是在小溪里喝水的牛和马；那些突起向前的、像兽角那样斜着往上顶的石头，就好像是在山上攀爬的棕熊。小丘很小，还不到一亩，可以把它和小潭包拢到一起而占有它。

注释

1 **寻：**沿着，顺着。 2 **湍：**急流。 **浚**(jùn)**：**深水。 **鱼梁：**用沙石垒成的拦水堤堰，中间留着空洞，以放置捕鱼用的笱(gǒu)。笱，口大颈窄、腹长而大的竹器，鱼能入不能出。 3 **突怒：**形容石头突出隆起。 **偃蹇**(yǎnjiǎn)**：**指石头高耸的形状。 4 **嵚**(qīn)**然：**山石突出的样子。 **相累：**指山石相互连缀，远看就像叠在一起。 5 **冲然：**突起向前的样子。 **角列：**像兽角那样并列斜起。 6 **熊罴**(pí)**：**棕熊。 7 **不能：**不足。 **笼：**包拢。

原文

问其主，曰："唐氏之弃地，货而不售[1]。"问其价，曰："止四百[2]。"余怜而售之[3]。李深源、元克己[4]时同游，皆大喜，出自意外。即更取器用，铲刈秽草，伐去恶木，烈火而焚之。[5]嘉木立，美竹露，奇石显。由其中以望，则山之高，云之浮，溪之流，鸟兽之遨游，举熙熙然回巧献技[6]，以效[7]兹丘之下。枕席而

译文

我打听小丘的主人，有人说："这是唐家不要的地方，想出售却卖不出去。"问它的价钱，回答说："只要四百文。"我很喜欢这个小丘，就把它买了下来。李深源、元克己这时正和我在一起游玩，他们都十分高兴，认为这是出乎意料的收获。我们随即轮流拿起工具，铲削割除荒草，砍掉枯树，再放火把它们烧掉。挺拔的树木耸立出来了，秀美的竹子显露出来了，奇峭的石头呈现出来了。站在小丘里眺望远方，只见高峻的山峦，浮荡的白云，潺潺的溪流，自由自在的飞鸟走兽，全都欢快地展现出它们各自巧妙的姿态，呈献在这个小丘的脚下。在小丘上枕着

卧，则清泠之状与目谋，潆潆之声与耳谋，[8]悠然而虚者与神谋，渊然而静者与心谋。不匝旬而得异地者二，虽古好事之士，或未能至焉。[9]

石头席地而卧，眼睛看到的是清凉明净的景色，耳朵听到的是汩汩的流水声，精神感受到的是辽远空阔的忘我境界，心灵感受到的是深沉静谧的缥缈气氛。不满十天我就得到了两处风景胜地，即便是古代那些爱好山水的人士，或许都没能做到我这样呢。

注释

1 **货**:出卖。 **不售**:卖不出去。 2 **止**:只。 **四百**:四百文。 3 **怜**:喜欢。 **售之**:买下它。 4 **李深源、元克己**:柳宗元的朋友。 5 **更**:轮流。 **器用**:除草的工具。 **刈**(yì):割。 **烈火**:放火。 6 **举**:全。 **熙熙然**:和悦的样子。 **回巧**:呈现巧妙的姿态。 **技**:景物各自的特点。 7 **效**:呈献。 8 **清泠**(líng):清凉明净。 **谋**:合。 **潆潆**(yíngyíng):流水回荡的声音。 9 **匝**(zā)**旬**:满十天。 **异地**:胜地。 **好**(hào)**事**:爱好山水。

原文

噫！以兹丘之胜，致之沣、镐、鄠、杜[1]，则贵游之士争买者，日增千金而愈不可得。今弃是州也，农夫渔父过而陋之，价四百，连岁[2]不能售。而我与深源、克己独喜得之，是其果有遭[3]乎！书于石，所以贺兹丘之遭也。

译文

唉！凭着这小丘秀美的景色，如果把它放到京城附近的沣、镐、鄠、杜这些繁华的地方，那些喜欢游玩而争相购买的人，即便每天增加一千文恐怕还是越发买不到。如今它被遗弃在荒僻的永州，连农民、渔夫路过也都鄙视它，售价才四百文，一连几年也卖不出去。可唯独我和李深源、元克己因为喜爱而买下来，这难道是小丘命定的际遇吗？我把这篇文章写在了石碑上，用来祝贺这个小丘的际遇。

注释

1 **沣**(Fēng)**:**周文王的都城,今陕西西安鄠(Hù)邑东。 **镐**(Hào)**:**周武王的都城,今陕西西安西南。 **鄠:**今陕西西安鄠邑。 **杜:**杜陵,今陕西西安东南。它们都在唐朝都城长安的附近,是当时比较繁华的地方。 2 **连岁:**接连几年。 3 **遭:**际遇。

至小丘西小石潭记

柳宗元

导读

本文写于元和四年(809),是《永州八记》的第四篇。文中描述了小石潭环境的清幽和景物的优美,但由于寂静而又空旷,寒气透骨,所以不能长时间在这里停留。通过一个个镜头,一幅幅画面,作者借着精确、生动、传神的语言,抒发了自己被贬失意后,心中的那一份孤寂悲凉的情愫。

原文

从小丘西行百二十步,隔篁竹[1],闻水声,如鸣佩环,心乐之。伐竹取道,下见小潭,水尤清冽[2]。全石以为底,近岸卷石底以出,为坻,为屿,为嵁,为岩。[3]青树翠蔓,蒙络摇缀,参

译文

从小丘向西走一百二十步,隔着竹林,能听到流水的潺潺声,好像身上佩带的玉饰相互碰击发出的声音,让人心情舒畅。砍伐竹子,开辟一条小路,向下就看到一个小潭,潭水格外清澈。小潭以整块石头为底,靠近岸边的地方,水波卷起,露出部分石底,突出水面,有的像小洲,有的像小岛,有的像凹凸不平的山峦,有的像高耸的山峰。青葱的树

差披拂。[4]

潭中鱼可[5]百许头，皆若空游无所依。日光下澈，影布石上，佁然不动，俶尔远逝，往来翕忽。[6]似与游者相乐。

木，翠绿的藤蔓，遮蔽盘绕，摇动连缀，参差不齐，随风飘荡。

潭中的游鱼大约一百多条，都好像在空中游动，没什么依托。阳光照进水底，鱼的影子映在水底的石头上，有时呆呆地一动不动，突然又向远处游去，来来往往，轻快迅疾，好像在和游玩的人相互嬉戏。

注释

1 **篁**(huáng)**竹**：竹林。 2 **清冽**：清凉。 3 **全石**：整块石头。**坻**(chí)：水中高地。 **屿**：小岛。 **嵁**(kān)：凹凸不平的山。 **岩**：山崖。 4 **蒙络摇缀**：遮蔽盘绕，摇动连缀。 **参差披拂**：参差不齐，随风飘荡。 5 **可**：大约。 6 **佁**(yǐ)**然**：痴呆不动的样子。 **俶**(chù)**尔**：突然。 **翕**(xī)**忽**：轻快迅疾的样子。

原文

潭西南而望，斗折蛇行[1]，明灭可见[2]。其岸势犬牙差互[3]，不可知其源。坐潭上，四面竹树环合，寂寥无人，凄神寒骨，悄怆幽邃[4]。以其境过清，不可久居，乃记之而去。

同游者：吴武陵，龚古，余弟宗玄。[5]隶[6]而从者，崔氏[7]二小生，曰恕已，曰奉壹。

译文

向小石潭的西南方远眺，溪水像北斗七星那样曲折，像蛇爬行那样弯曲，望过去有的明显，有的模糊。溪岸的地势不平就像狗的牙齿那样参差不齐，互相交错，没法获知溪水的源头在哪里。我坐在潭边，四周被竹林和树木包围着，寂静空旷，没有旁人，感觉心神凄凉，寒气透骨，冷冽忧伤，清幽深远。因为这种环境太过凄清，不能长时间停留，就匆匆记下这次的经历随后离开。

一同去游览的人有吴武陵、龚古、我的弟弟宗玄。跟着我一同去的，还有姓崔的两个年轻人，一个叫恕已，一个叫奉壹。

注释

1 **斗折蛇行:**像北斗七星那样曲折,像蛇爬行那样弯曲。 2 **明灭可见:**由于溪水曲折,望去有的明显,有的模糊。 3 **差(cī)互:**互相交错。 4 **悄(qiǎo)怆:**忧伤,凄凉。 **邃:**深。 5 **吴武陵、龚古:**柳宗元的朋友。 **宗玄:**柳宗元的堂弟。 6 **隶:**跟随。 7 **崔氏:**指柳宗元的姐夫崔简。

袁家渴[1]记

柳宗元

导读

本文写于元和七年(812),是《永州八记》的第五篇。文中着重描写了水中的小山,山上的石头、树木、花草,尤其风吹草木,花香四溢,旋流潮涨潮退的情景,令人难忘。

原文

由冉溪西南水行十里,山水之可取者五,莫若钴鉧潭。由溪口而西,陆行,可取者八九,莫若西山。由朝阳岩[2]东南水行,至芜江[3],可取者三,莫若袁家渴。皆永中幽丽奇处也。

译文

从冉溪向西南方向走十里远的水路,较美的山水风景有五处,没有比得过钴鉧潭的。从钴鉧潭的溪口向西,走陆路,较美的风景有八九处,没有比得过西山的。从朝阳岩向东南走水路到芜江,较美的风景有三处,最好的是袁家渴。这些都是永州风景清幽秀丽而又奇异的地方。

楚、越两地之间的方言,把水的回流叫

楚、越之间方言，谓水之反流者为“澋”，音若“衣褐”之“褐”。澋上与南馆高嶂合，下与百家濑合。[4]其中重洲小溪，澄潭浅渚，间厕曲折。[5]平者深黑，峻者沸白。[6]舟行若穷，忽又无际。

作“澋”，读音就像“衣褐”的“褐”。澋的上游与南馆所在的山峰齐平，下游与百家濑汇合。其中遍布重重叠叠的沙洲和小溪，有的是清澈的深潭，有的是浅露的土堆，它们交错夹杂，曲曲折折。深潭的水面很平静，呈现一种深黑色，溪流中湍急的水，翻腾起一片片白浪。船行水上，前方看似走到了尽头，水路一转，水面又变得宽阔无边起来。

注释

1 **袁家澋**(hé)**:**今名沙沟湾，今湖南永州境内。 2 **朝阳岩:**地名，今湖南永州西南。 3 **芜江:**潇水的支流，今湖南永州零陵境内。 4 **南馆:**袁家澋右侧潇水西岸悬崖峭壁上所建的馆舍。 **高嶂:**高而险的山峰。 **百家濑**(lài)**:**水名，在永州古城南。濑，从沙石上流过的急流。 5 **浅渚**(zhǔ)**:**露出水面的小块土地。 **间厕:**交错夹杂。 6 **平者:**指潭中平静的水。**峻者:**溪流中湍急的水。 **沸白:**水激腾翻起的白浪。

原文

有小山出水中。山皆美石，石上生青丛，冬夏常蔚然[1]。其旁多岩洞，其下多白砾[2]；其树多枫、楠、石楠、楩、槠、樟、柚[3]。草则兰芷，又有异卉，类合欢而蔓生，轇轕水石。[4]每风自四山而下，振动大木，

译文

有一座小山从水中显露出来。山上都是好看的石头，石头上面长满花草，一年四季都浓密茂盛。小山的侧边有许多岩洞，洞下有许多白色的碎石；山上的树木多是枫树、楠树、石楠、楩树、槠树、樟树、柚树。小草则多是兰草、白芷，又有许多奇异的花卉，类似合欢但是长出许多藤蔓，缠绕着水中的石头。常常有风从四面的山上吹下来，摇动大树，吹拂着野草摇摆，飞花与落叶纷乱而

掩苒众草，纷红骇绿，蓊葧香气。[5]冲涛旋濑，退贮溪谷。摇扬葳蕤[6]，与时推移。其大都如此，余无以穷其状。

零散，空气里充溢着浓郁的香气。奔流的波涛打着漩涡，从溪谷里流出来又倒回去。这流荡的水势，茂盛的草木，随着季节的变换而不断变换。这里的风景大多都是这样的，我也不能把它们全部描述出来。

永之人未尝游焉。余得之，不敢专也，出而传于世。其地世主袁氏，故以名焉。

永州没有人来过这里游玩，我发现了这里，不敢独自享受，回来就写了这篇文章告诉世人。因为土地的主人姓袁，所以我叫它“袁家渴”。

注释

1 **蔚然**：草木茂盛的样子。 2 **白砾**(lì)：白色的小石子。 3 **楠**(nán)：常绿大乔木。 **楩**(pián)：即黄楩木。 **槠**(zhū)：常绿乔木。 4 **兰**：香草的一种。 **芷**(zhǐ)：白芷，多年生草本植物。 **轇轕**(jiāogé)：交错纠缠的样子。 5 **掩苒**(rǎn)：野草轻柔地随风倒斜的样子。 **纷红骇绿**：红花、绿叶纷乱而零散。 **蓊葧**(wěngbó)：草木茂盛，此处指花香浓郁。 6 **摇扬**：摇摆，飘荡。 **葳蕤**(wēiruí)：草木茂盛的样子。

石渠记

柳宗元

导读

本文写于元和七年(812)，是《永州八记》的第六篇。文中记述了作者沿着石渠，不断地探幽窥奇，一步步地展示出一幅美轮美奂的山水美景。

原文

自渴西南行不能百步，得石渠，民桥其上。有泉幽幽然[1]，其鸣乍大乍细。渠之广，或咫尺[2]，或倍尺，其长可十许步。其流抵大石，伏出其下。逾石而往，有石泓，昌蒲被之，青鲜环周。[3]又折西行，旁陷岩石下，北堕小潭。潭幅员减百尺，清深，多鲦鱼[4]。又北曲行纡余[5]，睨若无穷，然卒入于渴。其侧皆诡石怪木，奇卉美箭，可列坐而庥焉。[6]风摇其巅，韵动崖谷，视之既静，其听始远。

译文

从袁家渴往西南走不到百步，就能发现一条石沟渠，百姓在渠上建了一座桥。有一汪幽邃的泉水，流淌时发出的声音时大时小。沟渠的宽度有的地方仅一尺，有时有两尺，长度有十步左右。水流途中遇到一块大石头，就从石头下面流出。跳过大石头再往前走，就会看见一片凹凸的石头中有一个深潭，水面上覆满菖蒲，碧绿的苔藓环绕着石潭。渠水又转过弯往西流，在岩石边流进石缝里，最后像瀑布一样流入北边的小潭中。小潭方圆不足一百尺，潭水清澈幽深，有许多的小白鱼。渠水又往北转弯，曲折流去，斜着看好像没有尽头，可最终会流进袁家渴里。小潭的一边全是奇特的石头，扭曲的树木，罕见的花草，秀丽的小竹，人可以并排坐在那里休息。风吹过树梢，悦耳的声音在山谷间回荡，过了一会儿四周看上去很安静，仔细一听，声音就从远处传过来了。

注释

1 **幽幽然：**流水幽邃的样子。　2 **咫(zhǐ)尺：**比喻很近的距离，古代称八寸为咫。　3 **泓：**深潭，水深而广。**被：**通“披”，覆盖。**鲜：**苔藓。4 **鲦(tiáo)鱼：**小白鱼。　5 **纡(yū)余：**曲折伸延。　6 **箭：**小竹。**庥(xiū)：**同“休”。

原文

予从州牧[1]得之，揽去翳朽[2]，决疏土石，既崇而焚，既酾[3]而盈。惜其未始有传焉者，故累记其所属，遗之其人，书之其阳，俾[4]后好事者，求之得以易。

元和七年正月八日，蠲[5]渠至大石。十月十九日，逾石得石泓小潭。渠之美于是始穷也。

译文

我是跟随着永州刺史发现这里的，挪开枯死的树木，掘出并疏通淤泥和乱石，把枯木杂草堆积起来烧掉，又疏导石渠，渠水很快就注满沟渠了。可惜从来都没有人提到过这里，所以我详细记录了石渠周围的景物，拿给匠人刻在小潭南面的石头上，使后来的喜好游历的人，能轻易地找到这里来。

元和七年正月初八，清理石渠并疏通到了大石头那里。十月十九日，越过大石头发现了石泓、小潭。石渠的美景因此就全都展示给游人了。

注释

1 **州牧**：此指永州刺史。 2 **翳朽**：树木枯死，倒伏于地。 3 **酾**(shī)：分流，疏导。 4 **俾**(bǐ)：使。 5 **蠲**(juān)：清除，疏通。

石涧记

柳宗元

导读

本文写于元和七年(812)，是《永州八记》的第七篇。文中描述了石涧里石头的各种奇形异态，湍流的绝美音色，环境的清雅秀丽。读来令人叹为观止。

原文

石渠之事既穷，上由桥西北，下土山之阴[1]，民又桥焉。其水之大，倍石渠三之。亘[2]石为底，达于两涯。若床若堂，若陈筵席，若限阃奥[3]。水平布其上，流若织文[4]，响若操琴。揭跣[5]而往，折竹扫陈叶，排腐木，可罗胡床[6]十八九居之。交络之流，触激之音，[7]皆在床下；翠羽之木，龙鳞之石，均荫其上。古之人其有乐乎此耶？后之来者有能追余之践履耶？得意之日，与石渠同。

由渴而来者，先石渠，后石涧；由百家濑上而来者，先石涧，后石渠。涧之可穷者，皆出石城村东南，其间可乐者数焉。其上深山幽林逾[8]峭险，道狭不可穷也。

译文

有关石渠的事情已经结束，从石渠的桥上向西北走，下到了土山的北坡，百姓又架了一座桥。桥下的水势是石渠的三倍。水的底部全是接连不断的石头，一直连到水流的两岸。它们有的像床，有的像门堂，有的像摆满菜肴的筵席，有的像用门槛隔开的内屋。水流平坦地流过石丛之上，就像纺织物的花纹，水声就像弹琴那般美妙。提起衣裳赤脚走过去，折断竹子扫去落叶，去除腐朽的枯木，清理出一片能放置十八九张交椅的空地坐下来。交缠的流水，激越的水声，都在椅子下面了；像翠鸟羽毛一样的树叶，像鱼龙鳞甲一样的石块，都在上方遮挡住交椅。古时候的人有谁在这里找到了像我这样的快乐吗？以后的人又有谁能追随我的足迹来这里呢？欢畅的时刻，真的跟在石渠那里一样。

从袁家渴来的人，先到石渠，后才到石涧；从百家濑方向到这里的人，先到石涧，后才到石渠。石涧的源头，都是在石城村的东南，这一路可以乐游的地方还有好几个。石涧上面的深山幽林更加奇峻险要，只是道路过于狭窄没法走到尽头了。

注释

1 **阴:**山南水北为阳,山北水南为阴。 2 **亘:**连接。 3 **阃**(kǔn):门槛。 **奥:**室内隐蔽的角落。 4 **文:**花纹。 5 **揭:**把衣裳提起。 **跣**(xiǎn):光着脚。 6 **胡床:**也称交床、交椅,一种可以折叠的轻便坐具。 7 **交络:**交织,回绕。 **触激:**撞击,激越。 8 **逾:**通“愈”,更加。

小石城山记

柳宗元

导读

本文写于元和七年(812),是《永州八记》的最后一篇。文中一如既往,再次发掘了一处奇景——小石城山。作者先是描述了小石城山的秀丽美景,最后转而喟叹如此景致,却被埋没在这荒僻悠远之地,奇怪造物主不把这个小石城山安置在人烟稠密的中原,用来造福万千民众。如此种种,由物及人,恰是柳宗元自我的心灵写照。

原文

自西山道口径北,逾黄茅岭而下,[1]有二道:其一西出,寻之无所得;其一少[2]北而东,不过四十丈,土断而川分,有积石横当其垠[3]。其上为睥睨梁欐之形,其

译文

从西山路口一直向北走,越过黄茅岭再往下走,有两条路:一条向西延伸,沿着它走没有探查到什么;另一条稍偏北然后向东,走了不到四十丈,路被一条河流截断,有一座石堆横挡在岸边。小石堆的顶部天然生成了矮墙和栋梁的形状,旁边又凸出一块形成小城堡,还有一个像门的洞。

旁出堡坞，有若门焉。[4]窥之正黑，投以小石，洞然有水声，其响之激越[5]，良久乃已。环之可上，望甚远，无土壤而生嘉树美箭，益奇而坚，其疏数偃仰[6]，类智者所施设也。

从洞口向里面看去，一片漆黑，丢了一块小石子进去，咕咚有水的响声，声音响亮，很久才消失。小石山可以环绕着爬到顶部，站在上面望得到很远，山上没有泥土，却长着葱翠的树木和竹子，更加显得外形奇特、质地坚硬，树木和竹子有疏有密，有低有高，好像是有智慧的人刻意布置的。

注释

1 **径北**：一直往北。 **黄茅岭**：在今湖南永州零陵西南。 2 **少**：通"稍"。 3 **垠**：水边的陆地。 4 **睥睨**(pìnì)：同"埤堄"，城墙上齿状的矮墙。 **梁欐**(lì)：栋梁。 **堡坞**(wù)：小城堡。 5 **激越**：声音高亢响亮。6 **数**(cù)：密。 **偃**：倒伏。

原文

噫！吾疑造物者之有无久矣。及是，愈以为诚有。又怪其不为之于中州[1]，而列是夷狄，更千百年不得一售其伎[2]，是固劳而无用。神者傥[3]不宜如是，则其果无乎？或曰："以慰夫贤而辱于此者。"或曰："其气之灵[4]，不为伟人，而独为是物，故楚之南少人而多石。"是二者，余未信之。

译文

唉！我怀疑世上有没有造物者已经很久了。等到看见这里的景物，更以为造物者确实是有的。但又奇怪他不把这个小石城山安置在人烟稠密的中原，却摆在这个荒僻的蛮夷之地，即使经过了千百年，也没能有一次机会来展现自己的奇异，这简直是白费了心思而且毫无作用。神灵如果不应该这样做，那么他们果真是不存在的吧？有人说："这样安排是用来安慰那些被贬到这里的贤人的。"也有人说："这个地方的灵秀之气孕育不了伟人，却独独能化生出如此的奇山胜水，所以楚地的南部缺少人才，却多产奇峰异石。"这两种的说法，我都不相信。

注释

1 **中州**：古称豫州为中州，今指河南。此处指中原。 2 **更**：经历。**伎**：通"技"，技巧。 3 **傥**(tǎng)：通"倘"。 4 **气之灵**：灵秀之气。

岘山亭记

欧阳修

导读

本文写于宋神宗熙宁三年(1070)，是襄阳知府史中煇恳请欧阳修作的一篇碑记。文中作者并没有对岘山的人文自然作浓墨重彩的描写，反而着重抒发了他追溯历史鉴戒当代的种种感喟，认为伟大的人物即使有瑕疵，也终是不朽。

原文

岘山[1]临汉上，望之隐然[2]，盖诸山之小者。而其名特著于荆州者，岂非以其人哉？其人谓谁？羊祜叔子[3]、杜预元凯[4]是已。方晋与吴以兵争，常倚荆州以为重，而二子相继于此，遂以平吴而成晋业，其功烈已盖于当世矣。至于风流余韵[5]，蔼然被于江

译文

岘山在汉水边，远望若隐若现，因为它在周围的群山之中算小的了。但它在荆州特别有名，难道不是因为与名人有关吗？名人究竟是谁？是羊祜叔子和杜预元凯啊。那时晋与吴正用武力相斗，常常要倚靠荆州这个军事要地，而羊祜、杜预两人相继来到这里，因此平定了东吴，成就了晋的统一大业，他们的功绩已超过了当时所有的人。至于他们的事迹对后代的影响，在江汉之间有着广泛的传颂，到

汉之间者[6]，至今人犹思之，而于思叔子也尤深。盖元凯以其功[7]，而叔子以其仁[8]，二子所为虽不同，然皆足以垂于不朽。

如今人们仍然思念着他们，而且对于羊叔子的思念更深。元凯凭他的功勋业绩，叔子凭他的仁义德行，两人在政事上的作为虽有所不同，但都足以泽被后代，永垂不朽。

注释

1 **岘(Xiàn)山：**在今湖北襄阳南的汉水边。 2 **隐然：**隐隐约约的样子。 3 **羊祜(hù)叔子：**羊祜，字叔子，泰山南城（今山东费县西南）人。晋武帝时都督荆州，坐镇十年，开屯田，储军粮，做灭吴的准备。临终，举荐杜预。 4 **杜预元凯：**杜预，字元凯，京兆杜陵（今陕西西安东南）人。以镇南大将军继羊祜都督荆州。后与王濬等举兵伐吴，只用了几个月就灭掉了吴国。 5 **风流余韵：**前代流传给后代的风雅韵事。 6 **蔼(ǎi)然：**温和，滋润。 **被：**覆盖。 7 **元凯以其功：**杜预领兵伐吴，功劳最大，平吴后封当阳县侯。 8 **叔子以其仁：**羊祜以领兵不扰百姓，并兴办学校，为世人称道。

原文

余颇疑其反自汲汲[1]于后世之名者，何哉？《传》[2]言叔子尝登兹山，慨然语其属[3]，以谓此山常在，而前世之士皆已湮灭于无闻，因自顾而悲伤。然独不知兹山待己而名著也。元凯铭功于二石，一置兹山之上，一投汉水之

译文

我很疑惑那些已有功勋名世却反而急迫追求后世声名的人，他们为什么这么做呢？《传》里说羊叔子曾登上这座岘山，感慨地告诉他的属下，说是这座山一直都矗立在此，可前世的仁人志士都早已泯灭无闻了，由此想到自己，心里十分忧伤。但他唯独没有想到的是，这座山正是因为有了他才闻名于世。元凯在两块石碑上刻上自己的功业，一块安置在这座山上，一块投到了汉水深处。他这么做是知道山峦沟壑会随着

渊。是知陵谷有变，而不知石有时而磨灭也！岂皆自喜其名之甚，而过为无穷之虑欤？将[4]自待者厚，而所思者远欤？

岁月的变迁有所变化，却不知道石碑也会随着时间推移而磨灭！他们难道都是太重视自己的名声，才有了这般无尽的忧虑？还是为了厚待自己才想得那么深远呢？

注释

1 **汲汲**(jíjí)**:**形容心情急迫。 2《**传**》**:**指《晋书·羊祜传》。 3 **属:**下属，随员。 4 **将:**或，还是。

原文

山故有亭，世传以为叔子之所游止也。故其屡废而复兴者，由后世慕其名而思其人者多也。熙宁元年[1]，余友人史君中煇以光禄卿[2]来守襄阳。明年，因亭之旧，广而新之，既周以回廊之壮，又大其后轩，使与亭相称。[3]君知名当世，所至有声[4]，襄人安其政而乐从其游也。因以君之官，名其后轩为光禄堂；又欲纪其事于石，以与叔子、元凯之名并传于久远。君皆不能止也，乃来以记

译文

岘山上本来就有一个亭子，民间传说那是羊叔子游历休憩的地方。所以原来的亭子屡废屡兴，是因为后世之人仰慕羊、杜的名声而思念他们的人很多的缘故。熙宁元年，我的朋友史中煇凭光禄卿的身份做了襄阳的主官。第二年，因为岘山亭显得破旧了，就扩大并重新修葺了这座亭子，已经环绕亭子建了壮观的回廊，又扩大了亭子后轩，使后轩与亭子的大小规模相当。史中煇在当代非常出名，他在从政的地方都留下了很高的声望，襄阳的百姓对他的执政都很心安，都愿意跟着他出游。于是依据史君的官职名号，把岘山亭的后轩命名为光禄堂；人们又想在石碑上记录史君的事迹，以便让史君与羊叔子、杜元凯一起流传后世。史君不能阻止襄阳百姓的这种

属[5]于余。

行为，于是他前来嘱托我写篇亭记。

注释

1 **熙宁元年：**公元 1068 年。 2 **光禄卿：**光禄寺的主管官，掌朝廷祭祀朝会等事。 3 **周：**围绕。 **轩：**有窗子的长廊。 **称：**相配，适应。 4 **所至有声：**所到之处都有名声，指有善政。 5 **属：**通"嘱"。

原文

余谓君知慕叔子之风[1]，而袭其遗迹，则其为人与其志之所存者，可知矣。襄人爱君而安乐之如此，则君之为政于襄者，又可知矣。此襄人之所欲书也。若其左右山川之胜势[2]，与夫草木云烟之杳霭，出没于空旷有无之间，而可以备诗人之登高，写《离骚》[3]之极目者，宜其览者自得之。至于亭屡废兴，或自有记，或不必究其详者，皆不复道也。

译文

我认为，史君了解且仰慕羊叔子的风范，并且承袭他对百姓的治理方法，那么史君的为人和他的志愿如何，就可想而知了。襄阳的百姓敬重史君，他们的生活是如此安定幸福，那么史君的执政如何，又可想而知了。这些都是襄阳百姓想写下来的。就像那岘山周围的锦绣风光，和那笼罩在草木之上飘渺的云烟，它们在寥廓的原野上时隐时现，可以给那些登高远眺的诗人，提供可观赏的景致，让他们有感而发，获得心灵上的满足。至于这座岘山亭的屡废屡兴，或许自会有人来记录，或许不必深究它的详情，这些我都不用再说明了。

注释

1 **慕叔子之风：**仰慕羊祜的政治风度。 2 **胜势：**指秀丽的风景。 3 **《离骚》：**这里指骚人。

墨池记

曾巩

导读

本文写于庆历八年(1048),是曾巩应州学教授王盛的恳请而作。文章用笔精准,一个“晚”字,道出了学习的真谛,又进一步说明,坚持不懈地学习,同时提高道德修养,这才是成功的关键。

原文

临川之城东,有地隐然而高,以临于溪,曰新城。[1]新城之上,有池洼然[2]而方以长,曰王羲之[3]之墨池者,荀伯子[4]《临川记》云也。羲之尝慕张芝[5],临池学书,池水尽黑,此为其故迹,岂信然邪?

译文

临川城的东面,有一块微微隆起并且靠近溪流的地方,叫作新城。新城的上面,有个呈长方形的深池,据说是王羲之的墨池,这是荀伯子《临川记》里说的。羲之曾非常仰慕张芝,就在池子边上练习书法,池水都被墨染黑了,现在说这里就是羲之的墨池,难道是真的吗?

注释

1 **临川:**宋朝的抚州临川郡(今江西临川)。 **隐然:**隐约,不明显。 **临:**从高处往低处看。 2 **洼然:**低深的样子。 3 **王羲之:**字逸少,东晋书法家,官至右军将军,世称“王右军”“书圣”。 4 **荀伯子:**南朝宋人,曾任临川内史。 5 **张芝:**字伯英,东汉人,善草书,世称“草圣”。

原文

方羲之之不可强以仕[1]，而尝极[2]东方，出沧海，以娱其意于山水之间。岂其徜徉肆恣[3]，而又尝自休于此邪？

羲之之书晚乃善，则其所能，盖亦以精力自致[4]者，非天成也。然后世未有能及者，岂其学不如彼邪？则学固[5]岂可以少哉？况欲深造道德者邪？

译文

当羲之不愿意勉强做官之时，曾走遍东方，出游大海，在山水之间快意人生。难道他在尽情游乐的时候，又曾在这里停留过吗？

羲之的书法，到了晚年才技艺高超，那么他能达到这一步，大概也是靠他自己的精神和毅力取得的，并不是天生的。然而后世那些比不上他的人，难道在学习上下的功夫不如他吗？那么在学习上难道本来可以少下功夫吗？何况那些想在道德修养上追求进步的人呢？

注释

1 **方**：当。 **强**：勉强。 **仕**：做官。 2 **极**：穷尽。 3 **肆恣**：放纵，尽情。 4 **致**：取得，获得。 5 **固**：原来，本。

原文

墨池之上，今为州学舍[1]。教授王君盛恐其不章也[2]，书"晋王右军墨池"之六字于楹间以揭之[3]，又告于巩曰："愿有记。"推王君之心，岂爱人之善，虽一能不以废[4]，而因以及乎其迹邪？其亦欲推其事，以勉其学者邪？夫人之有一能，而使后人尚[5]之如

译文

墨池的近旁，现在是州学的校舍。教授王盛先生担心墨池不为人知，就写了"晋王右军墨池"六个字挂在屋前的两根柱子之间，又请求我说："希望有一篇记。"我猜想王先生的用心，难道是欣赏一个人的优秀，即便是一技之长也不让它埋没，因而推及他的遗迹吗？难道他也想通过宣扬王羲之的事迹，来勉励他的学生吗？一个人有了一技之长，就能使后人尊重他到这个地步，何况那些

此，况仁人庄士[6]之遗风余思，被[7]于来世者何如哉！

品德高尚、行为端庄的人遗留下来的良好风范，对后世的影响会怎样就更不用说了！

注释

1 **州学舍：**州学的校舍。 2 **教授：**官名，主管学政和教育所属生员。**章：**通"彰"，显著。 3 **楹：**房屋前面的柱子。**揭：**挂起，高悬。 4 **一能：**一技之长，指书法。**废：**埋没。 5 **尚：**尊重，崇尚。 6 **仁人庄士：**指品德高尚、行为端庄的人。 7 **被：**影响。

木假山记

苏 洵

导读

本文写于嘉祐三年(1058)。文中叙述了树木从幼苗到成材所遭遇到的种种不幸，作者寓于其中的对于命运的思考，对于成材的喟叹，令人深思。作者寄情于物，颇具象征意味。

原文

木之生，或蘖而殇[1]，或拱而夭[2]。幸而至于任[3]为栋梁则伐。不幸而为风之所拔，水之所漂，或破折，或腐，幸而得

译文

树木的生长，有的刚发芽就死了，有的长到两手合抱那么粗就死了。幸运的长到能用作栋梁了就被砍了。不幸的被大风拔起，被流水冲走，有的折断了，有的腐烂了，即使有幸能不被折断的，没有腐烂的，

不破折不腐，则为人之所材，而有斧斤[4]之患。其最幸者，漂沉汩没于湍沙之间[5]，不知其几百年，而其激射啮食[6]之余，或仿佛于山者，则为好事者取去，强之以为山，然后可以脱泥沙而远斧斤。而荒江之濆[7]，如此者几何？不为好事者所见，而为樵夫野人所薪者，何可胜数！则其最幸者之中，又有不幸者焉。

也会被人认为是有用之材，于是遭到被斧头砍伐的灾祸。其中最幸运的，在急流和泥沙之中漂流浮沉，不知道经过了几百年，在水流砂石的冲击侵蚀之后，有的形成像山峰一样的外形，就被喜欢奇异之事的人拿走，加工做成了木假山，从此它就能脱离泥沙也远离被斧头砍伐的灾难了。但是在荒僻的江边，像这样貌似山峰的木头又能有多少呢？不被好事的人发现，却被樵夫农民拿去当作木柴砍了的，怎会数得清！那么在这最幸运的树木中，又存在着不幸啊。

注释

1 **蘖**(niè)**:**树木的嫩芽。 **殇:**未成年而死。 2 **拱**(gǒng)**:**指树有两手合抱那般粗细。**夭:**早死。 3 **任:**能。 4 **斤:**斧头。 5 **汩**(gǔ)**没:**沉没。 **湍**(tuān)**:**急流。 6 **啮食:**此指侵蚀。 7 **濆**(fén)**:**沿河的高地。

原文

予家有三峰。予每思之，则疑其有数[1]存乎其间。且其蘖而不殇，拱而不夭，任为栋梁而不伐，风拔水漂而不破折不腐，不破折不腐，而不为人所材，以及于斧斤，出于湍沙之间，而不为樵夫野人之所薪，而

译文

我家有一座三个峰头的木假山。每当我想到它，总觉得其中有命运在起着作用。它在发芽时没死，在长成两手合抱那么粗时没有死，长到可用作栋梁却没被砍伐，被风拔起，在水中漂浮却没被折断，没有腐烂，没有折断腐烂，也没被人当作木材，以至于遭到斧头的砍伐，从急流泥沙之中显露出来，也没被樵夫农民当作木柴砍了，然后能来到这里，那么这里面的气数似乎不

后得至乎此，则其理似不偶然也。

然予之爱之，则非徒爱其似山，而又有所感焉；非徒爱之，而又有所敬焉。予见中峰，魁岸踞肆[2]，意气端重，若有以服[3]其旁之二峰。二峰者，庄栗刻峭[4]，凛乎不可犯，虽其势服于中峰，而岌然无阿附意[5]。吁！其可敬也夫！其可以有感也夫！

是偶然的啊。

然而，我对木假山的喜爱，不仅仅是喜欢它像山一样，而且对它还有所感慨；不仅仅喜欢它，而且对它又有着敬意。我看它的中峰，魁伟高大，神态傲然豪放，气质端正庄重，好像有什么力量使它旁边的二峰臣服似的。旁边的两座山峰，庄重肃穆，威严挺拔，凛然不可侵犯，虽然它们所处的地位是臣服于中峰的，但那高耸挺立的神态，没有一点逢迎依附的意思。嗯！它们也是令人敬佩的！它们也是令人感慨的！

注释

1 **数**：命运，气数。 2 **魁岸**：魁伟高大的样子。 **踞肆**：傲慢放肆。 3 **服**：使……臣服。 4 **庄栗**：庄重严肃。 **刻峭**：山势险峻陡峭。 5 **岌**(jí)**然**：高耸的样子。 **阿**(ē)**附**：曲从依附。

石钟山记

苏 轼

导读

本文写于宋神宗元丰七年(1084)，是苏轼游石钟山后所写的一篇带有科学考察性的游记。文章记叙了作者为了考证石钟山命名的缘由，亲身探查石钟山的经过,强调判断一事的正确与否,不能想当然地仅凭主观臆断,必须要深入实际,认真调查。

原文

《水经》云:“彭蠡[1]之口,有石钟山[2]焉。”郦元[3]以为下临深潭,微风鼓浪,水石相搏,声如洪钟。是说也,人常疑之。今以钟磬[4]置水中,虽大风浪,不能鸣也,而况石乎?至唐李渤[5]始访其遗踪,得双石于潭上,扣而聆之,南声函胡[6],北音清越[7],枹止响腾[8],余韵徐歇,自以为得之矣。然是说也,余尤疑之。石之铿然[9]有声者,所在皆是也,而此独以钟名,何哉?

译文

《水经》说:“鄱阳湖的湖口,有一座石钟山。”郦道元认为石钟山下面靠近深潭,微风激起波浪,水和石头撞击在一起,发出的声音就好像大钟鸣响。这个说法,人们常常是怀疑的。如果把钟磬放在水中,即使是大风大浪,也不能让它发出声音来,何况是石头呢?到了唐代的李渤才开始寻访旧址来验证这种说法。他在潭边找到两块山石,敲击它们聆听发出的声音,发现南边那座山上的石头声音低沉而含糊,北边那座山上的石头声音清脆而响亮,石头停止了敲击,声音还在传播,余音慢慢地才会消失,他自认为找到了石钟山命名的原因。但是这个说法,我更加怀疑。敲击后能发出声音的石头,到处都有吧,可唯独这座山用钟来命名,是为什么呢?

注释

1 **彭蠡:**鄱阳湖的古称。 2 **石钟山:**在江西湖口鄱阳湖东岸,有南、北二山,在县城南边的叫上钟山,在县城北边的叫下钟山。 3 **郦元:**即郦道元,《水经注》的作者。 4 **磬**(qìng):古代打击乐器,形状像曲尺,用玉或石制成。 5 **李渤:**唐朝洛阳人,写过一篇《辨石钟山记》。 6 **函胡:**通“含糊”。 7 **越:**高扬。 8 **枹**(fú):鼓槌,此指用来敲击的石头。 **腾:**传播。 9 **铿然:**敲击金石所发出的响亮的声音。

原文

元丰七年六月丁丑[1]，余自齐安舟行适临汝[2]，而长子迈将赴饶之德兴尉，送之至湖口，因得观所谓石钟者。寺僧使小童持斧，于乱石间择其一二，扣之，硿硿[3]然，余固笑而不信也。至其夜，月明，独与迈乘小舟至绝壁下。大石侧立千尺，如猛兽奇鬼，森然欲搏人[4]。而山上栖鹘[5]，闻人声亦惊起，磔磔[6]云霄间。又有若老人咳且笑于山谷中者，或曰："此鹳鹤[7]也。"

译文

元丰七年六月初九，我从齐安坐船到临汝去，而大儿子苏迈将要去担任饶州德兴县的县尉，我送他到湖口，这才看到了人们所说的石钟山。庙里的和尚让小沙弥拿着斧头，在乱石中选了一两处，敲打着它，发出了硿硿的声响，我只是笑着却并不相信。到了晚上，月光明亮，我特地和苏迈坐着小船到了断壁下面。只见巨大的山石斜着矗立有千尺之高，就好像凶猛的野兽和奇异的鬼怪，阴森森地想要捉人。山上宿巢的老鹰，听到人声也受惊飞起来，在云霄间发出磔磔的鸣叫。又有像老人在山谷中咳嗽并且大笑的声音，有人说："这是鹳鹤。"

注释

1 **元丰：**宋神宗的年号。 **六月丁丑：**农历六月初九。 2 **齐安：**在今湖北黄州。 **临汝：**即汝州（今河南临汝）。 3 **硿硿**（kōngkōng）：象声词，击打金石发出的响声。 4 **森然：**阴森的样子。 **搏人：**捉人。 5 **栖鹘**（hú）：宿巢的老鹰。鹘，鹰的一种。 6 **磔磔**（zhézhé）：鸟鸣声。 7 **鹳鹤：**水鸟名，似鹤而顶不红，颈和嘴都比鹤长。

原文

余方心动欲还，而大声发于水上，噌吰[1]如钟鼓不绝。舟人大恐。徐而

译文

我正心惊想要回去，忽然巨大的声音从水上发出来，声音洪亮就像不断地敲钟击鼓。船夫非常惊恐。我仔细地观察，

察之，则山下皆石穴罅[2]，不知其浅深，微波入焉，涵澹澎湃而为此也[3]。舟回至两山间，将入港口，有大石当中流，可坐百人，空中而多窍，与风水相吞吐，有窾坎镗鞳之声[4]，与向之噌吰者相应，如乐作焉。因笑谓迈曰："汝识[5]之乎？噌吰者，周景王之无射[6]也；窾坎镗鞳者，魏庄子之歌钟[7]也。古之人不余欺也！"

发现山下都是石穴和缝隙，也不知道它们有多深，细微的水波涌进去，水波激荡因而发出了这种声音。等船回到了两山之间，将要进到港口，又发现有块大石头正挡在水流中央，石头顶部可坐百来个人，中间是空的，而且有许多窟窿，把清风和水波吞进去又吐出来，发出了窾坎镗鞳的声音，同先前噌吰的声音相互应和，好像音乐演奏一般。于是我笑着对苏迈说："你知道那些典故吗？噌吰的声音，是周景王的无射钟发出来的；窾坎镗鞳的声音，是魏庄子的歌钟发出来的。古人真没有欺骗我啊！"

注释

1 **噌吰**(chēnghóng)：指钟声洪亮。 2 **罅**(xià)：裂缝。 3 **涵澹**：水波动荡。 **澎湃**：波浪相激。 4 **窾**(kuǎn)**坎**：击物声。 **镗鞳**(tāngtà)：钟鼓声。 5 **识**：知道。 6 **无射**(yì)：无射钟。 7 **歌钟**：古乐器。

原文

事不目见耳闻，而臆断其有无，可乎？郦元之所见闻，殆与余同，而言之不详。士大夫终不肯以小舟夜泊绝壁之下，故莫能知。而渔工水师，虽知而不能言。此世所以不传也。而陋者乃

译文

任何事情不用眼睛看不用耳朵听，就主观推断它的有无，可以吗？郦道元所看到的、所听到的，大概和我一样，但是他描述得不够详细。其他的士大夫终究不愿乘小船在夜里停泊到悬崖绝壁下面，所以也就没有人能知道真相。而渔人和船夫，虽然知道石钟山命名的原因，却不能准确地讲出来。这就是世上没有流传下来石钟山

以斧斤考击而求之[1],自以为得其实。余是以记之,盖叹郦元之简,而笑李渤之陋也。

名称由来的原因。然而那些浅陋的人竟然用斧头敲打石头来寻求得名的缘由,自以为得到了真相。我因此记下以上的经历,慨叹郦道元的简略,而嘲笑李渤的浅陋。

注释

1 **陋者:**浅陋的人。 **考:**敲击。

游褒禅山记

王安石

导读

本文写于宋仁宗至和元年(1054),是一篇说理性的游记体散文。文中叙述了作者和同伴游览褒禅山的经过,并由此生发感慨,由景悟理,由叙转论,前后呼应,结构缜密。

原文

褒禅山亦谓之华山,唐浮图慧褒始舍于其址[1],而卒葬之,以故,其后名之曰褒禅。今所谓慧空禅院者,褒之庐冢也。[2]距其院东五里,所谓华山洞者,以其乃华山之阳名之也。距

译文

褒禅山也叫华山,唐代和尚慧褒当初在山脚筑室居住,死后也葬在这里,因为这个缘故,后来就给此山取名为褒禅山。如今人们所说的慧空禅院,就是慧褒和尚的庐墓。距离禅院东边五里远的地方,就是人们所说的华山洞,因为它在华山南面才这么命名。距离山洞一百多步,

洞百余步,有碑仆道[3],其文漫灭[4],独其为文犹可识,曰花山。今言"华"如"华实"之"华"者,盖音谬也。

有一座石碑倒在了路旁,上面的文字因风化剥蚀已近乎磨灭了,只在勉强能看清的地方还可以辨识出"花山"的字样。如今将"华"读成了"华实"的"华",是读音上的错误。

注释

1 **浮图:**也写作"浮屠",这里指和尚。 **慧褒:**唐代高僧。 **舍:**建舍定居。 **址:**地基,这里指山脚。 2 **慧空禅院:**寺院名。 **庐冢**(zhǒng)**:**古时为了表示孝敬父母或尊敬师长,在他们死后的服丧期间,为守护坟墓而盖的屋舍,也称"庐墓"。这里指慧褒弟子在慧褒墓旁盖的屋舍。庐,屋舍。冢,坟墓。 3 **仆道:**"仆于道"的省略,倒在路旁。 4 **漫灭:**因风化剥蚀而模糊不清。

原文

其下平旷,有泉侧出[1],而记游[2]者甚众,所谓前洞也。由山以上五六里,有穴窈然[3],入之甚寒,问其深,则其好游者不能穷也,谓之后洞。

予与四人拥火[4]以入,入之愈深,其进愈难,而其见愈奇。有怠而欲出者,曰:"不出,火且尽。"遂与之俱出。盖予所至,比好游者尚不能十一[5],然视其左右,来而记之者已少。

译文

由此向下的那个山洞平坦而空阔,有山泉从旁边涌出,在这里游览、题记的人很多,这里叫作"前洞"。经由山路再往上五六里,有个洞穴,幽深昏暗,进去就感到非常寒冷,询问这里有多深,就是那些喜欢历险的人也没能走到头,这里是人们所说的"后洞"。

我与四个人举着火把走进去,进得越深,前行就越困难,反而所见到的景致越奇异。有个懒惰想退出的伙伴说:"再不出去,火把就要熄灭了。"于是只好都跟着他退出来。我们走进去的深度,比起那些喜欢历险的人来说,大概还不到他们的

盖其又深，则其至又加少矣。方是时，予之力尚足以入，火尚足以明也。既其出，则或咎[6]其欲出者，而予亦悔其随之，而不得极夫游之乐也。

十分之一，但看看左右的石壁，来到此处并留下题记的人已经很少了。大概洞内更深的地方，能去的人就更少了。当决定从洞内退出时，我的体力还是足够再深入的，火把还是足够继续照明的。出洞以后，就有人埋怨那最先主张退出来的人，我也后悔跟他出来，因而没能极尽探险的乐趣。

注释

1 **侧出：**从旁边涌出。 2 **记游：**指在洞壁上题诗文留念。 3 **窈(yǎo)然：**深远幽暗的样子。 4 **拥火：**拿着火把。拥，拿。 5 **不能十一：**不及十分之一。不能，不及，不到。 6 **咎(jiù)：**责怪。

原文

于是予有叹焉。古人之观于天地、山川、草木、虫鱼、鸟兽，往往有得，以其求思之深而无不在也。夫夷以近，则游者众；险以远，则至者少。而世之奇伟瑰怪非常之观，常在于险远，而人之所罕至焉，故非有志者不能至也。有志矣，不随以止也，然力不足者，亦不能至也。有志与力，而又不随[1]以怠，至于幽暗昏惑而无物以

译文

对于这件事我有所感叹。古人观察天地、山川、草木、虫鱼、鸟兽，往往有所收获，是因为他们探究、思考深邃而无所不包。平坦而又近的地方，前去游览的人就多；危险而又远的地方，前去游览的人就少。但是世上那些奇异雄伟、瑰丽怪诞、非同寻常的景观，常常就在险要、偏僻而且人迹罕至的地方，所以，不是具有坚强意志的人就不能到达。虽然有意志，也不盲从别人而停止，但是体力不足的，也不能到达。有了意志和体力，也不盲从、不懒惰，但到了那幽深昏暗让人感到迷惑的地方，却没有必要的器物来辅助，也是不

相之[2]，亦不能至也。然力足以至焉而不至，于人为可讥，而在己为有悔。尽吾志也而不能至者，可以无悔矣，其孰能讥之乎？此予之所得也。

能到达的。可是，力量足以达到却没能达到，对于别人来说是可以讥笑的，对自己来说也是有所悔恨的。那些尽了自己的意志努力，还是不能达到的，可以没有悔恨了，这样谁还能讥笑他呢？这就是我这次爬山的收获。

注释

1 **随**：跟随。 2 **幽暗昏惑**：幽深昏暗，叫人迷乱。昏惑，迷乱。 **相**(xiàng)：帮助，辅助。

原文

予于仆碑，又以悲夫古书之不存，后世之谬其传而莫能名者，何可胜道也哉[1]！此所以学者不可以不深思而慎取[2]之也。

四人者：庐陵[3]萧君圭君玉，长乐[4]王回深父，予弟安国平父、安上纯父。至和元年[5]七月某日，临川[6]王某记。

译文

我对于那座倒地的石碑，又悲叹古代刻写的文献没能留存，后世错误地流传下来的那些没有人能弄清真相的事，哪能说得完呢！这是从事学问的人不能不深入思考更要谨慎选择的地方。

同游的四个人是：庐陵人萧君圭，字君玉；长乐人王回，字深父；我的弟弟王安国，字平父，王安上，字纯父。至和元年七月，临川人王安石记。

注释

1 **何可胜道**：怎么能说得完。胜，尽。 2 **慎取**：谨慎取舍。 3 **庐陵**：今江西吉安。 4 **长乐**：今福建长乐。 5 **至和元年**：公元1054年。至和，宋仁宗的年号。 6 **临川**：今江西临川。

项脊轩记[1]

归有光

导读

本文主体部分写于嘉靖三年(1524)。作者把小阁子命名为项脊轩,有怀念他的远祖之意,归有光的远祖曾住在江苏太仓的项脊泾。文章围绕着项脊轩,叙述了作者家庭的变迁,饱含深情地怀念了他去世的祖母、母亲、妻子三位女性。作者善于撷取日常生活中的一鳞半爪,看似琐碎无奇,但在平淡、直白的字里行间,却颤动着一颗滚烫的心。

原文

项脊轩,旧南阁子[2]也。室仅方丈,可容一人居。百年老屋,尘泥渗漉[3],雨泽下注,每移案[4],顾视无可置者。又北向,不能得日,日过午已昏。余稍为修葺[5],使不上漏。前辟四窗,垣墙周庭,以当南日,日影反照,室始洞然。[6]又杂植兰桂

译文

项脊轩,就是原来的南阁楼。屋里只有一丈见方,能容纳一个人居住。这座百年的老屋,下雨时屋顶的灰尘污泥就渗漏下来,雨水也一直往下淌,我每次想移动书桌,环视四周却没有能放置桌案的地方了。屋子又朝北,不能被日光照到,白天过了中午屋内就已昏暗不清了。我稍稍修缮了一下,使它不再从上面漏雨。在前面开了四扇窗子,在院子四周砌上围墙,用来挡住南面射来的日光,让日光反射进来,室内才明亮起来。又在庭院里交错种上兰花、桂花、竹子、树木等,往日的

竹木于庭，旧时栏楯[7]，亦遂增胜。借书满架，偃仰啸歌，冥然兀坐，万籁有声。[8]而庭阶寂寂，小鸟时来啄食，人至不去。三五之夜，明月半墙，桂影斑驳，风移影动，珊珊[9]可爱。

栏杆，也就增加了新的景致。家中的书摆满了书架，我时而仰头高声诵读文章，时而埋头低吟诗歌，有时又静静地独自端坐着，听自然界万物的声响。庭院里静悄悄的，小鸟不时飞下来啄食，即使人走到它跟前也不离开。每当十五的晚上，明月高悬照亮了半截围墙，桂树的影子交杂错落，微风吹过，影子也随着摆动，舒缓美好，惹人怜爱。

注释

1 **项脊轩：**归有光的书斋名。 2 **阁子：**小屋子。 3 **渗漉**(lù)：渗漏。 4 **案：**几案，书桌。 5 **修葺**(qì)：修缮，修补。 6 **垣墙：**围墙。**当：**挡住。 **洞然：**明亮的样子。 7 **栏楯**(shǔn)：栏杆。纵的叫栏，横的叫楯。 8 **偃仰：**或伏下，或仰起。 **啸歌：**长啸或吟诵。 **冥然：**静静地。 **兀坐：**独自端坐。 9 **珊珊：**舒缓美好的样子。

原文

然余居于此，多可喜，亦多可悲。先是，庭中通南北为一，迨诸父异爨[1]，内外多置小门墙，往往而是。东犬西吠，客逾庖[2]而宴，鸡栖于厅。庭中始为篱，已为墙，凡再[3]变矣。

家有老妪，尝居于此。妪，先大母婢也，乳二世，先妣抚之甚厚。室西连于中

译文

然而我住在这里，有许多让人高兴的事，也有许多让人悲伤的事。在这以前，庭院的南北是相通而成为一体的，等到伯父叔父们分了家，在室内外设置了许多小门和围墙，每家都是这样。狗把原来同住一院的人当作陌生人，客人要越过厨房去吃饭，鸡就在厅堂里栖息。院中开始是用篱笆隔开的，随后又砌成了墙，共变了两次。

家里有个老妇人，曾在这里住过。

闺[4]，先妣尝一至。妪每谓予曰："某所，而母立于兹。"妪又曰："汝姊在吾怀，呱呱而泣；娘以指叩门扉曰：'儿寒乎？欲食乎？'吾从板外相为应答。"语未毕，余泣，妪亦泣。

余自束发，读书轩中，一日，大母过余曰："吾儿，久不见若影，何竟日默默在此，大类女郎也？"比去，以手阖门，自语曰："吾家读书久不效，儿之成，则可待乎？"顷之，持一象笏[5]至，曰："此吾祖太常公[6]宣德间执此以朝，他日汝当用之！"瞻顾遗迹，如在昨日，令人长号不自禁。

这个老妇人，是我死去的祖母的婢女，给两代人喂过奶，先母对她很好。房子的西边和内室相连，先母曾经常来。老妇人常常对我说："这个地方，你母亲曾站在这儿。"老妇人又说："你的姐姐在我的怀里，呱呱地哭泣；你母亲用手指敲着房门说：'我儿是冷吗，还是想吃东西啊？'我就隔着门一一回答。"话还没有说完，我就哭起来，老妇人也流下了眼泪。

我从十五岁就在轩内读书，有一天，祖母来看我，说："我的孩子，好长时间没有见到你的身影了，为什么像个女孩子一样整天都默默地待在这里呢？"等到离开时，她用手关上门，还自言自语地说："我们家的读书人很久没有得到功名了，这孩子的成功，是可以期待的吗？"不一会儿，她拿着一个象笏过来了，对我说："这是我的祖父太常公在宣德年间拿着去朝见皇帝用的，以后你一定会用到它！"我恭敬地看着这件遗物的情景，好像就在昨天一样，真让人忍不住要放声大哭。

注释

1 **迨：**等到。 **异爨**(cuàn)**：**分灶做饭，指分家。 2 **庖：**厨房。 3 **再：**两次。 4 **中闺：**内室。 5 **象笏**(hù)**：**又称象简、手版，古时官员上朝所用。 6 **太常公：**指夏旭，明宣宗宣德年间曾为太常寺卿。

原文

轩东，故尝为厨，人往，从轩前过。余扃牖而居[1]，久之，能以足音辨人。轩凡四遭火，得不焚，殆有神护者。

项脊生曰："蜀清守丹穴[2]，利甲天下，其后秦皇帝筑女怀清台。刘玄德与曹操争天下，诸葛孔明起陇中。方二人之昧昧[3]于一隅也，世何足以知之？余区区处败屋中，方扬眉瞬目，谓有奇景。人知之者，其谓与坎井之蛙[4]何异！"

译文

项脊轩的东边曾经是厨房，人们到那里去，都要从轩前经过。我关着窗子住在轩里，时间长了，能根据脚步声辨别出是谁。项脊轩一共遭过四次火灾，能够不被焚毁殆尽，大概是有神灵在保护着它吧。

项脊生说："巴蜀之地有个叫清的寡妇，她继承了丈夫留下的朱砂矿，采矿获得的利润为天下第一，后来秦始皇就筑了'女怀清台'来纪念她。刘备与曹操争夺天下，诸葛亮出身陇中，凭借草民的身份，建立了不朽的勋业。当他们两个人待在偏僻的角落不为人所知时，世人又怎么能知道他们竟能取得如此大的成就呢？今天我居住在这破旧的小屋里，却自得其乐，以为有奇异景致。如果有知道我这样遭际的人，恐怕会把我看作是那种目光短浅的井底之蛙吧！"

注释

1 **扃**(jiōng)**:**关闭。 **牖**(yǒu)**:**窗户。 2 **清:**名字是清，寡妇。 **丹穴:**朱砂矿。 3 **昧昧:**昏暗，指没有名声。 4 **坎井之蛙:**浅井里的青蛙。坎，坑穴。

原文

余既为此志，后五年，吾妻来归[1]，时至轩中，从余问古事，或凭几

译文

我写了这篇文章之后，过了五年，我的妻子嫁到了我家来，她时常来到轩中，向我问一些古代的事情，有时她就靠在桌旁学

学书。吾妻归宁[2]，述诸小妹语曰："闻姊家有阁子，且何谓阁子也？"其后六年，吾妻死，室坏不修。其后二年，余久卧病无聊，乃使人复葺南阁子，其制[3]稍异于前。然自后余多在外，不常居。

庭有枇杷树，吾妻死之年所手植[4]也，今已亭亭如盖矣[5]。

写字。我妻子回娘家探亲，回来转述她小妹们的话说："听说姐姐家有个小阁楼，那么，什么叫小阁楼呢？"又过了六年，我的妻子去世，项脊轩破败也没有再整修了。又过了两年，我长时间生病卧床，感到十分空虚寂寥，就派人再次修缮了南阁子，格局跟过去稍有不同。但从这之后我就多在外地，不常住在这里了。

庭院里有一株枇杷树，是我妻子去世那年她亲手栽种的，如今早已高高挺立，枝叶繁茂得就像伞一样了。

注释

1 **归：**古代女子出嫁。 2 **归宁：**出嫁的女儿回娘家看望父母。 3 **制：**格局。 4 **手植：**亲手种植。 5 **亭亭：**直立的样子。 **盖：**伞。

箴铭类

十

剑阁铭

张载

导读

张载，字孟阳，西晋安平武邑(今属河北)人，官至中书侍郎，领著作。其诗重词藻。晋武帝太康初年，张载因回川探亲之故，途经剑阁，他饱览了这里雄壮奇绝的风光，感受到此地浓郁的人文传统，遂写下了这篇千古传诵的《剑阁铭》。文中绘景如画，气势恢宏；就事论事，如警钟长鸣。

原文	译文
岩岩梁山[1]，	那高耸的剑阁山，
积石峨峨[2]。	堆积着高高的石块。
远属荆衡[3]，	远处连接到荆山、衡山，
近缀岷嶓[4]。	近处缀连着岷山、嶓冢山。
南通邛僰[5]，	向南可以通到邛僰之地，
北达褒斜[6]。	向北可以达到褒斜道。
狭过彭碣[7]，	比彭门山、碣石山都狭窄，
高逾嵩华[8]。	比嵩山、华山都要高大。

注释

1 **岩岩：**高耸的样子。 **梁山：**指剑阁山。 2 **峨峨：**高高的样子。 3 **属：**连接。 **荆衡：**指荆山(在今湖北南漳西)与衡山(在今湖南衡山西）。 4 **岷嶓：**指岷山（在今四川松潘北）与嶓冢山（在今陕西宁强北）。 5 **邛**（qióng）**：**今四川西昌东南。**僰**（bó）**：**今四川宜宾一带。 6 **褒斜：**指褒斜道，今陕西秦岭一带。 7 **彭：**彭门山，在今四川彭州。有两山对立如阙，故号彭门。**碣：**碣石山，在今河北昌黎西北。 8 **嵩华：**指嵩山（在今河南登封）与华山（在今陕西华阴）。

原文

惟蜀之门，
作固作镇[1]。
是曰剑阁，
壁立千仞[2]。
穷地之险，
极路之峻。
世浊则逆，
道清斯顺。
闭由往汉，
开自有晋。

译文

这就是蜀地的门户，
地势险要又是蜀地的屏障。
这个地方就叫作剑阁，
悬崖耸立有千仞之高。
地形险恶已到了极点，
道路陡峻也到了极端。
天下如果混乱它就叛逆，
天下要是太平它就温顺。
它从汉朝灭亡就开始关闭，
一直到了晋朝才重新开放。

注释

1 **固：**险要的地方。 **镇：**屏障。 2 **仞：**古代以七尺或八尺为一仞。

原文

秦得百二[1]，
并吞诸侯。
齐得十二[2]，
田生献筹[3]。
矧兹狭隘[4]，
土之外区。

译文

秦国得到了百分之二的雄关，
就得以兼并了各个诸侯。
齐国得到了十分之二的雄关，
田生才接着献上了谋划。
况且这种险峻的关口，
都是处在国土的边缘。

一人荷戟，	一个人在此防守，
万夫趑趄[5]。	千万人马都会踌躇不前。
形胜之地，	地势如此重要的地方，
匪亲勿居[6]。	不是心腹万不可派他坚守此地！

注释

1 **秦：**指关中。 **百二：**百分之二。 2 **十二：**十分之二。 3 **筹：**谋划。 4 **矧**(shěn)**：**况且。 5 **趑趄**(zījū)**：**踌躇不前的样子。 6 **匪：**同“非”，不是。

原文	译文
昔在武侯[1]，	当年的魏武侯，
中流而喜。	乘着小船游到河的中间，
山河之固，	看到河山如此险固，喜形于色，
见屈吴起[2]。	却被吴起批评。
兴实在德，	国家的兴盛实际上在于德行啊，
险亦难恃。	没有德行险地也是难以稳据。
洞庭孟门[3]，	那据有洞庭的楚国和据有孟门的晋国，
二国不祀。	早已没有后人去祭祀了。
自古迄今，	从古到今，
天命匪易。	上天的规律是不会改变的。
凭阻作昏，	以为凭着险阻就能昏庸地统治，
鲜不败绩。	那很少有不败的。
公孙既灭[4]，	公孙述已经被灭了，
刘氏衔璧[5]。	刘禅也早已投降了。
覆车之轨，	这些已倾覆的历史教训，
无或重迹。	是不可以再走的。
勒铭山阿，	我今天把这篇铭文刻在这山凹处，

原文	译文
敢告梁益[6]。	就是为了告诫四川的统治者的。

注释

1 **武侯:**指魏武侯,姬姓,名击。战国初期魏国国君与中原霸主。 2 **吴起:**战国初期卓越的军事家。 3 **洞庭:**湖名,在今湖南北部。 **孟门:**今山西柳林。 4 **公孙:**指公孙述。西汉末年,公孙述占蜀,自立蜀王,后被光武帝灭。 5 **刘氏:**指蜀汉政权。 **衔璧:**指投降。 6 **梁益:**梁,指梁州,三国时置,今陕西汉中。益,指益州,西汉置,今四川成都。此处指代四川地区。

酒 箴

扬 雄

导读

扬雄(前53—后18),字子云,西汉蜀郡成都(今属四川)人。早年好辞赋,后转而研究哲学。这篇文章从表面上看是写两种不同容器的不同作用,事实上是以物喻人,阐明了两种人迥异的处世和对人生的态度,及其导致的大相径庭的结果。文章虽短,寓意深长。

原文	译文
子犹瓶矣[1]。	你就像这个瓶子啊。
观瓶之居,	看它放在哪儿,
居井之湄[2]。	就在水井的边上。
处高临深,	站得高却又靠近深渊,

原文	译文
动常近危。	动不动就有危险。
酒醪不入口[3]，	不能装那醇美的酒，
藏水满怀。	只好来盛着这清水。

注释

1 **瓶**:汲水的器具。 2 **湄**:边,旁。 3 **醪**(láo):一种有渣滓的酒。

原文	译文
不得左右，	为了不摇摇晃晃，
牵于纆徽[1]。	就拿绳索拴住。
一旦叀碍[2]，	一旦发生了意外，
为甓所轠[3]。	就遭到井壁的击撞。
身提黄泉[4]，	身子被抛到黄泉里，
骨肉为泥。	骨肉也粉碎为泥。
自用如此，	瓶子即便有用，
不如鸱夷[5]。	终归不如酒袋子。

注释

1 **纆**(mò)**徽**:指系瓶的绳子。 2 **叀**(zhuān)**碍**:绳子被挂住。叀,悬。 3 **甓**(dàng):砌井壁的砖。**轠**(léi):碰击。 4 **提**:抛掷。 5 **鸱**(chī)**夷**:装酒的皮袋。

原文	译文
鸱夷滑稽[1]，	装得满满的酒袋子，
腹大如壶。	肚子大得就像壶一样。
尽日盛酒，	整天盛满着美酒，
人复借酤[2]。	喝完了有人又借它去买酒。
常为国器[3]，	经常当作国家的宝器，

托于属车[4]。
出入两宫，
经营公家[5]。
由是言之，
酒何过乎！

放在皇帝的属车上。
可以随便进出两宫，
还能奔走王公贵族的家。
从这方面来说，
酒有什么错！

注释

1 **滑稽:**古代一种圆形的能转动注酒的酒器。此处借喻圆滑。 2 **酤:**买酒。 3 **国器:**贵重之器。 4 **属车:**皇帝出行时随从的车子。 5 **经营:**指奔走谋求。

十二 颂赞类

子产不毁乡校颂

韩　愈

导读

子产不仅没有毁掉乡校，更广开言路，让百姓各抒己见，郑国反而因此得到了很好的治理。而周厉王监视虐杀议论国事的人，最终却被流放。两相对比，以古喻今，寓意深长。

原文

我思古人，伊郑之侨[1]。以礼[2]相国，人未安其教。游于乡之校，众口嚣嚣。[3]

或谓子产："毁乡校则止。"曰："何患焉？可以成美[4]。夫岂多言，亦各其志。善也吾行，不善吾避。维善维否[5]，我于此视。川不可防，言不可弭[6]。下塞上聋，邦其倾矣。"既乡校不毁，而郑国以

译文

我敬重的古人，第一个就是郑国的子产。他用儒道治理国家，老百姓刚开始不习惯接受他的教化。他们聚集到乡校里，议论纷纷。

有人对子产说："取缔乡校议论就会停止。"子产说："有什么可担心的呢？有议论可以成为好事。哪能说是议论太多，也就是各抒己见罢了。对的，我就采纳；不对的，我就防范。是好是坏，我可以在乡校里多多观察一下。河流不能用土石去堵塞，百姓的言论也是不能强行阻止的。堵住百姓的嘴，执政者就成了聋子，听不到人民的意见，这样国家肯定要衰败。"最终乡校没有被毁掉，而郑

理。[7] 国因此被治理得很好。

注释

1 **侨：**即公孙侨，字子产，春秋时郑国大夫。 2 **礼：**指儒家的礼法纲纪。 3 **乡之校：**即乡校，乡间的学校。 **嚣嚣：**喧哗的声音。 4 **成美：**成为好事。 5 **否(pǐ)：**恶。 6 **弭(mǐ)：**止。 7 **既：**完了，尽。 **理：**治理。

原文

在周之兴，养老乞言；及其已衰，谤者使监[1]。成败之迹，昭哉可观。

维是子产，执政之式[2]。维其不遇，化止一国。诚率[3]是道，相天下君，交畅旁达，施[4]及无垠。於呼[5]四海，所以不理，有君无臣。谁其嗣[6]之？我思古人。

译文

周朝当初的兴盛，是因为奉养了有品德的老人并且向他们求教；等到周朝衰败时，就派人监视那些批评国事的人。这些成功失败的事例，可以清楚明白地看出来。

这个子产啊，是执政者的榜样。只是他生不逢时，他的教化才仅仅限于郑国一家。倘若真的都用子产执政的办法，来辅佐天下的君王，那教化就能相互影响，广泛传播，一直延续。哎！天下治理不好，是因为只有高高在上的君王，却没有有用的贤臣啊。谁能继承子产的做法呢？我真的很思慕那些贤能的古人。

注释

1 **谤者：**指批评国政的人。周厉王暴虐无道，老百姓批评他，他就派人监视，甚至杀了不少好人，国人愤怒，最后将他放逐。 2 **式：**法式，榜样。 3 **率：**依据，遵循。 4 **施(yì)：**蔓延，延续。 5 **於呼：**同“呜呼”。 6 **嗣：**继承。

韩幹画马赞

苏 轼

导读

这篇评画文章，读来就如观画，四匹马各自的神态、动作，甚而它们的心理，都刻画得惟妙惟肖，活灵活现。作者尤其赞赏马的优哉游哉的生命态度。

原文

韩幹[1]之马四。

其一在陆，骧首奋鬣[2]，若有所望，顿足而长鸣。其一欲涉，尻[3]高首下，择所由济[4]，局蹐[5]而未成。其二在水，前者反顾，若以鼻语，后者不应，欲饮而留行。

译文

韩幹画了四匹马。

其中有一匹马在陆地上，它的头高高地昂起，晃动着鬃毛，好像看到了什么，跺着脚，高声长鸣。其中有一匹想要过河，屁股翘得高高的，低着头，正在选择渡河的地方，小步徘徊着没有下河。另外两匹马在水里，前面那匹正回头看，好像是在用鼻子说话，而后面的那匹马却不应答，似乎想喝水而停着不走。

注释

1 **韩幹**：唐代著名画家，以画马著称。 2 **骧**：马头昂起。 **奋鬣**(liè)：晃动鬃毛。 3 **尻**(kāo)：屁股。 4 **济**：渡河。 5 **局蹐**(jí)：局促貌。此指小步徘徊。

原文

以为厩马也，则前无羁络，后无棰策。[1]以为野马也，则隅目耸耳，丰臆细尾，皆中度程。[2]萧然如贤大夫、贵公子，相与解带脱帽，临水而濯缨[3]。遂欲高举远引，友麋鹿而终天年[4]，则不可得矣。盖优哉游哉，聊以卒岁而无营[5]。

译文

起初把它们当作马棚里饲养的马，可是它们没有马笼头罩着，也没有皮鞭鞭打。又把它们当作是野生的马，可是它们的眼眶棱角分明，耳朵高高竖起，胸脯丰满，马尾细长，都合乎良马的标准。这些马潇洒得就像贤大夫、贵公子，纷纷宽衣解带，脱下冠帽，靠近水边，清洗着帽带。它们竟然想要远离俗世，和麋鹿为友，最终享受大自然赋予的宝贵生命，可这又是难以做到的。那么就这样从容不迫，闲适自得，借此无所求地度过这一生吧。

注释

1 **厩(jiù)马:**马棚里饲养的马。 **羁(jī)络:**马笼头。 **棰策:**马鞭。 2 **隅目:**眼眶棱角分明。**丰臆:**丰满的胸脯。**中度程:**符合标准。 3 **濯缨:**洗涤帽带，行为高洁之意。 4 **友麋鹿:**与麋鹿为友。 5 **无营:**无所求。

十二 辞赋类

离骚[1]（节选）

屈原

导读

屈原(约前340—约前278),名平,字原,战国时楚贵族。主张联齐抗秦,却屡遭谗言,最终深感政治理想无法实现,自沉汨罗江而死。《离骚》以诗人与黑暗现实的冲突为线索展开叙事,抒发情感。作品理想与现实、浪漫与激情相交织,想象奇异,光怪陆离,是诗人坎坷经历及思想情感变化的艺术写照。所节选两部分,其一是写诗人自述身世、砺德自修及抱负的远大。其二是写诗人叙述自己从苍梧出发,日夜兼程,前往天国,却被拒于天门之外,表明天上与世间一般混浊。《离骚》所创立的"骚"体诗歌形式、香草美人传统,在中国文学史上影响极为深远。

其一

原文	译文
帝高阳之苗裔兮[2],	我是帝王高阳氏的子孙啊,
朕皇考曰伯庸[3]。	我已故的父亲叫伯庸。
摄提贞于孟陬兮[4],	岁星正在寅年的正月啊,
惟庚寅吾以降。	正值庚寅时我降生。
皇览揆余于初度兮[5],	父亲揣度我出生时辰啊,
肇锡余以嘉名[6]。	最开始就赐我美好的名字。
名余曰正则兮,	给我起名叫正则啊,
字余曰灵均。	起字叫灵均。

原文	译文
纷[7]吾既有此内美兮，	我有许多美好的内在品质啊，
又重之以修能[8]。	再加上优秀的才能。

注释

1 **离骚：**司马迁《史记·屈原贾生列传》："《离骚》者，犹离忧也。"班固《离骚赞序》："离，犹遭也；骚，忧也。明己遭忧作辞也。"王逸《楚辞章句》："离，别也，骚，愁也。"历来解释各异，尚无定论。刘勰《文心雕龙·辨骚》称其"惊采绝艳，难与并能也"。《离骚》作为屈原自叙平生的长篇抒情诗，堪称文学史上之奇作。 2 **高阳：**传说中古代部族的首领颛顼之号。 **苗裔**(yì)**：**苗，初生的禾本植物。裔，衣服的末边。此苗裔连用，喻指子孙后代。 3 **朕：**我。秦以前通用，秦以后为帝王专用。 **皇：**敬称。 **考：**死去的父亲。 4 **摄提：**纪年术语。古人把天宫按地支十二等分，称为十二宫，以岁星（木星）在天空运行所指向的方位来纪年，指向寅宫的那一年，叫作摄提格，即寅年。 **贞：**正。 **孟：**开始。 **陬**(zōu)**：**正月，为一年之始。 5 **览：**观察。 **揆**(kuí)**：**揣度。 6 **肇**(zhào)**：**开始。 **锡：**赐。 7 **纷：**众多。 8 **重**(zhòng)**：**加上。 **修：**美，长。

原文	译文
扈江蓠与辟芷兮[1]，	江蓠、芷草披在身上啊，
纫[2]秋兰以为佩。	连缀秋兰当作佩饰。
汩[3]余若将不及兮，	时光如流水迅疾我好像赶不上啊，
恐年岁之不吾与。	害怕岁月不等着我。
朝搴阰之木兰兮[4]，	早晨采撷阰山上的木兰啊，
夕揽洲之宿莽[5]。	傍晚摘取小洲上的宿莽。
日月忽其不淹[6]兮，	日月飞逝不能久留啊，
春与秋其代序。	四季不停地更替。
惟[7]草木之零落兮，	想到草木凋零飘落啊，
恐美人之迟暮[8]。	害怕美人的衰老。

不抚[9]壮而弃秽兮，何不改乎此度[10]也？乘骐骥以驰骋兮，来吾导夫先路！

不趁着强盛时抛弃污秽啊，为何不改变这些陈旧的法度？乘着骏马奔跑啊，来吧，我在前面引导开路。

注释

1 **扈**(hù)：楚方言，披挂。 **辟**：通“僻”，此指生于幽僻之地。江蓠、芷均为香草名。 2 **纫**：连缀，贯穿。 3 **汩**(yù)：流水迅疾的样子，喻时光飞逝。 4 **搴**(qiān)：拔取。 **阰**(pí)：山名。 5 **揽**(lǎn)：采摘。 **宿莽**：草名，经冬不死。 6 **淹**：久留。 7 **惟**：思虑。 8 **迟暮**：年老。 9 **抚**：持，引申为“趁”。 10 **度**：法度。

其二

原文

跪敷衽以陈辞兮[1]，
耿[2]吾既得此中正。
驷玉虬以乘鹥兮[3]，
溘埃风余上征[4]。
朝发轫于苍梧兮[5]，
夕余至乎县圃[6]。
欲少留此灵琐[7]兮，
日忽忽其将暮。
吾令羲和弭节兮[8]，
望崦嵫[9]而勿迫。
路漫漫其修远兮，
吾将上下而求索。

译文

铺开衣襟跪着诉说啊，
我确实已经获得中正的道理。
驾着玉虬乘着鹥车啊，
迎着扬尘的大风我向天上疾飞。
早晨从苍梧启程啊，
傍晚我就到了悬圃。
想在灵琐稍作停留啊，
太阳迷蒙天色将晚。
我命令羲和停挥马鞭啊，
不让太阳向崦嵫靠近。
道路漫长遥远啊，
我将上下努力来寻求正道。

注释

1 **敷**(fū):铺开。 **衽**:衣的前襟。 2 **耿**:明白。 3 **驷**:用四匹马驾的车子,此处用作动词,驾车。 **虬**(qiú):传说中一种无角的龙。 **鹥**(yì):凤凰的别名。 4 **溘**(kè):突然,迅疾。 **上征**:向天上飞。 5 **发轫**(rèn):拿掉支住车轮的木头,使车前进,即出发。 **苍梧**:舜所葬之地。 6 **县圃**(pǔ):县,通"悬"。悬圃,神话中的山名,在昆仑之上。 7 **灵琐**:神灵住所之门。 8 **羲和**:神话中太阳的御者,相传他驭六龙为太阳驾车。 **节**:马鞭。 9 **崦嵫**(Yānzī):神话中日落之地。

原文

饮余马于咸池[1]兮,
总余辔乎扶桑[2]。
折若木[3]以拂日兮,
聊须臾以相羊[4]。
前望舒[5]使先驱兮,
后飞廉使奔属[6]。
鸾皇为余先戒[7]兮,
雷师告余以未具[8]。
吾令凤鸟飞腾兮,
又继之以日夜。
飘风屯其相离兮[9],
帅云霓而来御[10]。

译文

让我的马在咸池饮水啊,
把缰绳拴在扶桑树上。
折下若木枝挡住太阳啊,
我可以暂且徘徊漫步。
让前面的望舒当先驱啊,
使后面的飞廉紧紧跟上。
鸾鸟凤凰为我在前戒备啊,
雷师却告诉我还没准备好。
我命令凤凰展翅飞腾啊,
要夜以继日不停赶路。
旋风聚集着一阵接一阵啊,
率领着云霓迎接我。

注释

1 **咸池**:神话中的天池,太阳沐浴处。 2 **总**:系结。 **扶桑**:神话中东海外的神木之名,为太阳的出发之处。 3 **若木**:神话中的树名,为太阳归宿处。 4 **相羊**:同"徜徉",徘徊之意。 5 **望舒**:神话中为月驾车的神。 6 **飞廉**:风神。一说为能致风的神禽名。 **奔属**:跟在后面跑。 7 **先戒:**在前面警戒。 8 **雷师:**雷神。**未具:**未准备好。 9 **飘风:**旋风。**屯:**聚合。**离:**通“丽”,附着。 10 **帅:**率领。**御:**迎接,也有“抵御”之说。

原文

纷总总其离合兮[1],
斑陆离其上下[2]。
吾令帝阍[3]开关兮,
倚阊阖[4]而望予。
时暧暧其将罢兮[5],
结[6]幽兰而延伫。
世溷浊[7]而不分兮,
好蔽美而嫉妒。

译文

越聚越多离合不定啊,
色彩斑驳分散离乱上下飘荡。
我命令天门守卫打开门啊,
他却倚靠在天门望着我。
日光暗淡天色将晚啊,
我编结着幽兰长久伫立。
世道混浊善恶不分啊,
喜欢遮蔽美好嫉妒他人。

注释

1 **总总:**聚集的样子。**离合:**忽散忽聚。 2 **斑:**色彩驳杂。**陆离:**散乱。 3 **帝阍:**天帝守门人。 4 **阊阖**(chānghé)**:**天门。 5 **暧暧:**昏暗的样子。**罢:**同“疲”,衰弱。 6 **结:**编结。 7 **溷**(hùn)**浊:**混乱污浊。

涉　江

屈　原

导读

《九章》是诗人屈原在被流放途中所作的一组抒情诗歌,《涉江》是其中之一。篇中先写诗人不被人知的高洁志向，透露涉江远行的原因；次写放逐途中的经历和徘徊顾望之心情；再写溆浦环境的恶劣，隐喻自己生存的困境，以端直无伤自慰；接着引前贤遭遇以自况，表达坚守正道之决心；最后以乱作结，揭露楚国黑暗的现实，抒发自己生不逢时的悲哀。以哀婉之辞写愤激之情以及娴熟的比喻手法是本篇重要的特点。

原文	译文
余幼好此奇服兮，	我自幼就喜爱这奇异的服饰啊，
年既老而不衰。	年老了爱好却不衰退。
带长铗之陆离兮[1]，	佩带着长长的宝剑啊，
冠切云之崔嵬[2]。	戴着高耸的切云帽。
被[3]明月兮佩宝璐，	披挂明月宝珠啊佩戴着美玉。
世溷浊而莫余知兮，	世道混浊没有人理解我啊，
吾方高驰而不顾。	我正向高远处奔跑，毫不眷恋。
驾青虬兮骖白螭[4]，	驾着青龙啊驱赶着白螭，
吾与重华游兮瑶之圃[5]。	我与重华一起游啊在美玉般仙境。
登昆仑兮食玉英[6]，	登上昆仑山啊吃着玉英，
与天地兮比寿，	与天地啊共长久，
与日月兮齐光。	与日月啊同光明。
哀南夷[7]之莫吾知兮，	悲哀南方的民众不理解我啊，
旦余济[8]乎江湘。	明早我要渡过长江和湘水。

注释

1 **铗**(jiá)**:**剑柄，这里代指剑。**陆离:**长剑低昂的样子。 2 **切云:**帽名，帽冠高耸如与云齐，所以说“切云”。**崔嵬:**高耸。 3 **被:**通“披”。 4 **虬:**神话中无角的龙。 **骖:**四马驾车，两侧的马称为骖。 **螭**(chī)**:**一种神话中的龙。 5 **重华:**帝舜的名字。 **瑶:**美玉。 **圃:**花园。 6 **玉英:**玉花，为仙家所食用。英，花朵。 7 **南夷:**指楚国南部的土著。夷，当时对周边落后民族的称呼。　8 **济**:渡过。

原文

乘鄂渚而反顾兮[1],
欸秋冬之绪风[2]。
步[3]余马兮山皋,
邸余车兮方林[4]。
乘舲船[5]余上沅兮,
齐吴榜以击汰[6]。
船容与[7]而不进兮,
淹回水而疑滞[8]。
朝发枉陼[9]兮,
夕宿辰阳[10]。
苟余心其端直兮,
虽僻远其何伤!

译文

登上鄂渚回首遥望啊,
在秋冬的残风中叹息。
让我的马慢行啊在山冈,
停下我的车啊在方林。
乘着船我溯沅水而上啊,
船夫们一齐摇桨划船。
船儿徘徊不前啊,
在漩涡中停留不动。
清晨从枉陼起程啊,
傍晚在辰阳歇宿。
只要我的心正直啊,
即便荒僻遥远,又有什么可悲伤?

注释

1 **乘**:登。 **鄂渚**:地名,相传在今湖北武汉黄鹤山上游。　2 **欸**(āi):叹息声。 **绪风**:残余之风。绪,残。　3 **步**:慢行。　4 **邸**:停。 **方林**:地名。　5 **舲**(líng)**船**:有窗的船。　6 **榜**:船桨。 **汰**:水波。　7 **容与**:徘徊。　8 **淹**:停留。 **回水**:回旋的水,即漩涡。　9 **枉陼**:地名,在今湖南常德一带。陼,同“渚”。　10 **辰阳**:地名,在今湖南辰溪西,沅水北岸。

原文

入溆浦余儃佪兮[1],
迷不知吾所如[2]。
深林杳以冥冥兮[3],
乃猿狖之所居[4]。

译文

到了溆浦我又迟疑啊,
迷茫中不知该往何处去。
茂密的树林幽深阴暗啊,
是猿猴居住的地方。

山峻高而蔽日兮，
下幽晦[5]以多雨。
霰雪纷其无垠兮[6]，
云霏霏而承宇[7]。
哀吾生之无乐兮，
幽独处乎山中。
吾不能变心以从俗兮，
固将愁苦而终穷[8]。

山峰高峻遮蔽了阳光啊，
山下昏暗阴沉且多雨。
雪花纷纷茫茫无际啊，
云气浓重弥漫屋顶。
哀伤我的人生没有快乐啊，
幽寂孤独地住在山中。
我不能改变志向来顺从世俗啊，
必定会忧愁困苦终生。

注释

1 **溆浦**：地名，今湖南溆浦。 **儃佪**(chánhuái)：徘徊。 2 **如**：到，往。 3 **杳**：幽深。 **冥冥**：昏暗的样子。 4 **狖**(yòu)：黑猿。 5 **幽晦**：幽深阴暗。 6 **霰**：雪珠。 **纷**：繁多。 **垠**：边际。 7 **霏霏**：形容云气浓重。 **承**：承接，弥漫之意。 **宇**：屋檐。 8 **终穷**：终生困厄。

原文

接舆髡首兮[1]，
桑扈臝行[2]。
忠不必用兮，
贤不必以[3]。
伍子逢殃兮[4]，
比干菹醢[5]。
与前世而皆然[6]兮，
吾又何怨乎今之人！
余将董道而不豫兮[7]，
固将重昏而终身[8]。

译文

接舆剃去了头发啊，
桑扈裸着身体走路。
忠臣不一定被任用啊，
贤才不一定被知遇。
伍子胥遭逢灾祸啊，
比干被剁成肉酱。
现在和前代都是一样啊，
我又何必埋怨当今的人！
我要坚守正道而不犹豫啊，
必将终生黑暗重重。

注释

1 **接舆**:春秋时楚国隐士。 **髡**(kūn)**首**:古代刑罚之一,即剃发。相传接舆先是披发佯狂,后索性剃去头发,以示反抗。 2 **桑扈**:古代的隐士。桑扈用裸体行走来表示自己不苟世俗。 3 **以**:任用。 4 **伍子**:伍子胥,春秋时吴国贤臣,因谏吴王夫差被迫自杀。 5 **比干**:殷代贤臣,因谏纣王被剖心。 **菹醢**(zūhǎi):古代酷刑,将人剁成肉酱。 6 **皆然**:都一样。 7 **董道**:坚守正道。 **豫**:犹豫,踌躇。 8 **重**:重复。 **昏**:暗昧。这句是说必定将终生看不到光明。

原文	译文
乱曰:	尾声:
鸾鸟凤皇[1],	鸾鸟、凤凰,
日以远兮。	一天天远去啊。
燕雀乌鹊[2],	燕雀、乌鹊,
巢堂坛兮[3]。	在庭堂筑窝啊。
露申辛夷[4],	露申、辛夷,
死林薄兮[5]。	死在草木丛生的地方啊。
腥臊并御[6],	腥的臭的都用上了,
芳不得薄[7]兮。	芳香的不能接近啊。
阴阳易位[8],	黑夜白昼改变位置,
时不当[9]兮。	我生得不是时候啊。
怀信侘傺[10],	怀着忠诚却不得志,
忽[11]乎吾将行兮。	茫然中我将远行他方啊。

注释

1 **鸾鸟凤皇**:都是祥瑞之鸟,喻贤才。皇,"凰"的本字。 2 **燕雀乌鹊**:喻谗佞小人。 3 **巢**:作动词用,筑巢。 **堂**:殿堂。 **坛**:祭坛。此句喻小人占据朝廷。 4 **露申、辛夷:**均为香草,喻贤人。 5 **林薄:**草木丛生的地方。此句喻贤人困顿而死。 6 **腥臊:**恶臭之物,喻奸佞之人。 **御:**进用。 7 **薄:**迫近。 8 **阴阳易位:**昼夜颠倒,喻楚国是非颠倒,黑白不分。 9 **当:**合,遇。 10 **怀信:**怀抱忠诚。 **侘傺**(chàchì):惆怅失意。 11 **忽:**恍惚,茫然。

渔 父[1]

屈 原

导读

此文虽短小,却意蕴丰富。既有对屈原在流放过程中心力交瘁、形销骨立的英雄末路形象的生动描写,又有对渔父高蹈遁世的隐者形象的成功刻画。既表现出屈原洁身自好、决不同流合污的高洁品格,又写出了儒道两派在人生观、价值观上的思想交锋,读来兴味无尽。

原文

屈原既放,游于江潭[2],行吟泽畔,颜色[3]憔悴,形容[4]枯槁。渔父见而问之曰:“子非三闾大夫[5]与?何故至于斯?”

译文

屈原已被放逐,在江湖上游荡。他在水边边走边吟,面容憔悴,模样枯瘦。渔父见了问道:“您不是三闾大夫吗?为何到了这里?”

注释

1 **渔父:**渔翁。父,楚地对男性老人的尊称。 2 **江潭:**泛指江湖。 3 **颜色:**脸色。 4 **形容:**形体、容貌。 5 **三闾大夫:**楚国官名,掌管楚国王族屈、景、昭三姓事务的官。屈原曾任此职。

原文

屈原曰："举世皆浊我独清，众人皆醉我独醒，是以见放。"渔父曰："圣人不凝滞于物，而能与世推移。[1]世人皆浊，何不淈[2]其泥而扬其波？众人皆醉，何不餔其糟而歠其醨[3]？何故深思高举，自令放为[4]？"屈原曰："吾闻之，新沐者必弹冠，新浴者必振衣。[5]安能以身之察察，受物之汶汶者乎？[6]宁赴湘流，葬于江鱼之腹中。安能以皓皓之白，而蒙世俗之尘埃乎！"

译文

屈原答道："天下都是浑浊的，只有我是清白的，世人都是迷醉的，唯独我是清醒的，因此被放逐。"渔父问："圣人不固执死板地对待万物，而是能随着世道一起变化。世人都混浊，为什么不搅浑泥水推波助澜？大家都迷醉，为什么不饮酒与其同醉？为何忧思重重清高自持，让自己被放逐？"屈原答："我听说过，刚洗过头一定要弹弹帽子，刚洗过澡一定要抖抖衣服。怎能让清白的身体去接触污浊的世俗？我宁愿奔赴湘江的流水，葬身在鱼腹之中。岂能让高洁的灵魂，蒙上世俗的尘埃！"

注释

1 **凝滞**：凝固不流动，此处指固守、迂执。**推移**：变动之意。 2 **淈**(gǔ)：搅浑，扰乱。 3 **餔**(bū)：吃。**糟**：酒糟。**歠**(chuò)：同"啜"，饮。**醨**(lí)：薄酒。 4 **为**：语气助词。 5 **沐**：洗发。**浴**：洗澡。 6 **察察**：皎洁的样子。**汶汶**(ménmén)：污浊。

原文

渔父莞尔[1]而笑，鼓枻[2]而去，乃歌曰："沧浪之水清兮，可以濯我缨；[3]沧浪之水浊兮，可以濯我足。"遂去，不复与言。

译文

渔父听了微微一笑，摇起船桨便要离开，并且唱道："沧浪的水清澈啊，可以用来洗我的帽缨；沧浪的水浑浊啊，可以用来洗我的脚。"唱着就远去了，不再同屈原说话。

注释

1 **莞尔:**微笑的样子。 2 **鼓枻**(yì)**:**划动船桨。枻,船桨。 3 **沧浪:**水名,汉水之下游。 **缨:**帽带。

登徒子好色赋

宋 玉

导读

宋玉,战国楚人,曾事顷襄王,好辞赋。此篇以楚王、登徒子、宋玉、章华大夫等人的对话形式展开。先写登徒子在楚王面前指责宋玉好色;接着写宋玉极力称赞“东家之子”之美,表明自己不好色;再写章华大夫用自身好色的事,证明宋玉没有过错;最后“篇末奏雅”,点出好色不可越礼的主旨。因此,刘勰在《文心雕龙》里说:“宋玉赋《好色》,意在微讽,有足观者。”

原文

大夫登徒子[1]侍于楚襄王,短[2]宋玉曰:“玉为人体貌闲丽[3],口多微辞[4],又性好色。愿王勿与出入后宫。”王以登徒子之言问宋玉。玉曰:“体貌闲丽,所受于天也;口多微辞,所学于师也;至于好色,臣无有也。”王曰:“子不

译文

大夫登徒子侍立在楚襄王身边,指责宋玉说:“宋玉这个人外貌文雅英俊,言辞巧妙,又喜好美色。希望大王不要让他出入后宫。”楚王拿登徒子的话去质问宋玉。宋玉回答说:“外貌文雅英俊,是上天所生;言辞巧妙,是从老师那里所学;至于喜好美色,臣下没有做过这样的事。”楚王问:“你不喜好

好色，亦有说乎？有说则止[5]，无说则退。”

美色，也有道理可讲吗？有道理讲就留下来，没有道理讲就退出去。”

注释

1 **登徒子**：“登徒”为复姓，“子”，古代男子的通称。 2 **短**：说其短处，即说坏话，用作动词。 3 **闲丽**：文雅英俊。 4 **微辞**：巧妙的言辞。 5 **止**：与下文“退”相对，指留下。

原文

玉曰：“天下之佳人，莫若楚国；楚国之丽者，莫若臣里；臣里之美者，莫若臣东家之子。东家之子，增之一分则太长，减之一分则太短；著粉则太白，施朱则太赤；眉如翠羽，肌如白雪；腰如束素，齿如含贝；嫣然一笑，惑阳城，迷下蔡。[1]然此女登墙窥臣三年，至今未许也。登徒子则不然。其妻蓬头挛耳，齞唇历齿，旁行踽偻，又疥且痔。[2]登徒子悦之，使有五子。王孰察之，谁为好色者矣。”

译文

宋玉回答道：“天下的美女，没有比得上楚国的；楚国的美女，没有比得上我家乡的；我家乡的美女，没有比得上我家东边邻居的姑娘的。邻居的那位姑娘，若增加一分就太高，减掉一分就太矮；若涂上脂粉就太白，抹上朱红就太艳；她的眉如翠鸟的羽毛，肌肤像白雪；腰细如束帛，牙齿整洁如海贝；妩媚一笑，阳城的人为之倾倒，下蔡的人为之沉迷。然而这样的美女，登上墙头窥视我三年，我至今仍未答应与她交往。登徒子却不是这样。他的妻子头发蓬乱，耳朵蜷缩，嘴唇外翻，牙齿不齐，一瘸一拐，弯腰驼背，又患有疥疾和痔疮。登徒子非常喜欢她，让她生了五个孩子。请大王明察，究竟谁是好色之徒呢？”

注释

1 **翠羽**：翠鸟的羽毛，形容眉浓而青黑。 **束素**：一束白色生绢，形容美女腰细。**含贝：**喻女子牙齿整齐洁白。**阳城、下蔡：**楚二县名，为贵族封邑。 2 **挛(luán)耳：**耳朵蜷缩。**齞(yàn)唇：**唇不掩齿。**历齿：**牙齿稀疏不整齐。**踽偻(jǔlǚ)：**即"伛偻"，驼背。

原文

是时，秦章华大夫[1]在侧，因[2]进而称曰："今夫宋玉盛称邻之女，以为美色愚乱之邪？臣自以为守德，谓不如彼[3]矣。且夫南楚穷巷[4]之妾，焉足为大王言乎？若臣之陋，目所曾睹者，未敢云也。"王曰："试为寡人说之。"

译文

这时，秦国的章华大夫在一旁，趁机上前对楚王说："如今宋玉极力称赞他邻居家的姑娘，是认为女子美色能让人愚笨昏乱吗？臣自认为能遵守道德，觉得还不如宋玉啊。况且楚国偏僻之地的女子，怎么值得对大王一提呢？像我见识鄙陋，眼睛曾经见到的，就更不敢说了。"楚王说："你试着给我说说看。"

注释

1 **章华大夫：**楚地章华人在秦国当大夫的。章华，楚地名。 2 **因：**趁机。 3 **彼：**他，指宋玉。 4 **南楚穷巷：**指楚国偏僻的里巷。

原文

大夫曰："唯唯[1]。臣少曾远游，周览九土，足历五都，出咸阳，熙邯郸，从容郑、卫、溱、洧之间。[2]是时向春之末，迎夏之阳，鸧鹒喈喈，群女出桑。[3]此郊之姝[4]，华色含光，体美容冶，不待饰装。臣观其

译文

章华大夫说："是，是。臣年少时曾出门远游，游遍九州，走遍繁华的都市，刚离开咸阳，又到邯郸游玩，游荡在郑、卫两国及溱、洧水边。当时接近春末，迎着初夏的阳光，鸧鹒喈喈鸣叫，成群美女外出采摘桑叶。郑、卫郊野的美女，艳丽照人，她们体态曼妙，容貌姣美，没有刻意打扮。臣看到她们中秀丽的女子，就称引《诗

丽者，因称诗曰：'遵大路兮揽子袪[5]。'赠以芳华辞甚妙。于是处子[6]怳若有望而不来，忽若有来而不见。意密体疏，俯仰异观，含喜微笑，窃视流眄。[7]复称诗曰：'寐春风兮发鲜荣，洁斋俟兮惠音声，[8]赠我如此兮不如无生。'因迁延而辞避[9]。盖徒以微辞相感动，精神相依凭，目欲其颜，心顾其义。扬诗守礼，终不过差，故足称也。"于是楚王称善，宋玉遂不退。

经》里的句子说：'沿着大路走啊，拽住你的衣袖。'把芬芳华美的词句赠给她就非常美妙了。那美女似乎有所期待却不过来，又似是想要过来却又终不相见。情意密切，举止却很疏远，仰首低眉风姿各异，面露欣喜嘴角微笑，偷偷地看过来，目光流动，秋波荡漾。我又称引《诗经》里的句子说：'春风中万物苏醒啊鲜花盛开，纯洁矜持等待啊惠赠佳音，如此赠给我啊还不如死去。'她引身后退，辞谢避让。大概只是用微妙的言辞引起注意，精神上相互依恋，眼睛想看她的容颜，心里却念及礼仪。称引《诗经》，遵守礼仪，始终没有差错，所以值得称赞。"于是楚王说好，宋玉就没有退下了。

注释

1 **唯唯**：应答声。 2 **九土**：九州，泛指全国各地。 **五都**：五方都会，泛指繁华的都市。 **熙**：游玩。 **郑、卫**：春秋时郑国和卫国，多美女。 **溱**(Zhēn)、**洧**(Wěi)：郑国境内两条河，河畔为青年男女游乐聚会之地。 3 **向**：接近，临近。 **鸧鹒**(cānggēng)：黄鹂。 4 **姝**(shū)：美女。 5 **袪**(qū)：衣袖。 6 **处子**：处女，此指年青女子。 7 **意密体疏**：情意密切，外表疏远。 **俯仰异观**：心神不定的样子。异观，不同情态。 **流眄**(miǎn)：目光流动。 8 **寐**：苏醒。 **洁**：纯洁。 **斋**：矜持，庄重。 9 **迁延**：后退。 **辞避**：避让。

鹏[1]鸟赋

贾谊

导读

《鹏鸟赋》为贾谊谪居长沙时所作。此赋借人与鹏鸟一问一答的形式，抒发了作者对自身命运多舛、怀才不遇的愤懑与无奈，只能自我安慰以祸福相依，生死有命。

原文

谊为长沙王傅三年，有鹏鸟飞入谊舍，止于坐隅。鹏似鸮[2]，不祥鸟也。谊既以谪居长沙，长沙卑湿，谊自伤悼，以为寿不得长，乃为赋以自广[3]。

其辞曰：

译文

贾谊担任长沙王太傅三年了，有只鹏鸟飞入屋内，停在座位一角。鹏鸟长得像猫头鹰，是不吉祥的鸟。贾谊因为被贬居住在长沙，长沙地势低，气候潮湿，贾谊便暗自悲伤，认为寿命不能长久，于是写了一篇赋来宽慰自己。

赋文说：

注释

1 **鹏**(fú)：古书上说的一种不吉祥的鸟，形似猫头鹰。 2 **鸮**(xiāo)：俗称猫头鹰。 3 **自广**：自我宽慰。

原文

单阏[1]之岁兮四月孟

译文

单阏那一年啊四月孟夏时节，庚子

夏，庚子日斜兮，鹏集[2]予舍。止于坐隅兮，貌甚闲暇。异物来萃[3]兮，私[4]怪其故。发书占之兮，谶[5]言其度，曰："野鸟入室，主人将去。"请问于鹏："予去何之？吉乎告我，凶言其灾。淹[6]速之度兮，语余其期。"鹏乃叹息，举首奋翼，口不能言，请对以臆。

那一天太阳西斜啊，鹏鸟栖落我的屋内。它停留在座位一角啊，样子很是从容。有怪异的动物停留于此啊，我暗自怀疑这件事发生的缘故。打开书本占卜啊，预言说出吉凶的定数："野鸟进入屋内，主人将要离去。"我诚恳地向鹏鸟问道："我将要去往哪里呢？是吉利的事请告诉我，是凶恶的事也请言明是什么灾祸。死生迟速的定数啊，请告诉我期限吧。"鹏鸟就叹息着，昂起头张开翅膀，口不能说话，那么请用心中所想的来对答。

注释

1 **单阏**(chányè)：卯年的别称。 2 **集**：止，停留。 3 **萃**：聚集，聚拢。 4 **私**：暗自。 5 **谶**(chèn)：预示吉凶的话。 6 **淹**：迟，久。

原文

曰：万物变化兮，固无休息。斡流而迁兮，或推而还。[1]形气转续兮，变化而嬗[2]。沕穆[3]无穷兮，胡可胜言！祸兮福所倚，福兮祸所伏；忧喜聚门兮，吉凶同域。彼吴强大兮，夫差以败；越栖会稽兮，勾践霸世。斯游遂成兮[4]，卒被五刑。傅说胥靡[5]兮，乃相武丁。

译文

说：万物变化啊，本来就没停息。运转迁移啊，来回不定。有形无形转化接续啊，变化如蝉蜕。深微无尽啊，怎么能说得完！祸啊是福所倚靠，福啊是祸所潜伏；忧与喜聚集在一门之内啊，吉与凶同在一个区域。吴国强大啊，夫差却失败了；越王栖息于会稽啊，勾践却称霸于世。李斯游说秦国而登相位啊，终受五刑而死。傅说受刑服劳役啊，竟坐上武丁的相位。祸与福之间的关系啊，何

夫祸之与福兮，何异纠缪[6]；命不可说兮，孰知其极！水激则旱[7]兮，矢激则远。万物回薄[8]兮，振荡相转。云蒸雨降兮，纠错相纷。大钧播物兮，坱圠无垠。[9]天不可预虑兮，道不可预谋。迟速有命兮，焉识其时？

异于绳索互相纠缠；天命不可解说啊，谁知道它的究竟！水受到激荡就迅猛流动啊，箭受到激荡就飞得远。万物往返相互作用啊，彼此影响相互转化。云气升腾降为雨啊，交错着变化纷乱。大自然化育万物啊，无边无际。天命不可预先考虑啊，大道不可预先谋划。死生迟速有定数啊，人哪能知道它的期限！

注释

1 **斡(wò)流**：运转。**推**：推移。**还**：通“旋”，回。 2 **蟺**：通“蝉”。3 **沕(wù)穆**：精微深远的样子。 4 **斯**：指李斯。**游**：游于秦。 5 **胥靡**：古代一种刑罚，用绳索把犯人系在一起，相随而行，以服劳役。 6 **纠缪(mò)**：三股捻成的绳子。喻祸福相生如绳缠结。 7 **旱**：通“悍”，迅猛。8 **回薄**：往返相迫。 9 **大钧**：大自然。钧，古代制陶用的转轮，自然界形成万物如钧运转造器，故称大钧。**坱圠(yǎngyà)**：漫无边际的样子。

原文

且夫天地为炉兮，造化为工；阴阳为炭兮，万物为铜。合散消息兮，安有常则？千变万化兮，未始有极！忽然为人兮，何足控抟[1]；化为异物兮，又何足患！小智自私兮，贱彼贵我；达人大观兮，物无不可。贪夫徇财兮，烈士徇名。夸者死权兮，品庶每

译文

那天地是冶炼炉啊，造化是铸造工；阴气阳气是炭啊，万物是铜。聚散生灭啊，哪里有一定的法则？千变万化啊，从来没有终极。偶然化生为人啊，有什么值得珍惜；死去转变为异物啊，又有什么值得忧患！目光短浅只看重自己啊，认为别人卑贱自己尊贵；通达的人见识远大啊，万物没有什么是不好的。贪婪的人为财去死啊，刚烈的人为名而亡。谋求虚名的死于权势啊，普通的人贪恋生

生。[2]怵迫之徒兮，或趋西东；大人不曲兮，意变齐同。[3]愚士系俗兮，窘若囚拘；至人[4]遗物兮，独与道俱。众人惑惑兮，好恶积亿；真人恬漠兮，独与道息。[5]释智遗形兮，超然自丧；寥廓忽荒兮，与道翱翔。乘流则逝兮，得坻则止；纵躯委命兮，不私与己。[6]其生兮若浮，其死兮若休；澹乎若深渊之静，泛乎若不系之舟。[7]不以生故自宝兮，养空而游；德人无累兮，知命不忧。细故蒂芥[8]兮，何足以疑！

命。为权势利益所迫的人啊，东奔西走；德配天地的人不屈从啊，万千变化都能同样泰然处之。愚笨的人为世俗所牵连啊，困窘的人如罪人受拘束；德行至上的人超脱于万物啊，只与大道同行。众人糊涂迷惑啊，爱憎纷繁纠缠；得道的人安然宁静啊，只和大道共处。放弃智慧遗弃形体啊，超然物外自忘其身；空阔深远直至无穷啊，与道一起遨游。顺着流水远去啊，遇到小洲就停止；放纵躯体委任自然啊，不当作自己私有。活着时如浮在水上，死去后如休憩长眠；静止时像深渊般宁静，漂浮时像没有系缆的小舟。不因为活着而视己为宝啊，涵养空灵的心性而浮游；德行高尚的人不被万物牵累啊，顺应天命而不忧愁。鹏鸟进入屋舍这种细小琐事啊，又有什么值得疑虑！

注释

1 **控抟**：引持、珍惜之意。 2 **夸者**：指好虚名、喜权势的人。 **品庶**：一般人。 3 **怵迫**：为利所诱，为势所迫。 **大人**：指德配天地的人。 **意变**：即“亿变”，千变万化。 4 **至人**：指至德之人。 5 **积亿**：纷纭繁多。 **真人**：指得道之人。 **恬漠**：安静。 6 **坻**(chí)：水中小洲或高地。 **不私与己**：不当作自己私有。 7 **休**：休息。 **澹**：静止。 **泛**：漂浮。 8 **蒂芥**：芒刺，喻不快意之事。

登楼赋

王 粲

导读

王粲(177—217),字仲宣,东汉末山阳高平(今山东邹城西南)人。先依刘表,未被重用,后为曹操幕僚。此赋为王粲滞留荆州时,登当阳城楼有感而作,主要抒写作者的乡关之思、乱离之感以及报国之愿。先写登楼远望引起思乡之情,接着写久别故土、路遥难归的痛苦,最后写身处乱世,壮志难酬的悲愤。格调沉郁哀婉,令人感触不已。

原文

登兹楼以四望兮,聊假日以销忧。[1]览斯宇之所处兮,实显敞而寡俦[2]。挟清漳之通浦兮,倚曲沮之长洲。[3]背坟衍之广陆兮,临皋隰之沃流。[4]北弥陶牧,西接昭丘。[5]华实蔽野,黍稷盈畴[6]。虽信美而非吾土[7]兮,曾何足以少留!

译文

登上这座楼向四方远望啊,暂且凭借这时光来消解忧愁。看这楼宇所在的地方啊,实在是显豁开阔少有匹敌。正当清澈的漳水与沮水的汇合口啊,临近弯曲的沮水中的长洲。背靠又高又平的广袤陆地啊,面对低洼湿地上灌溉田地的河流。北接郊外陶朱公的墓地啊,西连楚昭王的陵丘。花果覆盖原野,谷物长满田地。虽真的很美却不是我的故土啊,又怎么值得我来逗留!

注释

1 **兹楼**:此楼,指当阳城楼。 **聊**:姑且,暂且。 **假**:借。 2 **俦**:同类,相匹敌。 3 **挟**:带。 **漳**:漳水,源出湖北南漳西南,流经当阳,与沮水汇合。 **浦**:江河或支流的汇合处。 **沮**:发源于湖北保康,流经当阳与漳水汇合。 4 **背**:背靠,指北面。 **坟**:高。 **衍**:平。 **皋隰**(gāoxí):水边低洼之地。 5 **弥**:接。 **陶**:陶朱公墓地。春秋时越国的范蠡帮助越王勾践灭吴后弃官来到陶,自称陶朱公。 **牧**:郊外。 **昭丘**:楚昭王的坟墓。 6 **盈畴**:满布田地。 7 **土**:故土,故乡。

原文

遭纷浊而迁逝兮,漫逾纪以迄今。[1]情眷眷而怀归兮,孰忧思之可任?[2]凭轩槛以遥望兮,向北风而开襟。平原远而极目兮,蔽荆山之高岑[3]。路逶迤而修迥兮,川既漾而济[4]深。悲旧乡之壅[5]隔兮,涕横坠而弗禁。昔尼父[6]之在陈兮,有归与之叹音。钟仪幽而楚奏兮,庄舄显而越吟。[7]人情同于怀土[8]兮,岂穷达而异心?

译文

遭逢乱世而四处流亡啊,到如今已超过漫长的十二年。依依不舍想着归去啊,这种忧思谁可以承受?倚靠着窗户栏杆遥望啊,迎着北风敞开衣襟。平原遥远纵目远望啊,视线被荆山的高峰所阻挡。道路蜿蜒曲折又遥远啊,河水又长渡口又深。悲叹故乡被阻隔啊,泪水横流不能抑制。昔日孔子在陈国啊,有"归欤"的叹息。钟仪幽禁奏出楚地音乐啊,庄舄官位显赫仍说着越国的方言。人们怀念故土的感情相同啊,难道因为穷困或显达而各有不同?

注释

1 **纷浊**:纷乱混浊,比喻乱世。**逾**:超过。**纪**:十二年。 2 **眷眷**(juànjuàn):形容念念不忘。 **任**:承受。 3 **岑**(cén):山峰。 4 **济**:渡口。 5 **壅**(yōng):阻塞。 6 **尼父**:指孔子。 7 **钟仪**:春秋时楚国伶人。 **庄舄**(xì):战国时越人。**显**:担任要职。**越吟**:越国方言。 8 **怀土**:怀念故土。

原文

惟日月之逾迈兮，俟河清其未极。[1]冀王道之一平兮，假高衢而骋力。[2]惧匏瓜之徒悬兮，畏井渫之莫食。[3]步栖迟以徙倚兮[4]，白日忽其将匿。风萧瑟而并兴兮，天惨惨而无色。兽狂顾以求群兮，鸟相鸣而举翼。原野阒[5]其无人兮，征夫行而未息。心凄怆以感发兮，意忉怛而憯恻[6]。循阶除而下降兮，气交愤于胸臆。夜参半而不寐兮，怅盘桓以反侧。

译文

念及时光流逝啊，想等待黄河变清却做不到了。希望王政稳定统一啊，凭借大道来施展才能。担心像匏瓜一样徒然悬挂啊，害怕淘清的井水不被饮用。游荡迟疑徘徊啊，太阳很快就要落山。萧瑟的寒风吹起啊，天色阴沉又昏暗。野兽惊慌张望寻找兽群啊，鸟雀们也互相鸣叫高举翅膀。原野静寂没有人啊，出门在外的人还在前行而不停歇。内心悲怆有感触啊，情绪哀伤又凄惨。沿着台阶走下楼啊，胸中却气愤交加。长夜将半却不能入睡啊，惆怅徘徊辗转难眠。

注释

1 **逾迈：**流逝。 **未极：**未至。 2 **一平：**统一，安定。 **高衢**(qú)**：**大道。 **骋：**施展。 3 **匏**(páo)**瓜之徒悬：**担心自己像匏瓜悬挂着不被食用。比喻不为世用。 **井渫**(xiè)**之莫食：**井淘好了，却无人取水饮用。渫，淘去井中污秽。比喻洁身自持却不为人用。 4 **栖迟：**游息。 **徙倚：**徘徊。 5 **阒**(qù)**：**静寂。 6 **忉怛**(dāodá)**：**悲痛。 **憯**(cǎn)**恻：**悽惨。憯，同“惨”。

归去来辞

陶渊明

导读

陶渊明(365—427),一名潜,字元亮,自号五柳先生,世称靖节先生,浔阳(今江西九江)人,东晋最著名的田园诗人。本文写于作者辞官归田之初,是一篇述志的作品。文中抒写了作者厌恶仕途生活,不愿与庸俗官僚同朝的情绪,赞美了大自然的恬和,表现出享受田园生活的乐观情怀,也显示了归隐的坚定决心。

原文

归去来兮,田园将芜,胡[1]不归?既自以心为形役,奚惆怅而独悲?[2]悟已往之不谏,知来者之可追。[3]实[4]迷途其未远,觉今是而昨非。舟遥遥以轻扬[5],风飘飘而吹衣。问征夫以前路,恨晨光之熹微。[6]乃瞻衡宇[7],载欣载奔。僮仆欢迎,稚子候门。三径[8]就荒,松菊犹存。携

译文

回去吧,田园将要荒芜了,为什么不回去呢?既然让自己的心灵被形体所役使,为何失意独自悲伤?明白过去的已不可挽回,知道未发生的还可以补救。确实是误入了迷途但不是太远,明白今天的选择是对的而昨天的才是错。小船轻快地向远方行驶,微风轻轻吹动了衣裳。问行人前面的路程,恨这天亮得太慢。终于望见简陋的屋舍,我欣喜着向前奔跑。仆人们欢快地上前迎接,孩子们在门庭守候。院里的小路快要荒芜,

幼入室，有酒盈樽。引壶觞以自酌，眄庭柯以怡颜。[9] 倚南窗以寄傲，审容膝[10] 之易安。园日涉以成趣，门虽设而常关。策扶老以流憩，时矫首而遐观。[11] 云无心以出岫[12]，鸟倦飞而知还。景翳翳以将入，抚孤松而盘桓。[13]

松菊还长在那里。我携着幼子走进室内，看见酒早已盛满酒樽。端起酒壶斟酒自饮，看着庭中的树木一脸喜悦。倚着南窗我傲然自得，打量着仅容得下双膝的小屋也安然快乐。在园子里每日走动自成乐趣，虽设有门却常常关闭。拄着手杖随意漫步，有时抬头眺望远方。云儿无意地冒出山峰，鸟儿飞倦了也知道返巢。太阳黯淡快要落下，我手抚着孤松独自徘徊。

注释

1 **胡**：同“何”，为什么。 2 **以心为形役**：让精神为形体所役使。 **奚**：为何。 3 **谏**：劝止。 **追**：挽救，补救。 4 **实**：确实。 5 **轻扬**：形容船行驶轻快的样子。扬，飞扬。 6 **征夫**：行人。 **熹微**：微明，天未大亮。 7 **衡宇**：即“穷舍”。衡，衡门，以横木为门，极言简陋。 8 **三径**：院中小路。西汉兖州刺史蒋诩辞官隐居，在院里竹下开辟三径，只与求仲、羊仲来往。后人以“三径”代指隐士所居。 9 **引**：拿来。 **觞**(shāng)：古代酒器。 **眄**(miǎn)：斜看。 10 **容膝**：只能容下双膝，此指房屋极其狭小。 11 **策**：拄着。 **扶老**：手杖。 **流憩**：漫无目的地随处走动。 **矫**：举。 12 **岫**(xiù)：山峰。 13 **景**：日光。 **翳翳**(yìyì)：阴暗的样子。 **盘桓**：盘旋，徘徊。

原文

归去来兮，请息交以绝游。世与我而相遗，复驾言兮焉求！悦亲戚之情话，乐琴书以消忧。农人告余以春及，将有

译文

回去吧，请从此断绝一切交游。世俗与我相违背，再驾车出游又能谋求什么呢！高兴地听着亲戚们知心的话，快乐地用弹琴读书消解忧愁。农夫告诉我春天到了，西边田地要开始耕种。有时叫上一辆有帷

事乎西畴[1]。或命巾车，或棹孤舟。[2]既窈窕以寻壑，亦崎岖而经丘。木欣欣以向荣，泉涓涓而始流。善万物之得时，感吾生之行休。

已矣乎！寓形宇内复几时[3]，曷不委心任去留[4]？胡为遑遑[5]欲何之？富贵非吾愿，帝乡[6]不可期。怀良辰以孤往，或植杖而耘耔[7]。登东皋[8]以舒啸，临清流而赋诗。聊乘化以归尽[9]，乐夫天命复奚疑！

幕的小车，有时划着一只小船。有时沿着幽深曲折的溪谷，有时经过高低不平的山丘。草木欣欣向荣，泉水涓涓流淌。羡慕万物生长恰逢其时，感叹自己的一生行将结束。

算了吧！形体寄托在天地间还能有多久，为何不顺从自然地活着或死去？为何心神不定地想要去往何处？富贵不是我所希望的，仙境也是不可期待的。趁着美好的时光独自出行，有时放下手杖除草培土。登上东边的高冈舒气长啸，面对清澈的溪流吟诵诗篇。姑且顺应自然走向死亡，乐天知命还有什么可疑虑！

注释

1 **畴:**田地。 2 **巾车:**有帷幕的小车。 **棹**(zhào)：船桨，作动词用，划桨。 3 **寓形宇内:**形体寄托在天地间。 4 **曷**(hé)：何。 **委心:**随心所欲。 **去留:**指生死。 5 **遑遑:**不安的样子。 6 **帝乡:**神仙居住的地方，仙境。 7 **植:**通"置"，放下。 **耘:**除草。 **耔:**培土。 8 **皋**(gāo)：高地。 9 **聊:**姑且。 **乘化:**顺应自然变化。 **尽:**死亡。

进学解

韩 愈

导读

赋文以诘难的方式，发泄自己“才高被黜”之怨愤，与东方朔《答客难》、扬雄《解嘲》同一机杼。先以国子先生教诲诸生进学为发端；再借诸生问难者之口，倾吐心中之不平；最后针对诘难之意加以申辩。既有对自身境遇的自我解嘲，又有对朝廷当政者的无情讥讽。作者的读书治学、文章观念及人生理想尽在文中，故此文是了解韩愈其人的重要篇目。

原文

国子先生晨入太学[1]，招诸生立馆下，诲之曰：“业精于勤，荒于嬉；行成于思，毁于随。方今圣贤相逢，治具[2]毕张。拔去凶邪，登崇畯[3]良。占小善者率以录，名一艺者无不庸。[4]爬罗剔抉，刮垢磨光。[5]盖有幸而获选，孰云多而不扬？诸生业患不能精，无患有司之不明；行患不能成，无

译文

国子先生早上走进太学，召集学生们站立在学舍下，教导他们说：“学业的精进是由于勤奋，荒废是由于游荡玩乐；德行的成就是由于思考，败坏是由于因循随俗。当今圣君与贤臣相遇，法令健全。拔除凶恶奸邪，提拔俊才良臣。具有一点优点的都被录取，通晓一种经艺的无不任用。搜罗选拔，造就人才。大概只会有侥幸而获选的，谁说有贤能而不受称赞的？诸位学生应该担心学业不能精进，不要担心主管部门不贤明；应该担心德行不能成

患有司之不公。”

就，不要担心主管部门不公正。”

注释

1 **国子先生：**韩愈自称，元和七年(812)曾复任国子博士。 **太学：**这里指国子监。相当于汉朝的太学。 2 **治具：**治理的工具，即法令。 3 **畯：**通“俊”，才德兼备之人。 4 **率：**都。 **庸：**通“用”，采用、录用。 5 **爬罗剔抉：**搜罗人才。爬罗，爬梳搜罗。剔抉，剔除挑选。 **刮垢磨光：**刮去污垢，磨出光亮。意指精心造就人才。

原文

言未既，有笑于列者曰：“先生欺予哉！弟子事先生，于兹有年矣。先生口不绝吟于六艺[1]之文，手不停披于百家之编[2]，记事者必提其要，纂言者必钩其玄[3]；贪多务得，细大不捐[4]；焚膏油以继晷[5]，恒兀兀以穷年[6]：先生之业，可谓勤矣。抵排异端，攘斥佛、老；[7]补苴罅漏，张皇幽渺；[8]寻坠绪之茫茫，独旁搜而远绍；[9]障百川而东之，回狂澜于既倒：先生之于儒，可谓有劳矣。沉浸酞郁，含英咀华[10]；作为文章，其书满家；上规姚、姒[11]，浑浑无涯；周诰殷盘，佶屈

译文

话没有说完，有人在行列里笑道：“先生在欺骗我们啊！学生侍奉先生到现在已有几年了。先生嘴里不断地诵读六经的文章，两手不停地翻阅百家的著作，记事的文章一定要提取要点，立论的著作一定要探究奥旨；贪婪地多方学习，务必有所收获，大的小的知识都不舍弃；点上灯烛夜以继日，经常努力不懈以至终年：先生从事学业，可说是勤奋的了。抵制异端邪说，排斥佛教、道家；弥补缺漏，阐扬光大精妙深微的道理；寻绎失落的、渺茫无绪的儒学道统，独自广泛搜求并远承古人；堵塞众多支流让水流汇合向东入海，力挽狂澜在倾倒泛滥之中：先生对于儒道，可以说是有功劳了。沉浸在浓郁醇厚的典籍里，品味咀嚼其中的精华；写成文章，书卷满屋；向上遵循虞、夏之道，深远博大没有涯际；周代诰书，

聱牙；[12]《春秋》谨严，左氏浮夸；《易》奇而法，《诗》正而葩；下逮《庄》《骚》，太史所录；子云、相如，同工异曲：先生之于文，可谓闳其中而肆其外矣[13]。少始知学，勇于敢为；长通于方[14]，左右具宜：先生之于为人，可谓成矣。然而公不见信于人，私不见助于友。跋前踬后[15]，动辄得咎。暂为御史，遂窜南夷[16]。三年博士，冗不见治。[17]命与仇谋，取败几时。冬暖而儿号寒，年丰而妻啼饥。头童齿豁，竟死何裨[18]？不知虑此，而反教人为！"

殷代《盘庚》，上古文章艰涩拗口，文辞难读；《春秋》严谨缜密，《左传》夸饰铺张；《易经》奇妙有法度，《诗经》纯正而华美；往下直到《庄子》《离骚》，太史公的《史记》；扬雄、司马相如的辞赋，异曲同工：先生对于文章，可以说是内容深广而气势奔放的了。先生少时懂得学习，敢作敢为；长大通达道理，待人接物无不合宜：先生的做人处世，可以说是很成功的了。可是在公开场合不能被人信任，私下里得不到朋友的帮助。进退两难，动不动就获罪。刚任御史，就被贬南夷。任职博士三年，工作闲散不见政绩。与仇敌较量，不时遭到挫败。即使在温暖的冬日儿女却哭着喊冷，即使在丰收之年夫人却啼说饥饿。头顶光秃牙齿豁缺，这样一直活到死又有什么好处？不知道想想这些，却反过来教导别人！"

注释

1 **六艺：**六经，即《诗》《书》《礼》《乐》《易》《春秋》六部儒家经典。　2 **百家之编：**六经以外各学派的著作。　3 **钩其玄：**探究深奥的理论。　4 **捐：**弃。　5 **膏油：**油脂，指灯烛。**晷**(guǐ)：日影。　6 **恒：**经常。**兀兀**(wùwù)：勤苦不懈的样子。　7 **异端：**不合孔孟的学说、学派。**攘**(rǎng)：排除。　8 **苴**(jū)：草，作动词用，填补。**罅**(xià)：裂缝。**皇：**大。**幽渺：**深微。　9 **绪：**前人留下的事业，这里指儒家的道统。**绍：**继。　10 **英、华：**花，喻文章精华。　11 **姚：**虞舜的姓氏。**姒**(sì)：夏禹的姓氏。　12 **周诰：**《尚书·周书》中有《大诰》《康诰》《酒诰》《召诰》《洛诰》等篇。诰是古代一种训诫勉励的文告。**殷盘**:《尚书·商书》中有《盘庚》上、中、下三篇。**佶屈**:屈曲。**聱牙**:不顺口。 13 **闳其中**:内容深广。**肆其外**:风格奔放。 14 **方**:道。 15 **跋**(bá):踩。**踬**(zhì):绊。 16 **窜**:窜逐,贬谪。**南夷**:南方偏僻之地。 17 **三年博士**:韩愈在宪宗元和元年(806)六月至四年(809)六月任国子博士。**冗**(rǒng):闲散。 18 **裨**:补益。

原文

先生曰:"吁!子来前。夫大木为杗,细木为桷,[1]欂栌、侏儒,椳、闑、扂、楔,[2]各得其宜,施以成室者,匠氏之工也。玉札、丹砂、赤箭、青芝,牛溲、马勃,[3]败鼓之皮,俱收并蓄,待用无遗者,医师之良也。登明选公,杂进巧拙,纡余为妍,卓荦为杰,[4]较短量长,惟器是适者,宰相之方也。昔者孟轲好辩,孔道以明,辙环天下[5],卒老于行;荀卿守正,大论是弘,逃谗[6]于楚,废死兰陵。是二儒者,吐辞为经,举足为法,绝类离伦,优入圣域,其遇于世何如也?今先生学虽勤而不由其统,言虽

译文

国子先生说:"唉!你到前面来。大的木材做屋梁,小的木材做屋椽,做成斗栱、短椽或是门臼、门槛、门闩、门框的,都是量材使用,各适其宜,施工以后建成房屋,这是工匠的技巧啊。贵重的地榆、朱砂、天麻、青芝,廉价的牛尿,马屁菌,还有坏鼓的皮,都收集并储藏,等到用时就没有遗漏的,这是医师的高明啊。提拔贤明,选用公正,灵巧与朴拙掺杂引进,谦和从容的为良才,超群出众的为俊杰,比较各人短处,衡量各人长处,凭据才干分配适当的职务,这是宰相的方法啊。从前孟轲爱好辩论,孔子之道得以阐明,他的车迹周遍天下,最后在奔走中老去;荀况恪守正道,弘扬伟大的理论,逃避谗言到了楚国,最终丢官死在兰陵。这两位大儒,说出的话成为经典,一举一动成为法则,远超常人,足以进入圣人的境界,可他们在世上的遭遇又是怎样呢?现

多而不要其中，文虽奇而不济于用，行虽修而不显于众；犹且月费俸钱，岁靡廪粟，子不知耕，妇不知织，乘马从徒，安坐而食，踵常途之促促，窥陈编以盗窃。[7]然而圣主不加诛[8]，宰臣不见斥，兹非其幸与？动而得谤，名亦随之。投闲置散，乃分之宜。若夫商财贿[9]之有无，计班资之崇庳[10]，忘己量之所称，指前人[11]之瑕疵，是所谓诘匠氏之不以杙为楹[12]，而訾医师以昌阳[13]引年，欲进其豨苓[14]也。"

在先生学习虽勤奋却不能遵循道统，言论虽多却不切合要旨，文章虽奇却无益于世用，行为虽合乎规范却不能超越众人；尚且每月浪费国家俸钱，每年消耗仓库里的粮食，儿子不懂耕地，妇人不懂织布，乘坐车马有仆人跟着，安安稳稳地坐着吃饭，局促拘谨地按常规行事，窥探旧书盗窃陈言。然而，圣明君主不加处罚，也不被宰相大臣斥责，这岂不是我的幸运吗？一有举动就遭到毁谤，声名跟着受影响。放置在闲散的位置上，是分内应当的。至于商量财物的有无，计较品级的高低，忘记自己有多大的才干能和什么职位相称，指摘上司的缺点，这就是所说的责问工匠为何不用小木桩做柱子，指责医师用菖蒲延年益寿，却想推荐猪苓啊。"

注释

1 **杗**(máng)**:**屋梁。 **桷**(jué)**:**屋椽。 2 **欂栌**(bólú)**:**斗栱，柱顶上承托栋梁的方木。 **侏儒:**梁上短木。 **椳**(wēi)**:**承托门户转轴的门臼。 **闑**(niè)**:**门槛。 **扂**(diàn)**:**门闩。 **楔**(xiē)**:**门框。 3 **玉札:**地榆。 **丹砂:**朱砂。 **赤箭:**天麻。 **青芝:**青色的芝草。以上均为名贵药材。 **牛溲:**牛尿。 **马勃:**马屁菌，生湿地及腐木上。以上均为贱价药材。 4 **纡**(yū)**余:**委婉从容的样子。 **卓荦**(luò)**:**突出，超群出众。 5 **辙:**轮迹。 **环:**环绕。 6 **逃谗:**荀子曾在齐国做祭酒，被人谗毁，逃到楚国。 7 **靡:**浪费，消耗。 **踵**(zhǒng)**:**脚跟，作动词，跟随。 **促促:**拘谨局促的样子。 **陈编:**古旧的书籍。 8 **诛:**责罚。 9 **财贿:**财物，这里指俸禄。 10 **班资:**等级，资格。 **庳**(bēi)**:**通"卑"，低。 11 **前人:**指职位在自己前列的人。12 **杙**(yì):小木桩。**楹**(yíng):柱子。13 **昌阳:**菖蒲。药材名,相传久服可以长寿。14 **豨**(xī)**苓:**又名猪苓,利尿药。

前赤壁赋

苏轼

导读

本文写于宋神宗元丰五年(1082),时苏轼贬谪黄州。文中叙述了作者与友人在月夜泛一叶扁舟,游历赤壁时的所见所感。全赋以主客问答的形式展开,情寓于景,论叙结合,骈散互融,诗文浑一,不愧为千古不朽之名作。

原文

壬戌[1]之秋,七月既望[2],苏子与客泛舟游于赤壁之下。清风徐来,水波不兴。举酒属客,诵明月之诗,歌窈窕之章。[3]少焉,月出于东山之上,徘徊于斗牛[4]之间。白露横江,水光接天。纵一苇之所如,凌万顷之茫然。[5]浩浩乎如冯虚御风,而不知其所止;飘飘乎如遗世独立,羽化而登仙。[6]

译文

壬戌年的秋天,七月十六日,我和友人乘一叶小船到赤壁下游玩。清风缓缓吹来,水面波澜不起。举杯向同伴劝酒,吟诵着《月出》中"窈窕"一章。不一会儿,月亮就从东山上升起,在斗宿与牛宿之间慢慢移动。白茫茫的雾气横贯江面,水面映着月光连到天际。任凭小船随意漂荡,越过了茫茫的江面。小船在空阔的江面好像凌空乘风而行,不知道会在哪里停栖;轻飘飘的似要离开尘世独自远去,飞升成仙。

注释

1 **壬戌：**宋神宗元丰五年。古代以干支纪年，该年为壬戌年。 2 **既望：**农历每月十五日为“望日”，十六日为“既望”。 3 **属：**通“嘱”，劝请。 **明月之诗：**指《诗经·陈风·月出》。 **窈窕之章：**《陈风·月出》有“舒窈纠兮”句。 4 **斗牛：**星座名，即斗宿、牛宿。 5 **纵：**任。 **一苇：**比喻极小的船。 **如：**往。 **凌：**越过。 **万顷：**极为宽阔的江面。 **茫然：**旷远的样子。 6 **冯(píng)虚：**凭空，凌空。冯，通“凭”。虚，太空。 **遗世：**离开尘世。 **羽化：**道家称成仙为飞升。

原文

于是饮酒乐甚，扣舷而歌之。歌曰：“桂棹兮兰桨，击空明兮溯流光。[1] 渺渺兮予怀，望美人兮天一方。[2]”客有吹洞箫者，倚歌而和之[3]。其声呜呜然，如怨如慕，如泣如诉。余音袅袅[4]，不绝如缕。舞幽壑之潜蛟，泣孤舟之嫠妇。[5]

译文

这时酒喝到欢乐尽兴，就敲着船舷，打着节拍，放声高歌。歌中唱道：“桂木船棹啊兰木船桨，拍打着月光下的清波，在粼粼波光中逆流而上。我的思绪悠远呀，心中思念的佳人在天的另一方。”有会吹洞箫的客人，就依着节奏为歌声伴和。洞箫声呜呜，有如哀怨有如思慕，既像啜泣也像倾诉。尾音悠长，像丝缕一样纤细不断。美妙的乐音能使深潭里的蛟龙翩然起舞，也能使孤舟上的寡妇放声大哭。

注释

1 **桂棹(zhào)：**桂树做的棹。 **兰桨：**兰木做的桨。 **空明：**月亮倒映在水中的澄明之色。 **溯：**逆流而上。 **流光：**水波上闪动的月光。 2 **渺渺：**悠远的样子。 **美人：**仰慕的人。 3 **倚歌：**按照歌曲的声调节拍。 **和：**唱和。 4 **袅袅(niǎoniǎo)：**指声音悠扬。 5 **幽壑：**深潭。 **嫠(lí)妇：**寡妇。

原文

苏子愀然，正襟危坐，[1]而问客曰："何为其然也？"客曰："'月明星稀，乌鹊南飞。'此非曹孟德之诗乎？西望夏口，东望武昌，山川相缪，郁乎苍苍，此非孟德之困于周郎者乎？[2]方其破荆州，下江陵，顺流而东也，舳舻千里，旌旗蔽空，酾酒临江，横槊赋诗，[3]固一世之雄也，而今安在哉？况吾与子渔樵于江渚之上，侣鱼虾而友麋鹿，驾一叶之扁舟，举匏尊[4]以相属。寄蜉蝣于天地[5]，渺沧海之一粟。哀吾生之须臾，羡长江之无穷。挟飞仙以遨游，抱明月而长终[6]。知不可乎骤得，托遗响[7]于悲风。"

译文

我的神色也变得愁闷，整好衣襟坐端正，向客人问道："为什么箫声这么哀怨呢？"客人回答："'月明星稀，乌鹊南飞。'这不是曹操的诗吗？向西可以望到夏口，向东可以望到武昌，山与水连绵盘绕，一片郁郁苍苍，这不正是曹操被周瑜所围困的地方吗？当初曹操攻陷荆州，夺取江陵，沿长江顺流东下，战船首尾相连，绵延千里，战旗密布，仿佛要将天空都遮住了，他面对长江斟酒痛饮，横执长矛，作诗长吟，原本是当世枭雄，现今又在哪里呢？好比我与你在江边打鱼砍柴，以鱼虾为侣，跟麋鹿为友，在江上驾着这一叶小舟，举起杯子相互敬着酒。所有人都如同蜉蝣置身于广阔的天地之中，渺小得像沧海中的一粒粟米。哀叹我们的一生只有短暂的片刻，不由羡慕起那无穷无尽的长江流水。真想能偕同仙人遨游那天地，与明月相拥而永存世间。知道这些终究是不能实现的，只得将憾恨化为了箫音，寄托在悲凉的秋风中罢了。"

注释

1 **愀(qiǎo)然：**容色改变的样子。 **危坐：**端坐。 2 **夏口：**故城在今湖北武汉。 **武昌：**今湖北鄂州鄂城。 **缪(liáo)：**通"缭"，盘绕。 **孟德之困于周郎：**指汉献帝建安十三年(208)，周瑜在赤壁之战中击溃曹操。周郎，周瑜二十四岁为中郎将，吴中皆呼为周郎。 3 **方**：当。 **破荆州**：指建安十三年，刘琮率众投降，曹操不战而占领荆州。荆州，辖八郡，在今湖南、湖北一带。 **下**：攻下。 **江陵**：当时的荆州首府，今湖北江陵。 **舳舻**(zhú-lú)：战船前后相接，这里指战船。 **酾**(shī)**酒**：滤酒，这里指斟酒。 **横槊**(shuò)：横执长矛。槊，长矛。 4 **匏尊**(páozūn)：用葫芦做成的酒杯。尊，同"樽"。 5 **蜉蝣**(fúyóu)：一种朝生暮死的昆虫。此句比喻人生之短暂。 6 **长终**：长久。 7 **遗响**：余音，指箫声。

原文

苏子曰："客亦知夫水与月乎？逝者如斯[1]，而未尝往也；盈虚者如彼[2]，而卒莫消长[3]也。盖将自其变者而观之，则天地曾不能以一瞬；自其不变者而观之，则物与我皆无尽也，而又何羡乎！且夫天地之间，物各有主，苟非吾之所有，虽一毫而莫取。惟江上之清风，与山间之明月，耳得之而为声，目遇之而成色，取之无禁，用之不竭。是造物者之无尽藏也[4]，而吾与子之所共适。"

客喜而笑，洗盏更酌。肴核既尽，杯盘狼籍。

译文

我说道："你可也知道这水与月？时间的流逝就像这水啊，其实并没有真正逝去；万物的变化就像那月的圆缺，可终究没有一点增减。可见，从事物易变的一面来看，那么天地间万事万物时时刻刻都在变动，连一眨眼的工夫都不会停止；而从事物不变的一面看来，万物同我都是永恒的，又有什么可羡慕的呢？何况天地之间，万物各有它的主宰，若不是自己应该拥有的，即使一分一毫也不能索取。只有那江上的清风，与那山间的明月，耳朵听到了便成了声音，眼睛看到才能绘出它的形色，这些是听也听不尽，看也看不完的。这是大自然恩赐的无尽的宝藏啊，我和你可以共同享受它们。"

客人听了高兴地笑了，我们于是洗净酒杯重新斟酒。最后菜肴果品都已吃完，杯子盘子杂乱一片。大家互相枕着靠着就

相与枕藉乎舟中，不知东方之既白。	睡在船上，不知不觉中东方已然露出了白色的曙光来。

注释

1 **逝**：流去。**斯**：指水。 2 **盈虚者如彼**：指月亮的有圆有缺。 3 **消长**：增减。 4 **造物者**：天地自然。 **藏**(zàng)：宝藏。

十三

哀祭类

国　殇

屈　原

导读

《九歌》是诗人屈原在民间歌谣的基础上，重新删改创作的一组供楚人祭神的乐词，《国殇》就是其中一首祭歌，旨在哀悼为国死难的将士。作者通过叙写将士们奋勇抗敌的战斗场景，歌颂他们为国捐躯的高尚志节和不惧生死、英勇顽强的抗争精神。既有短兵相接的战斗全景的描绘，又有殊死恶战中单兵只马的局部刻画，形象感、节奏感极为强烈，读后令人荡气回肠。

原文

操吴戈兮被犀甲[1]，
车错毂兮短兵接[2]。
旌蔽日兮敌若云，
矢交坠兮士争先。
陵余陈兮躐余行[3]，
左骖殪兮右刃伤[4]。
霾两轮兮絷四马[5]，
援玉枹兮击鸣鼓[6]。
天时怼兮威灵怒[7]，
严杀尽兮弃原野[8]。

译文

手持吴戈啊身披铠甲，
战车交错啊兵刃相接。
旌旗蔽日啊敌人如云，
利箭乱坠啊士卒争先。
侵我阵地啊践踏我队伍，
左骖死去啊右骖被刀伤。
埋住两轮啊绊住四匹马，
拿起玉槌啊擂响战鼓。
上天怨恨啊神灵发怒，
残酷杀尽啊弃尸原野。

注释

1 **操**:持。 **被**:通“披”,穿戴。 **犀甲**:犀牛皮制作的铠甲。 2 **错**:交错。 **毂**(gǔ):车轮套轴处。 **短兵**:刀剑一类的短兵器。 3 **陵**:通“凌”,侵犯。 **陈**(zhèn):“阵”的古字。 **躐**(liè):践踏。 **行**:队列。 4 **左骖**(cān):左侧的骖马。 **殪**(yì):死。 5 **霾**(mái):通“埋”。 **絷**(zhí):绊住。 6 **枹**(fú):鼓槌。 **鸣鼓**:响鼓。 7 **怼**(duì):怨恨。 **威灵**:威严的神灵。 8 **严杀**:严酷的断杀。

原文

出不入兮往不反[1],
平原忽兮路超远。
带长剑兮挟秦弓,
首虽离兮心不惩[2]。
诚既勇兮又以武,
终刚强兮不可陵。
身既死兮神以灵[3],
魂魄毅兮为鬼雄。

译文

出征不回啊往而不返,
平原渺茫啊路途遥远。
佩带长剑啊拿着秦弓,
身首分离啊心不悔恨。
真是勇敢啊又英武,
始终刚强啊不可侵犯。
身已死去啊精神永存,
魂魄坚毅啊鬼中英雄。

注释

1 **反**:通“返”。 2 **惩**:悔恨。 3 **神以灵**:精神显灵,意即精神犹存。以,而。

吊屈原赋

贾谊

导读

贾谊谪为长沙王太傅，赴任途中经湘水时触景生情，作此赋凭吊屈原，因境遇相类，故亦用以自伤。赋中叙写屈原遭遇之不公，对贤人失意、小人得志的社会状况极为不满。作者对屈原的深切悼惜，实际是对自身处境的无限伤感。“辞清而理哀”（刘勰《文心雕龙·哀吊》），言辞清丽，悲愤哀伤，是此赋的重要特征。

原文

恭承嘉惠兮，俟罪长沙。[1] 仄[2] 闻屈原兮，自沉汨罗。造[3] 托湘流兮，敬吊先生。遭世罔极兮，乃陨厥身。[4] 乌乎哀哉兮，逢时不祥[5]！

译文

恭敬地承受这美好的恩惠啊，去长沙戴罪当官。从旁听说屈原啊，自沉在汨罗江。到江边寄托于湘江的流水，恭敬地凭吊先生。遭遇到世间的不公正啊，乃至殒灭了生命。唉！悲哀啊，生不逢时！

注释

1 **嘉惠**：对他人所给予的恩惠的敬称。**俟罪**：待罪。俟，等待。 2 **仄**：旁边，侧面。 3 **造**：到。 4 **罔极**：不正。**陨**：同“殒”，毁坏，死亡。**厥**：其，指屈原。 5 **不祥**：不幸。

原文

鸾凤伏窜兮，鸱枭翱翔。[1] 阘茸尊显兮，谗谀得志；贤圣逆曳兮，方正倒植。[2] 世谓随、夷溷兮，谓跖、蹻廉；莫邪为顿兮，铅刀为铦。[3] 於嗟默默兮，生之无故！[4] 斡弃周鼎兮，而宝康瓠。[5] 腾驾罢牛兮骖蹇驴，骥垂两耳兮服盐车。[6]

译文

鸾凤藏匿逃窜啊，鸱枭却在翱翔。卑贱无能的尊贵显耀啊，谗言奉承的名利双收；圣明的贤才不能正道直行啊，品行端正的人被诬陷。世人都说卞随、伯夷恶浊啊，盗跖、庄蹻却廉洁；认为莫邪粗钝啊，铅刀却锋利。唉！默默不得志啊，你无故遇此灾难！国君竟然抛弃了周鼎啊，却珍视不可用的空壶。驾乘疲惫的牛，把跛驴当作骖马啊，让骏马耷拉着两耳去拉盐车。

注释

1 **伏窜**：藏匿，逃窜。 **鸱枭**：一种恶鸟，喻小人。 2 **阘**(tà)**茸**：庸碌低劣。 **逆曳**：指受迫而不能按照正道行事。 **倒植**：颠倒，与正常情况相反。 3 **随**：卞随，商代的贤士。**夷**：伯夷。都是古代贤人的代表。**溷**(hùn)：混浊。 **跖**：春秋鲁国人，传说中的大盗。 **蹻**(jiǎo)：庄蹻，战国时楚国将领，接受楚顷襄王之命征伐云南，因秦断后路不能归，便称王云南，背叛楚国。两人为“恶人”的代表。 **莫邪**(yé)：古代宝剑名。 **铅刀**：软而钝的刀。 **铦**(xiān)：锋利。 4 **默默**：不得志的样子。**生**：指屈原。**无故**：《文选》注谓“无故遇此祸也”。 5 **斡**(wò)：转，引申为“反”。**周鼎**：比喻栋梁之材。 **康瓠**(hù)：空壶，比喻庸才。 6 **罢**(pí)：疲劳，衰弱。 **骖**(cān)：古代驾在车前两侧的马。 **蹇**：跛脚。 **服**：驾，乘。

原文

章甫荐屦兮[1]，渐不可久。嗟苦先生兮，独离此咎[2]！谇[3]曰：已矣，国其莫我知，

译文

帽子和鞋子上下颠倒啊，是不会长久的。叹惜先生悲苦啊，竟遭受这样的灾难！总的来说：算了吧！国内

独堙郁[4]兮其谁语？凤漂漂[5]其高逝兮，夫固自缩而远去。袭九渊之神龙兮，沕深潜以自珍。[6]弥融爚以隐处兮，夫岂从虾与蛭蟥？[7]所贵圣人之神德兮，远浊世而自藏。使骐骥可得系羁兮，岂云异夫犬羊！般纷纷其离此尤兮，亦夫子之辜也！[8]瞝[9]九州而相君兮，何必怀此都也？凤皇翔于千仞之上兮，览德辉焉下之。见细德之险微兮，摇增翮而去之。[10]彼寻常之污渎兮[11]，岂能容吞舟之鱼！横江湖之鳣[12]鲸兮，固将制于蝼蚁。

无人理解我，我独自忧愁抑郁啊能向谁诉说？凤凰飘然高飞啊，本来就打算身退远走。效法深渊中的神龙啊，隐没潜藏保全自己。远离光明去隐居啊，怎么能跟从蛤蟆、水蛭与蚯蚓？我所重视的是圣人的神明和德行啊，要远离污浊的世界而隐居。假使骐骥能够被束缚、羁绊啊，怎么能说与犬、羊有分别？盘桓在混乱的世上遭受灾祸啊，也是你的原因。遍观九州来辅佐明君啊，又何必怀念这个国都？凤凰翱翔在千仞之上啊，见道德的光辉在哪里就落下。看德行低下有危险征兆啊，就重摇翅膀而离去。那短浅的死水沟啊，怎能容下吞舟的鱼？即便是横行江湖的鳣、鲸啊，也将受制于蝼蚁。

注释

1 **章甫**：古代的一种冠。 **荐**：垫。 **屦**：古代用麻葛制成的一种鞋。章甫荐屦，指冠被垫在鞋子下，喻上下颠倒。 2 **离**：通“罹”，遭受。 **咎**：灾祸。 3 **谇**(suì)：告知，亦用于辞赋篇末总括全篇要旨。 4 **堙**(yīn)**郁**：抑郁，忧闷。 5 **漂漂**：飞翔貌。漂，通“飘”。 6 **袭**：照样做，效法。 **沕**(mì)：隐没，深潜。 7 **弥**：远离。 **融**：明亮。 **爚**(yuè)：火光。 **虾**(há)：同“蛤”，蛤蟆。 **蛭**(zhì)：水蛭，蚂蟥一类。 **蟥**：同“蚓”，蚯蚓。 8 **般**：盘旋。 **纷纷**：纷乱的样子。 **尤**：祸患。 **辜**：也作“故”，原因。 9 **瞝**(chī)：历观，遍视。 10 **细德**：薄德，品德低下。 **增**：通“重”。 **翮**(hé)：翅膀。 11 **寻常**：寻、常，皆为古代长度单位。八尺为寻，一丈六尺为常。喻短或小。 **污渎**：死水沟。 12 **鳣**(zhān)：一种大鱼。

祭柳子厚文

韩 愈

导读

柳宗元死于元和十四年(819)十月,同月,韩愈由潮州召回为袁州刺史,这篇祭文即写于袁州。文中作者盛赞柳宗元的文章似玉佩般精美,又慨叹他一旦被贬弃,就不再被重新起用的悲惨遭际。肺腑之言,催人泪下。

原文

维年月日[1],韩愈谨以清酌庶羞[2]之奠,祭于亡友柳子厚之灵:

嗟嗟子厚,而至然[3]耶!自古莫不然,我又何嗟!人之生世,如梦一觉,其间利害,竟亦何校[4]!当其梦时,有乐有悲,及其既觉,岂足追维[5]?

译文

某年月日,韩愈恭敬地用些许清酒、菜肴作为祭品,祭奠亡友柳子厚的英灵:

唉,子厚,竟然死了!自古以来,人莫不如此,我又为何叹息!人生在世,如梦一场,其间好坏,又能计较什么?梦中之时,有快乐有悲伤,待醒之后,难道还有什么值得追忆的吗?

注释

1 **维年月日:**不强调写作的具体时间。 2 **清酌庶羞:**清酒与各种菜肴。庶,各种。羞,同“馐”。 3 **至然:**到了这个样子,指死去。 4 **校:**同“较”,计较。 5 **追维:**亦作“追惟”,追忆,回想。

原文

凡物之生,不愿为材,牺樽青黄[1],乃木之灾。子之中弃,天脱馽羁,玉佩琼琚,大放厥辞。[2]富贵无能,磨灭谁纪[3]?子之自著,表表[4]愈伟。不善为斫,血指汗颜,[5]巧匠旁观,缩手袖间。子之文章,而不用世,乃令吾徒,掌帝之制[6]。子之视人,自以无前[7],一斥不复,群飞刺天[8]。

译文

大凡事物的生长,不愿意成材,如木材制作成酒器,涂上青黄的文饰,这是树木成材的灾难。你中年被贬弃,是上天除去你的羁绊,文章似玉佩般精美,让你的文才大展。那些富贵无才之人,声名磨灭后还有谁记述?而你的声望显著、突出,越来越伟大。不善于砍削的人,砍削时会伤指流血,满脸是汗,技艺高超的工匠则只能袖手旁观。你的文章不被当世所采用,竟让我们这类人掌管起草诏令。你看待别人,不念前嫌,但一旦被贬弃,就不再被重新起用,无能的小人却飞黄腾达。

注释

1 **牺樽:**古代酒器。 **青黄:**涂上色纹。 2 **中弃:**中年被弃置、贬谪。柳宗元三十二岁时被贬为永州司马。 **馽(zhí)羁:**马笼头和绊索,喻牵制束缚。 **玉佩琼琚:**喻文章之美。 **大放厥辞:**大展文才。放,施展。厥,其。 3 **纪:**记述。 4 **表表:**卓异,特立。 5 **不善:**富贵无能的人。 **血指:**伤指出血。 6 **制:**制诰。元和元年(806)韩愈以考功员外郎知制诰。 7 **自以无前:**不念旧恶。 8 **群飞刺天:**小人、无能者飞黄腾达。

原文

嗟嗟子厚，今也则亡。临绝之音，一何琅琅[1]！遍告诸友，以寄厥子[2]，不鄙谓余[3]，亦托以死[4]。凡今之交，观势厚薄，余岂可保，能承子托？非我知[5]子，子实命我，犹有鬼神，宁敢遗堕？念子永归，无复来期，设祭棺前，矢心[6]以辞。呜呼哀哉！尚飨！

译文

唉，子厚，现在就去世了。临终前的话语，是那么的清晰！他一一告诉各位朋友，希望能托付年幼的遗孤，认为我不庸俗，也把死后之事相托付。大凡现在的交往，要看权势的厚与薄，我怎能保证一定能承担你的重托？不是我与你知交深厚，是你诚心托付于我，还有鬼神在那，我怎么敢遗忘弃置你的嘱托？想到你永远离去，未来不再相会，就在棺前设祭，表达我的衷心。唉，悲哀啊！请享用祭品吧！

注释

1 **琅琅：**形容清朗、响亮的声音。 2 **以寄厥子：**柳宗元死时，长子才四岁，次子始生。寄，托付。 3 **不鄙谓余：**倒装，即“谓余不鄙”。鄙，庸俗。 4 **托以死：**以死后之事相托。 5 **知：**知遇，知交。 6 **矢心：**陈示衷心。

祭石曼卿文

欧阳修

导读

这是欧阳修在挚友石曼卿去世二十六年后为他所作的祭文。先写曼

卿不同流俗，凸显其品格。再状其气象轩昂，但坟茔凄凉，叹岁月之无情。最后写明生死之理，但追念往昔，不能忘情。祭文以抒情为主，兼描写、议论，收放自如，哀戚怆恻之情，动人心魄。

原文

鸣呼曼卿！生而为英，死而为灵。其同乎万物生死，而复归于无物者，暂聚之形[1]；不与万物共尽，而卓然其不朽者，后世之名。此自古圣贤，莫不皆然；而著在简册[2]者，昭如日星。

译文

唉，曼卿！生时是人间的英杰，死后亦化为神灵。同万物一样生和死，并且复归于无形的，只是你暂时聚合的躯体；那不随万物一同消失，而出类拔萃永垂不朽的，是你流传后世的名声。自古以来的圣贤，没有不是这样的；那些已载入史书的人，璀璨如太阳星辰。

注释

1 **暂聚之形：**指肉体生命。　2 **简册：**指史籍。

原文

鸣呼曼卿！吾不见子久矣，犹能仿佛[1]子之平生。其轩昂磊落，突兀峥嵘而埋藏于地下者，[2]宜其不化为朽壤，而为金玉之精。不然，生长松之千尺，产灵芝而九茎[3]。奈何荒烟野蔓，荆棘纵横，风凄露下，走磷飞萤；但见牧童樵叟，歌吟而上下，与夫惊禽骇兽，悲鸣踯躅而咿嘤。

译文

唉，曼卿！我没见着你已经很久了，却好像还能看见你生前的模样。你气宇轩昂，光明磊落，特立俊拔，卓尔不凡，那埋葬在地下的遗体，肯定不会化为腐烂的泥土，而会变成金玉的精华。否则，就会长成耸立千尺的青松，或是萌发成有九茎的灵芝。怎奈这里荒烟弥漫，野草丛生，荆棘密布，寒风凄然，雨露降零，磷火闪烁，萤虫乱飞；只见牧童和砍柴的老人，哼着歌儿来回走动，还有受惊的飞禽、恐怖的走兽，在徘徊悲鸣。现在

今固如此，更千秋而万岁兮，安知其不穴藏狐貉与鼯鼪[4]？此自古圣贤亦皆然兮，独不见夫累累乎旷野与荒城！

已经是如此之光景，再经过千秋万载之后，怎知道那些狐狸、老鼠和黄鼬，不会在这里掏穴藏身？自古以来，圣贤都是这样啊，难道没见那一片片空旷的荒野和一座座的坟茔？

呜呼曼卿！盛衰之理，吾固知其如此，而感念畴昔[5]，悲凉凄怆，不觉临风而陨涕[6]者，有愧乎太上[7]之忘情。尚飨！

唉，曼卿！事物盛衰的道理，我本来知道就是这样的。但感念起过往的日子，越发感到悲凉凄怆，不知不觉迎风落泪，我惭愧不能像圣人那样忘情。希望你能够享用祭品！

注释

1 **仿佛：**依稀看见。 2 **轩昂磊落：**气宇轩昂，光明磊落。 **突兀峥嵘：**奇特，卓尔不凡。 3 **九茎：**亦称“九芝”，泛指芝草，芝草有祥瑞之意。 4 **狐貉：**兽名，形似狐狸。**鼯**(wú)**：**鼠的一种，亦称飞鼠。**鼪**(shēng)**：**黄鼠狼。 5 **畴昔：**往昔，从前。 6 **涕：**落泪。 7 **太上：**最高，指圣人。

祭欧阳文忠公文

王安石

导读

祭文着重从欧阳修的文章学术成就、人品事功两个角度来落笔。论文章学术，先写其气质、学养，状胸中所蓄，后写其文风优美、宏肆，状文章成就，表明其“因内符外”；论人品事功，先论其果敢刚正之气节，再叙其堪负治国安邦之重任，人品与事功相得益彰，归之为“内外双修”。文章一气呵成，为祭文中超凡入圣之作。

原文

夫事有人力之可致，犹不可期，况乎天理之溟漠[1]，又安可得而推[2]？惟公生有闻于当时，死有传于后世，苟能如此足矣，而亦又何悲！如公器质之深厚，知识之高远，[3]而辅学术之精微，故充于文章，见于议论，豪健俊伟，怪巧瑰琦[4]。其积于中者，浩如江河之停蓄；其发于外者，烂如日星之光辉。其清音幽韵[5]，凄如飘风急雨之骤至；其雄辞闳辨[6]，快如轻车骏马之奔驰。世之学者，无问乎识与不识，而读其文，则其人可知。

译文

世间之事有人力可以做到的，但还是有不可以预料的情况，何况广漠无际的天理，又怎么能推测而了解清楚？先生生时，名闻当代，先生死后，文传后世，如能这样就已经足够了，还有什么可悲伤的！像先生那般资质深厚，见识高远，并辅以学问的精深，因此作成文章，发出议论，就显得豪放劲健、峻拔宏伟、怪异巧妙、瑰丽奇特。先生心中积蓄的思想、情感，浩瀚如江河中储备的流水，抒发为外在的文章，灿烂如日星之光辉。那清丽的音调，幽雅的韵致，凄切如骤起的飘风急雨；那雄健的文辞，宏大的议论，明快如奔驰的轻车骏马。世上的学者，不管认识或不认识先生，只要读到先生的文章，就可以知道先生的为人。

注释

1 **溟漠**：广漠无际。　2 **推**：推测，知晓。　3 **器质**：才识。**知识**：指智慧、见识。　4 **瑰琦**：瑰丽奇异，形容事物、文章卓尔不凡。　5 **幽韵**：幽深的韵味。　6 **闳辨**：宏伟的议论。

原文

呜呼！自公仕宦[1]四十年，上下往复[2]，感世路之崎岖，虽屯邅困踬[3]，窜斥流离而终不可掩者，以其公议之是非。既压复起，遂显于世，果敢之气，刚正之节，至晚而不衰。方仁宗皇帝临朝之末年，顾念后事，谓如公者，可寄以社稷之安危。及夫发谋决策，从容指顾，立定大计，谓千载而一时。[4]功名成就，不居[5]而去。其出处进退，又庶乎英魄灵气，不随异物腐散，而长在乎箕山之侧与颍水之湄。[6]然天下之无贤不肖[7]，且犹为涕泣而歔欷[8]，而况朝[9]士大夫，平昔游从，又予心之所向慕而瞻依[10]！

呜呼！盛衰兴废之理，自古如此，而临风想望不能忘情者，念公之不可复见，而其谁与归？

译文

唉！自先生为官四十年来，或升或降，或外放或召回，令人深感世间道路坎坷崎岖，即使艰难窘迫，贬谪放逐，却终究不会埋没无闻，是因为是非自有公论。既遭打压，又再起用，然后闻名于世。先生果敢刚正的气节，到晚年还是没有衰减。当仁宗皇帝在朝的最后岁月，考虑到他身后诸事，曾说像先生这样的人，是可以委托国家安危的。待先生制订谋略，作出决策，从容行动，当机立断，确立国之大计，真可谓千载大事一朝决定。功成名就，不自居有功却辞职而去。从出仕到归隐，大概先生的英灵气魄，不会随肉体的腐烂而消散，而会长留在箕山之旁与颍水之滨。现在天下的人无论贤与不贤，都在为先生的逝去而哭泣叹息，何况我这个同朝的士大夫，平日交游相随，先生又是我心中一直仰慕而尊敬的人呢！

唉！事物盛衰兴废的规律，自古就是如此，而伫立风中怀念，情感上不能忘却的，是因为想到先生不能再见，我能与谁志同道合呢？

注释

1 **仕宦**：入仕为官。 2 **上下往复**：官位升降，外贬召回。 3 **屯**

邅(zhūnzhān):艰难。 **困踬**(zhì):受挫,颠沛窘迫。 4 **指顾**:手指目视,也形容时间的短暂、行动迅速。 **千载而一时**:千载难逢的大事,一下子就得以决断了。 5 **居**:占有。 6 **出处进退**:出仕隐退。**庶乎**:大概。**异物**:指已死的人。 **湄**:水边。 7 **无贤不肖**:无论贤与不贤之人。 8 **歔欷**:感叹、抽泣声。 9 **朝**:同朝,一同上朝,作动词用。 10 **向慕**:仰慕而亲近。 **瞻依**:瞻仰,凭吊。

武季子哀辞

方 苞

导读

文章叙写武商平第三子的"家散"之痛,艰贫之哀,客死之悲,幼孤之伤,字里行间,沉痛无限。行文委婉曲折,错落有致,令人泪奔。

原文

康熙丙申夏,闻武君商平[1]之丧,哭而为墓表,将以归其孤[2]。冬十月,孤洙[3]至京师,曰:"家散矣,父母、大父母、诸兄七丧蔑[4]以葬,为是以来。"叩所学,则经书能背诵矣。授徒某家,冬春间数至,假唐、宋诸家古文自缮写。首夏[5],余

译文

康熙丙申年夏天,听说武商平去世了,我哭着为他撰写墓志,以便赠给他的遗孤。初冬十月,遗孤武洙到了京师,对我说:"我的家散了,父亲、母亲,伯父、伯母以及各位兄弟,七个人去世后都还没有下葬,我是为了这个而来的。"询问他的学业,经书已能背诵了。我在某家教授学徒时,他曾于冬春间多次来我处,借唐、宋各家古文拿回去自己抄写。初夏

出塞，返役，而洙死已浃日[6]矣。始商平有子三人，余皆见其孩提[7]以及成人。长子洛，为邑诸生，卒年二十有四；次子某，年二十有一，将受室而卒。洙其季也。

时分，我出使到塞外，返回时，武洙死去已十日了。当初武商平有三个孩子，我都亲眼看着他们从婴幼儿长大至成年人。长子武洛，是邑里诸生，死时年仅二十四岁；次子不清楚名字，年二十一岁，将要结婚时死去。武洙是他的第三个儿子。

注释

1 **武君商平**：武商平名文衡，溧水县岁贡生。方苞之兄百川的好友。 2 **归**：通“馈”，赠送。 **孤**：死了父亲的孩子。 3 **洙**：武洙，武商平的三儿子。 4 **蔑**：无。 5 **首夏**：初夏。 6 **浃日**：十日。 7 **孩提**：婴幼儿。

原文

忆洙五六岁时，余过商平，常偕群儿喧聒左右。少长，抱书从其父，往来余家。及至京师，则干躯伟然。余方欲迪之学行，以嗣[1]其宗，而遽以羁死[2]。有子始二岁。

译文

记忆中，武洙五六岁时，我去探访武商平，武洙常同小伙伴们（一起）在我身边喧闹嬉戏。稍稍长大，便抱着书跟从他的父亲往来我家。等到了京师再见时，他已经身材伟岸挺拔。我正想启迪他的学问、德行，以便让他继承武氏宗族，他却突然客死他乡。有个孩子刚两岁。

注释

1 **嗣**：继承。 2 **遽**：突然。 **羁**：羁旅，出门在外，客居他乡。

原文

商平生故家，而窭艰迫厄，视细民有甚焉。[1]又

译文

商平出生在世家大族之中，却贫穷艰苦，困厄窘迫，较之普通百姓更甚。再

父母皆笃老[2],烦急家事,凌杂米盐,无几微辄生瑕衅[3],然卒能约身隐情以尽其恩,而不愆[4]于义。余每叹其行之难也。而既羸其躬,复札其后嗣。[5]呜呼!世将绝而后乃繁昌者,于古有之矣,其果能然也耶?

加上父母都很衰老,家中之事往往令人烦躁不安,柴米油盐凌乱纷杂,稍不留心就产生隔阂,然而他最终能约束自己,不露声色地尽到自己的责任,而不违背于道义。我时常感叹他的生活是多么的艰难。上天已经让他身体病弱,又让他的后代夭折。唉!世间先陷其于绝境,后使其发达的说法,自古就有了,难道果真是这样吗?

注释

1 **故家:**世家大族,世代仕宦之家。 **窭(jù)艰:**贫困。 **迫厄:**生活窘迫。 **视:**比。 **细民:**小百姓。 2 **笃老:**年纪很老。 3 **几微:**一点点,形容极少。 **瑕衅:**可乘之隙;嫌隙,隔阂。 4 **愆:**罪过,过失,此处为违背之义。 5 **羸:**羸弱、瘦弱。 **札:**夭死。

原文

洙卒于丁酉[1]十月十日,年二十有一,稿葬京师郭东江宁义冢[2]。余志归其丧,事有待,先以鸣余哀。其辞曰:

嗟尔生兮震愆,罹百忧兮连延。[3]蹇孤游兮局窄,命支离兮为鬼客。[4]天属尽兮茕茕,羌地下兮相从。[5]江之干兮淮之汭,繄先灵兮日延企。[6]魂朝发兮暮可投,异生还兮路阻

译文

武洙逝于丁酉年十月十日,时年二十一岁,草草葬于京师东郊的江宁义冢。我决定把他送回故乡安葬,因有其他事只能等待一阵,先表达一下我的哀伤吧。作赋说:

叹你一生遭灾逢难,千忧百患连绵不断。孤寂飘零生活窘迫,命运艰难做鬼他乡。生时亲属尽丧形单影只,死后阴曹地府再相跟随。江水长流淮水萦回,先人神灵引颈以望。魂

修[7]。孺子号兮在室，永护呵兮无失。

魄啊可朝发夕至，归途却道险而路长。孤儿哭泣啊在屋内，你要永远呵护让他没有危险。

注释

1 **丁酉:**康熙五十六年(1717)。 2 **稿葬:**草草地埋葬。 **义冢:**旧时埋葬无主尸体的公坟。 3 **震愆:**令人震惊的灾祸。 **罹:**遭受。 **连延:**连绵不绝。 4 **蹇:**发语词。 **支离:**流离。指命运艰难。 5 **天属:**亲属。后因称父子、兄弟、姊妹等有血缘关系之亲属为“天属”。 **羌:**发语词。6 **汭**(ruì)**:**河流汇合或弯曲的地方。 **繄**(yī)**:**发语词。 **延企:**伸长头颈，踮起脚跟，形容仰慕或企望之切。 7 **阻修:**路途阻隔遥远。

祭舅氏文

刘大櫆

导读

祭文一般都要追忆逝者平生之事迹，颂扬可敬之品格，本文则一反常规，另辟蹊径，将逝者的生平、赞语一笔带过，通过写舅氏之期望，抒发自己“零落无状”的人生感受，将对舅氏的悼念与自己的人生慨叹融为一体，简洁朴实，真挚深沉。

原文

维[1]年月日，刘氏甥大櫆，谨以清酌庶羞之奠[2]，致祭于舅氏杨君稗棠先生之灵。

译文

某年月日，外甥刘大櫆，恭敬地用些许清酒、菜肴，前来祭奠舅舅杨稗棠先生之灵。

呜呼舅氏！以君之毅然直方长者[3]，而天乃绝其嗣续[4]，使茕茕[5]之孤魄，依于月山之址。

唉，舅舅啊！您是刚毅正直有德行的长者，苍天竟断绝您的子嗣，让您孤零零的魂魄，飘荡在月山之下。

槐不肖[6]，未尝学问，然君独顾之而喜，谓"能光刘氏之业者，其[7]在斯人。吾未老耄[8]，庶几犹及见之矣"。

大槐不才，未曾努力问学，可是只有您很高兴地看着我，说"能光大刘氏事业的，将是这个人。我还没有年老，也许还来得及看到啊"。

呜呼！孰知君之忽焉以殁，而不肖之零落无状[9]，今犹若此。尚飨。

唉！谁能想到您突然离世，而没有出息的我却依然颓败而没作出成绩，至今还是这般。您享用祭品吧。

注释

1 **维:**发语词。 2 **清酌庶羞:**清酒与指各种祭品。庶，各种。羞，同"馐"，食品。 3 **毅然:**刚强的样子。 **直方:**正直。 4 **嗣续:**后代。 5 **茕茕**(qióngqióng):孤独无依貌。 6 **不肖:**谦辞，不才，犹言没出息。 7 **其:**副词，将。 8 **耄**(mào):八九十岁。此处为年老、年高之意。 9 **无状:**没有作出成绩。